APRIL DAWSON

Dare to Dream

APRIL DAWSON

DARE TO *Dream*

ROMAN

LYX

LYX in der Bastei Lübbe AG
Dieser Titel ist auch als E-Book und Hörbuch erschienen.

MIX
Papier aus verantwortungsvollen Quellen
FSC® C014496
FSC
www.fsc.org

Originalausgabe

Textredaktion: Silvana Schmidt
Covergestaltung: Sandra Taufer, München,
unter Verwendung von Motiven von Shutterstock
(© Simon Dannhauer / © TierneyMJ / © Zakharchuk / © tomertu)
Satz: Greiner & Reichel, Köln
Gesetzt aus der Adobe Caslon
Druck und Einband: GGP Media GmbH, Pößneck
Printed in Germany
ISBN 978-3-7363-1494-8

1 3 5 7 6 4 2

Sie finden uns im Internet unter: lyx-verlag.de
Bitte beachten Sie auch: luebbe.de und lesejury.de

Für alle,
die es wagen zu träumen

PLAYLIST

Goo Goo Dolls – Iris
Hey Ocean! – Islands
Heize – You're Cold
One Direction – 18
James TW – Incredible
Blackpink – Stay
Grace Grundy – Put Me Back Together
Lord Huron – The Night We Met
Maggie Lindemann – Couple Of Kids
Wonho – Losing You
Oscar Dunbar – Spring Rain
BTS – Black Swan
James Morrison feat. Jessi J – Up
Heize feat. Shin Yong Jae – You, Clouds, Rain
Louis Tomlinson – Too Young
Janet Suhh – In Silence
One Direction – Half a Heart
Masie Peters – Favourite Ex
Lizzie Cates – Stranges
Elina – Free

PROLOG

Ich werde geliebt. Es dauerte einige Jahre, bis ich das realisieren konnte, da ich ohne Zuneigung und liebevolle Eltern aufwuchs. Mein Vater hasste mich, und das ließ er mich nie vergessen. Die Schläge, die er austeilte, wenn er getrunken hatte, waren nicht so schlimm wie die harten Worte, die er mir an den Kopf warf und die sich tief in meiner Seele verankerten. Doch heute haben seine Worte und Taten keine Wirkung mehr auf mich, denn ich hatte Menschen in meinem Leben, die mich liebten, und das konnte mir niemand mehr nehmen.

Mein siebzehnter Geburtstag begann mit einem Blick aufs Handy, und ich musste sofort lächeln:

Jackson: Nie war ich dankbarer in meinem Leben. Ich bin so glücklich, einen Menschen wie dich zu kennen und dich meine Freundin nennen zu dürfen. Zu deinem Geburtstag wünsche ich dir genauso viel Glück, wie du es mir geschenkt hast, und noch so viel mehr. Ich liebe dich und freue mich auf heute Abend, wenn ich dich endlich küssen darf.

Grinsend vergrub ich mein Gesicht im Kissen und seufzte verliebt auf. An diesem Morgen fühlte ich mich, als könne ich die ganze Welt umarmen, und wusste, dass es ein unvergesslicher Tag werden würde. Nur war mir da noch nicht bewusst, dass er mir auf schmerzliche Weise für immer im Gedächtnis bleiben würde.

Es fing bereits am Nachmittag an, als ich mich mit Frau Raxton, der Sozialarbeiterin, in die Haare gekriegt habe. Natürlich musste sie an meinem Geburtstag an mir herumnörgeln und das ohne triftigen Grund. Sie brauchte einfach jemanden, an dem sie ihre schlechte Laune auslassen konnte, und das war meist ich. Das hat mich so mitgenommen, dass ich nur ins Bett gehen und schlafen wollte.

Doch mein bester Freund Dorian, den wir aber alle Ian nennen, machte mir einen Strich durch die Rechnung. Er erklärte mir, wie wichtig Geburtstage waren, dass wir uns glücklich schätzen mussten, gesund und wohlauf zu sein. Er gab sich Mühe, mich verstehen zu lassen, dass niemand das Recht hatte, mir meinen besonderen Tag zu vermiesen. Selbst Hayden stimmte ihm zu. Ians Rede war so herzerwärmend, dass ich mich schließlich doch überreden ließ, etwas zu unternehmen. Ich dachte, dass wir einfach in ein Diner gehen und uns Fast Food reinschaufeln würden, doch die Jungs waren unglaublich aufmerksam, hatten einen Tisch in einem italienischen Restaurant reserviert und mir sogar eine Geburtstagstorte besorgt. Wir bekamen nur wenig Taschengeld von der Einrichtung, und dieser Abend musste die beiden ein Vermögen gekostet haben. Hayden schenkte mir ein Tagebuch und einige Notizbücher, da er weiß, wie sehr ich es liebe, Listen zu schreiben, und Ian hatte mir Ohrringe überreicht und mir einen Song gewidmet, den er geschrieben hat. Er versprach, ihn mir vorzusingen, wenn wir alleine sein würden, und bei seiner wunderbaren Stimme wusste ich jetzt schon, dass ich eine Gänsehaut bekommen würde.

Es war ein gelungener Geburtstag, den ich zuerst mit meiner Familie und dann mit meinem Freund feiern würde. Nachdem meine Kindheit von Schlägen und Demütigungen geprägt war, konnte ich erst im Teenageralter behaupten, mich als Teil einer

Familie zu fühlen. Es ist nicht die, in die ich hineingeboren wurde, aber die, für die ich sterben würde.

Wir verließen das Restaurant um dreiundzwanzig Uhr, und auch wenn ich meinen Freund in einer Stunde sehen würde, tanzten jetzt schon wilde Schmetterlinge in meinem Bauch, wenn ich nur an ihn dachte. Wir waren mittlerweile seit einem Jahr zusammen, und doch war die Verliebtheit und das Knistern immer noch stark. Da er wusste, wie viel mir meine Freunde bedeuten, wollte er, dass ich den Abend mit ihnen verbrachte, ehe er sich um Mitternacht in mein Zimmer schleichen würde, um mir einen Kuss zu stehlen. Aber all das wurde plötzlich nebensächlich, als wir einen markerschütternden Schrei hörten. Allein vom Klang bekam ich eine Gänsehaut, und ich werde diesen Moment nie wieder vergessen. Während Hayden und ich uns verwirrt umsahen, setzte sich Ian sofort in Bewegung, um die Ursache des Geräuschs ausfindig zu machen.

Lange musste er nicht suchen, denn in einer dunklen Gasse fand er ein älteres Pärchen, das von zwei Männern bedrängt und allem Anschein nach auch beraubt wurde. Ian versuchte, mit den Männern zu reden, näherte sich ihnen langsam und wollte vermitteln, doch es war sinnlos. Die beiden sahen für mich wie Kleinkriminelle aus, solche, die zwar randalierten, dealten, Autos knackten und Menschen ausraubten, aber die Finger von den harten Verbrechen ließen. Zumindest hoffte ich inständig, dass ich mit meiner Einschätzung richtig lag, als einer der beiden Männer langsam auf Ian zuging. Die Wut in den Augen dieses Kerls machte mir Angst. Panische Angst.

Mein Bruder wird sterben. Dieser Gedanke vertrieb meine Lähmung, und ich setzte mich endlich in Bewegung. Ich sollte eigentlich meinen Geburtstag mit meinen Brüdern im Geiste verbringen, aber nun befand ich mich in einer dunklen Gasse und sah geschockt auf das Messer, das plötzlich in der Hand des einen Typen aufblitzte. Er griff Ian an, der sich allerdings zu verteidigen wusste. Das war uns allen klar, schließlich lebten wir alle in einem Waisenheim und hatten schon so einiges einstecken müssen.

Der andere ging ebenfalls zum Angriff über und stürzte sich auf meine Brüder. Dann herrschte plötzlich Chaos. Das Paar, das von den Männern bedroht wurde, mischte sich ebenfalls ein.

Dann stand der Verbrecher plötzlich vor mir und holte mit dem Messer aus, doch aus heiterem Himmel stellte sich die Frau vor mich, eine Fremde, und schützte mich, als ich es selbst vor Schock nicht konnte. So nobel ihre Geste auch war, sie war leichtsinnig gewesen und wurde vom Messer erfasst. Ich konnte nur noch panisch zu der Frau blicken, die mich mit weit aufgerissenen Augen ansah, ehe sie unsanft zu Boden fiel und aufkeuchte. Es war mir unmöglich, mich zu rühren, denn ich sah nur sie und nichts anderes.

Mich mit Fäusten zu verteidigen wäre kein Problem für mich, doch wenn man auf eine Klinge sieht, stellt man alle seine Fähigkeiten infrage. Ich hörte Ian noch dumpf meinen Namen schreien, doch da war es schon zu spät. Ich sah den Mann nicht kommen, sondern fühlte nur den Schmerz. Nun wurde auch ich durch das Messer verletzt und stöhnte auf. Wie tief der Schnitt war, konnte ich nicht erahnen, ich war unfähig zu denken oder mich zu bewegen. Da meine Beine mich nicht halten konnten, fiel ich, wie die Frau zuvor auch.

Aus den Augenwinkeln sah ich, dass die Männer abzogen. Ich hörte die panischen Stimmen meiner Brüder, die auf mich zuliefen, bis sich der Schmerz mit einer einnehmenden Kälte vermischte und mir das Bewusstsein rauben wollte. War es der Schock, der mich benommen werden ließ? Was es auch war, es machte mich unglaublich müde. Ich spürte, wie Ian meine Hand hielt und mich unter Tränen anflehte durchzuhalten.

Schwach bekam ich mit, dass Ian und Hayden nicht von meiner Seite wichen und einen Krankenwagen riefen. Alles tat weh, und mein ganzer Körper zitterte, aber ich wollte mich nicht der Taubheit hingeben. Vorher hatte ich Angst gehabt, dass meiner Familie etwas passieren könnte, aber nun lag ich hier und tat alles, um nicht ohnmächtig zu werden. Als der Schmerz unerträglich wurde, schloss ich die Augen und sah nur ihn. Den Mann, der im letzten Jahr all meine Gedanken eingenommen und schließlich mein Herz gestohlen hatte. Er rettete mich auf viele Arten und liebte mich, wie es noch nie jemand getan hatte.

Sein zerzaustes Haar, die türkisblauen Augen, die mich an einen klaren Bergsee erinnerten, und dieses sorglose Lächeln, das nur mir galt und mich verzaubert hatte. In nur wenigen Monaten war Jax meine Welt geworden und es überrascht mich nicht, dass ich in meinen schlimmsten Momenten an meine erste und einzige Liebe dachte, denn er ist es. Er wird es immer sein.

1. KAPITEL

Quinn

»Das Gericht ruft Olivia Mortimer in den Zeugenstand!« Ich nicke meiner Klientin aufmunternd zu, als sie sich von ihrem Platz erhebt und der Aufforderung nachkommt. Sie ist eine brünette, eher zierliche Frau, schüchtern und mit einem guten Herzen, nur leider hat sie den großen Fehler begangen, ein Arschloch zu heiraten, das sie nun um ihr Geld bringen will. Sie vermeidet es, ihrem Ex-Mann in die Augen zu sehen, zu sehr hat er sie erniedrigt. Es ist keine fünf Monate her, dass sie mich in der Kanzlei aufgesucht hat. Damals wie heute wirkt sie auf mich wie eine graue Maus, eine Person, die unter keinen Umständen auffallen möchte.

Ich hatte mir nichts dabei gedacht, bis sie mir ihre Geschichte anvertraut hatte. Nicht nur ein Mal musste ich schlucken und war den Tränen nahe, als Olivia in meinem Büro plötzlich anfing, lauthals zu schluchzen. Der Mann, der sie wertschätzen, respektieren und lieben sollte, hatte sie wie Dreck behandelt. Nicht mit Fäusten. Er hatte ihr niemals körperlich wehgetan, dafür aber mit Worten, und das schmerzt genauso sehr. Ihr Ex und sie waren kinderlos geblieben, was sie immer bedauert hat. Jetzt aber ist sie froh, mit diesem herzlosen Menschen keine Kinder in die Welt gesetzt zu haben.

Eine Scheidung hat Olivia nicht in Betracht gezogen, da sie einen Ehevertrag unterzeichnet hat, in dem festgehalten ist, dass derjenige, der die Scheidung einreicht, auf seine Hälfte des ehelichen Vermögens verzichtet. Weitere Punkte umfassten Gewalt in der Ehe und Betrug. Es ist ein schwachsinniger Knebelvertrag, den ich in dieser Form noch nie gesehen hatte, aber leider ist er rechtsgültig, und als Olivia die Scheidung einreichte, verlor sie ihren Anspruch auf das gemeinsam erwirtschaftete Vermögen.

Nach unserem ersten Gespräch war ich derart ergriffen, dass ich den Fall unbedingt übernehmen wollte – und das pro bono. Was bedeutet, dass ich für meine Dienste keinen einzigen Penny verlange. Vielleicht liegt es an meiner Kindheit und Jugend, die ständigen Demütigungen durch meinen Vater, aber solche Fälle, in denen es um Gerechtigkeit für unterdrückte Frauen geht, gehen mir unheimlich nahe. Deshalb bin ich hier, um für sie zu kämpfen. Der Gerichtsdiener kommt mit einer Bibel auf sie zu, und sie muss unter Eid schwören, die Wahrheit zu sagen. Egal, wie weh sie auch tut. Ich stehe auf und streiche meinen Bleistiftrock glatt, ehe ich auf meine Mandantin zugehe.

»Mrs Mortimer. Als sie ihren Mann geehelicht haben, haben Sie da bewusst den Ehevertrag unterschrieben, den ich hier in der Hand halte?« Ich zeige ihn den Zuschauenden und dem Anwalt der Gegenseite, der diesen schon mehrmals durchgesehen hat.

»Ja, das habe ich.« Ihre Stimme ist etwas zittrig, sodass sie sich ein paarmal räuspern muss, damit man sie versteht.

»Euer Ehren. Dieses Schriftstück besagt, dass, sobald einer der Eheleute sich ohne triftigen Grund von seinem Partner oder seiner Partnerin trennt, er oder sie somit auf das gesamte gemeinsam erwirtschaftete Vermögen verzichtet.« Ich reiche das Dokument der Richterin, die entsprechende Stelle habe ich für sie mit einem Post-it markiert.

»Ich sehe. Fahren Sie fort, Miss Millard.« Sie rückt ihre Brille zurecht und blickt mich abwartend an. Ich baue eine strategische Pause ein und gehe ein paar Schritte, ehe ich mich wieder Olivia zuwende.

»Mrs Mortimer. Wieso haben Sie die Scheidung eingereicht?«

»Weil er mich zerstört hat«, flüstert sie leise und blickt auf ihre im Schoß verschränkten Finger.

»Bitte sprechen Sie klar und deutlich, Mrs Mortimer«, weist sie die Richterin zurecht.

»Er hat mich gedemütigt, auf viele Arten verletzt, ohne je Hand an mich gelegt zu haben. Er hat mich monatelang schlichtweg ignoriert. Bis ich nicht mehr so leben konnte.« Nun blickt sie zum ersten Mal zu dem Mann, der sie hätte lieben sollen. Der verdreht jedoch nur die Augen, wie ich aus dem Augenwinkel wahrnehme. Ich balle kurz die Hände zu Fäusten, aber der kleine Wutausbruch verebbt ebenso schnell, wie er gekommen ist.

»Was genau hat er getan?«, will ich wissen und blicke wachsam in seine Richtung.

»Er hat mich angeschrien, weil ihm das Essen nicht geschmeckt hat. Er hat sich abfällig über meine Figur geäußert und bei jeder Gelegenheit vor seinen Freunden und der Familie niedergemacht. Er hat meinen Hund überfahren, der zehn Jahre lang mein Ein und Alles war, und meinte später nur, dass er ihn nicht gesehen hätte. Aber das glaube ich nicht.«

»Würden Sie es als systematische Grausamkeit bezeichnen?«, frage ich sie und vernehme daraufhin ein Schnauben im Saal.

»Einspruch!«, ruft der gegnerische Anwalt aus.

»Abgelehnt. Fahren Sie fort, Mrs Mortimer« Die Richterin ist nun ziemlich ergriffen, als Olivia endlich von dem Albtraum ihrer Ehe berichtet. Dann erzählt sie davon, dass er tagelang auf Geschäftsreisen war, ohne sich je zu melden und sie entweder beschimpft hat oder ihr aus dem Weg gegangen ist.

»Keine weiteren Fragen«, sage ich und lächle Olivia aufmunternd zu, denn sie wird jetzt viel Kraft brauchen, wenn Clive Kenstone die Befragung startet. Er ist ein Arsch, aber ein hervorragender Anwalt, der einen im Zeugenstand zum Schwitzen bringen kann. Wie erwartet verunsichert er meine Mandantin und stellt sie als liebeskrankes Püppchen dar, was natürlich eine Lüge ist. Aber ich kann hier nichts tun, außer zuzusehen und zu hoffen, dass diese starke Frau noch ein wenig länger durchhält, denn ich habe ein Ass im Ärmel, auch wenn es bis jetzt noch nicht den Saal betreten hat. Nachdem die Fragen durch sind, bittet Clive seinen Mandanten in den Zeugenstand.

Mit einem selbstgefälligen Grinsen geht dieser Dreckskerl lässig zu seinem Sitzplatz, und mir wird übel, wenn ich ihn nur ansehe. Er spiegelt seinen miesen Charakter in jedem Atemzug wider, aber ich habe Geduld und gebe mich cool, während er seine Lügen verbreitet, denn ich habe keinen Zweifel daran, dass ich für Olivia diesen Fall gewinnen werde, ich muss nur noch ein wenig Geduld haben. Ich blicke auf meine Armbanduhr und frage mich, wieso Kimmy so lange braucht, verziehe aber keine Miene. Als ich dann mit der Befragung dran bin, werde ich langsam nervös, denn es läuft nicht nach Plan, so viel steht fest.

»Mr Mortimer. Wie hoch ist Ihr Vermögen?«, frage ich und blicke ihm direkt in die Augen. Er mag seine Frau eingeschüchtert haben, aber mich kriegt dieser Snob nicht klein.

»Derzeit beläuft es sich auf zwanzig Millionen Dollar.« Er reckt stolz das Kinn in die Höhe und blickt provokativ zu Olivia, die sofort den Kopf abwendet.

»Ich verstehe. Wenn sie nun die Hälfte an ihre Ex-Frau abgeben würden, bliebe Ihnen trotzdem noch ein hübsches Sümmchen über. Finden Sie nicht?«

»Einspruch! Worauf will sie hinaus?«, wirft Clive erbost dazwischen. Wie immer hat er keinerlei Geduld.

»Abgelehnt«, teilt ihm die ehrenwerte Richterin mit.

»Antworten Sie! Hier spielt Ihre persönliche Meinung ebenfalls eine Rolle.«

»Natürlich würde ich dann nicht am Hungertuch nagen, aber wenn sie sich nicht von mir scheiden lassen wollte, würde sie noch immer über unser Vermögen verfügen.«

»Aber sie musste sich von Ihnen trennen, sie konnte gar nicht anders, nachdem Sie ihr systematisch das Leben zur Hölle gemacht haben.«

»Das ist eine Lüge.« Genau in dem Moment öffnet sich die Tür zum Gerichtssaal, und ich blicke erleichtert zu Kimmy, meiner Assistenz-Anwältin, die zügigen Schrittes auf mich zugelaufen kommt.

»Hast du es?«, flüstere ich, woraufhin sie heftig nickt.

»Es war nicht einfach, aber ich habe es schon dem Gerichtsdiener ausgehändigt, der es auf den Laptop der Richterin übertragen wird.«

»Gute Arbeit! Danke.« Sie nickt mit einem erfreuten Gesichtsausdruck, da auch sie weiß, dass wir den Fall so gut wie gewonnen haben.

»Viel Glück.« Während sie bei den anderen Zuschauenden auf der Bank Platz nimmt, drehe ich mich mit einem strahlenden Lächeln wieder zu dem Arschloch um. Ich möchte ihm endlich geben, was er verdient.

»Euer Ehren. Meine Assistentin hat mir soeben ein weiteres Beweisstück nachgereicht, das nun zugunsten meiner Mandantin entscheiden wird.«

»Ich habe es schon erhalten. Gerichtsdiener, machen Sie den Beamer bereit!« Während der Laptopbildschirm auf die Leinwand übertragen wird, wende ich mich dem Mann im Zeugenstand zu. Sein vorhin noch selbstgefälliges Grinsen ist nun wie weggewischt, und mir scheint, als wäre er ziemlich nervös geworden, weil er nicht einordnen kann, was ich wohl zeigen werde. Genau diese Reaktion hatte ich mir erhofft. Sein Anwalt versteift sich und blickt auf die Papiere vor sich, als würden sie ihm dabei helfen, sich für das zu wappnen, was ich nun offenbaren werde.

»Mr Mortimer. Der Ehevertrag, den Sie und Ihr Anwalt aufgesetzt haben … welche Gründe wurden dort angeführt, die nicht zum Verlust des Vermögens führen?«

»Gewalt in der Ehe, Tod des Ehepartners und Betrug.«

»Danke! Ich würde nämlich gern auf den letzten Punkt genauer eingehen.«

»Aber sicher«, antwortet er und mustert mich, die Überheblichkeit ist auf sein Gesicht zurückgekehrt. Er glaubt, dass er als Gewinner hervorgehen wird, aber da hat er sich mit der Falschen angelegt.

»Stimmt es, dass Sie eine Affäre hatten, bevor Mrs Mortimer die Scheidung eingereicht hat?« Er verzieht nicht einmal eine Miene.

»Nein, das ist nicht wahr.«

»Sind Sie aktuell in einer Beziehung?«, hake ich gespielt neugierig nach.

»Ja, das bin ich. Meine Freundin sitzt in diesem Raum.« Ich gehe gar nicht auf die Frau ein, denn ich kenne ihr Gesicht schon längst, und das wird auch bald jeder hier im Saal tun.

»Wann sind Sie mit ihr zusammengekommen?«

»Am ersten April dieses Jahres.« Ein Lächeln breitet sich auf seinem Gesicht aus, wobei ich meinen Arsch darauf verwetten würde, dass er dies nur tut, um Olivia weiterhin zu piesacken.

»Also zwei Tage, nachdem Ihre Frau die Scheidung eingereicht hat? Sehe ich das richtig?«

»Korrekt. Somit habe ich rechtlich keinen Fehler begangen. Ich habe sie nicht betrogen, sie hat sich vorher von mir getrennt und will mit dieser Verhandlung nur das Unvermeidliche hinauszögern. Der Vertrag ist wasserdicht, und daran kann nicht gerüttelt werden.«

»Da stimme ich Ihnen zu. So sieht es der Ehevertrag vor. Euer Ehren, wenn Sie erlauben, würde ich gerne das Videomaterial abspielen.«

»Ich bitte darum.« Ich nicke dem Gerichtsdiener zu, und dieser startet die Aufnahme.

»Das ist die Kamera des Geldautomaten an der Fifth Avenue, wo Sie ja täglich ein und aus gehen, da sich Ihr Büro in der Nähe befindet, stimmt das so?«

»Das ist richtig«, sagt er, nun nicht mehr so selbstsicher wie vor ein paar Minuten.

»Gut. Ich möchte Euer Ehren nochmals bitten, hier das Datum zu beachten. Es handelt sich um den 29. März, also einen Tag, *bevor* meine Mandantin die Scheidung eingereicht hat.« Es dauert keine zehn Sekunden, als auch schon die sündhaft schöne Latina zu sehen ist, die auch in diesem Raum sitzt. Als der Beklagte sie erkennt, wird er ziemlich blass um die Nase. Er hatte sich in einem Bereich mit ihr getroffen, in dem keine Kameras an den Gebäuden befestigt sind, aber die Kamera des Geldautomaten hatte er anscheinend vergessen.

»Erkennen Sie die Frau auf dem Video, Mr Mortimer?«

»Ähm … ja, das ist meine Freundin Sofia.«

»Danke, und erkennen Sie auch den Mann, der sie von hinten umarmt und schließlich auf den Mund küsst?« Ich kann es mir nicht verkneifen, boshaft zu grinsen, als er selbst merkt, dass er verloren hat.

»Das bin ich.«

»Ich wiederhole, der Beklagte hat sich selbst auf dem Video erkannt.«

»Einspruch. Das Videomaterial ist nicht zulässig.«

»Abgelehnt! Hierbei handelt es sich um eine öffentliche Kamera der Vereinigten Staaten, und diese Aufnahmen sind sehr wohl rechtskräftig.« Das Video wird gestoppt, und ich drehe mich zu Olivia, die mich teils geschockt, teils ungläubig ansieht. Sie hat es nicht gewusst, und auch ich habe es erst durch Levi Wright, einen begnadeten Detektiv, erfahren, aber das Wichtigste ist, dass es den Gewinn dieses Prozesses für uns bedeutet. Richterin Brown braucht nicht lange, bis sie eine Entscheidung trifft und alle im Saal bittet, sich zu erheben.

»Nachdem die Beweisführung abgeschlossen ist, habe ich ein Urteil gefällt. Das Gericht entscheidet zugunsten von Olivia Mortimer, da ihr Mann gegen den Ehevertrag verstoßen hat. Sie erhält ihre Hälfte des derzeitigen Vermögens, dessen Überweisung Mr Mortimer umgehend einzuleiten hat. Die Verhandlung ist beendet.« Ein Hammerschlag besiegelt unseren Triumph und lässt mich innerlich jubeln. Ich eile auf Olivia zu, um ihr als Erste zu gratulieren.

»Das ist jetzt nicht wahr, oder?«, sagt sie und zittert wie Espenlaub. Ich drücke ihre Schultern und lächle sie breit an.

»Doch, das ist es. Sie bekommen die Hälfte, die Ihnen zusteht, und werden in Zukunft keine Geldsorgen mehr haben.« Tränen schimmern in ihren Augen und lassen auch mich schlucken. Ich bin während der Verhandlung tough und stark, aber jetzt, da meine Mandantin emotional wird, färbt es auch auf mich ab.

»Ich danke Ihnen, Quinn.« Sie nimmt mich fest in den Arm, und ich erwidere die Geste, denn ich freue mich ehrlich für sie. Wenn Frauen unterdrückt werden, fühle ich immer ganz besonders mit und gebe alles, um ihnen zu helfen. Diese Umarmung ist für mich mehr wert als eine Million Dollar, denn die Genugtuung, jemandem geholfen zu haben, der ebenso gelitten hat wie ich als Kind, bedeutet mir so viel. Dies hier ist nicht nur ein Fall für mich, eine Akte, die ich ablege, sondern eine junge Frau, die den Fehler gemacht hat, aus Liebe einen unsinnigen Ehevertrag zu unterschreiben. Mr Mortimer brüllt Clive an, ehe er aus dem Saal stürzt, ohne seine Freundin auch nur anzusehen. Während Olivia mit ihrer Familie jubelt, reiche ich Clive die Hand.

»Nichts für ungut, Kollege.«

»Gut gemacht, Quinn. Ich wusste ja, dass ich dich nicht unterschätzen darf.«

»Den Fehler machen die meisten.« Viele glauben, dass ich Anwältin geworden bin, weil meine Mutter die Fäden gezogen hat und ich ohne Talent die Kanzlei geerbt habe. Aber ich liebe die Momente, wenn sie erkennen, dass sie sich täuschen. Denn ich bin verdammt gut in dem, was ich tue.

»Beim nächsten Mal lasse ich dich nicht so einfach gewinnen.«

»Du hast keine Chance.« Er lächelt mich an, als würde er mir nicht glauben wollen. Auch wenn es mittlerweile viele Anwältinnen gibt, glauben manche Kollegen, dass diese nichts im Gerichtssaal verloren haben.

»Das Selbstbewusstsein hast du wohl von deiner Mom.«

»Nicht nur das, sondern auch das Talent, die Wahrheit ans Licht zu bringen.« Meine Mom ist unter den Anwälten eine Legende und die erste Frau, die auch unter den Großen der Anwaltsbranche akzeptiert wurde. Eine Tatsache, die mir immer noch verhasst ist. Dass man sich als Frau Vorurteilen stellen und hart um den Erfolg kämpfen muss.

»Na dann. Man sieht sich, Clive«, verabschiede ich mich, ehe ich mit meiner Mandantin zur Feier des Tages essen gehe.

Ein eiskalter Wind wirbelt meine offenen Haare durcheinander, als ich aus dem Taxi aussteige, das vor meinem Kanzleigebäude hält. Ein weiteres Zeichen, dass der goldene Herbst, der uns die letzten Wochen mit viel Sonnenschein verwöhnt hat, vorbei ist. Auch wenn ich mich anfangs gegen den Vorschlag meiner Schwiegermutter in spe, die Hochzeit auf den Februar zu verschieben, ausgesprochen habe, hat es auch etwas Gutes, denn ich kann wochenlang im Urlaub und in den Flitterwochen dem kalten Winter New Yorks entfliehen. Ich ziehe meinen Wintermantel enger um mich und gehe zum Eingang. Dabei mache ich mir eine geistige Notiz, bald auf Winterstiefel umzusteigen und ein Paar Pumps in der Handtasche für die Verhandlungen mitzunehmen.

Ich mag die kalte Jahreszeit nicht. Klar sehe ich gerne aus dem Fenster, wenn es dicke Flocken schneit, und kann mich am Anblick einer Winterlandschaft erfreuen, aber wenn ich die Wahl hätte, würde ich während der Winterzeit lieber an einem wärmeren Ort leben. Ich habe zwar Troy gegenüber noch nichts erwähnt, aber ich hege schon seit einer ganzen Weile den Wunsch, mir ein Haus am Strand zu kaufen. Klar, das Haus meiner Eltern in den Hamptons steht mir immer zur Verfügung, aber mich zieht es eher in tropische Gefilde. Aber jetzt ist Manhattan mein Zuhause. Der Ort, an dem meine Familie und Troy sind. Hier sind die Menschen, die ich liebe.

Meine Absätze klackern auf dem hellen Steinboden, als ich

ins warme Foyer trete. Das Gebäude gehört zwar mir, aber die Kanzlei nimmt nur zwei Etagen des siebenstöckigen Bürogebäudes ein. Die anderen Räumlichkeiten habe ich allesamt vermietet, an einen Masseur, eine Kinderpsychologin, eine Wahrsagerin und eine Treuetest-Agentur. Das Büro befindet sich in der überteuerten Fifth Avenue, sodass ich durch die Mieten ein gutes Nebeneinkommen erwirtschaften kann.

Als ich mit siebzehn adoptiert worden bin, haben sich mir unzählige Türen geöffnet, die mir Angst gemacht haben. Ich musste mich daran gewöhnen, nicht jeden Tag ums Überleben zu kämpfen und mich zwei Menschen zu öffnen, die ich erst seit Kurzem kannte. Im Gegensatz zu Hayden und Ian habe ich die beiden auch schon bald mit Mom und Dad angesprochen. Während die Eltern meines Dads eher dagegen gewesen waren, dass ihr Sohn drei wilde Teenies ohne jegliches Benehmen adoptiert hatte, war der Vater meiner Mom das genaue Gegenteil. Er hat es geliebt, uns jeden Tag zu besuchen, uns dabei zu unterstützen, uns in der neuen Umgebung einzuleben, uns zum Essen einzuladen oder generell einfach Zeit mit uns zu verbringen.

Er war mein großes Vorbild, und als er vor ein paar Jahren starb, wurde meine Welt eine Weile dunkel, und es hat mich Monate gekostet, wieder zu mir selbst zurückzufinden. Heute noch erinnern Mom und ich uns gerne an ihn, lachen über witzige Anekdoten und weinen gemeinsam, wenn die Gefühle uns überwältigen. Noch vor seinem Tod hat Grandpa, mit dem Einverständnis meiner Mutter, die Kanzlei, das gesamte Gebäude sowie einiges an Geld an mich vererbt.

Meine Mutter hatte die Lust an dem Job als Anwältin verloren und ist vorzeitig in den Ruhestand gegangen, hatte es sich aber zur Aufgabe gemacht, mich auf meine Rolle als Leiterin von Grandpas Kanzlei vorzubereiten. Ich habe meinen Juraabschluss als Beste meines Jahrgangs beendet und habe meine Mom lieber zu Verhandlungen begleitet als feiern zu gehen. Ich habe mich auf meine Zukunft konzentriert, um jetzt zu glänzen. Die Kanzlei wurde mir zwar übergeben, aber das Talent, sie weiterhin erfolgreich zu leiten, ist das Verdienst meines Teams und mir. Ich betrete den Aufzug, um in den siebten Stock zu gelangen, und löse den Knoten meines Schals. Die angenehme Wärme erreicht langsam auch meine eiskalten Füße und lässt mich wohlig aufseufzen. Ich blicke auf mein Spiegelbild und stelle erschrocken fest, dass meine Haare durch den Wind völlig zerzaust sind. Rasch ziehe ich eine Minibürste aus meiner Handtasche und kämme meine Haare, die mir bis zur Hüfte reichen. Gerade als ich fertig bin, gleiten die Türen auf und ich betrete meine Etage.

Ich begrüße Lola am Empfang und lasse mir die Anrufliste von heute geben, ehe ich zu meinem Büro gehe. Im Gegensatz zum Arbeitszimmer meines Bruders im Label gibt es bei mir keine Wände im eigentlichen Sinn, sondern es wirkt eher wie ein großer Schaukasten, an dessen Wänden Diplome und Bilder angebracht sind. Natürlich kann ich den Raum verdunkeln, wenn ich Privatsphäre möchte, was aber selten vorkommt. Ich mag es, die ganze Etage im Blick zu haben, es schafft eine angenehme Atomsphäre, die auch mein Team zu schätzen weiß. Meine Mitarbeitenden wissen, dass ich sie nicht kontrolliere, sondern einfach eine offene Arbeitsumgebung anbieten will, ohne ihnen etwas aufzudrängen.

Kimmy, eine weitere Anwältin meines Teams, zieht in ihrem Büro zum Beispiel die Jalousien zu, da sie sonst zu oft abgelenkt ist, was völlig in Ordnung ist.

Schon von Weitem entdecke ich Kimmy und Donna in meinem Büro, die genüsslich an den Tortenkostproben vom besten Konditor der Stadt naschen.

»Ich sehe wohl nicht richtig«, sage ich empört, als ich die Glastür öffne und mich aus meinem Wollmantel schäle, um ihn an dem Kleiderhaken aufzuhängen. Ich höre ein Brummen, das mit Sicherheit von Donna kommt, und drehe mich um, eine Augenbraue fragend erhoben.

»Dann brauchst du eine bessere Brille. Denn hier siehst du deine Vorkosterinnen, die dafür sorgen werden, dass du auf deiner Feier die beste Torte aller Zeiten haben wirst.« Sie zeigt mit der Gabel auf mich und deutet eine Verbeugung an. Manchmal beneide ich sie um ihr Selbstvertrauen. Diese Frau ist einfach eine geballte Ladung Power und gute Laune.

»Ha, ha. Sehr witzig. Habt ihr mir wenigsten etwas übrig gelassen?«, will ich schmollend wissen, da ich das Ausmaß des Tortendiebstahls nicht genau erfassen kann. Donna reicht mir eine Gabel, und als ich näher herangehe, stelle ich fest, dass noch genug von allem da ist. Ich setze mich auf meinen ledernen Bürostuhl und blicke auf die Schildchen, die an den Kostproben befestigt wurden. Obwohl ich gerade zu Mittag gegessen habe, koste ich von der Nuss-Vanillecreme-Torte, die so lecker aussieht, dass mir das Wasser im Mund zusammenläuft. Ich nehme einen Bissen, und als sich der volle Geschmack auf meiner Zunge entfaltet, seufze ich wohlig auf.

»Das schmeckt himmlisch«, schwärme ich kauend und setze innerlich diese Torte auf die Favoriten-Liste, die ich nur mehr befüllen muss.

»Dann warte, bis du die Minz-Nougat-Torte probierst«, meint Kimmy und zeigt auf die Torte an der rechten Ecke des Tisches. Es sind zwölf Proben, die ich alle durchkosten muss, ehe ich dem Konditor meine Entscheidung mitteile.

»Das ist wirklich eine schwierige Entscheidung«, sage ich und schiebe mir einen Bissen Marzipanrose in den Mund. Wenn ich eine Süßigkeit liebe, dann ist es Marzipan.

»Wirst du die Tortenfrage allein entscheiden?«, erkundigt sich Kimmy interessiert, ehe sie einen Schluck aus ihrer Wasserflasche nimmt.

»Troy überlässt mir die Entscheidung, da er nicht gerade ein Fan von Süßkram ist.«

»Ich finde diesen Umstand immer noch creepy«, meint Donna und legt die Gabel ab.

»Er treibt Sport, hält sich an seinen Ernährungsplan und vermeidet Zucker, wo er nur kann. Vielleicht schmeckt es ihm auch einfach nicht, nachdem er jahrelang nicht genascht hat«, sage ich, da ich den Drang verspüre, ihn zu verteidigen.

»Na ja, so bleibt wenigstens mehr für uns. Wird es auf der Hochzeit kein traditionelles Tortennaschen geben? Wo der Bräutigam die Braut mit Torte füttert und umgekehrt?«, fragt Kimmy, die wohl ebenfalls genug von dem Süßkram hat.

»Ich glaube nicht. Nein«, antworte ich und greife nach der Wasserflasche, die die Mädels wohl für mich mitgebracht haben.

»Oh«, antwortet Kim und wirkt ziemlich überrascht. Ich tue gelassen, aber tief in meinem Innern finde ich es schade, dass wir diese Hochzeitstradition nicht haben werden. Ich fand es immer süß und auch lustig, wenn Paare eine ganze Handvoll Torte ins Gesicht des Partners schmieren. Es wäre etwas, was mir gefallen würde, aber ich schweige, denn ich muss akzeptieren, dass Troy eben nichts Süßes essen will. Auch nicht an unserem Hochzeitstag.

»Habe gehört, du hast Mortimer fertiggemacht«, meint Donna kauend, und ich sehe Stolz in ihren Augen aufblitzen.

»Das habe ich. Das Arschloch hat es nicht besser verdient, nach dem, was der Typ Olivia angetan hat.«

»Jetzt ist sie zumindest wieder reich«, erwidert Kimmy erfreut, aber sie hat nicht das gesehen, was ich in Olivias Augen bemerkt habe. Diese Leere und der Scherbenhaufen, der einmal ihr Selbstbewusstsein gewesen ist.

»Das schon, aber der Schaden ist angerichtet. Ihr Selbstwertgefühl ist im Keller, und kein Geld der Welt wird daran so schnell etwas ändern können«, sage ich seufzend. Ich kann mir nicht im Entferntesten vorstellen, wie ich reagieren würde, wenn ich so eine Hölle durchlebt hätte. Klar, damals als Kind habe ich Ähnliches erlebt, doch ich erinnere mich zum Glück nicht an jedes einzelne Wort, nur an die schlimmsten Momente. Bei Olivia hat sich jedes der erniedrigenden Wörter tief in ihre Seele gegraben.

»Sie wird es durchstehen und es sich bei ihrem nächsten Partner sehr genau überlegen, ob sie ihn heiratet«, murmelt Donna und lehnt sich im Stuhl zurück. Sie grinst selig, der Zucker scheint sich bereits auf ihre Laune auszuwirken.

»Das hoffe ich«, sage ich und stelle meine Flasche auf dem Tisch ab. Das tue ich wirklich, und wünsche ihr von ganzem Herzen einen liebevollen Partner, der geduldig und respektvoll mit ihr umgehen wird.

»Apropos Partner. Wie läuft die Hochzeitsplanung?«, fragt meine beste Freundin.

»Wie ihr schmecken könnt, arbeite ich daran.«

»Und du willst wirklich keine Hochzeitsplanerin?«, fragt Kimmy ungläubig und stülpt die Tortenglocke über die Proben, da wir fürs Erste genug von den Leckereien haben. Ich habe selbst lange überlegt, ob ich jemandem den schönsten Tag meines Lebens anvertrauen würde, aber nach einigen Versuchen bin ich zu dem Entschluss gekommen, dass nur ich selbst meine Hochzeit perfekt planen kann. Außer dem genauen Datum, das eher meine Schwiegermutter entschieden hat, da im Winter nicht so viele Bauprojekte für Troy anstehen, habe ich alles selbst bestimmt, mir aber Input und Ratschläge von meiner Mom und Freunden geholt.

»Nein, denn eigentlich weiß ich genau, was ich will.« Selbst als Teenie hatte ich klare Vorstellungen davon, wie meine Traumhochzeit aussehen würde. Wir würden in einer Kirche heiraten, ganz traditionell mit Hunderten Kerzen und einem Gospelchor. Den Empfang und die Feier werden in einem exklusiven Hotel stattfinden.

Ein Handy klingelt. »Oh, da muss ich leider rangehen. Bis später und danke für die Torten«, sagt Kimmy und nickt mir dankend zu, ehe sie abnimmt und nach draußen geht.

»Wie fühlst du dich?«, fragt Donna und wischt sich den Mund mit einer Serviette ab. Sie weiß, wie nahe mir Olivias Fall gegangen ist. Die seelische Grausamkeit lässt mich noch immer die Hände zu Fäusten ballen.

»Ich bin froh, dass ich den Fall gewonnen habe. Ich hatte das Gefühl, als wäre ich es Olivia schuldig gewesen, für sie einzustehen. Dieser Scheißkerl hat allen Ernstes überheblich gegrinst, als ich all das ausgeführt habe, was er ihr angetan hat.« Allein daran zu denken bringt meinen Puls zum Rasen.

»Solche Typen wie er sind der Grund dafür, dass ich manchmal den Glauben an Männer verliere. Vielleicht habe ich auch deshalb angefangen, Frauen zu daten.« Sie erhebt sich und räumt die Torten wieder in den Karton, mit dem sie geliefert wurden, um meinen Schreibtisch frei zu machen.

»Liebe ist Liebe. Das Gefühl richtet sich nicht nach einem Geschlecht, sondern es kommt tief aus deinem Herzen. Und wenn dieses sich für diesen Menschen öffnet, dann kann es nicht falsch sein.«

»Derzeit wäre ich zufrieden, wenn es bei irgendwem schneller klopfen würde, aber es scheint, als hätte auch mein Ex mir den Glauben an die Liebe geraubt.«

»Ich hatte ihn auch verloren, immerhin hat mein eigener Vater mich wie Dreck behandelt, aber es gibt diesen einen Menschen, der dich wieder an die Liebe und das Glück glauben lässt.«

»Troy ist wirklich toll. Ich hoffe, du nimmst es mir nicht übel, dass ich etwas über ihn herumgewitzelt habe.« Natürlich glaubt sie, dass meine Worte auf meinen Verlobten bezogen waren. Er ist erfolgreich, nach wie vor begehrt und sieht unglaublich gut aus, aber tief in meinen Inneren habe ich meine Jugendliebe Jackson gemeint. Den Mann, der mir mein Selbstvertrauen zurückgegeben hat. Aber das ist ein Thema, das ich seit meiner Verlobung nie wieder angeschnitten habe.

»Nein, tue ich nicht. Alles gut. Troy ist wunderbar, aber leider auch weit weg.«

»Schon wieder eine Geschäftsreise?«

»Ja, er ist in Alabama. Sein Dad und er wollen einen Golfplatz mit Spa errichten und erbitten die Baugenehmigung.«

»Wann erwartest du ihn zurück?«, fragt sie neugierig. Mir ist nicht entgangen, dass sich ihr Gesicht kurz erhellt hat, als ich von seiner Abwesenheit gesprochen habe.

»Am Sonntag.«

»Das ist gut«, sagt Donna fröhlich und klatscht in die Hände.

»Ach, und wieso?«

»Weil Tori, du und ich dieses Wochenende ausgehen werden. Party, Cocktails und viel Musik.«

»Schön, dass ich das auch mal erfahre, immerhin ist heute Freitag und damit quasi schon Wochenende.«

»Ich habe es dir doch früh genug erzählt. Außerdem ist es egal, wann ich es dir sage, du verspätest dich sowieso«.

»Hey! Sei nicht so pessimistisch. Ich arbeite an meiner

Pünktlichkeit.« Ich helfe ihr, die letzte Tortenkostprobe wegzuräumen, ehe ich auf meinem Bürostuhl Platz nehme.

»Nur, dass die jahrelange Arbeit noch immer keine Früchte trägt.«

»Du übertreibst«, sage ich schmollend, obwohl ich gestehen muss, dass sie recht hat. Ich lege es nicht darauf an, verspäte mich aber andauernd.

»Du weißt, dass ich es nicht böse meine. Wir lieben dich, auch wenn du dich wie eine Diva verspätest.«

»Eine Diva kommt nie zu spät. Ebenso wenig zu früh. Sie trifft genau dann ein, wenn sie es für richtig hält«, werfe ich ein, was Donna zum Lachen bringt.

»Den Spruch hast du aus *Herr der Ringe* gemopst«, meint sie lachend und stemmt vorwurfsvoll die Hände in die Hüften.

»Er passt einfach perfekt zu mir«, gebe ich belustigt zurück, denn das sind – neben meinen geliebten K-Dramas – meine absoluten Lieblingsfilme.

»Wohin geht's eigentlich?«, will ich schließlich wissen, immerhin muss ich ein Outfit zusammenstellen.

»Wir fahren in den neuen Schuppen, wo die Stars und Sternchen zugegen sind, und werden so richtig abtanzen«, sagt Donna voller Vorfreude, lässt mich aber im Dunkeln tappen. Ich verlasse mich bei den Locations völlig auf meine Freundin und beschäftige mich nicht damit.

»Das klingt gut.« Denn ich kann es kaum erwarten, den Stress dieser harten Arbeitswoche von mir abzuschütteln.

2. KAPITEL

Jackson

Nachdem ich vier Wochen auf Bora Bora verbracht habe, fühlt sich der New Yorker Herbstwind eiskalt auf meiner gebräunten Haut an. Owen hat den ganzen Flug über geschlafen, während ich mir den erstellten Finanzplan des Hotels ansehe, das wir am Morgen besichtigen wollen. Wenn ich mich für den Kauf entscheide, würde uns die Renovierung ungefähr eine Million Dollar kosten, aber die gute Lage und die Geschichte des Gebäudes haben mich neugierig gemacht.

»Taxi«, rufe ich laut und hebe die Hand, worauf sofort ein Wagen vor uns zum Stehen kommt.

»Alter, schrei nicht so laut. Ich habe Kopfschmerzen«, beschwert sich Owen und verzieht das Gesicht. Ich blicke zu meinem Freund, der etwas größer ist als ich, trainiert und auf den ersten Blick imposant wirkt, doch tief drinnen einfach ein Teddybär ist.

»Wie kannst du Kopfweh haben, wenn du den ganzen Flug über geschlafen hast?«

»Es war zu wenig Schlaf, wie es aussieht.«

»Das war aber ein Neunzehn-Stunden-Flug.«

»Ja, ja, nörgele nicht schon wieder und lass uns einsteigen.« Der Taxifahrer will meinen Koffer in den Kofferraum heben, doch ich stoppe ihn, bevor er nach meinem Gepäckstück greifen kann.

»Ich mache das schon.« Ich lächle freundlich, was er mit einem Achselzucken quittiert. Vielleicht spricht hier meine harte Jugend aus mir, aber ich mag es nicht, wenn jemand Fremdes meine Sachen anfasst. Nachdem der Fahrer sich in den Verkehr eingefädelt hat, scheint Owens Müdigkeit wie weggeblasen zu sein, denn er redet ununterbrochen, aber ich höre ihm nur mit einem Ohr zu. Jedes Mal, wenn ich hierherkomme, fühlt es sich fremd und kalt an. Ich bin hier geboren, aufgewachsen und habe in dieser Stadt die schlimmsten, aber auch die schönsten Momente meines Lebens verbracht.

Was mich damals geritten hat, mir hier ein Apartment zu kaufen, weiß ich nicht mehr. Aber nachdem ich mit meiner Hotelkette expandiert bin, war das Erste, was ich tat, mir eine Wohnung an der Upper East Side zu kaufen, in der ich seither vielleicht fünf Mal gewesen bin. Ich hatte es getan, weil ich es konnte, nicht, weil ich den Drang verspürt hatte, in Manhattan zu wohnen. Etwas in mir wollte in dieser Stadt nicht Fuß fassen, weder mit meinen Hotels noch mit anderen Immobilien, aber die Anfrage nach Orwood Hotels ist auf der ganzen Welt gestiegen. So auch in den Vereinigten Staaten, also sehe ich mir mit meinem Team ein altes Hotel an, das sich in der Nähe vom Central Park befindet und durch seine Lage heraussticht.

»Wo bist du denn mit deinen Gedanken?«, will Owen neugierig wissen.

»Weit weg und doch da.«

»Wie dem auch sei, du bekommst jetzt, da du wieder im Hier und Jetzt angekommen bist, die Kurzversion. Meine Wohnung wird gerade renoviert, und ich werde wohl oder übel bei dir unterkommen müssen, bis wir weiterziehen.«

»Mi casa e su casa.«

»Ich nehm dich beim Wort«, meint er mit einem diabolischen Grinsen, aber ich zucke nur mit den Schultern. Owen und ich sind seit fast zwanzig Jahren rund um die Uhr zusammen unterwegs, sodass ich an seine ständige Anwesenheit gewöhnt bin.

»Na schön, genug von meinem obdachlosen Selbst. Du bist ziemlich still, seitdem wir wieder in New York sind.«

»Ich bin nur müde. Immerhin habe ich im Flieger gearbeitet, während du mir aufs Fünfhundert-Dollar-Hemd gesabbert hast.«

»Ich?! Jetzt aber langsam mit den jungen Pferden. Ich sabbere nicht, sondern habe mich an deine starke und muskulöse Schulter gelehnt, um entspannter zu schlafen.«

»Gut zu wissen, dass dir mein Surferbody gefällt und du deinen Schönheitsschlaf jederzeit bekommen kannst.«

»Exactly, mein Freund.«

Ich schüttle lachend den Kopf und blicke an den Hochhäusern vorbei. Diesen wohlbetuchten Gegenden bin ich damals ausgewichen, außer, wenn ich Gras verticken wollte, und nun habe ich mir mitten im Feindesgebiet meiner Jugend ein Fünf-Zimmer-Apartment gekauft. Mein Leben hat sich in den letzten zehn Jahren so stark verändert, dass ich mich des Öfteren frage, ob ich nicht eigentlich träume und irgendwann wieder in dem alten Gebäude aufwache, in dem Mom und ich gelebt haben. Zum Grübeln bleibt mir jedoch keine Zeit, denn wir halten bereits vor dem Apartmenthaus, in dem sich meine Wohnung befindet. »Weißt du überhaupt noch, welche Nummer deine Wohnung hat?«

»Du stellst vielleicht Fragen. Natürlich weiß ich das.« Tue ich nicht, aber das merkt Owen nicht, denn ich hole mir vom Portier meine Schlüssel, die sicher verwahrt wurden. Auf dem Schlüssel ist die Nummer glücklicherweise vermerkt. Nach einer heißen Dusche fühle ich mich wie ein neuer Mensch. Es fühlt sich gut an, all die Müdigkeit und die Gerüche der Reise abgewaschen zu haben.

Ich stelle mich vor das Panoramafenster und blicke auf die Bäume, die zwischen dem Beton zu sehen sind, und deren Baumkronen in allen Orangetönen leuchten. Die Blätter einiger Bäume sind schon längst abgefallen, was den nahenden Winter signalisiert. Ein eiskalter Schauer erfasst mich, da ich dieses kalte Klima nicht gewöhnt bin. Ich kann mit meinen zweiunddreißig Jahren sagen, dass ich einiges von der Welt gesehen habe. Ich bin ein anpassungsfähiger Mensch und finde mich überall zurecht, wie ein Chamäleon, aber jeder Ort am Meer war mir immer lieber als die großen Städte dieser Welt.

Als ein Schnarchen aus dem Gästezimmer erklingt, muss ich lachend den Kopf schütteln. Mein bester Freund kann wirklich immer und überall schlafen. Da ich es nicht mag, zu lange in der Wohnung zu sitzen, ziehe ich mir meinen Mantel über mein kariertes Hemd und schlüpfe in meine Boots, ehe ich nach draußen gehe. Im Gegensatz zu meiner Jugendzeit ist New York sauberer und mir scheint, auch geordneter als früher. Ich hole mir einen doppelten Espresso, ehe ich den Park ansteuere. Mein Smartphone habe ich bewusst auf lautlos gestellt, da ich in der Natur gezielt abschalten will und wenigstens für einen Moment das Gefühl genießen möchte, ungestört zu sein. Die Hotelwelt ist anstrengend genug.

Mein Leben ist hektisch, laut und so abgefahren, dass ich die Momente der Stille einfach genieße. Manchmal fühlt es sich an, als führe ich ein Doppelleben wie Clark Kent. Ich bin der jüngste Hotelier der Welt, dessen Hotelkette einen Umsatz von fünfzig Millionen Dollar im Jahr macht und damit ziemlich erfolgreich ist. Immer auf Achse und stets drauf bedacht, dass jedes Hotel individuell und meine zweitausend Mitarbeitenden zufrieden sind. Aber wenn ich die Brille aufsetze, bin ich nur Jackson, ein Mann, der gerne Zeit mit den Menschen verbringt, die er liebt, für sein Leben gerne surft und dessen zweite Heimat der Ozean ist. Ich genieße jede Minute meines Lebens, die ruhigen wie die wilden Momente.

Vor dreizehn Jahren war ich ein Störenfried, Gangmitglied und ziemlich verloren. Für alle war ich ein Versager, der es niemals zu etwas bringen wird. Für alle, nur nicht für Mom, Owen und *sie*. Als meine Gedanken sich auf gefährliches Terrain bewegen, zu der Frau in meiner Vergangenheit schweifen, gehe ich schneller und konzentriere mich auf den Park und die Menschen, die meinen Weg kreuzen. Mir ist jede Art von Ablenkung recht.

Nach einer Stunde ist mein Kaffee längst leer, und meine Hände sind eiskalt. Also beschließe ich, mich in einem Diner aufzuwärmen, ehe ich mich auf den Weg zurück zur Wohnung mache. Im Flugzeug habe ich nicht viel gegessen, und jetzt knurrt mein Magen wie ein wilder Pitbull. Ich will mein Smartphone zücken, um einen Laden zu finden, wo ich meinen Hunger stillen kann, als ich auch schon das beleuchtete Schild eines Diners erblicke. Es mag eine Weile her sein, dass ich in Manhattan gewesen bin, aber alles wirkt vertraut auf mich, selbst als ich den Laden betrete und mich die angenehme Wärme umhüllt. Mir ist so, als wäre ich schon einmal hier gewesen, was ich aber bezweifele. Ich suche mir am liebsten einen Platz im hinteren Teil des Restaurants, erstens, weil es dort nicht so zieht, und zweitens, weil ich im Lokal gern den Überblick behalte. Eine alte Angewohnheit aus meiner Jugend, als ich ständig auf der Hut sein musste. Nachdem ich meine Bestellung aufgegeben habe, hole ich das Smartphone aus der Tasche meines Mantels, ehe ich ihn komplett ausziehe. Drei verpasste Anrufe von Owen und eine Nachricht von meiner Mom.

Mom: Ich hoffe, ihr seid sicher in Manhattan angekommen, wenn du es schon versäumt hast, deine Mutter anzurufen. Ich bin nicht eingeschnappt. Kein bisschen. Oder vielleicht ein wenig, aber nimm es mir nicht übel. Jeff hat mich quer durch den Dschungel geschleift, ehe ich tot ins Bett gefallen bin. Der Anblick meiner Haare aufgrund der Luftfeuchtigkeit hätte dir gefallen. Meld dich. Hab dich lieb, xoxo Mom

Lächelnd tippe ich eine Antwort.

Jackson: Wir sind sicher angekommen, wurden nicht überfallen, und ich habe auch von keinem Fremden Süßigkeiten angenommen, also kannst du beruhigt sein. Owen hat neunzehn Stunden geschlafen, aber es scheint wohl nicht genug gewesen zu sein, denn er ist sofort wieder eingepennt. Ich hoffe doch, dass der gute Jeff ein Foto von deinen wilden Locken gemacht hat. Ich würde ihm ein hübsches Sümmchen dafür zahlen, dass er es mir zeigt. Ich hab dich auch lieb und bitte höre auf wie in Gossip Girl xoxo zu schreiben. Das tun nur Teenies.

Mom: Du kleiner Frechdachs, sei froh, dass ich am anderen Ende der Welt meinen Urlaub genieße, sonst würde ich dir jetzt das Fell über die Ohren ziehen. Was heißt, nur Teenies schreiben so? Willst du etwa sagen, dass ich alt bin? Ich hoffe ja, dass du dich vertippt hast. Und Jeffrey würde schneller die Scheidungspapiere vor sich liegen haben, als er gucken kann, wenn er dir das Foto zeigt.

Jackson: Also gibt es doch ein Foto.

Mom: Vergiss es, Freundchen. Schön, dass es euch gut geht. Kümmere dich um Owen, der wird sicher vor Hunger sterben, wenn er aufwacht. Liebe Grüße von Jeffrey und bis bald. xoxo Mom ;)

Mein Burger sieht so lecker aus, dass mir das Wasser buchstäblich im Mund zusammenläuft. Der Reisestress und die Tatsache, dass ich wieder nach New York geflogen bin, hat mich das Essen vergessen lassen. Als ich einen Bissen nehme, ist es wie eine Geschmacksexplosion auf meiner Zunge. Diesen Geschmack, das Aroma, die Soße … ich habe diesen Burger schon einmal gegessen, aber mir will nicht einfallen, wann. Das Fleisch zergeht beinahe auf der Zunge, und die Gewürze umschmeicheln meinen Gaumen regelrecht. Dieser Burger ist der Wahnsinn.

Ich bin damals überallhin essen gegangen, wenn Mom es nicht geschafft hat zu kochen. Da sie eine Koryphäe in der Küche ist und ich durch sie die Liebe zum Essen entwickelt habe, achte ich darauf, was und wo ich esse. Die Jungs von damals haben irgendwelchen Fraß in sich hineingestopft, während ich immer als Gourmet verspottet wurde, aber ich kann nichts dafür. Ich esse für mein Leben gern, oder besser gesagt, genieße ich alle möglichen Speisen und Getränke. Essen ist für mich nicht nur etwas, das man zum Überleben braucht. Jede Zutat ist eine Note, die die Mahlzeit am Ende in eine Sinfonie verwandelt. Deshalb hat es mich zu den Läden hingezogen, die nicht sonderlich teuer waren, aber sehr gutes Essen zubereiteten.

Jahrelang wollte ich Koch werden, habe mich aber aus Geldgründen dagegen entschieden, und auch, weil meine Gang mich vermöbelt hätte, wenn ich diesen Berufsweg eingeschlagen hätte.

Ich schlucke den letzten Bissen des herrlichen Burgers hinunter und blicke auf den Teller. Erst jetzt werfe ich einen genaueren Blick auf die Serviette. Darauf ist ein Koch abgebildet, der mit Burgern jongliert, was dem Besitzer nachempfunden ist, der früher Zirkusartist gewesen ist.

Jetzt erinnere ich mich wieder. Das letzte Mal war ich mit *ihr* hier, sie hat mich mit Pommes beworfen, weil ich sie mal wieder geärgert habe. Ich habe es geliebt, sie zu ärgern, was sie mir dann mit gleicher Münze heimgezahlt hat. Das war es, was es für mich unbeschwert gemacht hat, denn bei ihr durfte ich einfach nur ich sein und nicht der vaterlose Dealer, der an illegalen Straßenkämpfen teilnimmt, um an Geld zu kommen. Egal, ob wir unter Menschen oder zu Hause gewesen sind. Wir waren einfach nur zwei Teenies, die sich geliebt haben, und genau das habe ich an uns am meisten gemocht. Damals war sie alles für mich, wichtiger als die krummen Geschäfte, das Geld oder die Gang. Sie war mein persönlicher Sonnenschein, egal, wie albern das klingen mag. Ich habe es mir jahrelang verboten, an sie zu denken, weil ich danach niedergeschlagen oder wütend gewesen wäre.

Aber ich schätze, dass ich vor meinen Erinnerungen nicht weglaufen kann. Immerhin hat mich mein Unterbewusstsein direkt in das Diner geführt, das wir vor Jahren gemeinsam besucht haben. Hier wurde zwar alles renoviert und verändert, aber ich sehe sie noch genau vor mir. Ihr langes blondes Haar, das durch die roten Lampenschirme immer orange ausgesehen hatte, oder an das wohlige Stöhnen, wenn sie eines der neuen Gerichte gekostet hat, und das Lachen. Trotz ihrer harten Kindheit hat sie immer gelacht, und nur an den Klang zu denken lässt mich schmerzhaft die Augen schließen.

Die Erinnerung an unsere Vergangenheit lässt meine Brust eng werden. Ich schiebe den Teller von mir und wische mir mit einer Serviette den Mund ab. *Was zum Teufel passiert hier gerade?* Es ist dreizehn Jahre her, dass meine Jugendliebe aus meinem Leben verschwunden ist, und es sollte mir egal sein. Ich sollte mich nicht an ihren Geruch nach Jasmin erinnern, an ihr Lächeln und die Grübchen, die es erzeugt hat. Ich sollte nicht an Quinn Larson denken.

Unter keinen Umständen.

Genervt presse ich den Mund zu einer schmalen Linie zusammen, weil ich mich über mich selbst ärgere. Ich sollte gehen und diesen kurzen Augenblick der Schwäche vergessen, doch zufällig gleitet mein Blick zur Theke, ehe ich ihn schnell senke und dann fast panisch erneut zu derselben Stelle blicke. Ich wage kaum zu atmen, denn da vorne sehe ich eine Frau mit Quinns Statur, ihren langen hellblonden Haaren und den sanften Kurven. Sie unterhält sich gerade mit einer Bedienung und ist zu weit von mir entfernt, als dass ich sie verstehen könnte. Mein Herz beginnt wie wild in meiner Brust zu schlagen, stoppt aber unmittelbar, als sie den Kopf in meine Richtung dreht, als würde sie spüren, dass ich sie beobachte.

Als ich ihr Gesicht erblicke, stelle ich beinahe enttäuscht fest, dass es nicht die Frau ist, die mir damals das Herz gebrochen hat, sondern eine, die ihr zufällig ähnlich sieht. Sie lächelt mich an, aber ich kann es nicht erwidern, zu sehr stört mich die Tatsache, dass diese Begegnung mich aus der Bahn geworfen hat. Ich bezahle mein Essen und mache, dass ich wegkomme. Weg von dem Ort, der all diese Erinnerungen in mir wachrüttelt. Im Gehen rufe ich Owen zurück und beschleunige meine Schritte.

»Welchen Schuppen hast du dir für heute Abend ausgesucht?«, frage ich ihn ohne jegliche Begrüßung.

»Woher willst du wissen, dass ich eine Location herausgesucht habe?« Seine Frage hätte mich unter normalen Umständen zum Lachen gebracht, aber nichts ist gerade so, wie es sein sollte.

»Weil du es in jeder Stadt tust.« Wenn man das Wort *Lebensfreude* im Lexikon nachschlagen würde, würde dort ein Bild von Owen zu sehen sein. Er liebt es, unter Menschen zu sein und jeden Augenblick seines Lebens zu genießen. Normalerweise begleite ich ihn ungern, wenn er ausgeht, aber heute fiebere ich der Nacht regelrecht entgegen.

»Es ist schon erschreckend, wie gut du mich kennst. Ich glaube, wir sollten weniger Zeit miteinander verbringen.«

»Vielleicht. Oder du hörst endlich auf zu quasseln und verrätst mir, wo du uns heute Abend eingeplant hast.« Ich will nicht schroff klingen, doch in mir spüre ich diese Wut, die um jeden Preis nach außen dringen will. Es ist die Wut auf mich selbst.

»Ist alles in Ordnung? Du klingst aufgebracht.«

»Bei mir ist alles bestens. Jetzt mach's nicht so spannend, Owen.«

»Ich habe uns im *Shore* an der Fifth eine Lounge im VIP-Bereich reserviert. Das soll der beliebteste Schuppen weit und breit sein.«

»Geht klar, ich bin dabei. Wir sehen uns gleich zu Hause.« Ich lege auf, stopfe das Handy in meine Manteltasche und klappe den Kragen hoch, da der kalte Wind zugenommen hat. Ich lasse das Diner hinter mir, gehe in das herbstlich kalte Manhattan und hoffe, dass ich es ebenfalls schaffe, die Erinnerungen an Quinn weit von mir zu schieben.

3. KAPITEL

Quinn

Wie fast jeden Morgen wache ich ein paar Minuten vor fünf Uhr auf. Meine innere Uhr hat sich mit den Jahren daran angepasst und lässt mich ausgeruht die Augen öffnen. Meistens bin ich die Erste, die wach wird, sei es nun in meiner Familie oder in Troys. Mein Verlobter ist an Wochenenden ein Langschläfer, und an Arbeitstagen quält er sich eher aus dem Bett und hat noch nie verstanden, wieso ich so früh aufstehe, obwohl ich noch locker zwei Stunden länger schlafen könnte. Die Wahrheit ist, dass ich seit Jahren eine innere Unruhe verspüre, eine Angst, etwas zu verpassen, die ich mir nicht erklären kann.

»Heute wird ein toller Tag«, murmle ich und schäle mich gut gelaunt unter meiner Bettdecke hervor. Auch wenn das frühe Aufstehen daher rührt, mindert das meine Laune keineswegs. Ich bin mir sicher, dass man es selbst in der Hand hat, wie der Tag beginnt. Ob es ein guter oder schlechter Tag wird, liegt an meiner Einstellung. Ich starte meine Meditationsplaylist, rolle meine Yogamatte aus und meditiere, wie ich es jeden Morgen tue. Es hilft mir, meine wild umherschwirrenden Gedanken zu ordnen und den Tag in Ruhe zu beginnen. Die Tage und auch Abende sind teilweise ziemlich stressig, sodass ich die Meditationen brauche, um meine innere Mitte nicht zu verlieren.

Danach fühle ich mich leicht wie eine Feder und rundum zufrieden. Da meine moderne Kaffeemaschine sich um halb fünf selbst einschaltet, gehe ich in meine Küche und drücke auf die Cappuccino-Taste. Meine Lieblingstasse, mit der Aufschrift *The Ocean is where I belong,* stelle ich darunter. Ich öffne die Balkontür, damit frische Luft in meine Wohnung dringt und atme tief durch. Es ist wie in den letzten Tagen ein kalter Morgen, aber das macht mir nichts aus. Ich lüfte, selbst wenn es minus zwanzig Grad hätte. Es gehört zu meinem Morgenritual, und ich lasse es nicht ausfallen, auch wenn ich die Kälte nicht mag. Ich schlüpfe in meine dick gefütterten Hausschuhe, die über meinen Knöcheln enden, und den extra warmen Bademantel. Im Gehen wechsle ich die Playlist von *Meditation* auf *Good Morning* auf meinem Smartphone, als auch schon der Ton der Kaffeemaschine erklingt. In der Küche schnappe ich mir das Tablet von der Ladestation und meine Tasse, um mich auf meine Couch zu setzen.

Ich trinke einen Schluck von meinem Kaffee und schließe wohlig die Augen. Meine Bewegungen sind auch am frühen Morgen schon schnell, aber meine Gedanken entfalten sich erst dann, wenn ich den herben Geschmack auf der Zunge spüre. Nach dem dritten Schluck stelle ich die Tasse auf dem Beistelltisch ab und öffne die Notizapp meines iPads. Jeden Morgen schreibe ich eine To-do-Liste, die ich im Laufe des Tages abarbeite. Heute ist Samstag, und man sollte meinen, dass es am Wochenende nicht viel zu notieren gibt, aber wenn man eine Anwaltskanzlei leitet, bleiben unter der Woche viele alltägliche Dinge auf der Strecke.

Mein erster Punkt ist der Wohnungsputz. Zwar ist Victoria, Haydens Hausangestellte, mir eine Hilfe, wenn es darum geht, die Fenster zu putzen und meine Kleidung zu bügeln, aber den Rest erledige ich selbst. Ich könnte sie dafür bezahlen, die gesamte Wohnung zu putzen, aber warum sollte ich das tun, wenn ich es doch selbst liebe, für Ordnung in meinen vier Wänden zu sorgen? Die nächsten Punkte sind, Lebensmittel einzukaufen, dann Troy anzurufen, meine privaten Mails zu checken, mit Mom zu skypen, die rumliegenden Akten zu sortieren, ehe ich sie am Montag im Archiv ablege, und dann in die Stadt zu gehen, um mich mit meiner Freundin Taylor Grant zu treffen, die mich für ihren Blog interviewen möchte. Um die Hochzeitsplanung kümmere ich mich immer unter der Woche, so, wie ich es auch mit der Arbeit handhabe. Da ziehe ich eine klare Grenze. Im Gegensatz zu meinem Bruder Hayden, der immerzu arbeitet, sorge ich dafür, dass das Wochenende nur für mich bestimmt ist.

Ich liebe meinen Job, aber ich liebe es auch, mir Zeit für mich zu nehmen und die Seele baumeln zu lassen. Zwar erstelle ich eine Liste, aber es besteht kein Druck, jeden einzelnen Punkt abzuhaken. Mir ist völlig klar, dass das Leben unvorhersehbar ist und sich Pläne auch ändern können, aber ich fühle mich wohler, wenn ich einen Überblick habe, was am Tag ansteht. Ich speichere die Liste in der Cloud und stehe auf, um die Balkontür zu schließen. Die leere Tasse stelle ich in den Geschirrspüler, ehe ich unter die Dusche hüpfe.

»Mist«, schimpfe ich vor mich hin und beschleunige meine Schritte, als ich auf die Armbanduhr blicke. Ich komme mal wieder zu spät zu meinem Treffen mit Tae, obwohl ich sogar früher als sonst meine Wohnung verlassen habe. Aber dann habe ich diesen tollen Laden entdeckt, der Sand aus den verschiedensten Ländern der Welt verkauft. Ich habe mir ein Fläschchen aus Kroatien gekauft und schnell in meine Tasche gestopft, als ich merke, wie schnell die Zeit vergangen ist. Im Gehen wähle ich Troys Nummer.

»Hey Liebling. Wie geht es meiner Schönen?«, begrüßt mich mein Verlobter, und ich erkenne an seiner Stimme, dass er beim Sprechen lächelt.

»Gut«, sage ich schwer atmend und husche über den Zebrastreifen zur anderen Straßenseite. »Auch wenn ich mal wieder zu spät kommen werde.« Dicht neben dem Gehweg hupt ein Auto und ein anderes stimmt ein. Man hört Flüche in fremden Sprachen und sieht viele Stinkefinger. Typisch New York.

»Oje. Ich würde so gern sagen, dass ich überrascht bin …«

»… aber es ist typisch ich«, antworte ich für ihn, denn es entspricht der Wahrheit. Ich würde so gerne immer die professionelle und zuverlässige Anwältin sein, aber in der Freizeit ist es, als würde mein Innerstes einen Schalter umlegen und ich werde wieder die quirlige junge Frau, die nie pünktlich sein kann.

»Triffst du dich mit Tae?« Ein Lächeln breitet sich auf meinem Gesicht aus, da ich den Umstand liebe, dass Troy genau zuhört, wenn ich ihm etwas erzähle.

»Ja, heute interviewt sie mich für ihren Blog. Sie wird auch ein paar Fotos mit mir in der Stadt machen. Ich hoffe, dass ich mir bis zum Treffpunkt nicht das Make-up ruiniere.«

»Ich hoffe, der Schnee wird euch keinen Strich durch die Rechnung machen. Laut Wetterbericht soll ein Schneesturm auf dem Weg nach NYC sein.« Ich blicke hoch in den blauen Himmel.

»Alles, nur keinen Schnee. Ich habe genug vom Winter.«

»Was soll ich denn sagen? Hier fällt er ununterbrochen. Aber es passt zur frostigen Stimmung. Die ist trüb, wie immer.«

»Läuft es nicht so gut mit deinem Dad?«

»Mehr als ein *Gut siehst du aus* ist von seiner Seite nicht gekommen. Außer es geht ums Geschäft, da redet er wie ein Wasserfall.«

»Armes Baby. Ich würde dich jetzt gerne drücken.«

»Das kannst du gerne machen, wenn ich wieder da bin. Wenigstens ein kleiner Lichtblick bei dieser langweiligen Geschäftsreise.«

»Bald hast du es geschafft. Oh, Entschuldigung.« Ich lächele eine Passantin an, die ich versehentlich grob gestreift habe, um mich vorzudrängeln.

»Mäh niemanden nieder in deiner Eile«, sagt er und lacht. Auch wenn es ein Witz auf meine Kosten ist, tut es gut, ihn lachen zu hören. Mit seinem Dad ist es einfach jedes Mal dasselbe. Immer sieht er nur das Geschäft und nicht seinen einzigen Sohn, der sich mit ihm auch gerne einfach mal über Privates unterhalten würde.

»Ich gebe mir Mühe, aber es sind einfach zu viele Menschen unterwegs.«

»Apropos unterwegs. Wohin verschlägt es euch Mädels heute Abend?«

»Wir gehen ins *Shore*«, rufe ich in mein Handy und ernte verwunderte Blicke von zwei Passantinnen, weil ich so laut gesprochen habe. Ich befinde mich auf dem Gehweg in Manhattan und der Lärm begleitet mich wie eine Horde Bienen, da ist es doch klar, dass ich lauter sprechen muss.

»Sagt mir nichts«, antwortet Troy, womit ich schon gerechnet habe. Troy ist kein Clubgänger im eigentlichen Sinne. Er begleitet mich zwar immer, ist aber eher Zuschauer und Genießer der Musik als ein Tänzer. Mein Verlobter ist eher der Spendengala- und Countryclub-Typ. Ich mag beides und bin generell offen für Neues.

»Ist ein neuer Laden an der Fifth«, erkläre ich, gehe an den Rand des Gehwegs.

»Das ist wenigstens in einer guten Gegend. Beim letzten Mal hast du mich direkt in einen Schuppen in der Gosse geschleift.«

»Ach, übertreib mal nicht. Da war ich schon als Teenie, und die Musik im *Ice Cube* ist immer noch genial.« Es war in meiner alten Nachbarschaft, nicht unweit von der Einrichtung, in der ich viele Jahre meiner Jugend verbracht habe. Aber mit Troy rede ich nicht oft über diese Zeit. Nicht, weil ich mich dafür schäme, sondern weil es mit schmerzhaften Erinnerungen verbunden ist.

»Dir muss es gefallen, mein Liebling. Ich lasse mich gern überall von dir hinschleppen, wo ich deinem hübschen Hintern beim Tanzen zusehen kann.«

»Ach, du gehst also nur mit mir aus, um mich anzuglotzen?«

»Genau, und ich liebe jede Sekunde davon.«

»Das will ich doch hoffen. Ich mache viel, um ihn in Form zu halten.«

»Du leistest hervorragende Arbeit, lass dir das von deinem Zukünftigen sagen. Schon eine Idee, was du später anziehen wirst?«

»Ich dachte an die weiße Marlene-Hose zu der hellblauen Bluse, die ich zu unserem Jahrestag angezogen habe. Weißt du noch?«

»Wieso ziehst du nicht den lila Glockenrock an und dazu das schwarze bauchfreie Seidenshirt mit den halblangen Ärmeln.«

»Du meinst das Shirt, bei dem auch ein Bändchen um den Hals liegt?«

»Genau. Ich sehe dich darin quasi vor mir.« Seine Stimme ist eine Nuance tiefer geworden, eher als würde er es sich vorstellen, mich aus diesem Outfit zu schälen.

»Ja schon, aber es sieht wie ein Katzenhalsband aus.«

»Dann lass es weg, aber ich finde es würde dir trotzdem stehen.«

»Ich probiere deine Kombi zu Hause an.« Ich weiche einer

Frau, die einen Kinderwagen schiebt, aus und schlängle mich durch den Menschenstrom.

»Schick mir ein Foto, wenn du fertig bist.«

»Mach ich. Wie läuft es überhaupt mit dem Bauprojekt? Ich habe das Gefühl, wir reden nur über mich.«

»Das ist auch mein Lieblingsthema«, meint er lachend, ehe er sich räuspert.

»Es läuft nicht so gut. Die Baupläne weisen noch ein paar Fehler auf, und mein Dad hat den Architekten heute um sechs Uhr früh geweckt, damit er seinen Arsch hochkriegt, um diese zu bereinigen.«

»Whoa, und das an einem Samstag.«

»Ja, du kennst ihn ja, er hat da kein Erbarmen.« Und wie ich meinen zukünftigen Schwiegervater Steve kenne oder besser gesagt nicht kenne. Für ihn ist die Arbeit sein einziger Lichtblick und Stolz im Leben. Seine Familie beachtet er kaum, und wenn er einmal mit ihnen redet, geht es immer um das Unternehmen. Ich bin seit Jahren mit Troy zusammen und habe kaum zwanzig Sätze mit ihm gewechselt. Dass Troy eng mit ihm zusammenarbeiten muss, stelle ich mir schwierig vor.

»Ich hoffe, du kannst ein wenig die Gegend erkunden und musst nicht durcharbeiten. Du bist seit Tagen am Ackern, das kann doch nicht gesund sein«, sage ich und verspüre Mitleid mit ihm. Er ist zwar offiziell Partner des Bauimperiums, aber mit seinen Ideen stößt er bei seinem Vater auf wenig Gehör.

»Er war so gnädig, dass er mir den Sonntag freigegeben hat, aber wer weiß, vielleicht kommt wieder einmal etwas dazwischen, dann war's das mit dem freien Tag.«

»Du Armer. Sobald du wieder da bist, verwöhne ich dich nach Strich und Faden.«

»Führst du mich ins Spa und zum Essen aus?«, fragt er belustigt, obwohl ich weitaus heißere Dinge im Kopf hatte.

»Unter anderem.«

»Na, da habe ich etwas, worauf ich mich in dieser Workaholic-Blase freuen kann.«

»Ich vermisse dich«, sage ich seufzend. Er muss in letzter Zeit immer öfter auf Geschäftsreisen, sodass ich ihn kaum zu Gesicht bekomme. Leider leben wir auch noch nicht zusammen, da sein Dad darauf besteht, dass er bis zur Hochzeit zu Hause wohnt, ehe er zu mir zieht. Eine Tatsache, die ich noch immer ziemlich verstörend finde. Aber ich habe mich damit abgefunden.

»Ich dich auch. Kann es kaum erwarten, dich wiederzusehen.« Ich kaue auf meiner Unterlippe und will ihm sagen, dass ich ihn liebe, als ich einen dumpfen Laut und Stimmen höre. Allem Anschein nach ist sein Dad zu ihm ins Hotelzimmer gekommen, sie unterhalten sich energisch, und es klingt so, als wäre Troy sauer.

»Ich muss Schluss machen. Ich melde mich später noch mal.«

»Ok. Ich liebe …« Doch da hat er auch schon aufgelegt. Lange habe ich nicht Zeit, um über diese forsche Verabschiedung nachzudenken, denn endlich erreiche ich das Restaurant, in dem Taylor auf mich wartet, um mich über mein Leben und meine anstehende Hochzeit auszufragen.

Damn, also wenn mein Verlobter eines kann, dann ist es Outfits zusammenzustellen, ob nun für sich oder für seine Freundin. Er hat einen ausgezeichneten Modegeschmack und geht nur aus dem Haus, wenn er zu hundert Prozent zufrieden mit seinem Äußeren ist. Er ist nicht selbstverliebt oder ein Snob, sondern hat einfach einen begnadeten Geschmack, was Mode anbelangt. Er wurde schon öfter als Model gebucht, auch wenn er eigentlich Geschäftsmann ist. Troy wurde sogar von einer

Frauenzeitschrift als sexiest Businessman des letzten Jahres gewählt. Eine Tatsache, die mich als Freundin und bald Ehefrau ziemlich stolz macht.

Ich bin gerade mit meinem Make-up fertig geworden, als es an der Tür klopft. »Komme!«, rufe ich und eile zur Wohnungstür, um sie zu öffnen. Vor mir stehen Donna und Tori, meine besten Freundinnen, die mich mit einer herzlichen Umarmung begrüßen.

»Ihr seid zu früh.« Mein Blick gleitet zu der hellen Vintage-Wanduhr, die mir anzeigt, dass ich noch eine halbe Stunde habe, ehe wir uns treffen wollten.

»Na ja, wir dachten, wir gehen auf Nummer sicher, dass du dich nicht schon wieder verspätest«, sagt Donna kichernd und betritt meine Wohnung. Tori folgt ihr, sodass ich die Tür hinter ihnen schließen kann.

»Ich wäre pünktlich gewesen«, stelle ich klar, glaube es aber selbst nicht. Meine Haare sind noch nicht fertig, und ich weiß immer noch nicht, welche Stiefel ich anziehen soll. Die Mädels könnten schon recht haben, denn leider ist es eine schlechte Angewohnheit von mir. Zu meinem Glück schaffe ich es meist pünktlich ins Gericht und zu Geschäftsterminen, muss aber gestehen, dass ich bei privaten Treffen nur selten zur ausgemachten Zeit erscheine. Das ist weiß Gott keine Absicht, aber es gehört einfach zu mir.

»Wollt ihr etwas trinken?«, frage ich, als ich durchs Wohnzimmer in die Küche gehe. Während meine Brüder eine Wohnküche in ihren Häusern und Wohnungen haben, ist mein Kochbereich abgegrenzt, da ich Fisch liebe und ihn mir fast täglich zubereite. Deshalb war es für mich wichtig, dass ich eine Tür und viele Fenster in meiner Küche habe. Ich öffne den Side-by-Side-Kühlschrank, der wohl das einzig sichtbare moderne Gerät hier ist. Meine Küche ist vintage, wie fast alles in meiner Wohnung. Seit ich mit Hayden und Ian vor Jahren in Schweden gewesen bin, habe ich mich in den skandinavischen Einrichtungsstil verliebt.

Helle Möbel, viel Holz, dezente Deko und wenig moderner Schnickschnack. Ich liebe Manhattan, aber es ist durch seine Stahlbauten und den immerwährenden Beton eher kalt als gemütlich, deshalb haben Mom und ich es uns zur Aufgabe gemacht, meine Wohnung warm und persönlich statt hochmodern einzurichten. Ich kann gar nicht aufzählen, wie oft wir Vintageläden auf der ganzen Welt abgeklappert und neue Designlabels entdeckt haben, um uns hier und da noch ein Dekoelement oder ein kleines Möbelteil zu besorgen.

»Hast du Wein da?«, fragt Tori aus dem Wohnzimmer, was mich zum Schmunzeln bringt. Sie ist diejenige, die einen guten Wein dem besten Cocktail vorzieht. Ich würde jetzt nicht behaupten, dass sie eine Weinkennerin ist, aber sie trinkt sehr gerne abends ein Glas zur Entspannung.

»Sicher.« Ich blicke in meinen Getränkekühlschrank und entdecke einen süßlichen Rosé.

»Ist Rosé in Ordnung?«, rufe ich und greife nach passenden Weingläsern.

»Klar«, antwortet Tori. Housemusik erklingt aus den Boxen, was ich wohl Donna zu verdanken habe. Ich habe im Anziehmodus total vergessen, Musik anzumachen. Ich bewege mich zur Musik und schenke ein.

»Kann ich dir mit den Gläsern helfen?«, fragt Tori und kommt auf mich zu.

»Ja, bitte. Hier ist dein Glas, und wenn du die Flasche mitnehmen könntest, wäre das toll.« Wir gehen ins Wohnzimmer, wo Donna sich ebenfalls zur Musik bewegt und dabei die Fotos an meiner Wand betrachtet. Das ist wohl einer meiner Ticks, denn ich liebe Fotografien und habe eine ganze Wand in meinem Wohnzimmer mit Fotos bedeckt. Alte wie neue, ohne eine bestimmte Reihenfolge. Es wirkt chaotisch und groß, aber ich liebe diese Wand voller Erinnerungen.

»Hier.« Ich reiche meiner Freundin ihr Glas und setze mich neben Tori auf die Couch. Donna nimmt auf dem Ohrensessel Platz und hebt ihr Glas in die Höhe.

»Auf Quinn, die wieder einmal für Gerechtigkeit gesorgt hat.« Auch ich erhebe mein Glas.

»Auf Tori, die ihre erste große Gehaltsabrechnung für die Mitarbeitenden von Ever Records mit Bravour gemeistert hat.«

»Auf Donna, die einen Erbrechtsfall nach vier Jahren endlich zu den Akten legen konnte«, sagt Tori stolz und stößt mit uns an, ehe wir einen Schluck trinken. Mir wird plötzlich klar, dass wir alle drei beruflich sehr erfolgreich sind. Donna und ich arbeiten nun seit Jahren zusammen und schaffen es, professionelle Kolleginnen und gleichzeitig beste Freundinnen zu sein. In meiner Kanzlei ist sie die Leiterin des Backoffice und der Erbrechtsabteilung. Sie hat ebenfalls einen Abschluss in Jura, aber sie ist niemand, der gerne in Gerichtssälen ist. Sie setzt ihr Wissen lieber als Beraterin ein.

Tori ist seit ein paar Monaten in der Buchhaltung von Ever Records tätig. Vorher war sie die Assistentin meines Bruders, bis sie sich verliebten. Tori ist ein richtiges Zahlen- und Mathegenie, weshalb sie in die Buchhaltung wechseln konnte. Ich stelle mein Glas auf dem Couchtisch ab. »Was macht Hayden heute?«, erkundige ich mich bei Tori, weil ich meinen Bruder noch gar nicht gesprochen habe.

»Er geht mit Kyle essen und dann ins Kino. Er hat eine Eins in Mathe geschrieben, weshalb Hayden ihn mit einem Männerabend belohnen wollte. Leider konnte Ian nicht kommen.«

»Stimmt, er ist noch in Miami, um den neuen Song Getaway von Everstorm zu promoten«, erinnere ich mich.

»Miami klingt so herrlich warm.« Donna seufzt sehnsüchtig, und ich nicke ebenfalls verträumt, kann es kaum erwarten, bald nach Hawaii zu fliegen und einfach zu entspannen.

»Hast du die Nase voll vom Herbst?«, will Tori schmunzelnd wissen.

»Und wie! Ich wünschte, es wäre schon Frühling. Die kalten Jahreszeiten sind nichts für mich.«

»Dann müsstest du nach Kalifornien ziehen«, sage ich und stimme in ihr Lachen mit ein. Die Vorstellung, in den Süden zu ziehen, ist ziemlich verlockend.

»Hast du schon genug von mir?«, beschwert Donna sich, doch ich schüttle den Kopf.

»Nein, das nicht, aber in L.A. schneit es selten.«

»Ja, das klingt schon ganz nach meinem Geschmack«, meint Donna, ehe sie auf ihr Smartphone sieht.

»Oh, mein Date hat mir geschrieben. Er wartet in der unteren Bar auf uns«, teilt sie uns freudestrahlend mit.

»Date?«, frage ich verdutzt, da sie nichts von einer neuen Person in ihrem Leben erwähnt hat.

»Ich dachte, wir haben heute einen Mädelsabend?«, frage ich neugierig und greife nach meinem Glas. Nicht dass ich etwas dagegen hätte, wenn sie noch jemanden einlädt.

»Das haben wir auch, aber im Gegensatz zu euch habe ich keinen Schatz, der auf mich wartet, wenn ich nach Hause komme, also muss ich mich ranhalten.« Wir leeren unsere Gläser und reden über Donnas Date. Es heißt Aaron, ist Architekt, hat zwei Katzen und ist auf der Suche nach etwas Ernstem.

»Was sagt dir dein Gefühl bei ihm?«, fühle ich ihr auf den Zahn. Donna neigt dazu, sich schnell in Abenteuer zu stürzen, aber wenn es ernst wird, zieht sie die Reißleine.

»Er ist sehr aufmerksam und hat eine sexy Stimme, aber um

mehr sagen zu können, muss ich ihn näher kennenlernen. Ich hoffe, ihr seid mir nicht böse, dass ich ihn heute eingeladen habe.«

»Ach was, überhaupt nicht. Genieß das Singleleben und mache Erfahrungen.«

»Und wie ich das machen werde, aber jetzt husch, husch Boss, mach deine Haare, dann können wir endlich losfahren.« In Windeseile bürste ich meine offenen Haare und bringe sie mit Haarspray in Form, ehe wir unsere Stiefel anziehen.

»Es ist so lange her, dass ich jemand wirklich Tollen kennengelernt habe«, murmelt Donna, als sie sich ihren Mantel überzieht. Das Date heute Abend scheint sie ziemlich zu beschäftigen.

»Daten in New York ist auch wie Glückspiel. Du weißt nie, was du bekommst«, meint Tori und hat damit leider recht. Mein Bruder und sie sind wie füreinander geschaffen, da war nicht viel Spielraum für eine andere Person. Donna sieht mich an, und ich erkenne, dass sie denselben Gedanken hat.

»Ich mag den Nervenkitzel des Spielens, aber je älter ich werde, wünsche ich mir einen Mann oder eine Frau, der oder die mir das Gefühl gibt, etwas Besonderes zu sein.«

»Du wirst diese Person finden, und wenn es so weit ist, wirst du die Reise noch mehr zu schätzen wissen«, sagt Tori mit einem wissenden Ton. Donna und ich nicken, denn dem ist nichts mehr hinzuzufügen. Wir treten auf den Bürgersteig und winken ein Taxi heran, das uns ins *Shore* bringen soll.

»Ich hoffe so sehr, dass er gut im Bett ist«, sagt Donna, als wir um die Ecke biegen und blickt nach oben, als würde sie tatsächlich Gott darum bitten. Nichts mehr deutet auf die verletzliche Freundin hin. Stattdessen ist sie wieder ganz die lebensfrohe Donna.

»Willst du etwa beim ersten Date schon mit ihm schlafen?«,

fragt nun Tori und wendet sich Donna zu, als wäre das etwas Verwerfliches.

»Keine Ahnung. Wenn es sich ergeben sollte, wieso sollte ich Nein sagen?« *Gesunde Einstellung. Wäre ich Single, würde ich auch lieber mehr ausprobieren, ehe ich mich festlege.*

»Du musst es wissen, aber überstürze nichts, okay?«, erklärt Tori, die das Gesicht zu einer besorgten Miene verzogen hat.

»Mach ich. Versprochen.«

Die Warteschlange vor dem *Shore* ist beinahe so lang wie der Parkplatz selbst, was mich genervt aufstöhnen lässt. Ich will mich schon hinten anstellen, als Donna nach Toris und meiner Hand greift und direkt zum Türsteher stapft. Sie zeigt ihm etwas, was ich nicht erkennen kann, aber es bewirkt, dass der Typ von der Security uns durch die Absperrung bringt.

»Was hast du ihm denn gezeigt?«, will ich wissen, denn ich bin zwar eine erfolgreiche Anwältin, aber niemand, den man als VIP bezeichnen würde.

»Den VIP-Pass, den mir dein lieber Bruder hat zukommen lassen.«

»Hayden?«, frage ich verblüfft, da mein Bruder eher der Typ für Konzerte ist.

»Ja genau. Ian hat einen, benutzt ihn aber nie, weshalb er ihn bei Hayden gelassen hat.«

»Wieso weiß ich nichts davon?«, sage ich etwas eingeschnappt. Ich wusste nicht mal, dass es so etwas wie einen VIP-Pass überhaupt gibt.

»Weil du nicht so oft ausgehst wie ich, Süße«, meint Donna mit einem Augenzwinkern und zieht mich ins Innere des Clubs.

Der einzige Grund, weshalb ich Clubs besuche, ist, Zeit mit meinen Freundinnen auf der Tanzfläche zu verbringen. Weder der Alkohol noch der Drang, neue Menschen kennenzulernen, zieht mich hierher. Es ist die Musik und diese besondere Anonymität, wenn man einer von vielen tanzenden Menschen ist und sich vollkommen in der Musik verliert. Dabei ist es mir egal, welche Art von Musik gespielt wird, Hauptsache, der Beat ist mitreißend, sodass sich meine Füße wie von selbst zur Tanzfläche begeben.

Tori und ich verbringen die meiste Zeit tanzend, während Donna sich mit Aaron unterhält. Er hat sich höflich bei uns vorgestellt, ehe er unsere Freundin auf einen Drink zur Bar ausgeführt hat. Ich lasse alle paar Minuten meinen Blick zu ihr schweifen, um auch sicherzugehen, dass es ihr gut geht. Irgendwie werde ich nervös, wenn sie allein mit einem Fremden unterwegs ist. Meine Brüder würden sagen, dass das Mütterlein in mir zum Vorschein kommt, da ich es mir zur Aufgabe in meinem Freundeskreis gemacht habe, mich um alle zu kümmern.

Aber ich denke, dass jede rational denkende Freundin so reagieren würde wie ich. Immerhin sind wir hier in einer Großstadt, und Schein und Sein können sehr weit auseinanderliegen. Manchmal, aber wirklich nur in seltenen Momenten, vermisse ich das Kribbeln und die Aufregung, die man beim Dating verspürt. Alles ist neu und aufregend, und die Schmetterlinge im Bauch schwirren chaotisch hin und her. Troy und ich sind schon eine lange Zeit zusammen, und teilweise habe ich das Gefühl, dass der Alltagsstress unsere Schmetterlinge zur Ruhe gezwungen hat.

Aber ich denke, dass viele Paare ab und zu diese Phase durchleben. Troy und ich sind glücklich, wenn auch ziemlich eingespannt. Deshalb habe ich, ganz untypisch für eine Braut, die Hochzeitsplanung selbst übernommen und diese teilweise auch schon abgeschlossen. Aus diesem Grund hat Troy für uns einen dreiwöchigen Urlaub auf Hawaii gebucht und das einen Monat vor der Hochzeit. Es ist ungewöhnlich, vor den Flitterwochen Urlaub zu machen, aber Troy und ich sind nicht wie andere. Ein Umstand, der seine Mom in den Wahnsinn treibt. Ich bin froh, die ersten Wochen des Jahres auf einer tropischen Insel verbringen zu können, vor allem, da ich Meerweh habe und das nicht zu knapp.

Durch den VIP-Pass haben wir auch Zugang zur VIP-Lounge oberhalb vom Club, die wir aber nicht betreten. Ich mag zwar durch meine Adoption zu einer angesehenen und reichen Familie gehören, aber ich bin nicht jemand, der damit prahlt und seinen Status ausnutzt. Ich mag es, in der Menge unterzutauchen, auch wenn Troy eher jemand ist, der sofort in den oberen Bereich gehen würde. Ich mag es, dass wir verschieden sind und doch dieselben Interessen teilen. Mode ist nur eine davon.

Ich tanze zum neuen Hit von BTS auf der großräumigen Tanzfläche und schüttle all den Stress der letzten Tage ab. Tori bewegt sich ebenfalls wild zur Musik, während ich erneut bei Donna nach dem Rechten sehe. Von hier aus sieht alles entspannt aus, und ich hoffe inständig, dass sie diesmal einen der guten Kerle erwischt. Keine hätte es mehr verdient als sie. Ich drehe mich im Kreis, und als die Musik einen Tick wilder wird, werde ich es ebenfalls. Ich fahre mir durchs Haar, als wäre ich allein in diesem Raum und blicke total zufrieden nach oben. Es ist eher ein flüchtiger Blick, doch als ich eine männliche Gestalt wahrnehme, kneife ich die Augen zusammen, sehe genauer hin und erstarre.

Oben im VIP-Bereich glaube ich, meine Jugendliebe Jackson zu erkennen. Der Mann, mit dem ich mein erstes Mal erlebt habe, der mich geliebt und mir das Herz gebrochen hat. Es mag Jahre her sein, dass wir uns gesehen haben, aber allein sein Anblick lässt meine Welt erbeben. Mein Herz hämmert so heftig gegen meinen Brustkorb, dass es beinahe wehtut, aber ich kann nichts dagegen unternehmen. Vielmehr sind all meine Sinne auf den Mann ausgerichtet, der gerade an seinem Drink nippt.

Ich blinzle.

Heftig.

Wische mir über die Augen, weil ich glaube, dass es sich um ein Trugbild handelt und nicht um den wahren Jax, wie ich ihn damals liebevoll genannt habe. Ich werde von einem tanzenden Pärchen angerempelt und komme langsam wieder zu mir. Ich wische meine plötzlich schwitzigen Hände an meinem Rock ab und atme tief durch, um anschließend wieder nach oben zu blicken. Dort, wo er gestanden hat, ist der Platz wieder leer, und ich weiß nicht, was ich denken soll, da mich viele Emotionen und Fragen zu überfluten drohen.

Habe ich mir das eingebildet?

Wieso dann jetzt in diesem Moment?

Und weshalb wirft es mich so sehr aus der Bahn?

Meine Hände zittern, dann mein ganzer Körper, und erneut überzieht mich eine Schweißschicht, aber diesmal nicht vom Tanzen. Diesmal ist es, weil mein Herz außer Rand und Band ist. Ich dränge mich durch die Menge zu den Toiletten, aber ich komme nur schwer voran. Tori blickt mich besorgt an, aber ich schüttle nur den Kopf und bin froh, dass sie versteht und mir nicht folgt. Ich muss weg von diesen Menschen und dem Lärm und irgendwohin, wo ich mich sammeln kann.

Zum Glück ist keine Schlange vor den Toiletten, sodass ich sofort hineingehe und ans Waschbecken trete. Es sieht sauber aus, aber ich blicke nicht genauer hin, sondern drehe den Wasserhahn auf und halte meine zittrigen Finger unter den kalten Wasserstrahl. Meine Atmung geht viel zu schnell und mich erfasst eine Hitze, die fast fiebrig ist. *Ist es eine Panikattacke oder ist es die Vergangenheit, die mich wie eine Dampfwalze überrollt?*

Was es auch ist, es gefällt mir nicht. Ich bin glücklich vergeben, ich werde einen der attraktivsten Junggesellen Manhattans heiraten, wieso dann diese heftige Reaktion? *Wieso katapultiert mich der Anblick eines Fremden oder das Trugbild eines Fremden direkt in die Vergangenheit, die ich zu vergessen versuche?*

4. KAPITEL

Quinn

Vergangenheit

Ich stehe vor dem Regal mit den Drogerieprodukten, ohne wirklich die Artikel wahrzunehmen. Vielmehr blicke ich auf das wunderschöne Armband mit fünf Anhängern, das mehr vintage als neu aussieht. Es ist nicht glänzend wie ein Diamant, sondern eher matt, als wäre es tatsächlich einige Jahrzehnte alt. Seit ich es vor ein paar Tagen in diesem 24/7-Market entdeckt habe, zieht es mich wie ein Magnet an. Zwei Meter und fünfzig Dollar trennen mich von diesem Schmuckstück, das ich mir unmöglich leisten kann.

Das wenige Taschengeld, das wir in der Einrichtung bekommen, reicht kaum für Make-up und Klamotten, und für ein Armband erst recht nicht. Normalerweise mache ich mir nichts aus Schmuck. Ich bin kein Girlie, das sich ständig schminkt, Shoppingtouren veranstaltet und nach Jungs Ausschau hält. Ich bin eher eine Rebellin, gefangen in einer Hülle, die an Barbie erinnert. Schlank, blond und blaue Augen. Ich gehe durch die Regale und konzentriere mich völlig auf den Besitzer des Ladens, der gerade die Kühltruhe befüllt. Die Nachfrage nach Eiscreme und gekühlten Getränken ist aufgrund des heißen Frühlings immens.

Ich berechne den Abstand von der Kasse, wo das Armband abgelegt ist, zum Ausgang. Mir bleiben womöglich fünf Sekunden, um die Klebesicherung zu entfernen und in den Eimer für Regenschir-

me zu werfen, ehe ich die Biege mache. Ich habe schon häufiger etwas geklaut. Meist war es Nahrung und selten etwas Teures und Schönes. Ich blicke mich um und stelle fest, dass sich außer einem großen Typen eine Reihe hinter mir niemand anderes im Laden aufhält. Ich werfe einen Blick auf den Ladenbesitzer, der noch immer beschäftigt ist, setze mich in Bewegung und greife im Vorbeigehen nach dem Armband.

Es fühlt sich kühl auf meiner Haut an, als ich an der Sicherung pule, aber sie lässt sich schwerer entfernen als angenommen. Ich bleibe stehen und tue so, als würde ich die Zeitschriften ansehen, aber es bringt nichts. Die Sicherung klebt wie Teer an dem Armband. Daher beschließe ich, zu verschwinden und mich später mit der Sicherung zu beschäftigen. Ich setze mich in Bewegung, komme aber nicht weit, denn kurz vor der Tür packt mich jemand grob am Ellbogen.

»Hiergeblieben, du kleine Diebin!«, knurrt der Besitzer und drückt fester zu. Den Schmerz fühle ich aufgrund des Schocks gar nicht. Ich blicke zu dem Hünen von einem Mann auf. Er ist groß, hat einen roten buschigen Schnurrbart und redet mit schottischem Akzent.

»Ähm«, sage ich dümmlich, weil ich mit der Tatsache völlig überfordert bin, dass ich zum ersten Mal beim Stehlen erwischt wurde.

»Ihr Punks glaubt, mich täglich ausrauben zu können, aber damit ist jetzt Schluss!«, brüllt er, sodass ich Panik bekomme und mich aus seinem Griff lösen will. Meine Atmung muss wohl an einen wilden Stier erinnern, aber er lässt nicht los, sondern schüttelt nur den Kopf.

»Die Cops werden dir schon Vernunft beibringen, wenn es deine Eltern schon nicht gekonnt haben.«

»Uff«, stöhne ich, weil ich kurz davor bin, in Tränen auszubrechen. Ich wünschte, ich hätte Eltern, die mir etwas beibringen, doch ich bin seit Jahren auf mich allein gestellt.

»Was ist mit dir los, kannst du nicht reden?«

»Sie kann nicht sprechen«, höre ich plötzlich eine tiefe Stimme hinter mir sagen. Mit weit aufgerissenen Augen erblicke ich einen jungen Mann in meinem Alter, den ich aber nie in der Schule gesehen habe. Dieses Kinn und vor allem diese Augen wären mir im Gedächtnis geblieben.

»Kennst du sie?«, fragt der Schotte misstrauisch, lässt aber nicht locker. Langsam spüre ich meinen Arm gar nicht mehr.

»Sie ist meine Stiefschwester, und sie ist stumm auf die Welt gekommen. Ein paar Laute kann sie bilden, aber keine Wörter im eigentlichen Sinn.« Ich hebe empört die Brauen. Wie kann er nur solch einen Mist verbreiten? Und wer ist er überhaupt?

»Ich …«, setze ich an, um ihn in die Schranken zu weisen, aber der dunkelblonde Junge unterbricht mich augenblicklich.

»Ja, ich. Ich bin ihr Stiefbruder, und wir wollten das Armband unserer Mom schenken«, sagt er und zwinkert mir doch tatsächlich zu, als der Mann nicht hinsieht. Was will der Typ?

»Ach so. Wieso ist sie dann vor dir gegangen?«, murmelt der Hüne und tatsächlich lockert er seinen Griff. Er glaubt ihm diesen Bullshit sogar. Unfassbar!

»Sie wird mich mal wieder vergessen haben. Das passiert öfter. Sie hatte es nicht leicht und vergisst manchmal Dinge, die wir als selbstverständlich erachten.«

»Wie heißt sie denn?«, will er zu allem Überfluss wissen, und ich sehe den Komiker vor mir an, der, ohne mit der Wimper zu zucken, weitere Lügen verbreitet. Eines muss ich ihm lassen, meine Wut hat mich die Angst vor dem Ladenbesitzer vergessen lassen.

»Iris.« Iris*? Von all den wunderschönen Namen der Welt muss es unbedingt Iris sein? Es klingt eher altmodisch, und ich sehe sicher nicht wie eine Iris aus, die ich mir mit lockigen, roten Haaren in den Highlands vorstelle. Plötzlich kommt mir der Junge näher und reißt mir das Armband aus der Hand, um es dem Besitzer zu geben. Ich*

wehre mich nicht, will einfach nach Hause und diese Demütigung vergessen.

»Nichts für ungut. Sie haben nun Ihren Besitz wieder, und ich wäre Ihnen verbunden, wenn sie nicht die Cops rufen. Wir werden das Armband beim nächsten Mal kaufen, wenn sie nicht mehr verängstigt ist.«

»Oh, okay. Sprecht euch beim nächsten Mal besser ab. Und entschuldige, dass ich so grob war«, sagt er und kratzt sich seinen dichten Haarschopf. Die Wut, die sich in mir aufgestaut hat, will, dass ich beiden gehörig den Kopf wasche, aber ehe ich mich versehe, nimmt mich der Klugscheißer, der mich aber auch gerettet hat, an der Hand und zieht mich nach draußen. Ich bin so in Gedanken versunken, dass ich nicht mal mitbekommen habe, dass der Ladenbesitzer mich hat gehen lassen, ohne Anzeige zu erstatten. Wir laufen ein paar Meter, bis wir aus dem Sichtfeld des Supermarktes verschwinden, bleiben aber dicht an der Hausmauer. Ich entreiße ihm sofort meine Hand und erdolche ihn mit Blicken.

»Ich bin stumm, ja? Und Iris? Wirklich?«, zische ich aufgebracht und tippe dem unverschämten Kerl gegen die feste Brust.

»Es hat doch geklappt, oder?«

»Bitte. Ich hätte es sehr gut auch ohne deine Hilfe geschafft.«

»Was denn? In Tränen auszubrechen wie ein Baby?«, meint er grinsend und schürt die Wut in mir.

»Du kennst mich nicht. Ich hätte mich da rausgeredet.«

»Sah für mich aber anders aus.« Er verschränkt die Arme vor der Brust und blickt mich grinsend an. Zum meinem Leidwesen muss er natürlich gut aussehen. Nicht dass es wichtig wäre. Niemals.

»Wie es für dich ausgesehen hat interessiert mich nicht.«

»Ein Danke wäre jetzt angebracht«, sagt er und hat tatsächlich die Nerven zu lachen.

»Vergiss es«, zische ich und versuche, ruhig zu bleiben, was sich als schwer herausstellt.

»Ich nehme auch einen Kuss«, sagt er mit seiner rauen Stimme, aber es lässt mich völlig kalt.

»Träum weiter, Großkotz.«

»Na, na, Iris. Wie redest du mit deinem Ritter in strahlender Rüstung? Ich habe dich vor den Cops bewahrt mit meiner noch nie gesehenen Masche.«

»Pff, bitte! Du hast einfach einen auf Aladdin gemacht.«

»Aladdin?«, fragt er verdutzt.

»Der Disneyfilm?«, sage ich nun, als wäre er nicht von dieser Welt.

»Nie gesehen.«

»Was?« Ich reiße die Augen auf. Wer in aller Welt hat noch nie Aladdin gesehen?

»Ich traue niemandem, der keine Disney-Filme kennt.«

»Die Kriterien, nach denen du dein Vertrauen schenkst, sind ziemlich besorgniserregend.«

»Halt die Klappe«, sage ich und nehme hinter uns eine Bewegung wahr. Etwas oder besser gesagt jemand kommt fluchend auf uns zu.

»Im Ernst, das ist …« Ich bedecke seinen Mund mit meiner Hand und ziehe ihn mit mir hinter eine übergroße Palme in einem Übertopf, die vor dem Restaurant steht, und drücke ihn gegen die Backsteinmauer. Er sieht mich fragend an, lässt aber meine Hand dort, wo sie ist.

»Psst«, flüstere ich und erstarre, als ich den Besitzer des Ladens an uns vorbeirennen sehe. Ich habe vorhin nur seine Gestalt gesehen, doch den großen Mann jetzt fuchsteufelswild zu sehen macht mir wahnsinnige Angst, auch wenn ich nicht verstehe, warum er so wütend ist. Schließlich hat er sein Armband ja zurückerhalten. Er entdeckt uns nicht, sucht aber die Gegend nach uns ab. Die Furcht kriecht in meine Glieder, und ich beginne am ganzen Körper zu zittern. Ich wünschte, Hayden und Ian wären hier, sie wüssten, was zu tun ist. Aber ich bin auf mich allein gestellt.

Was wird der Mann tun, wenn er mich erwischt?

Wird er mich an die Polizei ausliefern?

Mich ins Heim bringen?

Oder, Gott bewahre, zu meinem Vater?

Als ich an diesen Mann denke, gibt es kein Halten mehr. Tränen sammeln sich in meinen Augen, und ich bin kurz davor zu schluchzen und so meinen Aufenthaltsort preiszugeben.

Im dichten Nebel meiner Panik brauche ich eine Weile, bis ich die warme Hand an meiner Taille wahrnehme. Durch mein verrutschtes Top fühle ich raue Finger auf meiner Haut. Eine weitere Hand legt sich über meine, die sich auf etwas Feuchtem befindet. Nach ein paar Atemzügen blicke ich schließlich in türkisfarbene Augen, die plötzlich den Sturm in meinem Inneren zum Verstummen bringen. Zu wem sie gehören, will noch nicht in meinen Kopf, aber etwas an ihnen beruhigt mich. Wie eine sanfte Melodie, die meiner gequälten Seele die lang ersehnte Ruhe bringt.

Das Zittern verschwindet ebenfalls, aber was bleibt, ist die Wärme in mir. Der Junge, ach, was sage ich, er ist schon ein Mann, sieht mir tief in die Augen, als würde er nach Antworten suchen, die ich ihm nicht geben kann. Langsam löse ich meine Hand von seinen Lippen, um ihn verlegen anzusehen. Ich blicke hinter mich, kann aber niemanden erkennen.

»Er ist weg«, flüstere ich erleichtert und will mich von ihm lösen, da ich ihm zu nah gekommen bin, aber er nimmt seine Hand nicht von meiner Hüfte. Ich runzle die Stirn, weil ich nicht verstehe, wieso er mich nicht loslässt.

»Was ist?«, frage ich und wundere mich über diesen einen Blick, den er mir zuwirft, als würde er endlich klar sehen und wüsste, was er vergessen hat. Doch anstatt mich loszulassen, neigt er den Kopf und legt seine Lippen sanft auf meine.

Ich habe mir meinen ersten Kuss ganz genau ausgemalt. Ich habe immer angenommen, dass es mit jemandem passieren würde, den ich mag und dem ich vertraue. Ich habe gedacht, dass es eine nasse und peinliche Angelegenheit wird, und ich mich sicher sehr ungeschickt anstellen würde, aber mit dieser Flut an Gefühlen, die mich nun überrollt, habe ich nicht gerechnet. Mir ist heiß und kalt zugleich, und als wäre er magnetisch geladen, lehne ich mich näher zu diesem Mann, dem ich noch nie zuvor begegnet bin. Er weiß, was er tut, und lässt mir Zeit, mich an seine Lippen zu gewöhnen und diesen Kuss zu genießen.

Als er mich sanft mit seiner Zunge neckt, ist es wie ein eiskalter Peitschenhieb, der mich ins Hier und Jetzt katapultiert. Was tue ich denn da? *Ich kenne ihn doch gar nicht! Ich löse mich von ihm und weiche einen Schritt zurück, meine Finger gegen meine Lippen gedrückt.*

»Was tust du?«, frage ich empört. Mir ist etwas schwindelig. Meine Knie fühlen sich plötzlich an, als wären sie aus Gummi, sodass ich mich fast an der Wand abstützen muss.

»Ich weiß es selbst nicht«, flüstert er und kratzt sich am Hinterkopf.

»Ich sollte jetzt besser gehen«, sage ich und fliehe vor dem Kribbeln in meinem Inneren. Die Furcht ist nun eine andere. Ich habe keine Angst vor dem Fremden, sondern eher vor den Gefühlen, die er in mir ausgelöst hat.

»Warte! Wie heißt du?«, fragt er und greift sanft nach meiner Hand.

»Das ist nicht wichtig«, sage ich und will einfach nur gehen. Dieser Moment ist zu viel.

Er ist zu viel.

»Ich bin Jackson.«

»Und ich ein Niemand«, antworte ich und meine es auch so. Ich bin keine, die einem im Gedächtnis bleibt. Ich bin ein Geist, ein Schatten, zu dem mich mein Vater gemacht hat.

»Das sehe ich anders.«

»Ich muss wirklich gehen.« Ich mache zwei Schritte, als er mir hinterherruft.

»Hey Iris!« Ich verdrehe die Augen und drehe mich um.

»Was ist, Seth?«, frage ich genervt und spiele auf den Film Stadt der Engel *an, auch wenn ich zugeben muss, dass mir sein verwegenes Aussehen, die zerrissenen Jeans, das enge T-Shirt, das dichte Haar und diese vollen Lippen wirklich den Kopf verdrehen könnten. Er wirft mir etwas zu, das ich reflexartig auffange und als das Armband aus dem Laden erkenne.*

»Wie hast du?«, hauche ich fragend und wiege es in meiner Hand. Es ist ein wunderschönes Schmuckstück.

»Das ist egal. Sieh es einfach als Geschenk.« Augenblicklich erröte ich, ringe mir aber ein Lächeln ab, ehe ich mich umdrehe und wieder in Bewegung setze.

»Werde ich dich je wiedersehen?«, fragt er wie einer der romantischen Helden in den Büchern, die ich ab und zu lese.

»Wer weiß, Seth«, flüstere ich und glaube kaum, dass er mich gehört hat.

5. KAPITEL

Jackson

»Mele Kalikimaka«, begrüße ich meine heutige Crew, was »Frohe Weihnachten« auf Hawaiianisch bedeutet. In der einen Hand halte ich mein iPad und in der anderen einen Behälter mit den Weihnachtskeksen, die Mom für die Belegschaft gebacken hat. Ein sehnsüchtiges Raunen geht durch den Raum, ehe sich meine Angestellten auf die Kekse stürzen wie ausgehungerte Bären. Wie immer hat einer von ihnen für frischen Kaffee gesorgt, dessen Duft den ganzen Raum erfüllt. Ich setze mich ans Kopfende des länglichen Tisches und blicke in die Runde von naschenden Menschen. Wir sind heute ein dreißigköpfiges Team, das am ersten Weihnachtstag Frühschicht hat. In jedem meiner Hotels bestehe ich darauf, dass jeden Morgen ein Meeting mit den aktuellen Punkten abgehalten wird. Das Hotelmanagement bekommt eine genaue Liste, was ansteht und worauf in dieser Woche der Fokus gelegt werden sollte. Wenn ich in den anderen Hotels bin, nehme ich persönlich daran teil oder leite die Besprechung.

Ich habe drei Hotels auf Hawaii übernommen, wobei das *Quinn Orwood Spa und Resort* das größte und luxuriöseste von ihnen ist. Mit einem umfassenden Spa-Angebot, sechs Pools, drei Fünfsternerestaurants und einem Club ist alles geboten, was das Urlauberherz begehrt. Der Haupttagespunkt ist das Weihnachtsmenü, das ich mit meinem Küchenteam bespreche. Ich habe einen Santa Claus für die Kinder engagiert, der vor dem Mittagessen seine Runde im Foyer drehen wird. Mit dem Spa-Team bespreche ich, wie die neuen Massageöle ankommen, die wir durch die Kooperation mit einer bekannten Beautymarke erhalten haben.

»Ich weiß, dass wir alle lieber Weihnachten bei unseren Familien verbringen würden, aber wir packen es alle gemeinsam an, und bei Schichtwechsel lade ich euch alle auf Punsch und Kuchen ein.« Frohes Jubeln erklingt, was die beste Motivation für den heutigen Tag sein soll. Ich entlasse das Team und drehe selbst eine Runde durchs Hotel. Weihnachtslieder erklingen leise aus den Lautsprechern, wobei ich die Playlist selbst erstellt habe. Die neumodischen Christmas-Songs sind nichts für mich, weshalb ich auf die Alben von älteren Interpreten zurückgreife. Deshalb findet man in meinen Weihnachtsplaylisten nur die guten alten Songs. Was wäre Weihnachten ohne Frank Sinatra, Doris Day, Bing Crosby oder Nat King Cole?

Um die Deko in den hawaiianischen Hotels hat sich mein Stellvertreter Kawikani Meloha mit der Unterstützung meiner Mutter gekümmert und wirklich hervorragende Arbeit geleistet. Goldene Schleifen, stilvoll verteilter Kunstschnee, geschickt platzierte Weihnachts- und Schneemänner und natürlich der große Weihnachtsbaum im Foyer, der mit goldenen und roten Weihnachtskugeln geschmückt ist.

Ich fühle mich trotz der Größe des Hotels wirklich heimisch hier, und genau dieses Gefühl will ich den Menschen vermitteln, die hier Urlaub machen. Ich wünsche ein paar vorbeigehenden Touris frohe Weihnachten, ehe ich den Weg zu meinem Büro fortsetze, wo ich Owen vorfinde, der gerade telefoniert und natürlich auf meinem Bürostuhl sitzt. Eigentlich sollte es mich nicht wundern.

»Nach all den Jahren fällst du uns in den Rücken, Fred? Erneut ein zehnprozentiger Zuschlag auf die Gemüselieferung? Ich bitte dich!« Ich höre mit einem Ohr mit, denn mein Partner und Freund weiß, wie er mit dem nervigen Lieferanten umgehen muss. Wir sind ein eingespieltes Team. Ich kümmere mich um Investitionen, Kundschaft und das Erscheinungsbild von Orwood Hotels, lasse für die Presse den Charme spielen, während mein bester Freund sich eher im Hintergrund hält. Er ist derjenige, der unsere Kette mit zweiunddreißig Hotels durch seine Disziplin und Strenge zusammenhält.

Er kümmert sich um Mitarbeitende, die aus der Reihe tanzen, und weist sie zurecht, wenn es die Situation erfordert. Mit seiner beachtlichen Größe von einem Meter neunzig, der dunklen Haut und Bergen von Muskeln wird er oft für Sicherheitspersonal gehalten, aber er ist meine rechte Hand und ein ebenbürtiger Partner. »Es herrschen Angebot und Nachfrage, mein Freund. Ich habe mir schon ein paar Gegenangebote eingeholt und muss sagen, dass einige sogar unter dem Preis liegen, den wir vor der Erhöhung hatten.« Plötzlich wird Freds Stimme lauter, was mich zum Grinsen bringt. Er hat wohl gedacht, dass er uns über den Tisch ziehen kann. Doch da ist er bei uns an der falschen Adresse.

Unsere Führungsweise hat sich durch das schnelle Expandieren der Hotelkette zwar verändert, da wir uns nicht mehr um Kleinigkeiten kümmern müssen und uns auf unser hervorragendes Team verlassen können, aber ab und zu nehmen wir uns auch der kleinen Dinge unseres Unternehmens an. Dazu gehört es beispielsweise, uns wegen der Preise mit den Lieferanten und Lieferantinnen zu streiten, sich um Kundenbeschwerden zu kümmern oder, wie in meinem Fall, öfter in der Küche auszuhelfen. Owen und ich teilen uns das eher bescheidene Büro des Hotels, sein Schreibtisch ist der Tür zugewandt, meiner dem Fenster, von dem ich einen Blick auf den Strand und das Meer habe.

Mein halbes Leben war ich von Betonmauern umgeben und hatte mir früher nie ausmalen können, welche Schönheit mich außerhalb von New York erwarten würde. Nachdem Quinn mich zerstört hat, habe ich Manhattan den Rücken gekehrt, ohne mich einmal umzusehen. Es war leicht, meine Heimat zu verlassen, da ich nichts mehr hatte, was mich dort hielt. Meine Mutter haben Owen und ich einfach auf unsere Reise um die Welt mitgenommen und so die Beziehung zwischen uns dreien gefestigt. Mittlerweile lebt meine Mutter auf Hawaii, reist aber oft nach New York und besucht dort Menschen, die sie noch von früher kennt.

Mich bringen aber keine zehn Pferde mehr dorthin, nicht, nachdem ich zweimal geglaubt hatte, Quinn zu sehen. Einmal im Diner und einmal im *Shore*, aber beide Male war es jemand anderes oder ein Trugbild, das in meinem Kopf entstanden ist. Man muss kein Psychiater sein, um zu erkennen, dass ich noch nicht über Quinn hinweg bin. Egal, wie schlimm die Trennung zwischen uns gewesen ist, ich habe es allem Anschein nach nicht richtig verarbeitet. Aber ich will diesen Umstand auf keinen Fall akzeptieren. Die letzten Jahre bin ich gut durchs Leben gekommen, ohne ständig an sie denken zu müssen, also werde ich es auch zukünftig hinbekommen.

Das Einzige, was ich vermisse, ist der Schnee in New York. Für mich hatte er immer zu Weihnachten dazugehört, aber es hat auch etwas Gutes, selbst am ersten Weihnachtstag surfen gehen zu können. Da es hier auf Oahu den ganzen Tag vor Touris nur so wimmelt, surfe ich früh morgens oder nachts. Tagsüber ist es eine enge Angelegenheit, vor allem hier in der Nähe des Hotels. Aber es ist nicht nur das Surfen, das mich in den Ozean zieht. Manchmal paddle ich über fünfhundert

Meter ins Meer hinaus, nur um auf dem Brett zu liegen und zu entspannen, was für mich dem Paradies ziemlich nahekommt.

Owen stellt sich neben mich und blickt ebenfalls nach draußen.

»Was sagt unser lieber Freddy?«, frage ich, ohne ihn anzusehen.

»Er hat sich in aller Form entschuldigt, den Preis reduziert und sogar einen Rabatt von fünfundzwanzig Prozent für die nächste Lieferung angeboten«, erwidert er schmunzelnd. Er genießt diese kleinen Triumphe und mag es, wenn er sich durchsetzen kann.

»Du hast ihm ganz schön die Hölle heißgemacht, ich hätte vierzig Prozent erwartet.«

»Es geht nicht um die Erhöhung an sich. Wenn er sie angekündigt und seine Gründe vorgelegt hätte, hätte ich kein Sterbenswort gesagt. Wir wissen beide, dass manchmal nicht alles nach Plan läuft. Aber einfach den Preis zu erhöhen, ohne mit uns darüber zu sprechen, ist einfach unprofessionell. Hätte Alexis es nicht bemerkt, hätte es uns ein Bein gestellt.«

Ich mag die Moralvorstellungen meines besten Freundes. Er ist korrekt und loyal. Wenn du das Glück hast, sein Vertrauen zu genießen, kannst du jederzeit auf ihn bauen. Sollte man aber den Fehler machen und ihn übers Ohr hauen wollen, dann zieht man leicht den Kürzeren.

»Ich denke, jetzt weiß er, dass er sich so etwas nicht mehr erlauben kann.«

»Das will ich ihm geraten haben.«

»Nimmst du ihm übel, dass er es versucht hat?«

»Ich weiß es nicht. Es könnte ja auch sein, dass dies alles ein Versehen war und keine böse Absicht dahintersteckte. Wie dem auch sei, wir sind eine große Hotelkette und haben einen

Ruf zu verlieren. Wenn sich herumspricht, dass wir uns übers Ohr hauen lassen, wäre das der Anfang vom Ende.«

»Zum Glück konntest du das Ganze mit ihm regeln.«

»Stimmt, eigentlich hätte ich einen finanziellen Bonus verdient.«

»Hey! Du bist am Umsatz beteiligt, und so gut, wie es gerade läuft, brauchst du dich nicht zu beschweren.« Er rollt als Antwort mit den Augen, und ich versuche, ernst zu klingen, aber es dauert nicht lange, bis wir grinsen müssen. Wir beide wissen, dass das nur scherzhaft gemeint ist. Owen kommt wie ich aus der Gosse und für uns ist Geld nur Mittel zum Zweck. Menschen, auf die wir vertrauen können – das ist es, was wir beide suchen. Beruflich wie privat.

»So, ich habe noch ein Meeting mit der Wäscherei, um die Verlängerung des Vertrags zu besprechen. Soll ich noch etwas anmerken, das dir spontan einfällt?«, fragt er wie immer, da wir alle Entscheidungen gemeinsam fällen. Er greift nach seiner Laptoptasche und wendet sich mir noch einmal zu. Wie immer trägt er einen Anzug, wobei sein perlweißes Hemd auf seiner dunklen Haut noch heller wirkt.

»Ich habe bereits alles gesagt, was mir wichtig erschien«, antworte ich. Er nickt und will schon gehen, doch ich halte ihn auf.

»Du bist zum Schichtwechsel wieder zurück, oder?«

»Ich kann nichts versprechen, aber falls nicht, sehen wir uns ja heute Abend bei Mom.« Es ist für Owen selbstverständlich, dass er meine Mutter so anredet, als wäre sie seine eigene, und ich freue mich jedes Mal darüber.

»Geht klar. Bis dann.«

Nachdem mein Geschäftspartner gegangen ist, suche ich mir den richtigen Radiosender fürs Arbeiten aus, ehe ich mich an den Laptop setze und die Tagesberichte lese. Wir sind gut ausgebucht, aber es ist außer ein paar technischen Ausfällen nichts vorgefallen, sodass ich mich schnell durch die Berichte arbeiten kann. Ich mache noch einen Rundgang durch das Foyer, bevor ich den Speisesaal aufsuche, der noch völlig leer ist, da das Mittagessen erst in einer Stunde serviert wird. »Sebastian! Was hast du uns heute gezaubert? Das riecht ja unglaublich gut.« Ich begrüße meinen Küchenchef, der, ganz in Weiß, gerade etwas in der Pfanne brät, das ich am liebsten verspeisen würde, auch wenn ich keine Ahnung habe, was es ist.

»Neben dem Weihnachtsmenü gibt es heute pochierten Lachs oder Frikadellen in Rotwein-Paprikasoße, Gänsebraten im Honig-Speckmantel und Riesengarnelen in Knoblauchsoße.« Bei jedem genannten Gericht werde ich hungriger.

»Ich glaube, ich nehme einfach alles«, stelle ich fest, da ich kaum etwas gefrühstückt habe. Da ich neben ihm stehe, klopft er mir auf meinen flachen Bauch, bevor er seinen fülligeren Bauchumfang betrachtet.

»Wenn du wirklich alles essen würdest, wäre es vorbei mit deinem durchtrainierten Körper. Ich hingegen sollte nicht so viel naschen.«

»Ach was. Doris liebt dich doch so wie du bist.« Immerhin sind sie seit über vierzig Jahren zusammen.

»Das ist eben das Glück, wenn du die Liebe deines Lebens gefunden hast. Nachdem die Jugend verblasst und sich unsere Körper verändern, ist es die Liebe, die bleibt.« Ich beiße mir auf die Lippe und wende kurz den Blick ab. Immer öfter, wenn er Liebesdinge anspricht, fühle ich mich, als würde ein Sturm in mir toben, dem ich nicht entrinnen kann.

»Von der Liebe habe ich keine Ahnung, aber dein Essen werde ich immer vergöttern.«

»Jetzt ist es aber genug mit den Schmeicheleien. Was darf

ich dir bringen?« Er bedeckt die Pfanne mit dem Deckel und sieht mich abwartend an. Es wirkt beinahe so, als würde er spüren, dass er mit dem persönlichen Thema etwas in mir aufgewühlt hat.

»Zaubere mir einfach ein Omelett à la Sebastian.« Was so viel heißt wie ein Omelett mit viel Gemüse, mit Käse und Lachs überbacken. Eines der besten Gerichte meines Chefkochs, die ich jemals gegessen habe.

»Geht klar, Boss.«

Ich schüttle nur grinsend den Kopf, da er weiß, dass ich es nicht mag, wenn er mich so nennt. Ich meine, klar, ich bin sein Vorgesetzter, aber uns verbindet eine langjährige Freundschaft.

»Und wie verbringst du deine Feiertage?«, fragt er neugierig, als er sich an die Zubereitung macht. Ich verfolge jede seiner Bewegungen.

»Meine Mom und Jeff laden uns zum alljährlichen Weihnachtsdinner ein. Jeff grillt und sorgt für die Getränke und Desserts. Mom wird Salate zaubern, Kekse backen und sich um die Beilagen kümmern.«

»Wer wird alles dabei sein?«

»Owen, Alexis, Riley und meine Wenigkeit.«

»Hast du denn keine Freundin, die du einladen könntest?« Innerlich seufze ich, da er das Thema Freundin und Liebe wohl niemals fallen lassen wird.

»Es gibt niemanden in meinem Leben, dem ich den Titel ›Freundin‹ verleihen würde.«

»Wieso denn nicht? Ich würde dir eine bessere Hälfte wünschen.«

»Der Gedanke des Singleseins stimmt dich traurig?«, frage ich verwundert und greife nach dem Teller, den er mir reicht.

»Nicht, wenn man das Singledasein in vollen Zügen genießt, aber du bist die meiste Zeit in den Hotels oder bei deiner Familie. Wann warst du das letzte Mal mit einer Frau zusammen?«

»Gerade letztes Wochenende habe ich nach einer Party …«

»Ich meinte keinen One-Night-Stand. Wann hast du das letzte Mal wirklich Zeit mit einer Frau verbracht?«

»Ich bin andauernd mit Frauen unterwegs.«

»Alexis zählt nicht.« Dieses Kreuzverhör hungrig über mich ergehen zu lassen lässt mich schließlich einknicken.

»Vielleicht hast du recht, ich bin zu einem kleinen Workaholic mutiert.« Sebastian reicht mir Besteck und eine Serviette, die ich dankend annehme.

»Vielleicht. Ich will dir ja auch keinen Vorwurf machen, mein Junge. Du weißt ganz genau, was du von deinem Leben willst. Wir kennen uns schon über zehn Jahre, und du hast dich bis jetzt noch auf keine einzige Beziehung eingelassen. Das macht mich einfach nachdenklich.«

»Vielleicht sind Beziehungen einfach nichts für mich«, sage ich, setze mich auf eine der freien Arbeitsflächen und beginne zu essen.

»Könnte sein, aber ehrlich gesagt bezweifle ich es. Ich könnte mich jetzt weit es dem Fenster lehnen und behaupten, dass du in der Vergangenheit verletzt wurdest und dich deswegen nicht öffnest.«

»Sehr, sehr weit aus dem Fenster«, antworte ich. In meiner Stimme schwingt mit, dass ich nicht mehr über dieses Thema sprechen möchte. Sebastian ist neben Jeff wie ein Vater für mich. Mag sein, dass ich in den letzten Jahren keine ernste Beziehung hatte, aber er übersieht den Umstand, dass ich mit meinem Leben zufrieden bin.

»Nichts für ungut, du weißt, wie ich es meine und dass ich dich gernhabe.«

»Das beruht auf Gegenseitigkeit, zum Großteil weil du

mich mit leckerem Essen versorgst. Und ich bin dir nicht böse. Du bist nicht der Einzige, der mir mein Singledasein unter die Nase reibt.«

»Wir wollen nur, dass du glücklich bist.«

»Das bin ich«, sage ich energischer, als ich sollte. Ich bin glücklich, und doch ist da manchmal dieses Gefühl der Leere. Irgendetwas fehlt.

»Du könntest auch etwas tragen«, zische ich und versuche, die Unmengen an Geschenken nicht in den Sand fallen zu lassen.

»Meine Hände sind leider voll.« Er hebt die teure Weinflasche in die Höhe, was mich zum Schnauben bringt.

»Nur fürs Protokoll, du trägst die Pakete nicht, weil?«

»Mein Anzug könnte zerknittern.«

»Wie bitte?«

»Er hat immerhin drei Riesen gekostet.«

»Wir sind hier auf Hawaii. Niemand trägt außerhalb vom Büro einen Anzug.«

»Ich bin New Yorker.« Das sollte mir wohl als Antwort reichen, doch ich verstehe nur Bahnhof.

»Du tust ja so, als wären die Geschenke in Blut getränkt und könnten deine Kleidung einsauen.«

»Oh Gott. Erwähne nicht Blutflecken in meiner Gegenwart.«

»Mann, bist du eine Diva«, stelle ich seufzend fest und erklimme die Stufen zur Terrasse. Da Riley sich im Wohnzimmer aufhält, benutzen wir den Hintereingang, um die Geschenke zu verstecken, ehe es nach dem Essen die Bescherung gibt. Owen klopft nicht an, sondern tippt eine Nachricht. Daraufhin höre ich Schritte, und meine Mom öffnet die Tür.

»Owen, mein Lieber, frohe Weihnachten. Also, ich möchte mal einen Tag erleben, an dem du nicht umwerfend gut aussiehst«, schmeichelt ihm meine Mom und lässt sich von meinem besten Freund in den Arm nehmen.

»Fröhliche Festtage. Das kann ich nur zurückgeben. Du siehst wunderschön aus. Würde ich nicht auf Männer stehen, würde ich dir sofort den Hof machen.«

»Was höre ich da?« Ich höre Jeff im Hintergrund lachen, ehe er auch auf der Türschwelle erscheint.

»Du willst mir doch nicht meine Frau ausspannen, oder, Owen?«, fragt er mit gerunzelter Stirn und setzt den Cop-Blick auf, den er vor seiner Pensionierung genutzt hat, um Kriminelle zu einem Geständnis zu bewegen.

»Niemals. Wie ich schon zu Jackson sagte: Ich mag keine Blutflecken auf meinem Anzug.« Erst dann scheint mich meine Familie zu bemerken. Obwohl sie vermutlich mehr von dem Geschenkeberg sehen, der sich auf meinen Armen stapelt.

»Du meine Güte, lass dir helfen, mein Schatz.« Sowohl Mom als auch Jeff nehmen mir den Großteil ab, sodass wenigstens mein Gesicht zu sehen ist.

»Siehst du, es gibt doch noch hilfsbereite Menschen«, sage ich in Richtung meines Freundes, doch er zuckt nur mit der Schulter und betritt das Haus.

»Wie ich sehe, seid ihr zwei schon in Weihnachtsstimmung?«, stellt Mom lachend fest.

»Und wie«, meine ich sarkastisch, hebe aber doch den Mundwinkel an. Owen und ich ziehen uns ständig gegenseitig auf. Das ist wie ein ungeschriebenes Gesetz.

»Kommt, und lasst uns Weihnachten feiern. Ich habe dich vermisst.« Sie lehnt kurz den Kopf an meine Schulter, und das reicht schon, um eine Wärme in mir aufsteigen zu lassen, die ich nur in Gegenwart meiner Familie empfinde. Zwar mag ich in Liebesdingen nicht den Jackpot gelandet haben, aber was meine Familie anbelangt, könnte es nicht besser laufen.

6. KAPITEL

Quinn

Als wir aus dem klimatisierten Flughafen ins Freie treten, umhüllt uns die Hitze Hawaiis wie ein Kokon. Wir brauchen ein paar Atemzüge, um uns an die plötzliche Klimaveränderung zu gewöhnen. Ein Angestellter des Flughafens fährt unseren Gepäckwagen vor die Limousine des Hotels, in dem wir unterkommen werden. Troy macht noch immer ein großes Geheimnis daraus, um welches Wellnesshotel es sich handelt, aber mittlerweile bin ich derart urlaubsreif, dass es mir egal ist, wo wir absteigen.

Um Geld brauche ich mir nie wieder Sorgen machen, trotzdem bin ich niemand, der ausschließlich Luxuslocations aufsucht. Ein kleines Hotel mitten im Dschungel, umgeben von der Natur und dem Meer, wäre etwas, was mir guttun würde, aber das würde mein Verlobter nicht in Betracht ziehen. Er ist sein Leben lang einen gewissen Standard gewohnt, und etwas unter fünf Sternen kommt für ihn nicht infrage.

Während unser Gepäck in den Kofferraum geladen wird, fahre ich mir mit beiden Händen durchs Haar und atme tief durch. Durch die Hitze hat sich ein Schweißfilm auf meiner Haut gebildet. Ich binde mir mein hüftlanges Haar zu einem Pferdeschwanz und lächle, denn nach dem vielen Stress der letzten Zeit blicke ich nun drei Wochen voller Sonne, Strand und Entspannung entgegen.

Anfangs fand ich es etwas unpassend, vor der Hochzeit in den Urlaub zu fliegen, und wollte Troy umstimmen, aber jetzt, da ich hier bin, spüre ich, wie eine zentnerschwere Last von meinen Schultern fällt. Es war die richtige Entscheidung hierherzukommen, auch wenn meine zukünftigen Schwiegereltern alles andere als begeistert sind, dass ihr einziger Sohn über Wochen im Familienunternehmen ausfällt. Es scheint, als würden sie all ihre Energie und Zeit investieren, ihn beruflich einzuspannen, sodass er keinerlei Freizeit hat. Ich hoffe, dass sich das ändert, sobald wir verheiratet sind. Es muss sich ändern.

Verheiratet.

Klingt es merkwürdig, wenn ich es mir noch gar nicht vorstellen kann, verheiratet zu sein? Vermutlich. Trotz allem habe ich das Gefühl, als würde noch etwas fehlen, um alles perfekt zu machen. Ein kleines Detail, das ich übersehen habe, ich könnte mich aber auch täuschen. In letzter Zeit hatte ich so viel mit der Hochzeit um die Ohren, dass ich kaum die Zeit hatte, in Ruhe alle Punkte durchzugehen. Troys Finger streicheln sanft über meinen Oberarm und holen mich aus meinen Gedanken. Ich blicke auf seine Finger, die meine Haut berühren, als würde ich so das Prickeln heraufbeschwören können, das schon seit einer Weile ausbleibt. Ich kneife ein wenig die Augen zusammen, als könnte ich es mit bloßer Willenskraft erzeugen. Unser letzter Sex ist zwei Wochen her, und es scheint uns beiden nichts auszumachen.

Vielleicht bekomme ich wegen der Hochzeit kalte Füße, deshalb schenke ich meinen zwiespältigen Gefühlen keine weitere Beachtung, sondern konzentriere mich auf meinen Verlobten, der mich aus warmen Augen anblickt. »Müde?«, fragt er und verschränkt seine Finger mit meinen.

»Etwas, aber das wird bald durch die Aufregung abgelöst werden. Ich bin so was von urlaubsreif.«

»Das sind wir wohl beide. Komm, lass uns ins Hotel fahren und das tun, weswegen wir hergekommen sind.«

»Ach, und was wäre das?«, frage ich mit einem koketten Grinsen und hoffe, dass er merkt, wie sehr ich ihn will und dass ich ihn während seiner Geschäftsreisen vermisst habe.

»Entspannen natürlich«, sagt er freudestrahlend, drückt mir einen schnellen Kuss auf den Mund und öffnet mir die Tür der Limousine, damit ich einsteigen kann. Während der Fahrt lasse ich die tropische Umgebung auf mich wirken. Anfangs sind wir noch von den Betongebäuden der Stadt umzingelt, und abgesehen von den Palmen wirkt es beinahe wie Manhattan auf mich. Doch als wir die Großstadt hinter uns lassen, sauge ich das Blau des Meeres direkt in mich auf. Fort sind die Deadlines, die Gerichtsakten und die unzähligen Anrufe bezüglich der Hochzeit, es gibt nur noch Troy und mich.

Von Weitem erblicke ich ein hohes Gebäude, von dem ich sofort annehme, dass es unser Hotel ist. Doch es ist nicht die imposante Architektur oder die Größe, die mich sprachlos macht, sondern der Name des Hotels, den ich nach kurzer Zeit erkennen kann. *Quinn Orwood Spa und Resort* steht in großen Lettern auf dem Gebäude. »Da fehlen dir die Worte, was?«, flüstert mir Troy ins Ohr, was ich nur mit einem Nicken bestätige. Wir werden in einem Hotel nächtigen, das nach mir benannt ist.

»Hast du es deshalb gebucht? Weil es meinen Namen trägt?«, frage ich, als der Überraschungseffekt nachlässt.

»Unter anderem, aber der Besitzer der Orwood-Hotelkette hat uns eine Anfrage bezüglich des Baus eines neuen Hotels geschickt.«

»Das heißt, dieser Urlaub ist auch nur wieder eine halbe Geschäftsreise?«, frage ich und verschränke verärgert die Arme vor der Brust.

»Natürlich nicht, aber ich möchte gerne wissen, was Mr Orwood mit seinen gekauften Gebäuden macht, wie seine Arbeitsmoral ist. Wenn wir irgendwann zusammenarbeiten wollen, muss ich wissen, mit wem ich es zu tun habe.« Ich bin immer noch skeptisch, lockere aber meine Haltung. Ich will unsere Reise nicht direkt mit einem Streit beginnen.

»Ich verspreche dir, dass wir in den nächsten Wochen nur Spaß haben werden und die Arbeit hinter uns lassen. Ich wollte nur den Hintergrund eines möglichen Kunden ergründen, und die Hotels sind laut den Bewertungen Spitzenklasse.«

»Na schön«, seufze ich und lächle schwach.

»Das ist mein Mädchen«, raunt er mir ins Ohr, ehe er mir einen Kuss stiehlt. Ich will mich an ihn kuscheln und den Kuss vertiefen, doch plötzlich kommt das Fahrzeug zum Stehen und hindert mich daran. Ich atme enttäuscht ein und wieder aus, als mir auch schon die Tür geöffnet wird und ein Mitarbeiter des Hotels mir die Hand reicht, um mir aus dem Auto zu helfen. Es herrscht geschäftiges Treiben, da der Außenbereich des Hotels ziemlich weitläufig ist. Gäste kommen und gehen, einige lassen sich Wege erklären und Taxis organisieren. Es ist noch immer heiß, obwohl ich mit meinen eleganten weißen Shorts, die mir bis zum Oberschenkel reichen, und dem hellblauen T-Shirt mit aufgenähten Perlen eigentlich perfekt für die warmen Temperaturen angezogen bin. Außerdem trage ich einen weißen Blazer und graue Heels. Es ist die perfekte Reisebekleidung, und trotzdem habe ich das Gefühl zu schmelzen.

Eine junge Frau in typisch hawaiianischem Outfit aus Strohrock und Bikini-Oberteil kommt mit einem Lei, einem Blumenschmuck aus Orchideen, auf mich zu, legt ihn mir sanft über die Schulter und begrüßt mich.

»Willkommen im *Quinn Orwood Spa und Resort*«, sagt sie

mit einem einladenden Lächeln, das ich augenblicklich erwidere.

»Vielen Dank.« Ich schaue zu Troy, der stirnrunzelnd auf sein Smartphone blickt und nicht mal bemerkt, dass die junge Frau vor ihm steht. Ich räuspere mich, was ihn sofort den Kopf heben lässt.

»Oh, guten Tag«, sagt er mit einem charmanten Lächeln, das der jungen Frau die Röte ins Gesicht treibt. Wie unglaublich attraktiv Troy ist, wird mir in Momenten wie diesen bewusst. Die Familie Buchanan wird als die reichste Familie Manhattans gehandelt. *Buchanan & Son Holdings* ist von einem kleinen Familienunternehmen, das von Troys Großvater gegründet wurde, zu einem Bauimperium mit Milliardenumsätzen gewachsen. Troy wurde bereits als Kind auf die Nachfolge des Unternehmens vorbereitet und hat schon viele Geschäftsessen über sich ergehen lassen, bei denen er den perfekten Sohn mimen musste. Damals hat er es gehasst, aber mittlerweile scheint er Gefallen an der Glitzerwelt Manhattans gefunden zu haben und posiert immer gerne für die Presse, wobei ich das wiederum nicht so mag.

Ich gebe gerne Interviews und repräsentiere die Kanzlei mit Leib und Seele, aber die Welt der Prominenz hat mich nie interessiert, vor allem nicht, seitdem ich durch Ian weiß, wie scheinheilig diese ist. Aber nun stehe ich hier vor dem Eingang eines Luxushotels und blicke auf meinen zukünftigen Mann, der das Leben als begehrter Junggeselle hinter sich gelassen hat.

Mir zuliebe.

Als wir das Foyer betreten, fällt mir zuerst das riesige »O« auf, das wohl für *Orwood Hotels* stehen soll. Es ist weiß gestrichen und in einen Brunnen eingelassen, dessen Wasser alle paar Sekunden die Farbe wechselt. Der Steinboden ist hellgrau. Die Rezeption ist in hellem Holz gezimmert und mit grauen Elementen verziert. Die Möbel und Sitzgelegenheiten sind in Weiß und Schwarz gehalten. Man könnte sagen, es wirkt kühl und distanziert, aber dann sind da noch die farbigen Gemälde, Zierkissen, Teppiche und weitere Deko, die dem Raum und dem Hotel selbst Leben verleihen. Ich fühle mich auf Anhieb wohl.

Nachdem wir eingecheckt haben, bringt ein Page das Gepäck auf unser Zimmer, wir jedoch gehen ins Restaurant, da ich unbedingt einen Cappuccino brauche. Da ich bei Troy übernachtet habe und wir relativ früh weggeflogen sind, habe ich meinen geliebten Kaffee noch nicht genießen können. Wie schon das Foyer sind auch Einrichtung und Deko im Restaurant eine kunstvolle Mischung aus modernen und klassischen Elementen. Die farbenfrohe Dekoration wirkt überhaupt nicht fehl am Platz, sondern macht den Raum noch interessanter.

»Gefällt es dir?«, frage ich Troy, nachdem er sich mir gegenübergesetzt hat.

»Es ist nicht übel. Für meinen Geschmack viel zu bunt, aber da scheiden sich die Geister, würde ich sagen.«

»Wie hättest du es eingerichtet?«, frage ich ernsthaft neugierig und ignoriere den Fakt, dass wir erneut unterschiedlicher Meinung sind.

»Luxuriöser, denke ich. Granitböden, antike Möbel und Kunstwerke an den Wänden und nicht diesen New-Age-Kram.«

»Also, mir gefällt es.«

»Wenigstens hat es einen Geschmack getroffen, aber es passt nicht zu einem Fünfsternehotel.«

»Aha«, sage ich und massiere mir die Schläfen. Ich bin müde, hatte noch keinen Kaffee und interpretiere alle Worte von Troy falsch.

»Habe ich etwas Falsches gesagt?«, fragt er, aber ich schüttele den Kopf. Ich möchte keine Diskussion starten, also schlucke ich die Worte hinunter, die ich sagen will, und blicke den Kellner dankbar an, als er mir meine Tasse reicht.

Die anderen Besucherinnen und Besucher des Hotels sind eine bunte Mischung. Es sind alle Altersklassen vertreten, obwohl ich eher jüngere Besuchende erwartet hätte. Einige haben bereits Sonne abbekommen, andere sind so blass wie ich.

Ich genieße meinen Cappuccino und die Ruhe, die nach der hektischen Reise eine Wohltat ist. Als ich ausgetrunken habe, bestelle ich mir ein großes Glas Soda mit Zitrone. Es ist erfrischend und weckt meine müden Lebensgeister, sodass meine Laune sich schlagartig hebt. Währenddessen kommt auch mein zufriedener Verlobter, der sich kurz frisch gemacht hat, von der Toilette zurück und trinkt ebenfalls ein Soda in einem Zug aus. Die Anspannung meinerseits hat sich gelöst und auch Troy scheint diese kleine Auszeit gutgetan zu haben. Er greift über dem Tisch nach meiner Hand.

»Ich bin so froh, dass wir hier sind, Liebling. Die letzten Monate waren ziemlich vollgepackt mit Terminen. Für uns beide.«

»Das waren sie. Vor allem aber für dich. Ich bin ehrlich gesagt noch immer sprachlos, dass dich deine Eltern einfach so haben ziehen lassen, ohne Einwände zu erheben.«

»Na ja, sie hatten schon welche, aber ich habe sie einfach ignoriert. Ich habe schon länger das Gefühl, als würden sie mir jegliche Kraft aussaugen.« Er nennt dem Kellner unsere Zimmernummer, um die Drinks auf unser Zimmer schreiben zu lassen, ehe er erneut meinen Blick sucht.

»Wieso sagst du dann nichts?«, frage ich und streiche mir einen imaginären Fussel von meinen Shorts. Ich weiß gar nicht, wie oft wir dieses Gespräch geführt haben und doch hat es zu keiner Veränderung geführt.

»Ich versuche es, aber ich stoße auf Granit. Was Schuldgefühle verteilen angeht, sind meine Eltern Profis.« *Das weiß ich sehr gut*, will ich sagen, schweige aber. Von den Streitigkeiten zwischen seiner Mom und mir braucht er nichts zu erfahren.

»Glaubst du, dass sich das ändern wird, wenn wir verheiratet sind?«

»Ich hoffe es.« Es ist kein Ja, und das versetzt meinem Herzen einen Stich. *Sind das etwa die Grundmauern, auf denen ich meine Ehe bauen will?* Im letzten Jahr musste er mehr und mehr arbeiten, sodass wir uns bloß zwei Mal die Woche sehen können, aber ich will das nicht mehr. Wenn wir Mann und Frau sind, will ich jeden Tag an seiner Seite aufwachen und abends neben ihm einschlafen. Das macht eine Ehe doch aus. *Oder?*

Wir erheben uns und beschließen, auf unser Zimmer zu gehen. Vorhin im Taxi wollte ich nichts mehr, als über Troy herzufallen, aber meine Gefühle sind nun nach diesem merkwürdigen Gespräch auf Eis gelegt. Troys Telefon beginnt zu klingeln, und ich verdrehe die Augen, als ich den Namen des Anrufers erkenne. Sein Dad ruft niemals an, um sich nach unserem Wohlbefinden zu erkundigen, wie immer wird es wohl ums Geschäft gehen. Troy blickt mich entschuldigend an, als er den Anruf entgegennimmt, doch plötzlich brodelt die Wut in mir an die Oberfläche, und ich weiß, dass es nicht mehr lange dauern wird, bis sie ausbricht und ich wie eine Bombe explodiere, also gehe ich vorsichtshalber aus dem Restaurant und zurück zum Foyer.

Ich habe die Schlüsselkarten in meiner Handtasche und brauche einen Moment allein, um nicht durchzudrehen. Meine Absätze klackern über den Steinboden, und der Klang hat etwas Beruhigendes für mich. Einer meiner fünf Koffer ist voll mit Heels für jeden Anlass. Ich habe einen Schuhtick und liebe es. Ich komme gerade am Brunnen vorbei und sehe ihn mir genauer an. Es ist eine geniale Idee, die Initialen in einen Brunnen umzubauen. Und mit den wechselnden Farben sieht er so toll aus, dass ich mir mein Smartphone schnappe und ein Foto davon mache. Ich will schon weitergehen, als plötzlich jemand meinen Namen ruft. Und das ziemlich laut.

Verwirrt drehe ich mich um und öffne verblüfft den Mund. Dort an der Rezeption steht Naomi, Jacksons Mutter und zugleich eine der herzlichsten Personen, die ich neben Mom kennenlernen durfte. Fassungslos machen wir einen Schritt aufeinander zu und werden immer schneller, bis wir uns in die Arme fallen. Neben Jax und seinem besten Freund Owen habe ich seine Mutter ebenfalls in mein Herz geschlossen, und die drei zu verlieren, hat Spuren hinterlassen.

»Ich fasse es nicht«, meint Naomi mit Tränen in den Augen, als wir uns schließlich voneinander lösen. Sie ist zwar gealtert, aber immer noch wunderschön. Ihre braunen Augen strahlen mich voller Wärme an, so als hätten sich ihre Gefühle mir gegenüber ebenso wenig geändert.

»Du siehst toll aus«, sage ich und drücke ihre Hände.

»Ach was, ich bin eine alte Frau geworden, aber sieh dich doch einer an.« Sie hebt meinen Arm, damit ich mich einmal drehen kann.

»Schön wie eh und je. Ach, Kleines, du weißt gar nicht, wie froh ich bin, dich zu sehen. Es ist zu lange her.«

»Und wie es das ist. Ich kann immer noch nicht glauben, dass ich Naomi Spark wiedertreffe. Du warst mir ein großes Vorbild, als ich noch ein Teenie war.« Troy gesellt sich zu mir, was ich daran merke, dass sich sein Arm um meine Hüfte legt.

»Aber ich heiße jetzt Orwood mit Nachnamen.« Mein Strahlen gefriert aufgrund ihrer Worte. Denn mein Verstand setzt die Puzzleteile nur langsam zusammen.

»Orwood, wie …«, frage ich mit großen Augen, denn das kann unmöglich sein.

»Wie *Orwood Hotels*«, höre ich eine tiefe Stimme sagen, die mir sofort unter die Haut geht. Mein Herz droht mir vor Panik, Freude, Angst und Aufregung aus der Brust zu springen, als sich plötzlich Jackson und Owen neben Naomi stellen. Mit geweiteten Augen sehe ich auf meine Jugendliebe. Jax blickt mich mit kühlem Gesichtsausdruck an. Er sieht nun muskulöser, durch den leichten Bartschatten einfach männlicher aus. Meine Atmung beschleunigt sich, als mir bewusst wird, wer da vor mir steht. Ich habe mir so oft ausgemalt, wie es sein würde, sollten wir uns wiedersehen. Ein Teil von mir will ihn anspucken für das, was er mir angetan hat, aber ich kann nichts anders tun, als ihn anzusehen.

»Seth«, flüstere ich, ohne dass es mir ganz bewusst ist. Völlig unpassend vor Troy, aber ich denke gerade nicht klar. Denn alle meine Sinne sind nur auf Jackson ausgerichtet.

»Hallo Iris«, begrüßt mich Jax, doch in seiner Stimme höre ich nun nichts mehr außer Eiseskälte.

7. KAPITEL

Jackson

Vergangenheit

»Alter, wenn das jetzt nicht die richtige Highschool ist, werde ich dir richtig wehtun«, knurrt Owen und folgt mir auf den Schulrasen vor der Manhattan Public Highschool. Seit Wochen bin ich auf der Suche nach der kleinen Diebin, die seit unserer Begegnung mein ganzes Denken einnimmt. Es geht sogar so weit, dass ich fast jede Nacht von ihrem seidigen blonden Haar träume. Ihre sanften Lippen küsse. Mag sein, dass ich sie durch den Kuss vergrault habe, aber etwas in mir hat mir keine andere Wahl gelassen, als meine Lippen auf ihre zu legen. Dass sie den Kuss ganz deutlich erwidert hat, ehe sie sich plötzlich panisch von mir gelöst hat, hat mich noch mehr verzaubert. Denn es machte mir klar, dass auch ich sie nicht kaltließ. Es war wie verdammte Magie.

Magie? Dass ich nicht lache!

Ich glaube nicht an so einen Scheiß. Das harte Leben bietet keinen Platz für Träume, sondern nur für harte Arbeit und den Kampf ums Überleben. Ich sehe es jeden Tag in den Augen meiner Mutter, die uns mit zwei Jobs gerade mal so über die Runden bringt. Ich will das nicht mehr, deshalb bin ich mit Owen den »Manhattan Bastards« beigetreten. Einer zehnköpfigen Gang, die in unserem Viertel das Sagen hat. Durch illegale Boxkämpfe und das Verticken von Gras habe ich schon ein paar Riesen angespart, doch das ist noch nicht genug. Ich will Mom die Weltreise ermöglichen, die sie sich schon ihr ganzes Leben lang gewünscht hat.

Auch Owen spart für unsere Reise, weil er uns unterstützen will und mein bester Freund ist. Er schüttelt immer wieder den Kopf über mich, weil ich einem Mädchen nachlaufe, das ich nicht mal kenne, bleibt aber an meiner Seite und leistet mir Gesellschaft. Ich verstehe es ja selbst nicht, aber ich kann sie einfach nicht vergessen.

Meistens warte ich vor den Highschool-Gebäuden darauf, dass die Teenies aus dem Gebäude strömen, und halte Ausschau nach hellblondem Haar, das bei direkter Lichteinstrahlung schon fast weiß wirkt. Zumindest hatte es in meinen Träumen stets diese Farbe. Owen zieht an seinem Joint und schüttelt den Kopf.

»Die genervten Gesichter der Kids führen mir vor Augen, was für eine Qual die Schule war.« Er und ich sind beide vor einem halben Jahr von der Schule abgegangen, nur, dass wir es unseren Müttern noch nicht gesagt haben. Sie würden uns den Hals umdrehen.

»Ich bin eigentlich gerne ich die Schule gegangen«, gebe ich zu. Denn im Gegensatz zu meinem besten Freund hatte ich keine Probleme mit dem Lernstoff oder den Lehrpersonen. Mein Problem ist es, dass ich unbedingt Geld brauchte und während der Schule keines verdienen konnte. Deshalb bin ich abgegangen, bereue meine Entscheidung aber nicht. Owen stößt eine Rauchwolke aus, während ich die herauseilende Schülerschaft weiterhin beobachte.

Plötzlich erkenne ich sie. Sie verlässt die Schule und geht die Stufen hinab. Ich habe fast vergessen, wie schön sie ist. Das tiefe Blau ihrer Augen sehe ich sogar aus hundert Metern Entfernung. Sie trägt Jeans und ein weißes Tanktop, die offenen Haare umhüllen ihren Oberkörper wie eine Decke. Neben ihr gehen zwei Kerle, aber das hindert mich nicht daran, auf sie zuzugehen. Die drei stellen sich zu dem großen Kirschbaum neben dem Schulgebäude, wo Iris ein Selfie mit ihnen macht, ehe sie wieder zum Bürgersteig gehen. Nichts könnte mich aufhalten, jetzt, wo ich sie endlich gefunden habe. Sie geht mit ihren Freunden gerade die Straße entlang, was mich die Schritte beschleunigen lässt. Als ich nur noch zwei Meter hinter ihr bin, atme ich kurz durch und beginne zu sprechen.

»Hallo Iris. Da bist du ja endlich.« Wie vom Donner gerührt bleibt sie augenblicklich stehen, dreht sich aber nicht um. An dem schnellen Heben und Senken ihrer Schultern erkenne ich, dass sie schwer atmet. Die jungen Männer drehen sich um und mustern mich neugierig. Erst zehn Herzschläge später wendet sie sich langsam zu mir um und blickt mich mit großen Augen an.

»Wie hat er dich gerade genannt?«, fragt nun der große Typ mit schwarzen Haaren, der glatt als Footballspieler durchgehen könnte und es vielleicht auch ist. Sie löst den intensiven Augenkontakt und blickt nach rechts, muss aber den Kopf in den Nacken legen, um ihrem Freund in die Augen sehen zu können.

»Ich habe ihm meinen richtigen Namen nicht genannt, da hat er sich selbst einen ausgedacht.«

»Man muss eben erfinderisch sein«, sage ich gelassen, blicke aber etwas nervös zu den Typen, die gerade in den Verteidigungsmodus überzugehen scheinen. Sie kennen mich nicht, wollen sie aber vor Männern wie mir beschützen. Da haben sie nicht gerade unrecht. Ich habe keinen guten Ruf, aber ich will ihr nicht an die Wäsche. Wobei, das wäre gelogen, natürlich würde ich gerne mit ihr schlafen, aber da ist weitaus mehr als nur körperliche Begierde. Das wissen wir wohl beide. Wir spüren es.

»Darf ich dich nach Hause begleiten?«, frage ich nun etwas mutiger, da die beiden noch immer kein Wort sagen, sondern mich nur beobachten. Gespannt warte ich auf ihre Antwort. Meine Hände sind in meinen Jeanstaschen, und ich versuche, locker zu wirken, nicht so, als würde ich alles dafür geben, mehr Zeit mit ihr zu verbringen.

»Sicher«, sagt sie schließlich und lächelt ihre Freunde an, deren Haltung augenblicklich lockerer wird.

»Wir sehen uns zu Hause«, sagt der kleinere der Typen. Beide gehen an mir vorbei, wobei der größere der beiden mir im Vorbeigehen zuflüstert: »Wenn du ihr wehtust, wirst du es bereuen.« Ich nicke kaum merklich. Sie setzt sich in Bewegung, ohne auf mich zu warten, also gehe ich ebenfalls los.

»Wie hast du mich gefunden?«, fragt sie, ohne mich anzusehen.

»Durch eine Hellseherin.«

»Pff, als ob.«

»Ernsthaft, nachdem ich drei Disneyfilme gesehen habe, war ich mutig genug, sie aufzusuchen, und sie hat mich direkt zu dir geführt.« Endlich sieht sie mir in die Augen, bemüht, nicht loszulachen, doch sie schüttelt nur ungläubig den Kopf.

»Das ist gelogen.«

»Nur eines davon.«

»Das mit den Disneyfilmen?«, fragt sie neugierig und streicht sich mit einer Handbewegung eine Strähne aus dem Gesicht.

»Nein, das mit der Hellseherin.«

»Das heißt, du hast dir wirklich Disneyfilme angesehen?«

»Kaum zu glauben, aber ja.« Ich fasse es immer noch nicht, dass ich das getan habe.

»Welche?«, fragt sie, nun völlig in ihrem Element.

»Der König der Löwen, Aladdin und Hercules.«

»Und welcher war deiner Meinung nach der beste?«

»Hercules. Ich mochte den Humor und die Songs am liebsten.«

»Ich auch! Nicht zu fassen, dass du meinen Lieblingsfilm angesehen hast. Für mich.«

»Hey! Damit du einem Menschen vertraust, muss er diese Zeichentrickfilme gesehen haben, das waren deine Worte. Also blieb mir keine andere Wahl.« Ihr Gesicht strahlt vor Freude, und auch ich

kann nicht aufhören zu lächeln. Was macht dieses Mädchen nur mit mir?

»Das stimmt. Ich nehme das ziemlich genau«, sagt sie ernst, aber ich ahne, dass sie mich nur auf den Arm nehmen will.

»Da habe ich gerade noch die Kurve gekriegt, was?«, entgegne ich und blicke auf meine Schuhe, dabei entdecke ich das Armband, das ich für sie gestohlen habe.

»Du trägst es.«

»Jeden Tag«, sagt sie schnell und beißt sich dann auf die Lippen, als würde sie ihre Worte bereuen und sich selbst ermahnen, still zu sein. Ohne groß nachzudenken, greife ich nach ihrer Hand und hebe ihren Arm an, um das Schmuckstück genauer zu betrachten. Auf den ersten Blick wirkt es wie alter Schrott auf mich, doch wenn man genauer hinsieht, erkennt man die filigrane Arbeit an den Anhängern. Es sind sechs. Eine Feder, ein Anker, ein Herz, ein Schlüssel, ein High Heel und ein Kompass. Als ich sie berühre, ist es wie ein leichter Stromstoß, der immer stärker wird, je länger meine Hand auf ihrer weichen Haut verweilt.

»Danke noch mal«, sagt sie mit leicht belegter Stimme. Als ich den Blick hebe, erkenne ich auch den Grund dafür. Wir sind uns nähergekommen, genau wie damals an der Hausmauer, und diese Nähe scheint unsere Körper zu elektrisieren.

»Gern geschehen«, antworte ich, ehe mein Blick zu ihren Lippen wandert. Ich würde sie so gerne küssen, und ich denke, sie würde es auch wollen, aber ich habe sie nicht wochenlang gesucht, um sie zu verführen. Ich will sie kennenlernen, also löse ich mich von ihr und kratze mich am Hinterkopf.

»Hast du Hunger? Ich kenne da ein tolles Diner mit den besten Burgern weit und breit.«

»Oh. Ich würde zwar gerne, aber ich bin Vegetarierin und esse nichts, was mit Fleisch in Berührung gekommen ist«, sagt sie voller Ernst, sodass sie mir etwas den Mut nimmt.

»Ähm. Okay. Ich denke in der Fifth gibt es einen vegetarischen Laden, der …«

»Ich nehme dich nur auf den Arm. Burger klingt klasse.«

»Du fiese, miese …«

»Du willst dir doch nicht dein Date vergraulen, mein Lieber, oder?«, fragt sie keck und grinst mich herausfordernd an.

»Niemals«, sage ich und gehe weiter.

»Dann ist es ja gut.«

Eine Weile laufen wir schweigend nebeneinander auf dem Gehweg, bis mir ein wichtiges Detail wieder einfällt. Ich kenne noch immer nicht ihren Namen.

»Wie heißt du?«, frage ich sie und greife nach ihrer Hand, als wir die Straße überqueren. Der Drang, sie zu berühren, ist übermächtig, aber es scheint ihr nichts auszumachen. Ich glaube, sie genießt meine Berührung.

»Wieso so eilig, Seth? Ist das Geheimnisvolle nicht das, was mich interessant macht?«

Ich brauche nicht lang, um zu antworten. »Es gibt da mehr Dinge, die mich an dir interessieren. Aber du kennst meinen, und ich kenne deinen nicht. Das ist nicht ganz fair. Und wieso nennst du mich Seth? Du gibst mir ziemlich viele Rätsel auf.«

Meine Aussage bringt sie zum Lachen. Es ist ein glockenheller Laut, der mir eine Gänsehaut verschafft, und diese Grübchen sind das Süßeste an ihr.

»Okay, das verrate ich dir. Dass du mir den Namen Iris gegeben hast, hat mich an den gleichnamigen Song der Goo Goo Dolls erinnert. Und der Song ist auf dem Soundtrack vom Film Stadt der Engel, *wo es um Seth, einen Engel, geht, der sich in eine Sterbliche verliebt.«*

»Oh«, sage ich erstaunt, da ich mit so etwas nicht gerechnet hätte. Mit jedem Satz, der ihren schönen Mund verlässt, wird sie für mich interessanter.

»Hast du ihn gesehen?«, fragt sie mich. Ich sehe schon das Restaurant, doch ich möchte erst ihren Namen erfahren.

»Nein, aber ich denke, er kommt auf meine Filmliste, gleich nach den fünfzig Disneyfilmen.« Das ist natürlich scherzhaft gemeint, aber nach meinen Worten scheint sich die Stimmung zwischen uns erneut zu verändern. Da ist wieder dieses Knistern, das uns mit jedem Wort einander näherbringt. Nun ist sie es, die sich an mich drückt und ihre Lippen sanft auf meine legt.

Ich erwidere es augenblicklich und vergrabe meine Hände ihn ihrem weichen Haar, um den Kuss zu vertiefen. Wochenlang habe ich von unserem ersten Kuss geträumt, und ich hätte niemals gedacht, dass ich sie so schnell finden würde. Doch sie zu küssen ist, als wären all meine Probleme und die harte Vergangenheit wie weggeblasen. Da sind nur diese wunderschöne Frau und ich, die wir mehr sind als unsere armen Verhältnisse. Wir sind so viel mehr, nur, dass es manche nicht sehen können.

Meine Lippen gleiten sanft über ihre, und sie öffnet leicht den Mund, damit sich unsere Zungen miteinander vertraut machen können. Der Kuss ist der sanfteste und gefühlvollste, den ich je bekommen habe. Wie lange wir einander küssen, weiß ich nicht mehr, da jedes Zeitgefühl für mich nicht greifbar ist. Alle meine Sinne sind auf sie gerichtet. Das Mädchen meiner Träume. Als wir uns zögerlich voneinander lösen, sind ihre Augen feucht, als würde sie mit den Tränen kämpfen.

»Was ist? Habe ich etwas falsch gemacht?«, frage ich erschrocken und umfasse zärtlich ihr gerötetes Gesicht.

»Nein. Du hast alles richtig gemacht. Weißt du«, sie schnieft, ehe sie weiterspricht, »noch nie hat jemand meinetwegen angefangen, meine Lieblingsfilme zu sehen und außer Ian und Hayden hat mich noch nie jemand beschützt. Nicht mal meine Familie.« Mit dieser ehrlichen Aussage hätte ich niemals gerechnet. Sich mir so zu öffnen, muss sie wohl viel Kraft gekostet haben.

»Ich würde dich jederzeit wieder retten. Weil du es wert bist. Hörst du?« Ein zartes Lächeln umspielt ihr Gesicht, als sie mir erneut tief in die Augen blickt und nickt.

»Quinn«, flüstert sie schließlich.

»Wie bitte?«, frage ich etwas verwirrt.

»Mein Name ist Quinn.«

8. KAPITEL

Jackson

Ich glaube, ein Trugbild vor mir zu sehen, wie schon neulich in New York, aber als meine Mutter ihren Namen ruft und sie in den Arm nimmt, besteht keinerlei Zweifel mehr, dass die Frau, die mir das Herz gebrochen und mich verraten hat, sich in meinem Hotel befindet. Owen, der neben mir stehen geblieben ist und den Grund für meinen plötzlichen Stillstand sucht, findet ihn ein paar Meter weiter. Wie meine Mom hat auch er sich gut mit ihr verstanden. Sie hat sich mit ihrer fröhlichen Art und ihrem strahlenden Wesen in unser Herz geschlichen. Wie konnten wir damals ahnen, dass sie es uns brechen würde.

All meine Sinne sind nun auf Quinn ausgerichtet, als wäre sie ein schwarzes Loch, das mich anzieht, ohne dass ich etwas dagegen tun könnte. Damals wollte ich bei jeder Gelegenheit bei ihr sein. Sie halten, mit ihr reden und lachen, und hatte mir geschworen, sie für immer zu lieben. Diese Gedanken sind nun völlig fehl am Platz, denn gegen den Stich in meiner Brust, der erneut den Schmerz der letzten Jahre hervorruft, bin ich machtlos. In Manhattan war es nur mein Kopf, der mir einen Streich gespielt hat, doch nun steht sie leibhaftig da und umarmt meine Mutter.

Was bildet sie sich überhaupt ein? Sie kann nicht einfach in mein Hotel spazieren und denken, dass sie meine Mom erneut um den Finger wickeln kann. Sie hat damals nicht nur mich, sondern auch meine Mutter im Stich gelassen, und das kann ich ihr nicht verzeihen. Owen folgt mir, als ich mich den beiden nähere. Mein wütender Blick gilt Quinns Rücken, wobei ich versuche, nicht auf ihre unendlich langen Beine zu starren, sondern mich auf das Schlechte in unserer Vergangenheit zu konzentrieren. Den Typen, der sich plötzlich neben sie stellt und seinen Arm um ihre Taille legt, nehme ich erst wahr, als ich sie mit *Iris* begrüße, was sie sichtlich aus der Bahn wirft. Erst als ich den Kosenamen ausspreche, merke ich, dass es ein Fehler gewesen ist, denn damit verbinde ich gute Momente und Erinnerungen an früher. Iris und Seth sind unsere Versionen von »Baby« oder »Schatz« gewesen.

Owen und ich umrunden meine Ex und ihren Kerl und stellen uns neben meine Mutter, die sich augenblicklich bei mir unterhakt. Das tut sie mit Sicherheit nur, um mich abzuhalten, eine Szene zu machen und Quinn zur Rede zu stellen. Sie weiß, wie ich zu meiner Ex-Freundin stehe und zwar im negativen Sinne. Quinns Mund steht offen, als würde sie einen Geist vor sich sehen, doch sie sagt kein Wort. Ihr ganzer Körper hat sich versteift, aber in ihren Augen tobt ein Sturm, der wohl meinem ähnelt. Kurz lasse ich den Blick zu ihrer Begleitung gleiten. Der Typ hat mittlerweile seinen Arm von ihr genommen und mustert nur Owen, als würden die beiden sich kennen. Mich beachtet er nicht, wofür ich dankbar bin. Alles an dem Kerl schreit nach Geld, der hochwertige Anzug, die manikürten Hände und seine ganze Ausstrahlung. Männern wie mir merkt man die Herkunft an, egal, ob wir uns in feine Klamotten kleiden oder mit den Reichen verkehren. Und ich bin stolz auf meine Herkunft und möchte mich selbst niemals verlieren.

»Naomi Orwood. Und Sie sind?«, fragt meine Mom den Kerl, der endlich den Blick von Owen abwendet und sie freundlich ansieht. »Troy Buchanan. Freut mich sehr, Ihre Bekanntschaft zu machen.« Er schüttelt ihre Hand, ehe er sich Owen und mir zuwendet und uns ebenfalls die Hand reicht. Zuerst will ich sie ablehnen, aber dann wird mir bewusst, dass ich kein verdammtes Kleinkind mehr bin, das aus Trotz seine Manieren vergisst. »Jackson Orwood. Willkommen im *Quinn Orwood Spa und Resort*«, sage ich freundlich und blicke allen in die Augen, sogar *ihr*. Ihre Miene entgleitet ihr kurz, bis mir langsam klar wird, wieso. Weil eines der schönsten Hotels, das ich besitze, ihren Namen trägt. Ich will klarstellen, dass es nichts mit ihr zu tun hat, aber das würde nur Fragen aufwerfen und die Vergangenheit nochmals aufwirbeln. Und in dem Schockzustand, in dem wir uns gerade alle befinden, wäre das definitiv der falsche Weg.

»Vielen Dank. Sie haben hier ein wunderschönes Hotel eröffnet. Ich bin vom Ambiente begeistert«, meldet sich ihr Freund zu Wort und sieht dabei hauptsächlich Owen und Mom an.

»Das freut uns zu hören. Es befindet sich nun seit zwei Jahren in unserem Besitz und ist unser ganzer Stolz«, erklärt Owen, während ich jede Regung Quinns beobachte.

»Als ich auf der Suche nach einer Unterkunft für unseren Urlaub war, hat mich Ihr Haus als Erstes angesprochen«, meint der Kerl von meiner Ex, den ich von Anfang an unsympathisch finde. Nicht, weil er erneut seinen Arm um Quinn legt. Mit Sicherheit nicht. Sondern weil er einfach nicht damit aufhört herumzuschleimen.

»Für die Einrichtung aller Hotels ist meine Mutter zuständig«, stelle ich klar, da Mom persönlich jedes Gebäude anders einrichtet, das wir übernehmen.

»Warten Sie mal, Buchanan wie Buchanan & Son Holdings?«, fragt Owen nun neugierig. Ganz Geschäftsmann, der er ist, denkt er immer vorrangig an unsere Hotelkette.

»Genau der. Wir hatten ja schon per Mail Kontakt«, antwortet Buchanan und strafft die Schultern, weshalb auch immer. Sie unterhalten sich kurz, um unsere Pläne, ein eigenes Hotel zu bauen, zu diskutieren, während ich überall hinsehe, nur nicht zu meiner Jugendliebe. Moms Blick wechselt zwischen Quinn und mir hin und her, aber sie hält sich zurück und bleibt stille Beobachterin.

»Genug vom Geschäft, ihr beiden. Mr Buchanan, Sie und Ihre Freundin sind hier, um Urlaub zu machen und zu entspannen. Entschuldigen Sie meinen Owen, der immer nur an die Arbeit denkt.« Mom blickt meinen besten Freund aus warmen Augen an, was ihn verlegen zu Boden schauen lässt.

»Alles gut, Naomi. Troy ist ebenfalls ein Arbeitstier, und man muss ihn mit Gewalt vom Laptop trennen«, wirft Quinn ein, was meine Mutter zum Lachen bringt und sie erneut nach der Hand meiner Ex greifen lässt.

»Ich bin so froh, dich wiederzusehen. Wir haben dich vermisst«, sagt sie leise, aber alle können sie hören. Ihre Worte verletzen mich. *Wie kann Mom es wagen, für uns alle zu sprechen?* Ich habe sie nicht vermisst. Zumindest habe ich alles in meiner Macht Stehende getan, um mich nachts nicht nach ihr zu sehnen. Es war hart, und jetzt, wo ich es endlich geschafft habe, steht sie plötzlich wieder auf der Matte.

»Wir wünschen noch einen schönen Aufenthalt. Lasst es uns wissen, wenn ihr etwas braucht«, sage ich, warte aber keine Antwort ab, sondern drehe ihnen den Rücken zu und gehe ohne ein weiteres Wort. Ich spaziere aus dem Hotel und direkt auf meinen Truck zu. Als ich schließlich die Autotür zuziehe, lehne ich meinen Hinterkopf gegen die Kopfstütze und schließe die Augen. Mein Herz rast noch immer bei ihrem Anblick, was ich selbstverständlich nur auf den Schock schiebe, andere Gefühle sind hier nicht im Spiel. Sie hat sich nicht verändert, sie mag zwar jetzt ebenfalls teure Klamotten tragen, aber hinter dieser Hülle sehe ich noch immer meine Quinn.

Dass ich sie gedanklich noch als *die Meine* bezeichne, ist lächerlich, erbärmlich und verzweifelt, und es geschieht wider jede Vernunft. Ich habe sie geliebt, wie noch niemals jemanden in meinem Leben, und sie hat es mit Füßen getreten, mich verraten und verlassen. Ich sollte nur Hass für sie empfinden, aber mein Herz hämmert nicht aus Wut gegen meine Brust. Es ist generell der Schock darüber, welche Macht sie noch über meinen Körper und mein Innerstes hat.

Ich schüttle über mich selbst den Kopf, schreibe Owen eine Nachricht, dass ich nicht mehr ins Hotel kommen werde, und starte den Wagen. Bevor ich meinen Truck vom Parkplatz lenke, blicke ich auf das Hotel und auf den Schriftzug.

Quinn Orwood Spa and Resort.

Damals bin ich nach dem Meeting mit den Verkäufern allein an diesem Stand spazieren gegangen. Wegen Umbauarbeiten war der Strand frei von Touris, sodass ich die ganze Umgebung in mich aufsaugen konnte. Das türkisfarbene Wasser hat wunderschön ausgesehen, sodass ich nicht anders konnte, als meine Schuhe und Socken auszuziehen, um ein wenig im Wasser zu spazieren. Das Rauschen der Wellen hat mich damals geerdet und ein Gefühl von Zufriedenheit in mir geweckt. Es war der perfekte Moment, den ich leider allein verbrachte.

Es ist ein Paradies, und als ich dies feststellte, habe ich an Quinn gedacht und wie gern ich sie damals an meiner Seite gehabt hätte. Da war es für mich klar, dass das Hotel ihren Namen tragen würde. In schwachen Momenten hat mich jeder Gedanke an sie in die Knie gezwungen, sodass ich ins Wasser springen musste, um meine wirren Gefühle zu ordnen. Und so ist es auch diesmal. Ich flüchte regelrecht von ihr, als ich mich in den Verkehr einfädele und nach Hause fahre.

Sobald ich aus dem Auto gestiegen bin, ziehe ich mich um, schnappe mir mein Surfboard, das gewachst bereitsteht, und laufe zum Privatstrand, den ich mit dem Anwesen gekauft habe. Ich lege mich aufs Brett und paddle aufs Meer hinaus. Bei jeder Bewegung sehe ich sie vor mir, wie sie meine Mutter ehrlich anlacht, und den Schock in ihren Augen, als sie mich und Owen erkennt. Ich paddle weiter und sehe ihr hübsches Gesicht vor mir, das nichts von seiner Schönheit eingebüßt hat. Mit einem Duck Dive lasse ich kleine Wellen an mir vorbeiziehen und konzentriere mich nur darauf, weiter hinauszukommen. Ich wage sogar zu behaupten, dass sie jetzt noch schöner ist als damals. Ich hätte alles getan, um bei unserer Begegnung vorhin ihre Gedanken lesen zu können. Sie hat zwar überrascht gewirkt, mir aber keine Chance gegeben, eine Emotion aus ihrem Gesicht herauszulesen. Sie hatte das perfekte Pokerface aufgelegt, nachdem der Schock verflogen war.

Flashbacks erscheinen vor meinem inneren Auge, aus unserer gemeinsamen bittersüßen Zeit. Die Küsse, die Dates und die Momente, die wir geteilt haben. Ich paddle immer schneller und schneller, bis meine Arme schmerzen und ich schwer atmend innehalte. Eine Mischung aus Schweiß und Salzwasser bedeckt meine Haut. Keuchend lege ich mich rücklings auf mein Board und blicke in den wolkenlosen Himmel.

Ich bedecke die Augen mit meinem Arm und probiere, mich zusammenzureißen. Versuche, mich von den Wellen beruhigen zu lassen, die eigentlich zu klein zum Surfen sind, aber Surfen ist nicht der einzige Grund, wieso es mich zum Wasser zieht. Auf dem Board mitten im Ozean zu liegen – das sind die Momente, in denen ich am glücklichsten bin. Mein ganzes Leben hatte ich das Gefühl, als würden Mauern und Menschen mich erdrücken, dieses Gefühl verschwand erst, als ich das erste Mal im Meer geschwommen bin.

Seitdem bin ich im Wasser, sobald es mir schlecht geht oder ich Zeit zum Nachdenken brauche. So wie jetzt, wo ich das Gefühl habe, dass mein Herz vor lauter Druck explodieren wird. Ich beruhige meine Atmung und konzentriere mich auf die Brise und das Gefühl, vom Meer geschaukelt zu werden. Wie lange es dauert, bis ich mich beruhige, weiß ich nicht, da ich hier draußen jegliches Zeitgefühl verliere. Aber irgendwann nehme ich die Hand von meinen Augen und Blicke in den Himmel.

Quinn ist hier.

Sie wird eine Zeit in meinem Hotel zu Gast sein, und ich muss mich zusammenreißen, Professionalität an den Tag legen und nicht einfach abhauen, so wie heute. Owen wird mir diesbezüglich sicher keine Ruhe lassen, und Mom wird mir auf den Zahn fühlen wollen, aber das ist egal, denn ich kann das. Über ein Jahrzehnt habe ich meine Gefühle gut verstecken können. Dass sie jetzt hier ist, wird nichts ändern. Gar nichts.

9. KAPITEL

Quinn

Mit weichen Knien begleite ich Troy zum Fahrstuhl, um nach oben in unser Zimmer zu gehen. In meinem Innern bebe ich, fühle mich, als könnte ich zur gleichen Zeit schreien und weinen, weil ich Jax wiedergesehen habe. Troy bemerkt nichts von dem Sturm in mir, sondern erzählt mir von den Sehenswürdigkeiten, die er unbedingt besichtigen will. Ich höre ihm kaum zu, sondern sehe nur meine damaligen Freunde und Naomi vor mir, die plötzlich zu Fremden geworden sind. Damals waren wir ständig zusammen, und so sehr Naomi mich ins Herz geschlossen hatte, mochte sie auch meine Brüder. Den Kontakt zu ihr abzubrechen, tat unheimlich weh, aber ich habe nach der Adoption das Kapitel Jackson geschlossen und damit auch alles, was dazugehörte.

Jetzt alle wiederzusehen, hat mich ziemlich aus der Bahn geworfen, sodass ich erst merke, dass wir uns im Zimmer befinden, als Troy die Tür hinter mir schließt. Ich reiße mich aus meinen Gedanken und konzentriere mich auf meinen Verlobten. »Na, wie findest du es?«, fragt er neugierig und spielt wohl darauf an, ob mir unser Zimmer gefällt. Ich sehe mich um und schlucke heftig, denn wir sind definitiv nicht in einem Hotelzimmer, sondern in einer Suite, obwohl ich Troy mehrfach gesagt hatte, ein einfaches Zimmer wäre völlig ausreichend. Ich brauche keinen überschwänglichen Luxus, wenn es doch nur er ist, den ich in den nächsten Wochen brauche. Ihn an meiner Seite und ein Kingsize-Bett würden völlig ausreichen.

Wir befinden uns in einem langen Flur, der mit großen dunkelgrauen Fliesen ausgelegt ist und wo eine Garderobe mit Sitzbereich und genügend Platz für Kleidung eingemauert wurde. Ich gehe nach rechts, wo ich nach ein paar Schritten in einen großen Wohnbereich komme. Zwei weiße Zweisitzersofas stehen einander gegenüber und in der Mitte befindet sich ein luxuriöser weißer Couchtisch mit Stahlelementen. Gleich daneben ist eine Glasfront, die sich über den ganzen Raum erstreckt. Wohn-, Ess- und Kochbereich sind geschickt in dem riesigen Raum platziert.

Die Küche ist dunkel wie der Boden und hochmodern ausgestattet, während die anderen Möbel und Teppiche weiß oder pastellfarben sind. Die anderen Räume begehe ich gar nicht, da ich ahne, dass jeder einzelne von Luxus nur so strotzt. »Du siehst nicht begeistert aus«, stellt Troy fest, was mich zum Seufzen bringt.

»Doch. Ich finde es wunderschön hier, aber du hättest ruhig ein kleineres Zimmer mieten können.« Er stellt sich vor mich, legt seine Hände auf meine Taille und zieht mich an seinen muskulösen Körper.

»Du bist bald meine Frau, und da musst du dich an solche Hotelzimmer gewöhnen. Ich mag es, von Luxus umgeben zu sein, obwohl er an deine Schönheit nie herankommen wird.« Ich schaue verlegen zu Boden, ehe ich den Blick hebe.

»Du bist süß, aber in meiner Wohnung wirst du diesen Luxus nicht finden.«

»Also, was das angeht …« Er löst sich von mir und fährt sich durch die Haare. Ein Zeichen dafür, dass er nervös ist, denn seine Frisur ist ihm heilig und nur ich darf ihm ab und zu eine

Strähne aus der Stirn streichen, sonst niemand. Abgesehen von seinem Friseur.

»Was ist?«, frage ich zögernd, auch wenn ich es insgeheim gar nicht wissen will.

»Meine Mom hat gemeint, ob es nicht besser wäre, wenn wir bei ihnen einziehen. Das Haus hat über zwanzig Zimmer, und wir können uns so viele nehmen, wie wir wollen.«

»Das ist jetzt nicht dein Ernst, oder?«, frage ich fassungslos, da wir dieses Thema längst abgeschlossen haben. Das hatte ich zumindest geglaubt.

»Wäre es so schlimm? Meine Eltern vergöttern dich, und wenn wir Kinder haben, würden sie uns unterstützen, und wir bräuchten nicht mal eine Nanny.«

»Ich will gar keine Nanny! Und zu deiner Mutter ziehen auch nicht. Du weißt, wie einnehmend sie sein kann. Du behauptest doch selbst, dass du manchmal in ihrer Nähe nicht durchatmen kannst, und da willst du, dass wir beide bei ihnen wohnen?«

»Es war ein Vorschlag, und wir müssen das Angebot ja nicht annehmen, aber ich wollte es nur mal besprochen haben.«

»Wir haben es besprochen. Mehrmals, und das Thema ist für mich durch. Ich will mit dir zusammenziehen, da wäre meine Wohnung die beste Option, oder nicht?«

»Natürlich wäre sie das«, flüstert er sanft und streicht mir über den Kopf.

»Es war dumm, es noch mal aufzurollen, verzeih mir.« Er küsst mich sanft auf die Lippen. Ich schlinge die Arme um ihn und ziehe ihn fest an mich. Ich will ihn so sehr, also vertiefe ich den Kuss und werde leidenschaftlicher. Doch er versetzt meinem Hoch einen ziemlichen Dämpfer, als er sich von mir löst und mich schwer atmend ansieht. »Entschuldige, aber ich habe heftig geschwitzt und ekle mich vor mir selbst. Ich gehe schnell duschen, und wir können, dann dort weitermachen, wo wir gerade aufgehört haben. Okay?« Ich versuche zu lächeln und nicke. *Was soll ich auch sonst tun?*

Ich ziehe meine Heels und meinen Blazer aus und lege mich auf die kühlen Seidenlaken. Mich überkommt eine heftige Müdigkeit, da Troy und ich gestern Nacht noch lange mit Donna unterwegs gewesen und vor ein paar Stunden eher gestresst zum Flughafen geeilt sind. Ich versuche, die Augen zu schließen und zu entspannen, aber es will mir nicht so recht gelingen. Mir kommt ein Gedanke, den ich eigentlich sofort wieder vergessen sollte. Einer, der mir nur Ärger machen wird, aber ich kann ihn nicht abschütteln, also greife ich nach meinem Smartphone und öffne Google.

Wenn ich sage, dass ich in den letzten Jahren Jacksons Namen nie gegoogelt habe, würde ich lügen. Ab und an habe ich Social Media und das Internet nach Jackson Spark durchsucht, aber außer einem Studenten aus Idaho und einem Versicherungsmakler in Kansas hat meine Suche nichts ergeben. Diesmal tippe ich jedoch Jackson Orwood ein und bin überrascht, wie viele Artikel angezeigt werden. Ein Interview bei der *New York Times*, der *Washington Post* und der *Financial Times* sind nur ein kleiner Ausschnitt. Da ich keine Lust habe, über seine Firma zu lesen, gebe ich seinen Namen ein und füge noch das Wort »Freundin« hinzu.

Um die Sache zu vereinfachen, gehe ich direkt auf die Bildersuche, auch wenn ich weiß, dass ich es bereuen werde. Es werden mir viele Bilder von ihm mit einer dunkelhaarigen Schönheit angezeigt. Die Frau kommt mir bekannt vor und nach einigen Augenblicken macht es Klick: Er hat Alexis Vancuver gedatet, eine der schönsten und erfolgreichsten Schauspielerinnen der letzten Jahre. Man sieht die beiden bei Veranstaltungen in Abendgarderobe, beim Bummeln durch die

Stadt im Casual Style und am Strand. Ich bemühe mich, überall hinzusehen, nur nicht auf seinen halb nackten Körper.

Die beiden haben glücklich ausgesehen, doch die Fotos sind alle vor ein paar Jahren aufgenommen worden. Ich setze mich auf, lehne meinen Rücken an das Kopfende des Bettes und suche explizit nach Artikeln über die beiden, nur um festzustellen, dass Alexis ihre Karriere an den Nagel gehängt hat. Bei einer Pressekonferenz hat sie das Ende ihrer Schauspieltätigkeit verkündet und nun will sie ihr Privatleben nicht länger mit der Öffentlichkeit teilen. Ein ungewöhnlicher Schritt, den die wenigsten Promis wagen.

Aber sie sieht entschlossen und sicher aus. Egal, wie viele Artikel ich auch lese, über ein Ende ihrer Beziehung mit Jackson steht nirgendwo etwas. Mein Magen rebelliert bei dem Gedanken von ihm mit dieser wunderschönen Frau zusammen. Aber ich habe kein Recht auf diese Gefühle und Gedanken. Das, was wir hatten, ist vorbei. Jackson hat sich bewusst gegen uns entschieden, und dies führte zur Trennung. Wahrscheinlich ist er längst über mich hinweg, und ich bin die Einzige, die immer wieder an unsere Beziehung zurückgedacht hat.

Vielleicht hat er mich sofort vergessen, nachdem ich ein neues Leben gestartet habe. Aber ich habe von vorne angefangen und bin nun erfolgreicher denn je. Ich werde bald heiraten und ein völlig neues Kapitel in meinem Leben aufschlagen, da sind diese Gefühle völlig fehl am Platz. Ihn zu googlen ist falsch, also schließe ich die Seite und lege das Smartphone auf das Nachtkästchen. Mein Herzklopfen ist nur dem Stress des heutigen Tages geschuldet. Alles normal.

Ich lausche dem Geräusch des Wassers aus der Dusche und schließe die Augen. Ich weiß, dass ich das Leben mit Troy will. Seine Mom ist zwar immer wieder ein Störfaktor, aber ich bin mir sicher, dass er und ich uns gegen sie behaupten können und dass ihre Einmischungen mit der Zeit verschwinden werden. Ich male mir eine Zukunft mit Troy aus, wo wir mit unseren Kindern am Strand schwimmen, Sandburgen bauen und Eis essen. Ich sehe es klar und deutlich vor mir, sodass ich lächle und langsam ins Land der Träume abdrifte. Kurz bevor ich jedoch einschlafe, fällt mir wieder ein, dass Troy es ja nicht mag, den ganzen Tag am Strand zu verbringen und eher ungern Sand anfasst.

Als ich aufwache, ist es längst Abend. Ich ziehe die Decke von mir und setze mich auf. Ich muss wohl eingeschlafen sein, und Troy hat mich zugedeckt. Ich rufe ihn, erhalte aber keine Antwort. Nachdem ich mich erhoben habe, stelle ich fest, dass meine Klamotten an mir kleben. Trotz der Klimaanlage habe ich heftig geschwitzt. Ich schlafe sonst völlig nackt und mein Körper ist es nicht gewöhnt, Stoff zu spüren, wenn ich meine Augen schließe. Ich gehe in die Küche und öffne den Kühlschrank, um eine Flasche Wasser auszutrinken und mich erneut umzusehen.

Diese Suite ist beinahe so groß wie meine gesamte Wohnung, was mich den Kopf schütteln lässt. Troy ist sein Leben lang privilegiert aufgewachsen und liebt es, von schönen Dingen umgeben zu sein. Ich jedoch komme wahrlich aus der Gosse und habe erst durch meine Adoptiveltern Wohlstand erfahren. Ich hätte mir auch gut ein Zimmer in einem kleinen Apartment oder in einem Airbnb vorstellen können, aber von solchen Unterkünften will Troy nichts wissen.

Er trägt mich auf Händen, doch manchmal fühle ich mich davon erdrückt. Wir haben oft darüber gesprochen, dass ich all den Wohlstand nicht brauche, sondern nur ihn. Er hat sich geschmeichelt gefühlt und sagte, dass er mich liebt, aber etwas geändert hat es nicht. Manchmal, in Momenten der Unsicherheit, frage ich mich, ob wir beide überhaupt zusammenpassen. Troy weiß alles über meine schlimme Vergangenheit und den Terror, den ich bei meinem Vater erleiden musste. Gerade deswegen will er die negative Vergangenheit durch einen Überfluss an Liebe und Wohlstand überschreiben.

Ich jedoch bin stolz darauf, wo ich herkomme, denn ich habe überlebt und meine Brüder getroffen. Ich habe Eltern bekommen, die besser nicht sein konnten. Ich habe geliebt und mir wurde das Herz gebrochen, aber ich würde es nicht ändern wollen, weil jede meiner Erfahrungen mich zu der gemacht hat, die ich jetzt bin. Nur scheint Troy das nicht so ganz zu verstehen.

Ich springe unter die Dusche und wasche mir den Schweiß vom Körper, ehe ich meine Haare mit einem Handtuch trockne, so gut ich kann, ebenso wie meine Haut. In Ruhe packe ich meinen Koffer aus und sortiere meine Klamotten in den übergroßen Schrank. Da ich Hunger habe und Troy im Restaurant vermute, ziehe ich mir ein schwarzes Kleid über. Es hat Träger und ist aus Seide gefertigt, was mir aber daran am meisten gefällt, ist der Rock. Er schwingt bei jedem Schritt hin und her, und wenn ich mich schnell im Kreis drehen würde, könnte jeder mein schwarzes Spitzenhöschen sehen.

Auf den ersten Blick sieht das Kleid elegant aus, aber wenn ich tanze, ist es ziemlich verrucht, und das gefällt mir. Ich lege etwas Make-up auf, schnappe mir meine Tasche und begebe mich zum Restaurant. Im Aufzug checke ich mein Handy und entdecke eine Chatnachricht von Troy.

Troy: Liebling, du hast so tief geschlafen, dass ich dich nicht wecken wollte. Ich war im Fitnessstudio und treffe mich dann mit Owen Hawsey, um etwas bezüglich seiner Anfrage zu besprechen. Komm ins Restaurant, sobald du wach bist. Ich erwarte dich dort.

Ich ermahne mich, nicht wütend werden, weil er schon wieder arbeitet, obwohl wir im Urlaub sind. Ich schüttle den Kopf und verstaue das Smartphone in meiner Clutch. Als ich in meinen Lieblingsheels das Restaurant betrete, sehe ich meinen Verlobten sofort, doch im selben Moment wird mir bewusst, dass er nicht nur mit Owen dort sitzt, sondern auch mit Jackson.

10. KAPITEL

Quinn

Vergangenheit

Ich kann mich kaum auf den Unterricht konzentrieren. Immer wieder drifte ich ab und denke an die letzten zwei Wochen zurück, in denen ich Zeit mit Jackson verbracht habe. Seitdem würde sich jeder Arzt um mich Sorgen machen, so oft wie mein Herz ins Stolpern gerät. Unsere erste Begegnung war nicht gerade romantisch, aber heldenhaft. Ich hätte nicht versuchen sollen, das Armband zu stehlen, da ich sonst nur zu diesem Mittel gegriffen habe, wenn ich verzweifelt und hungrig war. Ich betrachte das Schmuckstück an meinem Handgelenk, das anfangs nur hübsch gewesen, jetzt jedoch zu etwas Besonderem geworden ist. Weil Jackson es mir geschenkt hat.

Jungs waren für mich vorher nie ein Thema. Klar habe ich mir meinen ersten Freund, den ersten Kuss und das erste Mal immer ausgemalt, und jedes Mal mit jemandem, den ich seit längerer Zeit kenne und ihm blind vertraue. Nicht ein Fremder, der mich nicht einmal gefragt hat, ob er mich küssen darf. Er hätte fragen sollen, dann hätte ich mich vorbereiten können und hätte nicht nur so überrumpelt dagestanden, sondern meine Arme um ihn gelegt und ihm gezeigt, dass ich nicht nur eine schlechte Ladendiebin bin, sondern auch eine sexy Frau.

Sexy? Ich blicke an mir herunter. Ich trage Jeans und Hoodie, nicht gerade das, was die hippen Mädchen an meiner Schule tragen, aber ich mag es, unsichtbar zu sein. Sowohl für Jungs als auch für Mädchen. Für Jackson war ich nicht unsichtbar. Er hat mich gesehen und sogar einige Schulen abgeklappert, um mich zu finden. Bei dem Gedanken wird mir ganz warm ums Herz, auch wenn ich außer seinem Namen nichts über ihn weiß. Er ist ein Fremder. Nichtsdestotrotz hat er mich gerettet.

Und wir haben uns geküsst.

Zwei Mal.

Ich lege meine Finger sacht auf die Lippen, da sie erneut zu kribbeln beginnen, sobald ich an die Küsse denke. Zwar hatte ich mir meinen ersten Kuss anders ausgemalt, aber nun habe ich das Gefühl, als wäre alles genau so gelaufen, wie es sein sollte. Ein Räuspern reißt mich aus meinen Tagträumen. Gregor, mein Mitschüler und Freund, deutet mir an, mich wieder zu konzentrieren, und als ich nach vorne blicke, weiß ich auch wieso. Unsere Geometrielehrerin sieht genervt in meine Richtung, also setze ich mich aufrechter hin und lächle sie entschuldigend an. Ich kann es aber nicht lassen, einen kurzen Blick auf mein Handy zu werfen, um zu sehen, ob sich Jackson zufällig gemeldet hat. Enttäuschung macht sich in mir breit, als ich weder einen Anruf noch eine Nachricht von ihm vorfinde. Seufzend stecke ich das Handy weg und versuche, mich so gut es geht auf den Unterricht zu konzentrieren, auch wenn ich weiß, dass meine Gedanken schnell abdriften werden.

Als die Klingel für den Schulschluss endlich bimmelt, erhebe ich mich rasch und packe meine Sachen zusammen. Wie üblich warten Hayden und Ian bei meinem Spind auf mich, damit wir gemeinsam nach Hause gehen können. Nach Hause? Innerlich muss ich über meine Gedanken lächeln. Diese Worte sind völlig fehl am Platz, denn die Einrichtung für Jugendliche ist keineswegs ein Zuhause für uns drei. Wir sind dort untergebracht, weil wir weggelaufen sind, und niemand uns will oder adoptiert hat. Bis zum Ende un-

serer Schulzeit sitzen wir dort fest, können es aber kaum erwarten, frei zu sein und selbst entscheiden zu können, welchen Lebensweg wir einschlagen.

Eine Weile unterhalten wir uns über die Schule und belangloses Zeug, bis Hayden sich mir mit diesem speziellen Grinsen zuwendet, das ich nur zu gut kenne und von dem ich weiß, dass es nur Ärger bedeutet.

»Du lächelst wieder«, meint er, und stößt mit seiner Schulter meine an, sodass ich taumle, mich aber schnell wieder fange. Ich unterdrücke den Drang, ihm eine zu kleben.

»Ich lächle immer, Klugscheißer.« Ich verstaue meine Bücher und klappe die Tür meines Schließfaches zu.

»Ja, aber jetzt ist dein Lächeln irgendwie intensiver, als würde es erst jetzt die volle Power an den Tag legen.«

»Du redest Unsinn«, weise ich ihn zurecht und will damit auch ablenken. Mit den Jungs über Jackson zu reden, fühlt sich irgendwie merkwürdig an. Eine Freundin habe ich nicht, also wären meine Brüder im Geiste oder Gregor die erste Wahl, wenn ich mir etwas von der Seele reden möchte. Trotzdem hemmt mich etwas. Ich überlege, was ich sagen kann, damit er nicht nachhakt, doch mein großer Bruder ist schneller.

»Lass Quinny in Ruhe.« Damit beendet er die Fragerei, und ich bin ihm dankbar dafür. Er scheint es zu spüren, wenn mich etwas belastet, und versucht mir beizustehen, so gut er kann. Das macht ihn einfach aus.

»Ihr verderbt mir auch jeden Spaß«, sagt Hayden schmollend, verkneift sich aber weitere Kommentare.

»Gehen wir etwas essen? Ich habe einen Bärenhunger«, sage ich und versuche, die Stimmung etwas zu lockern. Dass ich nicht über mein Liebesleben reden will, soll uns den Tag nicht vermiesen.

»Wann hast du keinen Hunger?«, will Hayden wissen und fängt schon wieder an zu nerven. Gott, dieser Typ! Wenn ich ihn nicht so

sehr lieben würde, würde ich ihm den Hals umdrehen. Mehrmals täglich.

»Hey! Ich bin kein Vielfraß«, zische ich und haue ihm auf die Schulter.

»Sagt diejenige, die einen Haufen Süßigkeiten in einem geheimen Fach im Zimmer hortet.« Der Typ will mich wohl absichtlich zur Weißglut bringen, auch wenn seine Worte der Wahrheit entsprechen.

»Klar muss ich es verstecken. Ihr würdet mir doch alles bei der ersten Gelegenheit wegfuttern.«

»Mich würde der geheime Ort auch ziemlich interessieren«, sagt Ian schmunzelnd, was mich nicht wundert. Immerhin ist er derjenige, der meistens meine besten Süßigkeiten verputzt.

»Das geht euch nichts an.« Ich recke entschlossen das Kinn in die Höhe, dieses Geheimnis werden sie nie aus mir herausbekommen.

»Hört auf, und lasst uns endlich aus diesem Gewusel entkommen«, meint Hayden nun und kämpft sich den Weg für uns frei.

»Was ist hier überhaupt los?«, flüstere ich eher zu mir selbst als zu den Jungs. Es hat sich eine Schlange bis zum Eingang gebildet, die hauptsächlich aus Mädchen besteht. Jede drängt sich weiter vor, als wolle sie einen Blick auf etwas erhaschen. Wir folgen Hayden, der sich zwischen den Schülerinnen hindurchschiebt und uns einen Weg bahnt. Im Gehen höre ich Kichern und Getuschel.

»Er geht mit Sicherheit nicht auf unsere Schule. Das wüsste ich.«

»Was macht er hier? Wartet er auf eine Schülerin?«

»Die Glückliche.«

Das sind nur einige Kommentare, die ich aufschnappe, die aber meine Neugier schüren. Ich kann es kaum erwarten, endlich aus der erdrückenden Menschenmenge rauszukommen. Wir kommen kurz zu Atem und schauen uns um. Ich folge dem Blick der Masse und stelle erschrocken fest, dass alle auf Jackson starren, der an einem

Motorrad lehnt und die Gesichter der Wartenden absucht. Augenblicklich beginnt mein Herz wie verrückt zu klopfen.

»Ist das nicht der Kerl, mit dem du vor ein paar Tagen spazieren gegangen bist?«, fragt mich Hayden neugierig. Ich nicke zur Antwort, da ich zu überrumpelt bin, um einen Satz zu formulieren. Er ist hier?

»Er wartet wohl auf dich«, stellt Ian fest und atmet schwer aus. Ich blicke zu ihm auf, da dieses Seufzen eher wehmütig geklungen hat – wie eine Mischung aus Sorge, Liebe und Verzweiflung.

»Möchtest du zu ihm? Ich meine …« Er fährt sich etwas nervös durchs Haar, als wäre er ein Vater, der vor seinem Kind das Thema »Bienchen und Blümchen« aufrollen muss. Aber ich verstehe, wieso er es tut. Ian will mich beschützen, deshalb stellt er diese Fragen. Würde ich jetzt Nein sagen, würden sie Jackson von mir fernhalten, aber das ist das Letzte, was ich will, und nun ist es Zeit, ihnen zu zeigen, wie ich mich fühle.

»Er ist mir noch nie dumm gekommen, wenn es das ist, was du wissen willst.« Okay, das klang nicht so liebevoll wie beabsichtigt. Dabei gibt es so viel mehr über Jacksons Person zu erzählen.

»Es gibt einiges, was ich über ihn wissen will, aber alles zu seiner Zeit. Mir ist einfach wichtig, ob er dich gut behandelt. Wir kennen ihn nicht, und mir ist unwohl, dich mit ihm allein zu lassen.«

Lächelnd lege ich Hayden und Ian jeweils eine Hand auf die Schulter. »Ihr könnt beruhigt sein. Ich vertraue ihm.« Viel mehr als das.

»Jetzt schon?«, fragt Hayden erstaunt. In unserem Leben ist Vertrauen ein großes Wort, eines, das Bedeutung hat. Es gab nur eine geringe Zahl an Personen, denen wir vertrauen können. Bei uns dreien wäre es kaum eine Handvoll Menschen. Wenn ich diese Worte aber nicht aussprechen würde, wäre es ein Fehler, denn ein Blick in seine türkisfarbenen Augen hat mich bekräftigt, dass er anders ist als die anderen und das im positiven Sinne.

»Ja. Jackson ist wirklich in Ordnung, du musst uns nicht folgen und ihn verprügeln, wenn er mich küssen will.« Ich versuche, das Gespräch aufzulockern, was aber eher nach hinten losgeht, da sich die Augen der beiden weiten.

»Küssen?«, ruft Ian aus und zieht somit die Blicke der Mädels auf sich. Er ist der heimliche Schwarm aller Schülerinnen, aber er hat noch nie Interesse an einer von ihnen gezeigt.

»Ja, das tut man öfter in meinem Alter, habe ich gehört«, werfe ich ein.

»Entschuldige, du hast ja recht. Du bist kein Kleinkind mehr. Ich habe mir nur Sorgen gemacht und wollte mich nicht in dein Liebesleben einmischen.« Ich umarme meinen großen Teddybär, wie ich ihn nur nenne, wenn wir allein sind. Einen besseren Bruder hätte ich mir niemals vorstellen können, ob nun blutsverwandt oder nicht.

»Und was ist mit mir?« Hayden schmollt und verschränkt die Arme vor der Brust, aber ich umarme nun auch ihn, denn ich liebe sie beide von ganzem Herzen.

»Na, na, ich bekomme ja gar keine Luft mehr«, beschwert er sich halbherzig, sodass ich mich wieder von ihm löse.

»Entschuldige.«

»Geh! Diese Hennen sollen endlich die Klappe halten und dich beneiden, weil er nur deinetwegen gekommen ist«, sagt Hayden mit einem warmen Lächeln in meine Richtung. Beide klopfen mir auf die Schultern und schenken mir somit Kraft, die ich dringend benötige. Ich habe es noch nie gemocht, im Mittelpunkt zu stehen, nicht nur, weil mein Vater mein Selbstwertgefühl vor langer Zeit mit Füßen getreten hat, sondern auch, weil ich Angst vor dem Gerede der anderen habe. Ich werde nicht gemobbt, dafür haben hier alle zu viel Angst vor Ian, aber trotzdem muss ich langsam an mir arbeiten. Ich kann ihn nicht aus Angst ignorieren, nicht, nachdem er sicher schon länger auf mich wartet.

Ich verabschiede mich von den Jungs, atme tief durch und gehe auf den unglaublich hübschen Mann zu, der mein Herz wie ein Wirbelsturm erobert hat. Als er mich erblickt, ist es nun an ihm zu strahlen, wie Hayden es vorhin bei mir beschrieben hat. Seine hohen Wangenknochen und das kantige Kinn mögen anfangs unnahbar und hart wirken, aber sobald er lächelt, werden seine Gesichtszüge weicher, was ihn zum hübschesten Mann macht, den ich je erblickt habe. Ich nehme das Kichern und Tuscheln gar nicht mehr wahr, denn egal, ob sich die anderen das Maul zerreißen, ich bin diejenige, auf die er gewartet hat.

»Hey«, begrüße ich ihn aus einem Schritt Entfernung.

»Hallo.« Er trägt heute eine Lederjacke in Vintage-Optik zu schwarzem T-Shirt, Jeans und Boots. Er sieht wie der moderne James Dean aus. Von außen wirkt er gefährlich und wie der Traum eines jeden Teenie-Mädchens, aber wenn ich in seine Augen sehe, erkenne ich seine verletzliche Seite, die gefühlvolle, die aufgeflackert ist, als er mich gesehen hat. Hinter diesem schönen Gesicht verbirgt sich noch so viel mehr, das ich unbedingt ergründen möchte.

»Du hast mich lange warten lassen«, sagt er und löst sich von seiner Maschine, um auf mich zuzugehen. Je näher er kommt, desto mehr rast mein Puls. Ich räuspere mich, um das nervöse Flattern in meinem Bauch zu beruhigen.

»Von wegen. Als würdest du es nicht genießen, dass alle Schülerinnen dich von dort aus anschmachten.« Er blickt in die Menge, zu all meinen Mitschülerinnen, die uns mit Argusaugen beobachten, ehe er mit den Schultern zuckt.

»Nicht die Bohne«, kommt es von ihm wie aus der Pistole geschossen.

»Pff.« Ich lache laut auf und glaube ihm kein Wort. Welcher junge Mann würde das Schmachten nicht genießen.

»Ob du es glaubst oder nicht, es gibt da eine junge Frau, die mich seit unserer ersten Begegnung fasziniert. Ich mag ihr Lächeln, ihre

toughe Art. Die Tatsache, dass ich nicht aufhören kann, an sie zu denken, hat mich hierher geführt.«

»Du verteilst heute ja ziemlich viele Komplimente.« Ich erröte natürlich bei seinen Aussagen, da ich diese Worte noch nie an mich gerichtet vernommen habe. Alles, was zwischen uns passiert, ist Neuland, und ich habe panische Angst, etwas falsch zu machen.

»Ja. Aber sie gelten nur dir.« Ich schlucke, weil er plötzlich seine Hände auf meine Oberarme legt und sanft auf und ab streicht. Es ist eine zärtliche Geste, die mich fast dazu bringt, die Augen zu schließen. Ich habe ihm mit meiner Aussage wohl Unrecht getan. »Entschuldige, es könnte sein, dass die Eifersucht aus mir gesprochen hat. Immerhin bist du der Blickfang all meiner Mitschülerinnen.«

»Sie kennen mich nicht … Sie wissen nichts über mich oder das, was ich durchgemacht habe, aber ich will, dass du es wirst. Dass du die junge Frau an meiner Seite wirst, der ich all das erzählen kann.«

»Pass auf, denn mit deinen Worten könntest du es glatt schaffen, dass ich mich in dich verliebe«, sage ich, ohne wirklich darüber nachzudenken, denn es ist die Wahrheit, und die bin ich ihm schuldig, nach dem, was er im Supermarkt für mich getan hat.

»Genau darauf will ich auch hinaus, Iris«, flüstert er und zwinkert mir zu.

»Oh«, flüstere ich, schenke ihm ein zögerliches Lächeln und könnte mich ohrfeigen, weil ich keinerlei Erfahrung mit Jungs habe. Was sagt man zu jemandem, der einem so wunderbare Worte offenbart? Ich wünschte, ich hätte ein Handbuch mit den perfekten Erwiderungen in solchen Momenten. Jackson räuspert sich, löst die Hände von mir, um nach einem Helm zu greifen, und stellt sich unmittelbar vor mich, sodass ich den Kopf in den Nacken legen muss, um ihm in die Augen sehen zu können.

»Ich weiß, du kennst mich erst seit Kurzem, aber ich bin ein verantwortungsbewusster Fahrer und würde dich niemals in Gefahr bringen.«

»Das glaube ich dir«, antworte ich sofort mit aller Aufrichtigkeit. Was ist nur los mit mir? Woher kommt dieses blinde Vertrauen ihm gegenüber? Ich habe keine Angst vor Motorrädern, immerhin fahre ich heimlich selbst mit einem, jedoch sorge ich mich um einen Umstand am meisten: Lässt mich dieses Vertrauen für ihn naiv und unreif erscheinen?

»Ich würde dich gerne zum Essen einladen, aber dafür müsstest du auf meine Maschine.«

Ich lenke mich von seiner einnehmenden Präsenz ab, und mustere mit geübtem Blick seine Suzuki SV650S mit Halbverkleidung, die mir beim Näherkommen schon aufgefallen ist. Es handelt sich um einen Sporttourer und ein wirkliches Prachtstück. Ich streiche mit den Fingern über den Suzuki-Schriftzug und umrunde die Maschine. Sie ist neu, den Abnutzungsspuren nach zu urteilen vielleicht ein paar Monate alt.

»Gefällt sie dir?« Jacksons Stimme klingt neugierig, er sieht so aus, als könne er sich keinen Reim darauf machen, wieso ich sein Bike so lange anstarre.

»Sie ist wirklich außergewöhnlich schön.«

»Danke«, antwortet er, ehe er sich den Hinterkopf kratzt. Ist er verlegen? Wegen mir? Das kann ich mir nur schwer vorstellen.

»In den USA wird die Maschine nur mit Vollverkleidung oder naked angeboten, woher hast du die Halbverkleidung? Soweit ich weiß, ist so ein Import ziemlich teuer.« Er stutzt angesichts meiner Worte, ehe sich ein Lächeln auf seinem Gesicht ausbreitet, eines, das mich innerlich zum Schmelzen bringt.

»Eine Kennerin also. Ich bin beeindruckt, aber ja, das stimmt, die Halbverkleidung habe ich eher auf umständlichem Wege erhalten. Aber ich finde es schnittiger als mit Vollverkleidung.«

»Und wie. Es hat Charakter.« Ich löse den Blick von dem Motorrad, ehe ich in sein grübelndes Gesicht blicke.

»Habe ich etwas Falsches gesagt?« Er schüttelt nur lächelnd den Kopf und reicht mir den Helm, den ich entgegennehme. »Das könntest du nicht, auch wenn du es wolltest. Ich bin einfach fasziniert von dir.« Jackson legt beide Hände sanft auf meine Taille und zieht mich zu sich. Zwar habe ich einen Hoodie an, aber trotzdem fühlt es sich an, als würde sich diese Berührung direkt in meine Haut einbrennen. »Sollen wir?«, fragt er mich mit seiner tiefen Stimme, die ein Beben in mir auslöst.

»Klar, wir können losfahren.« Eine Hand wandert hinauf zu meiner Wange. Langsam und zärtlich.

»Das meinte ich nicht«, flüstert er und sein Blick verändert sich. Seine Gesichtszüge werden erneut weich und seine Augen klar. Kaum merklich streichelt er mit seinen Fingern meine Haut.

»Was sonst?«, flüstere ich und blicke tief in das Türkis. Ich habe das Gefühl, als würde mein Herz mir aus der der Brust springen wollen.

»Sollen wir ihnen eine Show liefern? Immerhin haben sie lange darauf gewartet.« Er meint die Schülerinnen, deren Tuscheln ich nur dumpf höre, dafür sind meine Sinne zu sehr auf diesen Mann ausgerichtet. Ich weiß, wie er es meint. Er möchte nicht prahlen, sondern den jungen Frauen dort zeigen, dass sie keine Chance bei ihm haben, denn er will nur mich. Genau das vermitteln mir seine Augen, ohne dass er den Mund aufmachen muss. Ich nicke kaum merklich, was etwas in ihm loszulösen scheint. Ehe ich mich versehe, liegen seine Lippen auf meinen. Er küsst mich leidenschaftlich, und das Tuscheln endet.

11. KAPITEL

Jackson

Owen unterhält sich mit Quinns Freund Troy angeregt übers Geschäft. Die beiden scheinen sofort auf einer Wellenlänge zu sein, ich jedoch studiere den Mann hinter dem berühmten Namen und der Firma. Seine Hände sind gepflegt, es sieht aus, als würde er täglich zur Maniküre gehen. Er hat sich wohl noch nie die Finger schmutzig gemacht. Nicht, dass er das tun müsste, aber ich vergleiche mich mit ihm, ohne es wirklich zu wollen. Ich war mindestens einen Tag Page, Kellner, Reinigungskraft, Spa-Mitarbeiter und habe noch in andere Bereiche reingeschnuppert, weil ich mir selbst von dem Arbeitsaufwand ein Bild machen wollte. Als Geschäftsführer meiner Hotelkette ist es mir wichtig, das Gesamtbild nie aus den Augen zu verlieren. Die Zahlen sind wichtig, Geld ist wichtig sowie ein guter Ruf in der Branche, aber nichts davon bringt etwas, wenn das Herz des Unternehmens seinen Dienst verweigert, und das sind die Mitarbeitenden. Das Team.

Troy jedoch faselt seit einer halben Stunde von Prognosen und Umsatzsteigerungen, sodass ich dem Gespräch schon längst nicht mehr folge. Er wirkt auf den ersten Blick wie jemand, der übermäßig viel Wert auf das Äußere legt. Seine Haare sind perfekt frisiert, die Klamotten, die er gerade trägt, sind mehr als fünf Riesen wert, und er sieht so aus, als würde er täglich Sport treiben. Das sind alles Dinge, die mir sein äußeres Erscheinungsbild verrät, ohne dass er davon erzählt hätte. *Würde ich ihn genauso kritisch analysieren, wenn er nicht der Freund von Quinn wäre?* Vermutlich nicht, aber dennoch tue ich es, weil ich nicht anders kann. Eine bessere Antwort gibt es darauf nicht.

Genervt über mich selbst packe ich mein Whiskeyglas und halte es mir an die Lippen, um daraus zu trinken, als ich Quinn erblicke und innehalte. Sie steht im Eingangsbereich des Restaurants und sieht unsicher in unsere Richtung. Ihre zarten Finger spielen am Verschluss ihrer Handtasche, was sie aussehen lässt, als würde sie sich selbst Mut zusprechen, damit sie weitergehen kann.

Ich schlucke.

Nicht etwa den Whiskey, sondern nur, weil mich ihre Schönheit dazu bringt. Ich lasse das Glas sinken und stelle es ab, weil ich das Gefühl habe, dass es mir sonst aus der Hand gleiten würde. Quinn trägt das blonde Haar offen, es reicht ihr bis zu den Hüften. Der seidenglatte, glänzende Stoff ihres schwarzen Kleides hebt sich von der hellen Haut ab und lässt sie wie einen Engel erscheinen.

Nach kurzem Zögern setzt sie sich in Bewegung und kommt mit selbstbewussten Schritten auf unseren Tisch zu. Ich will nicht auf ihre Beine starren, bin aber machtlos, da ich schon immer eine Schwäche für ihre langen Beine hatte, und die sündhaften Heels machen es mir nicht gerade leichter. Das Klackern ihrer Absätze auf dem Granitboden ist wie ein Countdown für mich. Kurz habe ich mir erlaubt, bei ihrem Anblick schwach zu werden, sobald sie mir aber gegenübersitzt, darf ich es mir nicht anmerken lassen. Erst im Gehen erwidert sie meinen Blick. Stolz und vielleicht eine kleine Spur nervös durchquert sie den Essbereich, wobei der fallende Stoff sich sanft um ihre Hüften bewegt, sobald sie einen Schritt macht. Ich wette, wenn ich sie beim Tanzen herumwirbeln lassen würde, würde bei der Drehung ihr Höschen hervorblitzen. Ich denke, es ist schwarz, mit eingenähter Spitze und einer frechen Note, die ich mir lieber nicht ausmalen will.

Als sie an unseren Tisch kommt, erhebe ich mich als Erster und knüpfe in einer geschickten Bewegung mein Jackett zu. Quinn folgt der Bewegung meiner Finger, obwohl Owen und Troy das Gleiche wie ich getan haben. »Da bist du ja, Liebling«, sagt er und küsst sie auf die Wange, ehe sie sich neben ihn setzt. Ich wende den Blick ab, sobald seine Lippen ihre Haut berühren und beiße die Zähne zusammen. Das ist keineswegs Eifersucht, denn seien wir ehrlich, wer sieht gern zu, wenn die Ex geküsst wird.

Es ist Jahre her, dass wir zusammen waren und eigentlich bin ich wütend darauf, wie unsere Beziehung geendet ist, trotz allem durchfährt ein Stich mein Herz, als Troy sie küsst und seine Hand auf ihrem Schoß verweilt. Ich setze mich und öffne erneut mein Jackett. »Du siehst wunderschön aus«, flüstert Owen, und spricht damit das aus, was sich wohl alle in diesem Raum denken. Sie hat sich etwas stärker geschminkt, was ich nicht von ihr kenne. Es steht ihr, lässt sie aber auch ein wenig fremd auf mich wirken.

»Danke«, erwidert sie höflich, wobei sie überall hinsieht, nur nicht in meine Richtung.

»Das Kleid habe ich doch erst bei der Fashion Week in London gesehen. Victoria Beckham, nicht wahr?«, fragt mein bester Freund neugierig. Mode ist seine Welt, ebenso das schillernde Ambiente von Fashion Shows. Er selbst trägt im Alltag niemals knallige Farben, liebt es aber, darüber zu fachsimpeln, wenn es andere Menschen tun.

»Ja, es ist noch gar nicht im Handel erhältlich. Victoria hat es ihr exklusiv geschickt, damit sie es bei den nächsten Veranstaltungen tragen kann«, antwortet Troy an ihrer Stelle, was Verärgerung in ihren Augen aufblitzen lässt. Sie hat es schon immer gehasst, wenn ihr jemand Worte in den Mund legt oder sie unterbricht.

»Das ist wahr. Mein Bruder ist mit David Beckham befreundet, sodass ich sie vor Jahren kennengelernt habe. Wir haben beide eine Leidenschaft für Mode.« Owen nickt anerkennend und blickt kurz zu mir. Sein Blick scheint zu sagen: *Was ist nur mit unserer alten Quinn passiert?*

Sie hat früher an Motoren herumgeschraubt, Junkfood gegessen und Hoodies Kleidern vorgezogen. Jetzt sieht sie nicht nur anders aus, sie scheint sich auch wirklich verändert zu haben. Vor allem eine ihrer Aussagen lässt mir keine Ruhe.

»Bruder?«, frage ich nun, da ich weiß, dass sie Einzelkind ist und außer ihrem Arschloch von Vater keine weiteren Verwandten hat. Nun sieht sie zum ersten Mal in meine Richtung und mir bewusst in die Augen. Das hat sie seit unserer Begegnung kein einziges Mal getan. Ihre Haltung ist kühl und auch ihre Augen zeigen für einen kurzen Moment keinerlei Emotion, obwohl ich das Gefühl habe, als wäre die Klimaanlage ausgefallen und die tropische Hitze wäre ins Restaurant eingedrungen. Es ist lange her, dass eine Frau solch eine Wirkung auf mich hatte. Dass es erneut die Frau ist, die ich einst geliebt habe, hätte ich nicht erwartet.

»Ich meine Dorian.«

»Moment!« Ich hebe die Hand, um ihre Worte zu verarbeiten. »Dorian ist dein Bruder? Wieso hast du dama…«

»Wir drei wurden adoptiert. Von den Millards.« Die Erwähnung von dem Pärchen, das der Startschuss für unsere Trennung gewesen ist, lässt mich den Blick abwenden und mit dem Kiefer mahlen.

»Verstehe, und wann?«

»Einen Monat nach dem Überfall.« Also genau zu der Zeit, wo wir uns getrennt hatten. Kein Wunder, dass ich sie damals in schwachen Momenten auf Social Media nicht gefunden hatte, weil ich mit dem falschen Nachnamen gesucht habe. Meistens, wenn ich betrunken und einsam war und mir die Fragen keine Ruhe gelassen haben. »Wartet mal. Ihr kennt euch?«, fragt nun ihr Partner verständlicherweise. Er kann ja nicht wissen, dass wir uns einmal geliebt haben.

»Die beiden sind alte Freunde aus meiner Jugend. Owen, Jackson und ich kennen uns schon seit über dreizehn Jahren.« *Alter Freund? Mehr nicht?* Nicht, dass ich darauf herumreiten will, aber ich hatte gehofft, dass sie es erwähnt, dass wir zusammen gewesen sind. Dass sie es nicht verleugnet. Für mich ist sie damals meine Welt gewesen, und ich würde sie jedem als meine Ex-Freundin vorstellen, aber anscheinend waren ihre Gefühle für mich nicht so tief wie meine.

»Was für ein Zufall, dass ich genau das Hotel deiner Freunde gebucht habe«, merkt Troy an und drückt kurz ihre Schulter. *Muss er sie so oft berühren?* Sie sind zusammen, wir verstehen es schon, trotzdem muss er nicht damit angeben, als wäre sie eine Trophäe.

»Ja. Wirklich witzig«, antworte ich sarkastisch, was Troy aber nicht zu bemerken scheint. Was für ein Ignorant. Ich kann es nicht fassen, dass sich Quinn solch einen Snob als Freund ausgesucht hat. Er passt gar nicht zu ihr, das sehe ich doch auf den ersten Blick. Owen beugt sich zu mir, als Quinn ihre Essensbestellung aufgibt, was mich den Blick von ihrem Partner abwenden lässt.

»Reiß dich zusammen, Mann. Du siehst aus, als würdest du dich auf ihn stürzen wollen.«

»Sei nicht albern. Ich verhalte mich wie immer.« Ich lockere meine Haltung und lehne mich zurück. Das ist doch lächerlich, die beiden interessieren mich nicht. Das ist Vergangenheit. »Kannst du mir dann deine zu Fäusten geballten Hände erklären?« Kaum hat er es erwähnt, löse ich die Spannung in meinen Händen und lege sie locker auf dem Schoß ab. »Soll ich mit ihm eine kleine Führung machen und übers Geschäft reden, damit du in Ruhe mit ihr sprechen kannst?«

»Es gibt nichts zu bereden«, stelle ich klar und doch blicke ich auf ihren schlanken Hals und ihr Profil. Ich bin ein Widerspruch in Person. Mein Mund sagt Dinge, die mein Kopf einfach nicht kapieren will.

»Ach, halt doch den Rand. Du hast sie mehr als ein Jahrzehnt nicht gesehen, und die Fragen müssen dir doch auf der Seele brennen.« Owen hat recht, ich habe viele Fragen, aber jetzt in den Wunden herumwühlen würde nichts bringen. Ich bin in den letzten Jahren gut ohne sie klargekommen. Ihr Auftauchen verändert nichts für mich.

»Nichts brennt in mir. Alles ist kalt.«

»Komm schon, Mann, ein klärendes Gespräch würde sicher helfen.«

»Nein«, knurre ich, vielleicht etwas lauter als ich sollte, denn nun blicken Quinn und Troy in meine Richtung. Ich schenke ihnen ein Lächeln, bezweifle aber, dass es meine Augen erreicht.

»Troy, wenn Sie möchten, kann ich Sie gerne etwas herumführen und Ihnen genau erklären, was wir uns beim Bau unseres Hotels vorstellen.« Quinn blickt panisch zu Owen, als hätte er sie zu lebenslanger Haft verurteilt. Auch ich töte ihn mit Blicken, weil er sich mir widersetzt und über meinen Kopf hinweg entscheidet. Zu meiner Überraschung nickt Quinns Freund, ohne seine Freundin zu fragen oder sie zu bitten, ihn ebenfalls zu begleiten.

Während Owen beim Weggehen von der Geschichte dieses Hotels erzählt, blickt Quinns Freund nicht einmal zurück.

Nun sind wir allein, was mir die Gelegenheit gibt, sie genauer anzusehen. Man könnte sagen, dass sie dieselbe geblieben ist, aber bei genauerem Betrachten bemerke ich die Unterschiede. Sie macht Sport, das erkenne ich an ihrer Armmuskulatur. Ihre Hüften sind runder geworden, weiblicher und unwiderstehlich. Sie tut zwar so, als würde sie sich im Raum umsehen, ihre schnelle Atmung sagt mir jedoch, dass sie ganz genau weiß, dass ich sie mustere.

»Was ist?«, flüstert sie und wendet sich mir zu. In ihren Augen brennt ein Feuer, das ich nur zu gut kenne.

»Nichts, ich bin nur überrascht, dich wiederzusehen.« Ich lehne mich nun entspannt zurück, da ich nicht mehr so tun muss, als würden wir uns nicht gut kennen. Ich kann nun ehrlich sagen, was ich denke. Vielleicht hat Owen recht: Wenn ich endlich Antworten auf meine Fragen bekomme, kann ich mit der Vergangenheit und mit ihr abschließen.

»Das beruht auf Gegenseitigkeit, glaub mir. Wenn ich gewusst hätte, dass es dein Hotel ist, dann …« Sie bricht ab und scheint sich über ihre Worte zu ärgern, als hätte sie mehr gesagt, als sie wollte. Nervös fährt sie mit den Zähnen über ihre Unterlippe und kaut daran.

»Was dann?«, will ich wissen. Ich habe mich leicht über den Tisch gebeugt, damit ich sie besser hören kann, aber sie schweigt entschlossen. Als unser Kellner Morgan zu uns an den Tisch kommt, scheint sie sichtlich erleichtert zu sein, dass er uns unterbricht.

»Vielen Dank, das sieht köstlich aus«, sagt sie und streicht sich eine Strähne hinters Ohr, wobei mich der fette Klunker anfunkelt, den sie an ihrem Ringfinger trägt. Ich stutze, da der mir bis jetzt nicht aufgefallen ist, aber jetzt sticht er mir geradezu ins Auge und ins Herz. Wie gebannt blicke ich auf den üppigen Diamanten, der sicher teuer gewesen ist, aber überhaupt nicht zu Quinn passt. Er wirkt zu groß und übertrieben für ihre zarten Finger. Quinn bemerkt meinen Blick und legt hastig ihre Hand auf den Schoß, als wäre es ihr unangenehm, dass ich ihren Ring betrachte.

»Man darf also gratulieren?«, sage ich mit einem Kloß im Hals, den ich mir nicht erklären kann.

»Ja«, flüstert sie und blickt auf ihren Teller, ohne sich zu regen. Ich schlucke die Frustration hinunter, die sich einen Weg an die Oberfläche bahnen möchte.

»Herzlichen Glückwunsch. Ich hoffe, du wirst glücklich.«

Sie schnaubt und verschränkt die Arme vor der Brust. »Ich *bin* glücklich. Ich muss es nicht werden.«

»Wenn es so wäre, würdest du nicht den Drang verspüren, meine Worte zu korrigieren.«

»Ich ... Was interessiert es dich überhaupt, ob ich ein schönes Leben verbringen werde oder nicht. Über zehn Jahre lang hast du nicht ...« Sie verstummt und wendet den Blick ab, ehe sie erneut flüstert.

»Das tut jetzt nichts zur Sache. Entschuldige, ich habe deine Worte falsch aufgefasst.« Ich runzle die Stirn über ihre Worte. *Das war's? Sie geht gar nicht auf die Diskussion ein?*

Hat sie sich so sehr verändert, dass sie nicht mehr für ihre Überzeugung kämpft? »Isst du nichts?«, fragt sie mich plötzlich und lenkt vom Thema ab, was ich ihr durchgehen lasse, obwohl ich Unmengen an Fragen habe.

»Ich habe schon in der Küche zu viel gekostet und keinen Hunger mehr.« Sie kaut und blickt mich neugierig an. Als würde sie mich studieren wollen. Der Schmerz von vorhin ist noch da, das sehe ich in ihren Augen, aber wir beide sind wohl gut im Schauspielern und machen gute Miene zum bösen Spiel.

»Wie soll ich das verstehen?«, fragt sie ehrlich neugierig und nimmt ihr Besteck in die Hand.

»Ich koche selbst gerne für die Kundschaft. Nur schaffe ich das mit der Einteilung der richtigen Menge nicht und mache immer zu viel. Und so bleibt meist eine Portion für mich übrig.«

»Du kochst? Aber du bist der Geschäftsführer.«

»Ich habe eine Schwäche für gutes Essen, falls du es nicht vergessen hast. Der Umstand, dass mir das Hotel gehört, macht mich nicht zu einem wertvolleren Menschen.«

»Nein, das habe ich nicht vergessen, und ich mag deine Einstellung«, meint sie nachdenklich, ehe sie erschrocken zusammenzuckt, als hätte sie die Worte unbeabsichtigt gesagt. Ich habe das Gefühl, als würden wir uns mit unseren Worten auf ein Minenfeld begeben: Nur eine falsche Aussage, und all der Ballast, den wir mitschleppen, würde in die Luft gehen.

»Es war schön, deine Mom wiederzusehen. Sie sieht fantastisch aus«, sagt sie, ehe sie einen Bissen nimmt und genüsslich die Augen schließt.

»Danke, sie reist mit ihrem Mann alle paar Monate durch die Welt, ehe sie wieder eines der neuen Hotels dekoriert.«

»Ist sie nicht schon in Rente?«

»Ja, eigentlich schon, aber sie kann einfach nicht anders, als mit anzupacken. Sie war und ist ein richtiges Arbeitstier.«

»Sie muss wahnsinnig stolz auf dich sein. Wenn ich mir das alles ansehe, dann habt ihr wirklich ganze Arbeit geleistet.« Sie lässt den Blick durch das Restaurant schweifen, ehe sie einen weiteren Bissen runterschluckt. Meine Augen folgen gebannt der Bewegung ihres Halses, ehe ich mich zwinge, den Blick abzuwenden.

»Ich konnte das alles durch ihre Hilfe erreichen, weil sie mich niemals hängen gelassen hat. Anders, als manch andere Menschen.« Ich weiß nicht wieso, aber ihr Lob lässt meine Emotionen überkochen. Denn bei der Erwähnung von meiner

Mom wird mir schmerzlich klar, dass sie damals nicht nur mich verlassen hat. Sie hat kein Recht, uns Komplimente zu machen, nicht, nachdem sie uns so in den Rücken gefallen ist. Die Erinnerungen überschatten den Moment des Wiedersehens.

Plötzlich erfasst mich eine Kälte, die die Hitze von vorhin wie einen Witz erscheinen lässt. Mir ist der Raum zu viel, die Situation und Quinn selbst. Es hat mich viele Jahre meines Lebens gekostet, sie zu vergessen und zu heilen. Ihr jetzt so nah zu sein ist, als würde jede Wunde erneut schmerzhaft aufreißen. Ich lasse meinen vollen Drink unberührt und erhebe mich. »Ich wünsche dir einen schönen Abend. Die Drinks sowie das Essen gehen aufs Haus. Ein Geschenk von einem *alten Freund*«, sage ich spöttisch, wende mich zum Gehen und blicke nicht zurück.

Ich ziehe mein Jackett aus und reiche es Malia, der heutigen Nachtmanagerin. Während ich mir die Ärmel meines Hemdes hochschiebe, begebe ich mich zum Poolbereich. Die Spots in den Pools tauchen alles rundherum in zartblaues Licht, aber mich treibt es weiter. Dem beruhigenden Rauschen der Wellen entgegen. Ich ziehe Socken und Anzugschuhe aus, kremple mir die Hosenbeine hoch und gehe zum Strand, um mich auf eine der Liegen zu setzen.

Paare spazieren Hand in Hand oder Arm in Arm an mir vorbei, wobei ich versuche, der perfekte Gastgeber zu sein und ihnen ein aufrichtiges Lächeln zu schenken, aber wem will ich etwas vormachen. Der Abend ist eine unwillkommene Reise in die Vergangenheit. Ich habe so viele Fragen, die ich Quinn stellen möchte, will die Zweifel zum Verstummen zu bringen, die mich seit Jahren beschäftigen. Doch je tiefer ich hineintauche, desto verwundbarer werde ich.

Wieso reagiere ich über? Ist es der Umstand, dass sie bald heiraten wird? Mir kann es doch egal sein, was aus ihr geworden ist und was ihre Zukunft bereithält. Wir sind nicht mehr befreundet und auch keine Liebenden mehr. Wir sind gar nichts, und das muss ich in meinen verdammten Schädel bekommen. Frustriert über mich selbst erhebe ich mich und gehe ein paar Schritte zum Wasser, wo die Wellen meine Füße umspülen. Ich liebe sie nicht mehr. Aber ich habe es getan, und auch wenn die Sache zwischen uns böse ausgegangen ist, bereue ich nichts.

Wenn ich die Möglichkeit hätte, erneut in die Vergangenheit zu reisen, würde ich nichts ändern wollen. Die Zeit mit Quinn hat mich davor bewahrt, in den Jugendknast zu wandern. Ohne sie wäre ich ein hoffnungsloser Fall gewesen. Es muss aufhören, dass ich nicht weiß, was ich denken und fühlen soll. Also schiebe ich die Gefühle zur Seite und blicke in den Sternenhimmel. Hawaii ist nun mein Zuhause, und als perfekter Gastgeber sollte ich Troy und Quinn die besten Ausflugsziele empfehlen. Ich sollte professionell wie immer auftreten und meine Gefühle außen vor lassen. Denn es ist egal, was ich fühle. Für Quinn und mich ist es längst zu spät.

12. KAPITEL

Quinn

»Schmeckt es Ihnen nicht? Wir können Ihnen gerne ein anderes Gericht servieren«, unterbricht eine Stimme dumpf meine Gedanken. Blinzelnd hebe ich den Kopf und erblicke den Kellner, der mich freundlich anlächelt. Verwirrt schaue ich auf meinen Teller und bemerke erst jetzt, dass noch über die Hälfte meines Gerichts unangerührt ist. Ich schüttle lächelnd den Kopf.

»Es schmeckt köstlich. Ich war nur in Gedanken woanders.«

»Soll ich Ihnen das Essen noch mal aufwärmen?«

»Das ist nicht nötig, vielen Dank. Ich bin schon satt. Sie können den Teller gerne abräumen.«

»Wie Sie wünschen. Darf ich Ihnen vielleicht noch etwas anderes bringen? Einen Kaffee vielleicht?«

»Nein, danke.«

»Ich wünsche noch einen angenehmen Abend.«

»Das wünsche ich Ihnen ebenfalls. Gute Nacht.«

Ich schnappe mir meine Tasche und erhebe mich, weiß aber nicht so genau, wo ich hingehen soll. Ich bin zu aufgewühlt, um nach Troy zu suchen, und möchte keineswegs Jackson noch einmal begegnen. Also gehe ich zum Fahrstuhl, um in unsere Hotelsuite zu gehen, denn was sollte ich sonst in einer fremden Stadt tun? Als sich die Aufzugtüren schließen, lehne ich erschöpft den Hinterkopf gegen die Stahlwand und seufze auf. Mein Herz ist immer noch in Aufruhr und klopft mir bis zum

Hals. Ich schüttle verärgert den Kopf und schließe die Augen, was es aber nicht unbedingt besser macht, denn dann sehe ich Jacksons Gesicht vor mir. Das Jungenhafte von damals, das mich mit so viel Liebe angeblickt hat, dass ich von Kopf bis Fuß errötete. Ich sehe ihn so klar und deutlich vor mir, dass ich ergriffen die Augen aufreiße und laut nach Luft schnappe. *Was passiert hier nur mit mir?*

Dieser Urlaub sollte Entspannung für Troy und mich sein. Wir wollten die Zweisamkeit genießen, bevor wir uns ins Hochzeitsgetümmel stürzen, aber nun ist wieder Jackson in meinem Leben aufgetaucht, und die Wunden der Vergangenheit drohen wieder aufzureißen und schmerzen mehr denn je. Seit Jacksons Auftauchen bin ich völlig durcheinander, und ich weiß nicht, wie ich diese Gefühle in mir zum Verstummen bringen kann. Jahrelang war er in meinen Gedanken und auch in meinem Herzen, auch wenn ich es nicht immer wahrhaben wollte. Jetzt, wo ich mich endlich bewusst für Troy entschieden habe, taucht er wieder auf der Bildfläche auf und hebt meine Welt aus den Angeln.

Im Schlafzimmer lasse ich mich auf das Bett plumpsen und blicke aus dem bodentiefen Fenster. Die Sonne geht gerade unter und taucht den Himmel in warmes Licht. Es ist ein friedlicher Anblick, der so gar nicht zu meinem Inneren passt. So viele Fragen schwirren in meinem Kopf herum und vermiesen mir den Abend, den ich eigentlich mit meinem Verlobten verbringen wollte.

Wieso muss Jackson hier sein?

Wieso ist er noch attraktiver als früher?

Und wieso klopft mein Herz noch immer, wenn er in meiner Nähe ist?

Ich kann hier nicht rumsitzen und nichts tun. Ich muss unbedingt mit jemandem sprechen, also greife ich nach meinem

Smartphone und starte einen Videoanruf mit meiner besten Freundin Donna. Fast erwarte ich, sie nicht mehr zu erreichen, da es in New York spät in der Nacht sein dürfte, aber sie nimmt ab. Als ich in ihr lächelndes Gesicht blicke, fühle ich mich gleich etwas besser.

»Da ist ja unsere Frau Anwältin. Du meldest dich ziemlich spät, dabei hast du uns versprochen, uns nach der Landung direkt Bescheid zu sagen.«

»Genau, wir haben uns Sorgen gemacht«, höre ich Tori im Hintergrund rufen, gefolgt von Geschirrgeklapper.

»Und ich habe gedacht, ich hätte dich besser erzogen. Du hast gar nicht auf meine Anrufe reagiert«, meldet sich auch Mom zu Wort. Drei gegen eine ist ziemlich unfair, aber sie haben recht.

»Na? Läuft bei euch eine Party? Oder wieso seid ihr so spät noch zusammen?«, frage ich erstaunt. Tori und meine Mutter erscheinen im Bild und setzen sich neben meine beste Freundin. Der Anblick der drei wichtigsten Frauen in meinem Leben lässt mich beruhigt aufatmen.

»Wir mussten etwas besprechen und trinken gerade ein Gläschen Wein. Du bist ja nicht da, deshalb müssen wir für dich mittrinken«, sagt Tori mit einem diabolischen Grinsen.

»Ich vermisse euch auch. Und das, obwohl wir uns gestern erst gesehen haben.«

»Das ist nur ein weiteres Zeichen, dass wir zu viel Zeit miteinander verbringen.« Donna lacht und greift nach ihrem Weinglas. Ich schenke ihnen ein müdes Lächeln, das meine Mutter die Stirn runzeln lässt.

»Ist bei dir alles in Ordnung?« Zuerst erwäge ich, Jackson nicht zu erwähnen und meine Sorgen für mich zu behalten, aber das hier ist meine Familie, und mir hat es schon immer geholfen, mit anderen über meine Probleme zu sprechen. Sie würden mich niemals verurteilen.

»Nein, gar nichts ist in Ordnung.« Bei diesen Worten richten sich alle drei kerzengerade auf. Aber sie fragen nicht nach, sondern warten in Ruhe ab, bis ich meine Gedanken in Worte fasse.

»Jackson ist hier.« Allein, es auszusprechen, hört sich unwahr in meinen Ohren an.

»Wie, Jackson ist hier?«, will meine beste Freundin wissen. Eine Stille hat sich am anderen Ende der Leitung ausgebreitet, als hätten alle den Atem angehalten.

»Ich bin in der Lobby seiner Mutter Naomi begegnet. Ich habe mich so gefreut, die Frau, die mich in meiner Jugend immer unterstützt hat, wiederzusehen. Aber dann war da auch Jackson, was mich etwas aus der Bahn geworfen hat.«

»Jackson und seine Mutter sind zu Gast in eurem Hotel?« Meine Mutter lehnt sich neugierig vor. Ich schüttelte den Kopf, ehe ich antworte.

»Jackson gehört das Hotel.« Die drei sehen mich verblüfft an.

»Moment! Ihr seid doch in einem *Orwood*-Hotel«, stellt Tori klar.

»Genau. Jackson hat den Nachnamen seines Stiefvaters angenommen und heißt jetzt Orwood.« Alle drei sind sprachlos, so, wie ich es gewesen bin, als ich es herausgefunden habe. Das hier ist kein Zufall, es ist die reinste Qual.

»Ich kann es einfach nicht glauben. Du musst doch völlig durch den Wind sein.« Es ist Tori, die ihre Sorge laut ausspricht, und damit nicht richtiger liegen könnte.

»So weit ist alles in Ordnung. Aber gerade haben wir uns unterhalten, und es ist nicht so gut gelaufen.«

»Habt ihr euch gestritten?«, fragt Donna besorgt.

»Anfangs haben wir uns normal unterhalten, doch plötzlich wurde Jackson wütend und ist einfach gegangen.«

»Dieser Arsch! Das sieht ihm wieder mal ähnlich. Dabei hättest du mehr Grund gehabt, ihn anzufauchen und abzuhauen«, beschwert sich Donna lauthals und knallt das Weinglas auf den Couchtisch, sodass der Rotwein beinahe überschwappt.

»Ich war zu geschockt, um Kontra zu geben. Unsere Unterhaltung war nur die Ruhe vor dem Sturm.«

»Wo war Troy? Weiß er, dass Jackson dein Ex-Freund ist?«

»Owen hat mit ihm eine Führung durchs Hotel gemacht, Jackson und ich waren allein am Tisch.«

»Warte mal. Owen ist auch dort?«, will Donna wissen und fährt sich durchs Haar. Natürlich kennt sie durch meine ausführlichen Erzählungen sowohl Jackson als auch seine Mom und seinen besten Freund.

»Er ist mittlerweile Jacksons Geschäftspartner.«

»Es tut mir so leid, dass du das allein durchmachen musst. Ich wünschte, ich könnte bei dir sein.« Meine Mutter lächelt mich mitfühlend an. Sie weiß, wie sehr ich unter der Trennung gelitten habe und kann mich von allen am besten verstehen.

»Mit euch darüber zu sprechen tut mir gut. Es hat auch etwas Gutes, dass er hier ist, so kann ich endlich für immer mit ihm und der Vergangenheit abschließen.«

»Glaubst du, es wird so einfach sein? Meinst du nicht …« Tori verstummt und blickt betreten auf ihren Schoß.

»Dass die Gefahr besteht, dass ich mich erneut in ihn verliebe?«, beende ich den Satz für sie. Es überrascht mich, als alle drei nicken und dabei meinen Blick meiden. *Halten sie mich für so schwach?* Ich bin hier mit meinem Verlobten, den ich liebe und mit dem ich den Rest meines Lebens verbringen möchte.

»Das wird nicht passieren. Ich habe bewusst Troys Antrag angenommen, weil er der Richtige für mich ist und mich niemals enttäuschen würde. Jackson hatte seine Chance. Damals habe ich ihn vor die Wahl gestellt: Die Gang oder ich. Er hat seine Entscheidung getroffen. Jetzt gibt es kein Zurück mehr.«

»Wir stehen hinter dir, egal, für wen oder was du dich entscheidest. Uns allen ist es wichtig, dass du glücklich bist. Wie predige ich immer so gerne? Es ist toll, einen Partner oder eine Partnerin zu haben, aber nicht unbedingt notwendig, um glücklich zu sein«, meint Donna scherzend und versucht, die trübe Stimmung aufzulockern.

»Ich liebe euch so sehr und vermisse euch. Aber ich bin im Urlaub an einem der schönsten Flecken der Erde. Ich werde mir meinen Urlaub nicht durch meinen Ex-Freund vermiesen lassen. Mein Verlobter und ich werden die Insel erkunden und die Seele baumeln lassen, bevor wir in sieben Wochen heiraten. Die Begegnung mit Jackson wird nichts ändern.«

»Das klingt nach meiner Quinny«, sagt meine Mom schmunzelnd.

»Danke, dass ihr für mich da seid. Das hat echt gutgetan.«

»Wir sind immer für dich da. Ein Anruf genügt«, bekräftigt meine beste Freundin, wobei die anderen zustimmend nicken.

Nach dem Gespräch mit meiner Familie stelle ich für mich fest, dass ich mich nicht vor Jackson verstecken werde. Ich greife nach meinem Handy und tippe Troy eine Nachricht, dass er in der Lobby auf mich warten soll. Bevor ich aus dem Zimmer gehe, blicke ich noch einmal in den Spiegel. Nichts an meinem Aussehen deutet darauf hin, dass ich vorhin völlig durch den Wind gewesen bin. Ich lächle mein Spiegelbild an und gehe nach unten. Ich stehe im Eingangsbereich und starre ausnahmsweise mal ins Nichts. Innerlich bin ich nun ruhig und entspannt, da der Schock des Aufeinandertreffens verflogen ist. Die Nacht ist hereingebrochen, und vor dem Hotel tummeln sich einige Touris, denen ich einen flüchtigen Blick zuwerfe.

Nachdem ich mich ausgeruht und gegessen habe, fühle ich mich nun voller Energie. Ich möchte mich unbedingt in das Nachtleben von Hawaii stürzen und ausgiebig tanzen. Erschrocken schnappe ich nach Luft, als mich jemand von hinten umarmt. Nur kurz denke ich, dass es Jackson sein könnte, was aber völliger Blödsinn ist. Innerlich strafe ich mich selbst für diese Schlussfolgerung. Troys Duft umhüllt mich und mit wild klopfendem Herzen schmiege mich an ihn. Ich fühle mich schuldig, weil ich ständig an Jax denken muss.

»Hast du mich vermisst?«, raunt er mir verführerisch ins Ohr, und ich fühle sein Lächeln auf meiner Haut. Die Wärme, die sich in mir ausbreitet, ist nun echt und gilt nur ihm. Ich blicke über meine Schulter, um ihm ins Gesicht sehen zu können und strahle ihn an, weil er der Mann meines Lebens ist. Ich lege meine Hand um seinen Nacken und will ihm antworten, doch dann erblicke ich Jackson, der uns mit ausdrucksloser Miene beobachtet. Diesmal reagiere ich nicht erschrocken. Es wird sich ohnehin nicht vermeiden lassen, dass wir uns über den Weg laufen. Bewusst erwidere ich seinen Blick, hoffe somit, dass er die Entschlossenheit in meinem Gesicht erkennt, ehe ich mich meinem Verlobten zuwende und antworte.

»Und wie ich dich vermisst habe.«

Leicht verkatert, aber gut gelaunt, betreten Troy und ich am nächsten Morgen den Speisesaal des Hotels. Das Buffet ist überwältigend und lässt mir das Wasser im Mund zusammenlaufen. Auf verschiedenen Tischanordnungen sind Speisen verteilt worden. Es gibt Frühstücksvariationen aus allen

Teilen der Welt, sodass ich zwei Runden gehen muss, bis ich mich endlich für etwas entscheiden kann. Es ist das Paradies für jeden Menschen, der gerne ausgiebig frühstückt. Ganz untypisch für mich habe ich heute ausgeschlafen und die Meditation geschwänzt. Für heute gibt es auch keine To-do-Liste. Zwar habe ich mir gestern noch Sehenswürdigkeiten rausgesucht, die ich gerne besuchen möchte, aber es ist eher eine lockere Auflistung als ein fester Plan.

Gestern Nacht waren Troy und ich in einem kubanischen Club, wo wir bis in die Morgenstunden getanzt und Spaß gehabt haben. Anders als sonst ist mein Verlobter aus sich herausgegangen und konnte kaum still sitzen. Es wirkte beinahe, als hätte er die Ketten, die ihn gehemmt haben, gesprengt. Trotz des Schlafmangels fühle ich mich aber nicht müde, sondern eher aufgekratzt. Mein letzter Urlaub ist ziemlich lange her, da es in der Kanzlei ziemlich rund gegangen ist. Deshalb genieße ich jeden Moment so gut ich kann. Meine Tasse wird gerade mit Kaffee gefüllt, als sich mein Verlobter auch schon zu mir setzt. »Ich weiß gar nicht, was ich als Erstes verspeisen soll«, flüstert er heiser. Er hat gestern viel gesungen und gebrüllt, weshalb seine Stimme nun angeschlagen ist. Nicht zu fassen, dass wir erst nach Hawaii kommen mussten, damit ich diese wilde Seite an ihm erlebe.

»So ist es mir auch ergangen. Aber ich habe großen Hunger und könnte glatt ein Wildschwein verputzen.«

Er ist gerade mit dem Essen fertig, als sein Smartphone zu vibrieren beginnt. Ich schlucke meinen Bissen runter und schiele kurz auf das Display, ehe meine Mundwinkel nach unten wandern. Es ist sein Dad. Ich verkneife es mir, die Augen zu verdrehen. Ich kann mir kaum vorstellen, dass er mit seinem Sohn über etwas Privates sprechen möchte. Das ist bis jetzt eher selten vorgekommen.

»Nur ganz kurz. Sobald es um das Geschäftliche geht, werde ich sofort das Thema wechseln, okay?« Er wirft mir einen flehenden Blick zu, doch ich würde es ihm niemals verbieten, den Anruf seiner Eltern entgegenzunehmen.

»Schon gut. Er ist dein Vater und du solltest mit ihm sprechen.«

»Du bist die Beste. Danke.« Er steht auf und haucht mir einen Kuss aufs Haar, ehe er das Gespräch annimmt.

Als er zum Telefonieren nach draußen geht, lege ich meine Gabel ab und verschränke die Arme vor der Brust. Es ist nicht so, dass ich seine Eltern überhaupt nicht mag. Ich finde nur, dass sie zu streng mit ihm waren und nach wie vor sind. Für die beiden ist das gesellschaftliche Ansehen wichtiger als die Gefühle ihres Kindes, und dass Troy so aufwachsen musste, macht mein Herz schwer. Ich finde es noch immer erstaunlich, dass aus dem Jungen, der ein besseres Verhältnis zu seiner Nanny als zu seinen Eltern hat, ein so fürsorglicher und herzensguter Mensch geworden ist.

»Guten Morgen meine Liebe.« Naomi kommt mit einem strahlenden Lächeln auf mich zu, sodass ich meine angespannte Haltung löse und sie ebenfalls anlächle.

»Dir auch einen guten Morgen. Komm, setz dich zu mir«, bitte ich sie und deute auf den Stuhl neben mir. Sie nimmt Platz, und der gewohnte Duft von Zimt steigt mir in die Nase. Schon damals hat sie immer nach Apfelkuchen und Zimt gerochen. Ihr Shirt ist übersät von Gras- und Erdflecken.

»Entschuldige meine Aufmachung, aber ich bin dem Gärtner zur Hand gegangen, und dann hatten wir den Salat … oder eher die Flecken.«

»Ach was, so etwas zeigt doch, dass man voller Tatendrang arbeitet.«

»Schön, dass du es schönreden kannst. Normalerweise gehe

ich nicht ungepflegt durchs Hotel, aber als ich dich durch die Luke in der Küche gesehen habe, musste ich dich einfach begrüßen.«

»Ich freue mich immer, dich zu sehen. Um ehrlich zu sein, ich kann es noch immer nicht fassen, dass ich euch alle wiedertreffe.«

»Und dann noch dazu im Paradies.«

»Genau. Diese Insel ist wahrlich der Himmel.«

»Hattet ihr gestern noch einen schönen Abend?«

»Und wie. Wir sind in einen Club gegangen und haben die ganze Nacht getanzt. Das hatte ich nach der Hektik der letzten Wochen wirklich nötig.«

»Du hast es dir wahrlich verdient. Ich möchte auch bald mal wieder tanzen gehen. Es ist einfach zu lange her.«

»Das nächste Mal nehmen wir dich mit.«

»Ach Quatsch, ihr wollt euch sicher nicht mit mir blamieren. Ihr bleibt schön unter euch und erkundet die Insel.«

»Das haben wir vor. Den Alltagsstress vergessen.«

»Ihr jungen Leute lasst den Stress die Oberhand gewinnen, deshalb ist es umso wichtiger, sich Zeit für sich zu nehmen. Jackson arbeitet auch sehr hart für seinen Erfolg, aber er hat mittlerweile gelernt, sich Auszeiten zu nehmen.«

»Ich bin noch dabei, das zu lernen, auch wenn ich mir jeden Morgen vornehme, den Tag entspannter anzugehen. Meditation hilft mir da sehr.«

»Du meditierst? Ich wollte das schon so lange ausprobieren, aber ich kenne niemanden, der sich damit auskennt. Was hältst du davon, wenn du morgen Abend zu meiner Geburtstagsfeier kommst, und dann können wir uns neben den Feierlichkeiten auch über Meditation unterhalten.« Zuerst bin ich zu überrascht, um gleich zu antworten, aber schließlich nicke ich.

»Ich würde gerne deinen Geburtstag mitfeiern. Du kannst dir gar nicht vorstellen, wie sehr ich mich freue, dich wiederzusehen.« Kurz wird ihr Lächeln etwas zaghafter, und ein feuchter Schimmer glitzert in ihren Augen. Ich weiß, dass sie nun in der Vergangenheit ist und an Jacksons und meine Trennung denkt. Es war damals so, dass ich nicht nur ihn verloren habe, sondern gleichzeitig auch Naomi und Owen, die mir sehr ans Herz gewachsen waren.

»Was damals passiert ist, war für alle Beteiligten auf die eine oder andere Weise schrecklich, aber ich habe immer gehofft, dass ich dich eines Tages wiedersehen würde. Du warst damals wie eine Tochter für mich, und ob du es glaubst oder nicht, hast du Jackson vor dem Gefängnis bewahrt. Wärst du nicht gewesen, hätte diese verdammte Gang sein Leben zerstört.«

»Alles hat seinen Grund. Und ich bereue es nicht, euch jemals begegnet zu sein. Jackson und ich mögen nicht mehr zusammen sein, aber unsere Beziehung hat mir so viele Freude und schöne Erinnerungen beschert. Ich kann es kaum erwarten, deinen Mann kennenzulernen und euch zu besuchen.« Naomi blinzelt ein paarmal, ehe sie mütterlich meine Hand drückt und wieder die Frohnatur wird, als die ich sie kenne. Wir tauschen Telefonnummern aus, und Naomi verspricht, mir ihre Wohnadresse zu schicken. Gerade als sie sich winkend verabschiedet, kommt Troy wieder an unseren Tisch. Er begrüßt sie freundlich, als er sich wieder zu mir setzt.

»Wir sind zu Naomis Geburtstagsfeier morgen Abend eingeladen.«

»Tatsächlich? Das ist aber lieb von ihr. Wenn man bedenkt, dass ihr euch jahrelang nicht gesehen habt, könnte man meinen, ihr wärt nie getrennt gewesen.«

»Sie macht es auch einfach, sie zu mögen. Naomi ist jemand, der jedem eine Chance gibt und versucht, Menschen zu helfen, wo sie nur kann. Sie haben in einer schäbigen Gegend gewohnt, aber sie hat sich oft in der Nachbarschaft um die Älteren gekümmert, die selbst nicht mehr so mobil waren. Sie ist eine gute Seele.«

»So wirkt sie auch auf mich. Wir sollten uns gleich auf den Weg machen, um ein Geschenk zu besorgen.«

»Guter Plan. Ich habe auch schon eine Idee was wir ihr besorgen könnten«, sage ich freudig strahlend, auch wenn ich gemischte Gefühle empfinde. Diese Geburtstagsfeier wird sicher nicht einfach für mich, aber Naomi ist es wert, dass ich meine Gefühle außen vor lasse.

Schließlich haben sie nichts mehr zu bedeuten.

13. KAPITEL

Jackson

Vergangenheit

Heute sind es drei Monate, dass Quinn und ich zusammen sind. Vor neunzig Tagen habe ich sie ritterlich vor einer Diebstahlsanzeige gerettet, und es war eine Begegnung, die mein Leben völlig verändert hat. Für mich gab es in den Monaten vor ihr nur meine Mom, Owen und das Geschäft. Ich lehne mich nicht so weit aus dem Fenster, um zu behaupten, dass ich ehrenhafte Arbeit verrichte. Ich bin Mitglied einer Gang und verdiene mein Geld, indem ich Drogen verkaufe. Dabei gibt es eine oberste Regel, und diese besteht darin, dass ich das Zeug niemals selbst nehme.

Ich hole mir meinen Kick, wenn ich ein schnelles Motorrad fahre, beim Paintballspielen oder im Ring. Bis jetzt habe ich mir keine Gedanken darüber gemacht, ob es richtig ist zu dealen. In der großen Gruppe bin ich derjenige, der das meiste Zeug verticken kann, ohne geschnappt zu werden. Durch meinen Charme und meine große Klappe habe ich mir einen großen Kundenstamm aufgebaut und mir so den Respekt des Anführers erarbeitet. Link, unser Boss, sieht mich als seinen persönlichen Goldesel, und bis jetzt hatte ich auch kein Problem damit, selbst dann nicht, wenn ich für ihn an illegalen Kämpfen teilnahm.

Meine Prioritäten haben sich jedoch vor Kurzem geändert. Wenn ich mich mit Quinn treffe und Zeit mit ihr verbringe, wünschte ich mir, dass ich sie nicht anlügen muss. Denn sie weiß nichts von dem Leben, das ich führe. Sie ist wunderschön und unschuldig, sodass der Drang, sie zu beschützen, fast übermächtig ist. Wir haben bis jetzt noch nicht darüber gesprochen, was ich für einen Brotjob mache. Es hatte für uns beide Vorrang, Zeit miteinander zu verbringen und uns zu küssen. Wenn ich nur an ihre weichen und sanften Lippen denke, wünschte ich, ich könnte sofort die Schule stürmen, sie schnappen und einfach mit ihr abhauen. Ans Meer. Wenn ich die Wahl hätte, würde ich mit ihr irgendwo hingehen, wo wir jederzeit vom Meer umgeben wären.

Jede Minute, die ich ohne sie verbringe, fühlt sich falsch und leer an, und genau das macht mir Sorgen. Ich habe solche Gefühle noch nie für jemanden empfunden, geschweige denn, dass ich bei einem Mädchen überhaupt Herzklopfen hatte. Flirten und gelegentlich One-Night-Stands – das war alles, was ich bis jetzt gewollt habe. Damals dachte ich noch, dass mit Gefühlen alles komplizierter und schwieriger wird, doch bei Quinn ist das nicht der Fall. Es ist fast so, als würde ich für sie ein besserer Mensch werden wollen.

Ich betrete unser Haupthaus, den Treffpunkt der Gang. Es handelt sich um Links Elternhaus, das in eine Festung umgebaut wurde. Efeu verdeckt die Fassade, die wohl einmal gelb gewesen sein muss, und verleiht dem Haus eine gruslige Atmosphäre. Rundherum befinden sich Bäume, durch deren dichte Kronen kaum Sonnenlicht dringt. Das Dach ist alt und von Moos bedeckt, die Fenster und die Tür sind jedoch neu und allesamt alarmgesichert. Jeder Raum wird per Video überwacht, und einer der Jungs steht immer am Eingang Wache.

Sobald man Teil der Manhattan Bastards ist, führt man automatisch ein gefährliches Leben. Die Bandenkriege sind zwar nicht mehr so schlimm wie damals, aber es gibt sie noch. Wir konkurrieren mit anderen Gangs, und man kann nie sagen, wann eine von ihnen sich unser Territorium gewaltsam unter den Nagel reißen möchte.

Ich bin erst seit zwei Jahren Teil dieser Welt, musste aber zum Glück noch nie eine Pistole benutzen, um mich zu verteidigen. Meine Fäuste sind für mich Waffe genug. Wir sind keine Motorrad-Gang, die gelegentlich mit ihren Bikes Ausflüge macht, sondern Männer und Frauen, die sich bewusst diese gefährliche Welt ausgesucht haben und für ihre Überzeugungen auch einstehen wollen. Einige Mitglieder sind Verwandte von Link, die jüngeren Mitglieder, so wie ich, kommen aus zerrütteten Verhältnissen und suchen Menschen, die für sie da sind. Und dann gibt es mich und Owen. Wir beide sind an dem familiären Clangefühl, das sich in der Gruppe um Link entwickelt hat, nicht sonderlich interessiert, sondern nur wegen des Geldes hier, denn eine Familie haben wir schon.

»Da ist ja mein Goldjunge. Lange nicht mehr gesehen«, begrüßt mich Link und streicht sich über den buschigen Bart. Seine braunen Augen sind so dunkel, dass sie teilweise schwarz wirken, was den jungen Mitgliedern ziemlich Angst macht, wenn er sie zurechtweist. Er ist knallhart und erwartet viel von seinen Leuten. Alle müssen sich behaupten und ihre Treue gegenüber der Gang beweisen. Ich reiche ihm freundschaftlich die Hand und lege die Faust an mein Herz, so wie es unser Gruß beinhaltet.

»Es war ziemlich viel los bei mir. Die Lieferung habe ich wie immer an den Mann gebracht.« Er mustert mich neugierig von Kopf bis Fuß, ehe er sich an unseren langen ovalen Besprechungstisch setzt und mich anweist, es ihm gleichzutun. Etwas stimmt nicht. Sonst ist er mir stets freundlich gesinnt, weil er ganz genau weiß, dass ich einer seiner besten Dealer bin, heute habe ich den Eindruck, ich würde mich in einem Verhör befinden.

»Einige haben nach dir gefragt, da es in der Bronx Probleme gab, du aber nicht zu erreichen warst.« Ich habe gehört, dass eine feindliche Gang unsere Leute verprügelt hat, als sie essen gegangen sind.

»Ich hätte da nicht viel helfen können, denn soweit ich gehört habe, sind die Verantwortlichen sofort verhaftet worden«, erkläre

ich und verschränke die Arme vor der Brust. Ich habe das Gefühl, als warte er darauf, etwas Bestimmtes von mir zu hören, was mir völlig gegen den Strich geht. Ich mag es nicht, wenn jemand Spielchen mit mir spielt.

»Das mag schon sein, aber früher warst du nach einem Anruf sofort zur Stelle. Ich konnte mich zu jeder Tages- und Nachtzeit auf dich verlassen. Gibt es etwas, was ich wissen sollte?« Mit undurchdringlicher Miene sieht er mich an, als würde er darauf hoffen, dass ich klein beigebe. Ich weiß, dass er auf meine Freundin anspielt, die die meiste meiner Zeit in Anspruch nimmt, wenn ich nicht im Haupthaus bin.

»So ein Typ wollte Stoff von mir kaufen, aber ich habe ihm angesehen, dass er ein Cop ist und habe ihn abblitzen lassen. Sonst waren nur lockere Sachen am Start.« Wenn man sich mit den bösen Jungs anlegt oder Teil von ihnen ist, muss man unter allen Umständen die Sachen und Menschen beschützen, die einem wichtig sind. Wenn man zugeben würde, dass man Gefühle für eine Frau hat, wäre sie sofort die Zielscheibe, wenn es verfeindete Gangs auf einen abgesehen haben. Trotzdem fühlt es sich falsch an, Quinn als lockere Sache zu beschreiben. Seitdem ich sie kenne, merke ich, wie langweilig und leer mein Leben bisher gewesen ist. Jedes Mal, wenn wir uns treffen, muss ich stets lachen und genieße jede Sekunde unserer gemeinsamen Zeit. Sei es weil sie mal wieder wie ein Mähdrescher isst, über einen meiner schlechten Witze lacht oder weil sie aufgrund ihrer Tollpatschigkeit ständig stolpert und in meine Arme fällt. Zeit mit ihr zu verbringen ist das, wonach ich am meisten strebe. Mittlerweile ist mir das Geld nicht mehr so wichtig, da sich meine Prioritäten eben geändert haben. Ich habe in den letzten Jahren viel angespart, sodass Mom und ich eine Zeit lang über die Runden kommen können, ohne dass sie einen Job annehmen müsste.

»Tja, wenn das so ist, dann gibt es nicht viel zu besprechen, oder? Joey wird dir die wöchentliche Lieferung ins Auto laden. Wie im-

mer hast du eine Woche, um es zu verticken und mir Bericht zu erstatten, sollte es Probleme geben.«

»Also alles wie immer. Ist geschnallt. Na dann.« Ich nicke ihm freundlich zu, ehe ich mich erhebe und den Raum verlasse. Ich höre Link etwas murmeln, bin aber zu weit weg, um es zu verstehen, und wenn ich ganz ehrlich bin, interessiert es mich auch nicht. Ich merke, dass ich mein Leben in ein Davor und ein Danach unterteile. Denn früher wäre ich noch länger geblieben und hätte mit den Jungs gequatscht, Billard gespielt, getrunken, gegessen und das Band der Gruppe gestärkt. Nun zieht es mich aber wie magnetisch zu einer jungen Frau, die ich unbedingt küssen möchte.

Jackson: Wie geht es meiner Iris heute?

Quinn: Ich bin gerade aus dem Schulgebäude raus. Hat da jemand Sehnsucht nach mir?

Jackson: Jeden Tag, jede Minute und jede Sekunde.

Quinn: Dann ist es ja gut, denn ich habe dich auch schrecklich vermisst. Ich warte im Park auf dich.

Jackson: Okay. Ich bin dann der mit den verliebten Augen.

Als ich den Park betrete, erkenne ich ihren hellblonden Haarschopf schon von Weitem. Er wirkt fast wie ein heller Strahl in der kahlen, grauen Umgebung. Quinns langes Haar weht ihr ins Gesicht, während sie schaukelt, und lässt sie wie einen fliegenden Engel aussehen. Als ich nur wenige Schritte von ihr entfernt bin, merke ich, dass sie die Augen geschlossen hat. Ihr Gesicht wirkt völlig entspannt und ein seliges Lächeln umspielt ihre Lippen. So zufrieden habe ich sie nur gesehen, als sie nach einem aufregenden Tag auf dem Rummel in meinen Armen eingeschlafen ist. Der Anblick ist mir so vertraut und trotzdem neu, sodass ich nur dastehen und sie ansehen kann. Es hat nicht viel gebraucht und auch nicht lange gedauert, dass ich mich unsterblich in dieser Frau verliebe.

»Hallo Iris.« Sofort öffnet sie die Augen, und ihr Lächeln wird so strahlend hell, dass all die negativen Gedanken der Vergangenheit sich auflösen. Sie bremst ab und umklammert mit ihren zarten Händen das Eisenseil.

»Seth. Du hast mich ganz schön lange warten lassen«, sagt sie mit neckischem Unterton, was mich zum Grinsen bringt.

»Ich wäre schon längst da gewesen, ich habe mir Zeit gelassen, um eine junge Frau zu beobachten.«

»Wie unheimlich. Ich hoffe doch, die Frau hat diesen Fall von Stalking zur Anzeige gebracht.«

»Sie hat leider keine Hände frei, aber ich kann es wiedergutmachen, indem ich sie beim Schaukeln anschubse.«

»Ja klar. Das tust du nur, damit du meinen hübschen Hintern beobachten kannst.«

»Mist, jetzt hast du mich schon wieder erwischt. Aber wo ich schon mal da bin, kann ich auch die Show genießen.« Ich stelle mich hinter sie und gebe ihr einen Schubs. Ihr Haar flattert im Wind und übt eine Faszination auf mich aus.

»Hmm. Ich liebe das«, sagt sie seufzend und wirft einen Blick über die Schulter, um mich anzusehen.

»Wenn ich deinen Po anstarre?« Als ihr glockenhelles Lachen erklingt, ist es an mir zu seufzen. Ich bin hoffnungslos in sie verliebt, und es macht mir überhaupt nichts aus.

»Das meinte ich nicht. Sondern zu schaukeln.«

»Verbindest du schöne Gedanken damit?«, will ich wissen. Sie hat bis jetzt kaum etwas über ihre Familie erzählt, während ich wie ein Muttersöhnchen ständig Anekdoten über Mom erzähle.

»Es vermittelt mir ein Gefühl von Freiheit. Ich fühle nur den

Wind und habe die Kontrolle darüber, wie schnell oder langsam ich mich nach vorn oder nach hinten bewegen möchte. Die Entscheidung liegt dabei nur bei mir, und niemand kann mir das wegnehmen. Klar, du hast mich angeschubst, mir dann aber den Raum gelassen, selbst das Tempo zu bestimmen.« In ihren Worten liegt eine Schwere, die ich noch nicht ganz verstehen kann, aber ich werde warten, bis sie bereit ist, um mir von ihren Sorgen zu erzählen.

»Ich bin gerne bei dir, wenn du frei bist.«

»Du bist einer der Gründe, wieso ich mich leicht wie eine Feder fühle.«

»Ach ja?« Sie nickt schüchtern, als wären ihr diese Worte peinlich. Um sie nicht in Verlegenheit zu bringen, wechsle ich das Thema.

»Hast du in der Einrichtung auch eine Schaukel?«

»Nein. Dafür muss ich in Parks gehen, aber das ist nicht so schlimm. Ich bin überall lieber als in meinem Zimmer in der Einrichtung.«

»Ich bin auch lieber in der freien Natur.« Kurz herrscht Stille, während Quinn sich sachte nach vorne und hinten schaukelt.

»Weißt du, was ich mir immer schon gewünscht habe?«, fragt sie schließlich leise und stellt die Beine auf den Boden, um die Schaukel anzuhalten.

»Mich?«, frage ich neckend, was sie die Nase kräuseln lässt. Der Anblick sieht wirklich süß aus und führt mir vor Augen, was für ein Glück ich doch habe.

»Dich habe ich ja schon, aber das meinte ich nicht, sondern eine Schaukel am Strand. Kennst du diese typischen Bilder, die meistens in Büros als Hintergrund verwendet werden? Eine Holzschaukel, die an einer Palme befestigt ist? Mit direktem Meerblick?«

»Ja, die kenne ich. Ich war noch nie am Meer und dort zu schaukeln wäre sicher angenehmer, als hier vom Beton umgeben zu sein.«

»Eines Tages möchte ich in einem Haus am Strand leben mit einer Schaukel, die mich für immer frei sein lässt.« Sie blickt erneut

über die Schulter und unsere Blicke treffen sich und verhaken sich ineinander. Gefangen ihn ihrem Bann, lege ich meine Hände über ihre und streichle ihre weiche Haut. Ich blicke in ihre meerblauen Augen und sehe ihren Wunsch quasi vor mir. Etwas in mir will ihn ihr um jeden Preis erfüllen, auch wenn ich es mir schwer vorstellen kann. Ich bin ein Junge aus der Gosse, aber in diesem Moment schwöre ich mir, alles zu tun, um diesen Traum für sie wahrzumachen.

Ihr Blick gleitet von meinen Augen zu den Lippen und wieder zurück. Ich liebe es, dass ihre Unterlippe praller als die Oberlippe ist. Es ist für mich die perfekte Einladung, sie mit so vielen Küssen wie möglich zu bedecken. Ich lege meine Hand sanft an ihre Wange und präge mir jeden Millimeter ihres wunderschönen Gesichts ein, damit ich in der Zeit, in der wir getrennt sind, davon zehren kann. Überwältigt von der Wärme, die sich in mir auszubreiten beginnt, lege ich sanft meine Lippen auf ihre und koste sie. Zaghaft erwidert sie den Kuss mit einer Zärtlichkeit, die mir eine Gänsehaut verschafft. Es ist einer dieser Küsse, die alle romantischen Filme der Welt in den Schatten stellen würden. Ein Kuss, an den ich mich für immer erinnern werde, weil mir genau in diesem Moment klar wird, dass ich diese Frau liebe und für immer lieben werde. Schwer atmend lösen wir uns voneinander, das Herzklopfen sieht man uns wahrscheinlich an, aber mehr denn je sehe ich, dass sie die Frau meines Lebens ist. Ich küsse ihre Stirn, ehe ich meine nächsten Worte spreche.

»Ich verspreche dir, dass ich dir diese Schaukel eines Tages schenken werde.«

14. KAPITEL

Quinn

»Bist du dir sicher, dass das okay für dich ist?«, fragt mein Verlobter, lehnt schuldbewusst an seinem Mietwagen und blickt mich entschuldigend an. Sein Vater hat angerufen, weil ein potenzieller Kunde ganz zufällig auf Hawaii auf Geschäftsreise ist und um ein kurzes Treffen gebeten hat. Ich sehe ihm an, dass es ihn nervt, im Urlaub gestört zu werden, aber mich enttäuscht es, dass wir nicht einmal ein paar Tage nur für uns haben. Ich könnte jetzt wütend sein und eine Szene machen, doch ich fühle auch mit ihm, weil er sich all die Jahre seinem Vater beugen musste und es einfach nicht schafft, Nein zu sagen. Mein Mietwagen steht seinem gegenüber, und es trennen uns wenige Schritte. Ich könnte den Abstand überbrücken, ihn umarmen und küssen und ihm versichern, dass alles wieder gut werden wird, dass dieser Druck verschwinden wird, wenn wir verheiratet sind, aber etwas in meinem Inneren sagt mir, dass das nie der Fall sein wird. Dabei habe ich all meine Hoffnungen darauf gesetzt, dass seine Eltern lockerer werden, sobald unsere Beziehung ernster geworden ist.

»Es ist nicht okay. Sie haben ihr Versprechen gebrochen. Deine Eltern haben uns versichert, dass wir die drei Wochen nur Zeit für uns haben werden und arbeitstechnisch nichts dazwischenfunkt. Ich bin wütend. Darauf, dass sie in dir nur ein Arbeitstier sehen und dir die kurze Freiheit nicht gönnen. Aber ich verstehe, dass du deinen Vater nicht enttäuschen willst. Also werde ich ein paar Stunden früher zu Naomi fahren und ihr bei den Partyvorbereitungen helfen. Du brauchst dich deshalb nicht mies fühlen, denn ich bin in bester Gesellschaft.« Ich lächle ihn an und hoffe, dass ich ihm sein schlechtes Gewissen nehmen kann.

»Ich werde mit meinen Eltern reden. Ich habe auch selbst gehofft, dass ich in diesen drei Wochen meine Energiereserven auffüllen kann. Dass ich Tag und Nacht mit meiner wunderschönen Verlobten verbringen kann, ohne dass mein Handy klingelt. Das kann so nicht mehr weitergehen.« Seufzend löse ich mich von meinem Mietwagen und gehe auf ihn zu, um ihn zu umarmen. Troy ist einfach zu gut für diese Welt. Er kommt aus einem reichen Elternhaus und pflegt nur Umgang mit ungehobelten und reichen Kids, wie er selbst behauptet. Stets hat er sich beschwert, dass in der Welt, in der er aufgewachsen ist, nur das Geld zählt. Es war wichtig, was du trägst und mit wem du verwandt oder verschwägert bist. Es interessiert die Menschen nicht, wer du als Mensch bist. Den Großteil seines Einkommens hat er in Charity-Projekte investiert, da er mehr als genug verdient. Er ist immer für die Menschen da, die er liebt. Sie können ihn sogar mitten in der Nacht anrufen, wenn es ihnen schlecht geht. Er gibt so viel und verlangt doch so wenig, und ich hatte gehofft, dass er sich wenigstens vor seinen Eltern behaupten könnte. Troy löst sich von mir und streicht über meine Schulter, sieht mir dabei allerdings nicht in die Augen. Etwas scheint ihn zu beschäftigen, was ich völlig verstehen kann. Er räuspert sich, bevor er meinen Blick erwidert. »Werden Jackson und Owen auch da sein?«

»Bestimmt. Jackson ist der leibliche Sohn von Naomi, Owen ist ein Waisenkind wie ich es war, doch Naomi hat ihn in ihre Familie aufgenommen, sodass die beiden wie Brüder sind.«

»Menschen wie Naomi und auch deine Eltern sind äußerst selten. Sie haben fremden Kindern ein Zuhause und eine Familie geboten. Das ist beneidenswert. Ich wüsste nicht, ob ich das könnte.«

»Natürlich könntest du das. Du bist einer der besten Menschen, die ich kenne, und du hast so viel Liebe in dir, die du mit Sicherheit einem Adoptivkind schenken könntest.«

»Kommt für dich eine Adoption infrage?«, fragt er mich ernst, seine Hände noch immer an meine Schultern gedrückt.

»Ich bin nicht abgeneigt, habe aber noch nie darüber nachgedacht. Über Kinder meine ich.« Er atmet scharf ein und wieder aus und löst sich von mir. Ein verletzter Ausdruck tritt auf sein Gesicht, was mich sofort in Alarmbereitschaft versetzt. »Natürlich möchte ich Kinder mit dir haben, versteh mich nicht falsch. Ich denke nur, dass es noch zu früh ist, sich darüber Gedanken zu machen. Wir können doch nicht mal ein paar Tage in Ruhe gemeinsam verbringen, ohne dass jemand unsere Pläne vereitelt.«

Nickend blickt er auf seine Schuhe hinab, ehe er wieder meinen Blick findet. »Ich versuche, so schnell wie möglich zurück zu sein, richte bitte allen liebe Grüße aus, falls ich es nicht schaffen sollte.« Rasch wendet er sich ab und steigt in das Auto, ohne mir die Chance zu geben, ihn aufzuhalten.

Habe ich etwas Falsches gesagt? Das Thema Kinder hatten wir noch nie aufgerollt, weil wir beide zu beschäftigt mit unseren Karrieren waren. Ich wollte zuerst unsere Hochzeit genießen und vielleicht ein Jahr mit ihm in Zweisamkeit verbringen, bevor ich überhaupt an Kinder gedacht hätte. Dass er allerdings anderer Meinung ist, wäre mir niemals in den Sinn gekommen. Der Wind weht mir Strähnen ins Gesicht, also fahre ich mir mit beiden Händen durchs Haar und drehe mich zum Meer um. Hohe Wellen brechen sich an den Stränden und die hoch stehende Sonne wärmt mein Gesicht, aber etwas in mir fühlt sich kühl an. *Ist es das Gespräch mit Troy?* In den letzten Tagen schienen wir beide in Gedanken versunken zu sein. Vielleicht ist es die Nervosität vor der Hochzeit oder die Tatsache, dass wir zum ersten Mal nicht vom Arbeitsstress umgeben sind. Was es auch ist, es gefällt mir nicht.

»Was ist nur los mit mir?«, frage ich mich selbst und suche die Antwort im blauen Ozean. Aber er antwortet mir nicht, denn diese Frage kann nur ich selbst mir beantworten.

Naomis Haus ist Dorians ziemlich ähnlich. Es ist kleiner als sein Anwesen, aber ebenfalls aus Holz gefertigt und mit vielen Glaselementen und Fenstern. Der Vorgarten ist gepflegt und voller herrlich duftender Blumen, also nehme ich einen tiefen Atemzug, ehe ich auf die Klingel drücke. Naomi öffnet die Tür und strahlt mich an.

»Hallo, meine Liebe, ich glaube du bist ein wenig zu früh da. Aber komm erst mal rein und raus aus der Hitze«, begrüßt mich diese herzliche Frau und tritt zur Seite, damit ich eintreten kann. Ihr dunkles Haar hat sie locker hochgebunden und trägt über ihrem Sommerkleid eine hellblaue Schürze. Sie mag älter geworden sein, aber ihre weichen Gesichtszüge und die warmen Augen sind noch immer dieselben.

»Troy musste einen geschäftlichen Termin wahrnehmen, und somit habe ich schon früher Zeit und wollte dir unter die Arme greifen.«

»Ach, das ist doch nicht nötig. Aber es ist schön, dass du hier bist! Ich habe dich so lange nicht gesehen und muss mich erst wieder an dein wunderschönes Gesicht gewöhnen.« Sie schließt die Tür hinter mir. Dann wendet sich zu mir um und streicht mir mütterlich über die Wange, was mich erröten lässt. Es fühlt sich beinahe an wie damals.

»Das macht mir nichts aus, ich habe zwar immer noch nicht kochen gelernt, aber ich bin die perfekte Küchengehilfin. Ich kann dir alles kleinschneiden, was du möchtest, es zu einem herrlichen Gericht zuzubereiten überlasse ich dir.«

»Das klingt doch nach einem Plan, bitte folge mir.« Das hawaiianische Flair findet man in ihrem Haus überall. Alles ist tropisch angehaucht, mit Palmenmustern, Orchideen und Bildern vom Meer in Keilrahmen gespannt. Die Holzmöbel runden den Anblick perfekt ab. Es ist bescheiden und doch harmonisch und spiegelt in einer Art Naomis Persönlichkeit wider. Die Küche ist riesig, und das ist keinerlei Untertreibung. Ich bin umgeben von hellen Fronten, nussfarbenen Arbeitsplatten und modernen Küchengeräten. Der Raum ist beinahe so groß wie mein Schlafzimmer – und das hat über zwanzig Quadratmeter. Aber wenn ich mir Naomi so ansehe, ergibt das durchaus Sinn, da sie schon damals für ihr Leben gern gekocht hat. Zwar musste sie zwei Jobs stemmen, um über die Runden zu kommen, aber nun kann sie sich voll und ganz dem Kochen widmen. Auch Jackson hat es immer geliebt, zu kochen und ihr in der Küche zu helfen. Diese Leidenschaft liegt wohl in der Familie.

»Das ist also dein Reich?« Ich drehe mich im Kreis und lasse die Größe auf mich wirken.

»Jeffrey und ich kochen für unser Leben gern. Während ich es eher liebe, Hauptgerichte zu kochen, ist er der Bäckermeister unter uns. Wenn du eine seiner Torten gekostet hast, dann ist es wie eine gewaltige Geschmacksexplosion.« Ihr ganzes Wesen scheint zu strahlen, wenn sie von ihrem Ehemann berichtet, was mich umso neugieriger macht. Wenn jemand diese Frau verdient hat, dann muss es jemand sein, der sein Herz auf der Zunge trägt und den Wert dieser Frau erkennen kann.

»Möchtest du etwas trinken? Die anderen sind noch nicht da.«

»Gerne. Du bist an deinem Geburtstag ganz allein?«

»Jackson bringt uns noch Eis für die Getränke, und Jeffrey holt noch jemanden ab.« Bei der Erwähnung von Jackson löse ich den Blick von ihr und sehe durchs Fenster auf den Strand, der wohl zum Anwesen gehört. Es muss wohl herrlich sein, direkt am Meer wohnen zu können. Wann immer einem der Sinn nach dem blauen Ozean steht, braucht man nur ein paar Schritte zu gehen.

»Möchtest du zum Strand? Ich habe noch nicht viel zu tun und würde uns einen Eistee bringen.«

»Das klingt herrlich. Ich warte draußen auf dich.« Ich setze meine Sonnenbrille auf und trete ins Freie.

Die Terrasse ist fast so groß wie die Küche. Ein übergroßer Gartentisch mit zwölf Stühlen bildet das Zentrum des Außenbereichs. Daneben befindet sich ein großer Gasgrill sowie eine Hollywoodschaukel. Mein Ziel ist jedoch die überdachte Lounge am Strand, die wie ein großes Sofa aussieht. Ich setze mich hin und blicke auf das tosende Meer, das mich wie magisch anzieht. Troy und ich waren noch nicht viel schwimmen, aber ich beschließe, mehr Zeit im Wasser zu verbringen. Ich hatte gehofft, hier Surfen zu lernen, da das eine typische Urlaubsbeschäftigung in Hawaii ist.

»Ist ja klar, dass du dir Jacksons Lieblingsplatz ausgesucht hast.« Naomi reicht mir ein Glas Eistee, ehe sie sich neben mich setzt. Ich nehme gierig einen Schluck, da ich die tropische Hitze noch nicht gewohnt bin und ständig Durst verspüre. Das Klirren des Glasstrohhalms ist neben dem Wellenrauschen das einzige Geräusch.

»Was hältst du bis jetzt von Hawaii?«, fragt Naomi und nippt an ihrem Getränk.

»Bis jetzt habe ich nicht viel davon gesehen, aber das Klima und das Meer um mich herum machen mich sehr glücklich, ich bin froh, dass wir diese Insel gewählt haben.«

»Ich verstehe, was du meinst, laut Wetterbericht sind es in Manhattan minus zehn Grad.«

»Wie du ja weißt, habe ich die Kälte nie gemocht.«

»Das stimmt. Ich erinnere mich noch sehr gut daran, dass du selbst bei vierzig Grad im Schatten Socken anhattest.«

»Ach, stimmt ja, das habe ich völlig vergessen. Ihr hättet eure Gesichter sehen sollen.«

»Ich habe es noch gut in Erinnerung. Jackson hat stets dafür gesorgt, dass immer Decken griffbereit waren, solltest du frieren.« *Hat er das?* Das ist mir nie aufgefallen, aber er war immer schon sehr fürsorglich. Wie schon in den letzten Jahren, spüre ich einen Stich in der Brust, wenn ich an die liebevollen Momente mit meinem Ex-Freund denke, also wechsele ich das Thema, und spreche sie auf Jeffrey an. Naomis Augen leuchten, während sie mir von ihm erzählt, und ich freue mich, sie so glücklich zu sehen.

»Was ist eigentlich mit den Jungs? Sie haben ihn bestimmt erst nicht gemocht, oder? Immerhin waren sie immer skeptisch Fremden gegenüber.«

»Das ist es ja, was mich so erstaunt hat. Jeff hatte die beiden nach einem Abend überzeugt, dass seine Absichten ehrlich sind, und da er selbst keine Kinder hat, behandelt er die beiden wie sein eigen Fleisch und Blut.«

»Also lief alles, wie es ein sollte?«

»Auf jeden Fall. Jeff war es auch, der Jackson nach eurer Trennung wieder auf die Beine gebracht hat.«

»Oh.« Verlegen schaue ich in mein Glas, um ihrem Blick auszuweichen. *Hat er genauso gelitten wie ich?* Das kann doch nicht sein. Schließlich war er es, der sich von mir getrennt hat.

»Du hast ihn auch noch nicht ganz überwunden, oder?«, fragt mich Naomi frei heraus und erwischt mich eiskalt. Es ist mir unangenehm, mit ihr über dieses Thema zu sprechen, denn es macht alles viel realer, obwohl ich die Sache doch verdrängen wollte.

»Ich weiß nicht, was du meinst«, werfe ich ein und blicke starr geradeaus. Abwehr ist die beste Verteidigung, auch wenn ich ahne, dass Naomi nicht so leicht aufgibt. Das hat sie noch nie.

»Entschuldige, ich wollte dir nicht zu nahetreten. Es ist nur so, dass ich so viel Schmerz in deinen Augen gesehen habe, als du Jackson im Hotel wiederbegegnet bist. Ich weiß nicht, was zwischen euch vorgefallen ist, ich weiß nur, dass dieser Schmerz auch in seinen Augen zu erkennen war.«

»Das glaube ich kaum«, flüstere ich und gebe nach. Ich öffne mich für den Schmerz, der mich schon so viele Jahre heimsucht. Ich hatte mir am Abend meiner Verlobung geschworen, nie wieder an Jax zu denken, und wohin hat es mich gebracht? Direkt zu ihm.

»Vielleicht ist es Zeit für ein klärendes Gespräch«.«

»Vielleicht.« Ich wage es noch immer nicht, sie anzusehen, da ich Angst habe, dass sie in meinen Augen mehr sehen könnte, als ich bereit bin, preiszugeben.

»Ich wollte dich nicht verlegen machen, Liebes. Ich mache mir nur Sorgen um euch, da ihr euch nie aussprechen konntet und den Schmerz viele Jahre mit euch herumschleppen musstet. Ihr habt es verdient, euch von den schmerzhaften Erinnerungen zu lösen.«

»Du hast recht. Euch drei wiederzusehen, hat mir erst wieder vor Augen geführt, wie sehr ich euch vermisst habe. Ihr wart neben Hayden und Ian meine Familie, und dass ich euch verloren habe, habe ich nie ganz verarbeitet.«

»Danach werdet ihr euch beide besser und freier fühlen.«

Das hoffe ich, denn ich werde bald heiraten und möchte nie wieder an meinen Ex-Freund denken müssen.

Ich bin gerade dabei, die Kartoffeln zu schälen und Naomi mehr über das Meditieren zu erzählen, als die Haustür geöffnet wird. Ein älterer Mann mit grauem Haar und warmen braunen Augen betritt die Küche und küsst Naomi auf die Wange, ehe er sich mir zuwendet. »Du musst Quinn sein. Ich bin Jeffrey. Ich freue mich, dich kennenzulernen.« Er reicht mir seine Hand, die ich ergreife und schüttle.

»Das Vergnügen ist ganz auf meiner Seite. Ich konnte es kaum erwarten, den Mann zu treffen, der diese wilde Frau gezähmt hat.«

Naomi lacht ausgelassen und deutet mit dem Löffel auf mich. »Zähmen? Niemals, ich bin noch immer wild wie ein Adler, nur, dass ich jetzt einen Weggefährten habe.«

»Ich folge dir, wohin auch immer du gehen magst«, sagt Jeffrey liebevoll und umarmt seine Frau.

Diese knufft ihn jedoch liebevoll in die Arme und löst sich von ihm. »Schatz, ich bitte dich, wir sind hier nicht unter uns.« Sie errötet und sieht überall hin, nur nicht zu mir.

»Macht euch wegen mir bloß keine Gedanken. Ich bin froh, dass du glücklich bist.« Ich will gerade noch etwas sagen, als sich die Tür erneut öffnet und Jackson hereinkommt. Er trägt ein Achselshirt, das aber an ihm zu kleben scheint, und hat einen Sack Eis über die Schulter gelegt. Seine gebräunte Haut glitzert vor Schweiß, und auch sein Haar ist feucht. Er kommt in Richtung Küche und scheint mich noch nicht entdeckt zu haben. Das gibt mir ein wenig Zeit, ihn heimlich zu mustern. *Wie ist es nur möglich, dass er nach all den Jahren immer noch so schön ist?*

Er ist attraktiv, keine Frage, aber für mich ist er mehr als das. Seine Gesichtszüge sind hart und männlich, wenn er ernst dreinblickt. Sobald er lächelt, werden sie jedoch weicher, sodass er ein perfektes Model abgeben würde. Egal, aus welcher Perspektive man ihn ablichten würde, das Bild wäre perfekt. Als er den Kopf hebt und mich entdeckt, bleibt er wie angewurzelt stehen. Es ist wie die Wiederholung unserer ersten Begegnung vor ein paar Tagen. Wir sind beide überrascht und auch gefesselt voneinander. Da ist wieder dieses Herzrasen, das ich schon damals gefühlt habe, als er mich zum ersten Mal geküsst hat. Damals als Teenies wussten wir nicht, dass wir einander so sehr verfallen würden.

»Hey«, begrüße ich ihn und merke, wie schüchtern und unsicher meine Stimme klingt. Uns bei jeder Gelegenheit einfach anzustarren ist für alle, und vor allem für uns, eher peinlich und unangenehm, aber es ist, als würde mich sein Anblick lähmen und erst freilassen, wenn ich mich sattgesehen habe.

»Hallo«, antwortet er und scheint schwerer zu atmen als sonst. Ein paar Herzschläge später macht er Anstalten, auf mich zuzugehen, als plötzlich eine Frau hinter ihm erscheint, gefolgt von einem kleinen Jungen.

»Grandma!«, ruft der blonde Junge und rennt lachend auf Naomi zu. Kurz bin ich zu entzückt über den Anblick, sodass es mir erst eine Sekunde später bewusst wird, dass es sich wohl um Jacksons Sohn handeln muss. Schien mein Herz noch vor einer Weile vor Aufregung und Nervosität zu flattern, bleibt es nun stehen, und es würde mich nicht wundern, wenn es seinen Dienst versagen würde. Jackson hat einen Sohn. Ich stehe mit offenem Mund da und wage es kaum, jemandem ins Gesicht zu sehen, da mir mein Schock bestimmt anzusehen ist.

Meine geweiteten Augen wandern von dem Jungen zu Jackson, der gerade von der Frau umarmt wird, mich dabei aber direkt ansieht. Meine Miene entgleist mir völlig, und als Jackson Anstalten macht, etwas zu sagen oder gar auf mich zuzukommen, täusche ich ein Lächeln vor und wende mich Naomi und Jeff zu. »Entschuldigt mich, ich möchte ein wenig an den Strand«, sage ich gespielt fröhlich. So täusche ich eventuell Jeff, aber nicht Jacksons Mom, die sofort merkt, dass etwas nicht stimmt.

Sie sagt jedoch nichts, also gehe ich durch die Küche über die Terrasse an den Strand. Nun bin ich zwar räumlich von Jackson getrennt, fühle seine Präsenz aber überall um mich herum. *Wieso musste ich auch früher kommen?* Ich hätte absagen oder auf Troy warten und mit ihm auf die Feier gehen sollen. Jetzt habe ich offen gezeigt, dass ich über den Umstand schockiert bin, dass Jax eine Familie gegründet hat. Dass der Junge Naomi Grandma genannt hat, war nicht so schmerzlich wie die Umarmung mit der Fremden.

Ich setze mich auf die Lounge und vergrabe mein Gesicht in den Händen. Meine Finger zittern, und Tränen bahnen sich an die Oberfläche. Nicht etwa wegen Jacksons Familie, sondern weil ich wieder an dem Punkt stehe, von dem ich gedacht hatte, mich gelöst zu haben. *Das ist doch vollkommen lächerlich!* Ich bin verlobt und werde den Mann heiraten, der mich in den letzten Jahren wirklich glücklich gemacht hat.

Habe ich erwartet, dass Jackson mir ewig nachweint und nie sein Glück findet? Ist doch selbstverständlich, dass auch er eine Familie gegründet hat. Nun fühle ich mich völlig fehl am Platz und wünschte, ich könnte die Zeit zurückdrehen und Troy davon überzeugen, dass wir nicht einen Monat vor der Hochzeit verreisen sollten. Völlig durch den Wind fahre ich mir durchs Haar, lege den Kopf in den Nacken und schließe die Augen. Trotz der geschlossenen Lider löst sich eine Träne aus den Augenwinkeln und befeuchtet meine Wange. Sie ist der Beweis, dass ich eine Lügnerin bin und Jackson nicht überwunden habe.

»Quinn«, flüstert Jackson plötzlich meinen Namen und zerreißt mein Herz mit dem Klang seiner Stimme in tausend Stücke.

15. KAPITEL

Jackson

»Lass mich los, Alexis«, sage ich bestimmt zu meiner guten Freundin, was sie verwirrt die Brauen heben lässt.

»Was ist los?«, will sie wissen, aber ich gehe nicht auf ihre Frage ein, sondern stelle mich vor meine Mutter, damit Riley nicht sieht, dass ich aufgebracht bin.

»Was macht Quinn hier?«, frage ich. Mein Tonfall ist schroffer als beabsichtigt, aber sie hier wiederzusehen, macht mich einfach fertig.

»Ich habe sie und Troy eingeladen.«

»Was, er ist auch hier?«, frage ich genervt und suche den Raum ab, entdecke ihn aber nirgends.

»Er kommt später, aber sie wollte mir bei den Vorbereitungen helfen und ist früher aufgetaucht.«

»Du hättest mir Bescheid geben sollen, dass meine Ex-Freundin kommt.«

»Wieso sollte ich? Sie ist bei mir zu Gast, und laut deinen Aussagen empfindest du nichts mehr für sie. Wo liegt dann das Problem?« Sie hat recht, aber ich bin noch nicht bereit, das zuzugeben.

»Ach Mom, du machst es mir echt schwer, mit der Vergangenheit abzuschließen.«

»Das tue ich gar nicht. Du solltest zu ihr gehen und dich mit ihr aussprechen. Immerhin ist sie gerade aus dem Raum gegangen, als sie dachte, dass Riley dein Sohn ist. Sie ist verletzt.«

»Wieso sollte sie das glauben?«

»Es ist für uns selbstverständlich, dass der Kleine uns Grandma und Grandpa nennt, ohne dass wir blutsverwandt sind. Aber für Quinn ist es sicherlich ein Schock.«

»Verdammt«, zische ich frustriert, denn Mom hat recht. Ich habe die Traurigkeit in ihren Augen gesehen, war aber zu überrumpelt, um ihr nachzugehen. Ich eile ihr nach und als ich die Terrasse erreiche, höre ich noch Riley rufen: »Das macht dann einen Dollar ins Fluchglas, Onkel Jackson!« Ich schüttle den Kopf, denn ich habe keine Zeit, auf mein Fluchen einzugehen und mich zu entschuldigen. Wichtiger ist es, mich mit Quinn auszusprechen und das Missverständnis aus der Welt zu schaffen, das gerade entstanden ist. Da die Lounge überdacht ist, sehe ich sie nicht sofort, sondern erst, als ich das Gartenmöbelstück umrunde. Sie hat ihr hübsches Gesicht in den Händen vergraben, und ich sehe, dass sie am ganzen Leib zittert. Dass ich der Grund dafür bin, macht mich wahnsinnig. Klar, ich bin noch immer nachtragend, was unsere Trennung anbelangt, doch sie zu verletzen ist das Letzte, was ich will. Ich sammle mich, bringe meine Gefühle unter Kontrolle und gehe vor ihr in die Hocke, aber sie reagiert noch immer nicht.

Erst als ich ihren Namen flüstere, versteift sie sich, blickt mich aber noch immer nicht an, als hätte sie Angst vor mir oder den Worten, die ich zu ihr sagen will. Sanft greife ich nach ihrer Hand und löse sie von ihrem Gesicht. Sie weicht meinem Blick aus, sodass ich den Kopf neigen muss und sie so dazu zwinge, mich anzusehen. Ihre Augen sind feucht, und eine Träne ist bereits auf ihr Kleid getropft. Hilflos schließe ich die Augen, damit sie nicht die Verzweiflung in ihnen sehen kann. Ich mahle mit dem Kiefer und brülle mein Innerstes an, sich zusammenzureißen. Quinn braucht mich, und ich kann es mir nicht erlauben, schwach zu werden.

»Was machst du hier?«, flüstert sie schließlich leise, als würden ihr viele weitere nicht geweinte Tränen für einen Moment die Stimme rauben. War ich vorhin noch aufgebracht, verpufft dieses Gefühl bei ihrem Anblick sofort. Es ist mir kein Anliegen, sie noch mehr runterzuziehen, nur weil Mom sie eingeladen hat, ohne es mir zu sagen. Meine Schwäche für sie sollte ich nicht aus Frust gegen sie verwenden. Dass ich mit ihrer Schönheit und der Tatsache, dass sie wieder in mein Leben getreten ist, nicht klarkomme, ist allein mein Problem.

»Ich muss hier einiges klarstellen.« Quinn strafft plötzlich die Schultern und man erkennt deutlich, dass der Moment der Schwäche von einem auf den anderen Augenblick verschwindet. Sie will nicht zugeben, dass auch sie noch etwas für mich empfindet. Wir sind wohl beide hoffnungslose Fälle.

»Das musst du ganz und gar nicht. Du hast eine Familie wie ich auch, das sollte mich nicht überraschen. Du hast genau wie ich weitergemacht, als wäre nichts geschehen. Als hätten wir uns niemals …« Sie verstummt und schüttelt den Kopf, als hätte sie zu viel gesagt.

»Riley ist nicht mein Sohn«, stelle ich klar und bringe sie endlich dazu, mir richtig zuzuhören. Sie stutzt und mustert nachdenklich mein Gesicht. Danach ist es für ein paar Herzschläge einfach still, bevor ich schließlich wieder das Wort ergreife.

»Alexis und Riley kennen Mom seit Jahren, und da der Kleine viel Zeit mit ihr verbringt, wurde sie automatisch zu seiner Grandma. Wir haben es nie korrigiert, da sie ihn wie ein Familienmitglied liebt.«

»So genau brauche ich es gar nicht zu wissen, es ist auch egal. Ich war nur überrascht.« Sie sucht Ausflüchte, um nicht mehr mit mir reden zu müssen, aber so leicht lasse ich sie nicht davonkommen. Über zehn Jahre habe ich mir überlegt, was ich zu ihr sagen würde, sobald ich sie wiedersehe und diese Chance werde ich nicht verstreichen lassen.

»Wie lange willst du dich noch selbst belügen?«

»Wie bitte?«, fragt sie neugierig und hebt eine Braue.

»Über zehn Jahre haben wir uns nicht gesehen, und wir würden beide lügen, wenn wir sagen, dass der Anblick des jeweils anderen nichts mehr in uns auslösen würde.«

»Ich fühle nichts.« Sie lügt, das sehe ich ihr sofort an, aber ich denke, dass sie es aus Selbstschutz tut.

»Ich dafür umso mehr.« Ich sollte mich neben sie setzen, aber ich mag es, vor ihr in der Hocke zu sein. Auf Augenhöhe, sodass sie auch jede Regung in meinen Augen wahrnehmen kann.

»Jax, nicht«, flüstert sie plötzlich hilflos und senkt den Blick. Und einfach so ist sie wieder meine Quinn. Die junge Frau von damals, die zwar eine harte Schale hatte, aber tief drinnen eine verletzte Seele ist. Ich schlucke den Schmerz runter, den ihre Worte in mir auslösen. Niemand außer ihr hat mich mit diesem Spitznamen angesprochen, und ich hätte es auch nie erlaubt. Sie hat ihn erfunden, und es war neben Seth mein Kosename. Namen, die ich in liebevoller Erinnerung trage. Aber dass sie ihn nun wieder in den Mund genommen hat, bestärkt mich umso mehr, endlich reinen Tisch zu machen, und macht mir klar, dass sie *uns* noch nicht vergessen hat.

»Hör mir zu. Wir müssen über das, was geschehen ist, reden. Wenn ich nicht endlich die Wahrheit erfahre, werde ich mich bis an mein Lebensende fragen, wieso du mich verraten hast.«

»Verraten?«, fragt sie mit gerunzelter Stirn, den Blick fest auf mich gerichtet. Sie sieht bestürzt aus, was mich wiederum verwirrt.

»Nach unserem Streit hast du mich vor die Wahl gestellt …«, wiederhole ich, da ich glaube, dass sie die Details unserer Trennung vergessen hat.

»Genau! Und du hast dich gegen mich entschieden!«, ruft sie aus und klingt tiefer als sonst, als würde der Schmerz den Ton dämpfen, aber ich lasse mich nicht zum Narren halten, denn ich weiß noch ganz genau, wie weit sie damals gegangen ist, um mir eins auszuwischen.

»Du hattest dich doch längst entschieden und mich an die Polizei verraten! Du hast dein Wort nicht gehalten.« Nun bin auch ich laut geworden, obwohl ich die Sache in Ruhe bereden wollte.

»Was? Wovon redest du da? Du bist es doch, der nicht am Treffpunkt erschienen ist!«

»Ich konnte nicht, da du mich verpfiffen hast!« Ich weiß nicht wer von uns nun lauter ist als der andere. Aber es tut gut darüber zu sprechen, egal, wie dieses Gespräch auch ausgehen mag.

»Das glaubst du wirklich? Dass ich dazu fähig gewesen wäre?«

Ich will nicken, aber ihre ehrliche Bestürzung macht mich stutzig. Sie lacht traurig auf und fährt sich durchs Haar. In meinem Kopf tauchen so viele Fragen auf, gefolgt von Erinnerungen, die mich jedoch noch viel mehr verwirren. Aber je mehr ich es drehe und wende, wird mir eines klar: Wenn Quinn mich nicht verraten hat, kann es nur einer gewesen sein. »Link«, sage ich seufzend und erhebe mich, um vor lauter Wut irgendetwas zu tun. Quinns Blick klärt sich und sie verschränkt die Arme vor der Brust.

»Das ergibt Sinn. Er war von Anfang an gegen unsere Beziehung und hat mir auch gedroht, dass er es selbst in die Hand nehmen würde, wenn ich mich nicht von dir trennen würde«, meint sie traurig und blickt auf ihren Schoß.

»Er hat was? Wieso hast du es mir nicht gesagt?« Ich wäre mehr auf der Hut gewesen.

»Weil du damals wie eine geladene Waffe warst. Hätte ich etwas gesagt, hättest du dich gerächt.« Sie hat recht. Quinn damals zu beschützen war mein einziges Ziel, vor allem zum Schluss, als ich aus der Gang ausgestiegen bin und es mehrere Personen auf mich abgesehen hatten.

»Das heißt, du hast mich nicht verraten?«

»Nein. Es schmerzt, dass du das für möglich gehalten hast.«

»Du hast es mir einfach gemacht. Du warst zum Schluss nur mit den Millards unterwegs, sodass ich das Gefühl hatte, dass du sie mir vorziehst.«

»Wow. Kommunikation war wohl zum Schluss hin nicht unsere Stärke, was?«, meint Quinn traurig und blickt hinaus auf den Ozean. Ich folge ihrem Blick und frage mich, wie es so ein schöner und sonniger Tag sein kann, wenn hier gerade Wunden aufreißen, die uns seit über einem Jahrzehnt begleiten.

»Da hast du wohl recht. Aber bitte glaub mir, wenn ich dir sage, dass ich dich nach meiner Entlassung überall gesucht habe. Die Ansprechpersonen in der Einrichtung meinten nur, dass du weg bist und sie mir keine weiteren Infos geben können. Ich habe dich jahrelang gesucht. Erfolglos.«

»Ich glaube dir, Jackson. Ich jedoch habe dich nicht gesucht, dafür hast du mir zu sehr wehgetan. Als du nicht zum Park gekommen bist, war mir klar, dass du dich gegen mich und für das Geld entschieden hast.«

»Quinn. Das würde ich nie tun. Dafür habe ich dich zu sehr geliebt.« Kaum habe ich die Worte ausgesprochen, zuckt sie zusammen, als hätte ich sie geschlagen. Etwas in ihr wird meine Worte in Zweifel ziehen, egal, was ich sage.

»Wie gesagt, ich glaube dir. Link hat uns gegeneinander ausgespielt und uns getrennt, aber das Schicksal hat es gut mit uns gemeint. Wir können uns endlich aussprechen und, wer weiß, vielleicht sogar befreundet sein«, meint sie hoffnungsvoll und lächelt mich zum ersten Mal, seitdem wir uns wiedergesehen haben, direkt an.

»Du willst, dass wir befreundet sind?« Als wäre das jemals möglich. Beinahe muss ich lachen, da der Gedanke einfach absurd ist. Aber ihre Augen sind zum ersten Mal klar und voller Erwartung. Mein wild klopfendes Herz sollte eine Alarmglocke sein, dass Quinn und ich niemals nur befreundet sein können, aber ich will das nicht glauben. Ich weiß, dass diese Gefühle hier fehl am Platz sind, da sie Troy heiraten wird. Ich habe verloren, bevor ich es überhaupt versuchen könnte.

»Genau. Wir haben einander nach jahrelanger Suche gefunden. Es wäre falsch, den Kontakt abzubrechen«, antwortet sie und ihre Worte klingen aufrichtig. Ich verstehe, was sie meint, auch wenn meine Gefühle wohl tiefer als ihre gehen.

»Wir können es ja versuchen«, antworte ich ehrlich, denn ich ahne bereits, dass wir uns wohl nach ihrer Hochzeit nie wieder sehen werden. Ich klammere mich an den kleinen Strohhalm, um sie wenigstens während ihres Aufenthalts bei mir zu haben. Es ist völlig absurd und wird mich wohl ein weiteres Mal verletzen, aber sie ist es wert. Sie ist alles wert.

Nach der Aussprache habe ich das Gefühl, als wäre mir eine tonnenschwere Last von den Schultern gefallen. Die Wunden der Vergangenheit sind weit davon entfernt, verheilt zu sein, aber all die Fragen, die mir schlaflose Nächte bereitet haben, sind nun geklärt. Was aber geblieben ist, sind die Gefühle, die ich für Quinn habe. Mag es auch eine Mischung aus Liebe, Hass, Sehnsucht und Verachtung gewesen sein, kann ich aber nicht den Fakt ignorieren, dass mein Herz wild gegen meinen Brustkorb hämmert, sobald ich in ihrer Nähe bin. Ich habe mir nichts dabei gedacht, ihr meine Hand zu reichen, damit sie aufstehen kann, und ich denke, ihr ging es genauso, doch als sich unsere Hände berührten, war es wie ein elektrischer Schlag, dem ich aber nicht entfliehen wollte. Es war eher das Gegenteil der Fall. Ich wollte mehr von diesem süßen Schmerz. Mehr von ihr.

Ihre geweiteten Augen zeigen mir, dass auch sie es gefühlt haben muss, doch sie ist wie ich schweigend losgegangen. Wir betreten beide das Haus, wo Mom bereits alles für das Barbecue vorbereitet. Jeff, Alexis und Riley spielen gemeinsam im Wohnzimmer, stoppen aber, als wir den Raum betreten. »Onkel Jackson, da bist du ja. Oh, wer ist denn das?«, fragt Riley und deutet auf Quinn. Sie lächelt freundlich und geht vor ihm in die Hocke. »Hallo, mein Name ist Quinn. Und wie heißt du?« Sie reicht ihm ihre Hand, die er selbstbewusst ergreift.

»Ich bin Riley und schon fünf Jahre alt. Alle sagen, ich bin so groß wie ein Sechsjähriger, und glauben, ich sei bereits ein Schulkind.« Seine Worte amüsieren uns alle, aber Quinn tut so, als hätte er ihr etwas ganz Aufregendes erzählt.

»Also, ich hätte dich mindestens auf sieben geschätzt. Du bist doch viel zu groß, um ein Fünfjähriger zu sein.« Bei diesen Worten tritt ein breites Grinsen auf sein Gesicht, und der Kleine reckt stolz das Kinn in die Höhe.

»Onkel Jackson, können wir sie behalten?« Alexis erhebt sich und drückt sanft die Schulter ihres Sohnes. »Schatz, man kann Menschen nicht einfach so behalten.«

»Wieso? Wir haben Grandma, Grandpa und Onkel Jackson immerhin auch behalten.« Alexis will ihren Sohn gerade zurechtweisen, als Quinn erneut das Wort ergreift.

»Solange ich auf dieser Insel bin, können wir gerne miteinander spielen. Na, was sagst du dazu?« Begeistert nickt Riley, ehe er sich wieder seiner kompliziert aussehenden Lego-

Konstruktion zuwendet. Alexis begrüßt meine Ex-Freundin und folgt ihr in die Küche, wo sich die beiden mit Mom unterhalten und ihr zur Hand gehen. »Lass uns mal das Eis einkühlen und nach meinen Kuchen und der Torte sehen«, schlägt Jeff vor. Mein Blick schweift jedoch immer wieder zur Küche. Es fühlt sich unwirklich an, dass meine Jugendliebe wieder in mein Leben getreten ist. Wir gehen in die Speisekammer neben der Küche, wo sich neben vielen Regalen auch ein zweiter Side-by-Side-Kühlschrank befindet. Jeff öffnet eine Tür, wo ich neben kleinen Cupcakes auch eine dreistöckige Kokostorte entdecke. Vorsichtig verstaue ich das Eis auf der anderen Seite.

»Du musst ja ganz schön Blut und Wasser schwitzen, was?« Verwirrt sehe ich meinen Stiefvater an, der mich nur amüsiert anblickt und sich dann wieder dem Dessert widmet.

»Was meinst du damit?«

»Na ja, zwei deiner Ex-Freundinnen sind gerade in einem Raum, das ist eine Situation, die kein Mann gut verkraften könnte.«

»Es ist gar nicht so schlimm. Die beiden sind auf so vielen Arten unterschiedlich, und beide Beziehungen sind beendet. Keine der beiden möchte mich wieder in ihrem Leben haben. Zumindest nicht auf romantische Weise.« Quinn ist verlobt und wird bald heiraten, was meine Chancen gen null tendieren lässt. Alexis und ich sind seit über sechs Jahren getrennt, seitdem aber eng befreundet.

»Aber du magst sie noch, oder? Du hast nämlich den Gesichtsausdruck eines winselnden Welpen im Gesicht, wenn du sie anblickst.«

»Das bildest du dir nur ein. Die Sache zwischen Alexis und mir ist schon ewig aus. Ich könnte es mir gar nicht mehr vorstellen ihr nahezukommen.«

»Von ihr war aber nicht die Rede.« Ich gehe nicht auf seine Worte ein, denn ich weiß ja selbst nicht, was ich fühlen oder was ich tun soll. So nobel das Vorhaben, miteinander befreundet zu sein, auch sein mag, glaube ich nicht, dass ich es schaffe, meine Gefühle völlig beiseitezuschieben. Aber wenn ich sie nun wegen meiner Empfindungen meiden würde, würde ich es ewig bereuen, denn immerhin habe ich sie dreizehn Jahre nicht gesehen. Keiner kennt mich so gut wie sie, und wenn wir nur drei Wochen haben, ehe sich unsere Wege trennen, dann werde ich jeden Moment zu schätzen wissen.

»Quinn und mich verbindet eine tiefe Freundschaft und diese werde ich nicht gefährden. Außerdem gehört ihr Herz schon längst einem anderen.«

16. KAPITEL

Quinn

Es hat ein paar Minuten gedauert, bis ich Alexis als die Schauspielerin erkannt habe. Ich habe noch vor ein paar Tagen ihre Fotos auf meinem Smartphone betrachtet, als ich Jackson gegoogelt habe. Ich werde nicht erneut den Fehler machen und voreilige Schlüsse ziehen, wie vor ein paar Minuten. Sollte Alexis noch immer mit Jackson zusammen sein, werde ich das früher oder später erfahren. Sie scheint sich auf jeden Fall in Naomis Küche auszukennen.

»Möchtest du eine Schürze? Nicht dass du dir dein hübsches Kleid ruinierst?« Ich blicke von den Paprikas auf und wende mich Alexis zu, die sich gerade eine Schürze um den Körper bindet. Naomi ist in den Keller gegangen, um etwas zu holen, sodass wir zum ersten Mal allein sind.

»Nein, danke, den gefährlichen Soßen komme ich nicht zu nahe. Ich bin heute eher die Küchengehilfin und schneide alles klein.« Lachend geht sie zum Kühlschrank und kramt darin herum.

»Ist alles wieder in Ordnung? Du warst vorhin ziemlich aufgebracht.« Ich halte inne und blicke auf das Messer in meiner Hand. Bis jetzt hat niemand meinen peinlichen Abgang angesprochen, aber ich hätte wissen müssen, dass ich es erklären muss.

»Wusstest du, dass Jackson und ich zusammen waren?«,

starte ich mit einer Gegenfrage, da ich wohl weit ausholen muss. Sie schließt die Kühlschranktür und stellt sich neben mich.

»Das weiß ich. Du warst seine große Liebe.« *War ich das?* Es tut gut, diese Worte zu hören, denn ich könnte ja eine von vielen gewesen sein, die Jax ihr gegenüber nie erwähnt hat. Auch wenn ich mir das schwer vorstellen kann, denn er war immer schon ein Mann, der leidenschaftlich und innig liebt. Und solch ein Mensch verliebt sich nicht so leicht.

»Und er war meine. Ich habe ihn über zehn Jahre nicht gesehen und mich immer gefragt, was aus ihm geworden ist, und dann ist er plötzlich wieder da. Ich habe gedacht, ich sehe ihn nie wieder. Als Riley Naomi dann als seine Großmutter bezeichnet hat, war es ein Schock für mich, den ich aber nicht näher erklären kann.«

»Ich verstehe, was du meinst, und keiner hier nimmt es dir übel. Die erste große Liebe nimmt solch einen großen Platz in unserem Leben ein, dass wir in bestimmten Momenten nicht rational denken können.«

»Das tut sie, aber irgendwann ist es auch Zeit, sie loszulassen.« Die Worte kommen einfach so aus meinem Mund, ohne dass ich sie stoppen kann. Wieso ich mich gerade der Frau öffne, die Jackson geliebt hat, weiß ich selbst nicht. Es ist, als würde das Verständnis in ihren Augen mich mutiger machen.

»Wann der Moment dazu gekommen ist, muss jeder für sich selbst entscheiden.« Sie wendet sich lächelnd ab, um wieder zum Kühlschrank zu gehen, aber ich lege meine Hand auf ihren Oberarm und stoppe sie.

»Danke. Nun geht es mir viel besser.«

»Gern geschehen. Auch ich habe Jackson geliebt, aber unsere Beziehung war nicht so stark wie eure. Mittlerweile sind wir befreundet, und ich bin sehr dankbar, dass ich weiterhin Teil seines Lebens sein darf.« Sie sieht wehmütig zu Jackson. Ich folge kurz ihrem Blick, während Jackson mit Riley herzhaft lacht. Er macht es einem so leicht, sich in ihn zu verknallen, aber ich denke, dass weder Alexis noch ich Gefühle für ihn haben. Wobei das bei mir nicht so ganz klar ist.

»Jacksons Freunde sind automatisch auch Rileys und meine«, sagt sie und räuspert sich. Verschwunden ist die Wehmut, und das strahlende Lächeln ist wieder auf ihr Gesicht zurückgekehrt. Naomi kommt mit einem riesigen Berg Fleisch in die Küche und stellt es auf der Arbeitsplatte ab.

»Wie viele Personen erwartest du? Hundert?«, frage ich mit großen Augen, was Alexis und Naomi zum Lachen bringt.

»Du hast ja keine Ahnung, was die Männer alles verdrücken können. Gott hat ihnen einen guten Stoffwechsel geschenkt, von dem wir Frauen nur träumen können. Die können zehn Kilo Fleisch essen und sehen noch immer so schlank und fit aus wie immer.«

»Das ist wirklich gemein«, sage ich und blicke ins Wohnzimmer, wo Owen das Wohnzimmer betritt und Jeff die Hand reicht.

»Onkel Owen!«, begrüßt Riley ihn freudestrahlend und wirft sich in seine Arme. Owen drückt ihn fest an sich, ehe er etwas aus seiner Sakkotasche zieht, das verdächtig nach einem Lolli aussieht.

»Es gibt nichts Süßes vor dem Essen«, sagt Alexis warnend, doch Owen grinst nur breit und zwinkert Riley zu.

»Ach was. Bis das Fleisch gegrillt ist, dauert es sicher noch zwei Stunden, und bis dahin wird der arme Junge verhungern. Dieser Lolli wird ihm die nötige Energie liefern, um dem Hungertod zu entgehen.« So theatralisch wie er tut, könnte er locker beim Theater mitmachen, aber Alexis schüttelt nur lachend den Kopf und blickt mich an.

»Ich habe bei den Onkels einfach keine Chance, das ist so unfair. Okay, ausnahmsweise darfst du naschen, aber dann ist es genug.«

»Ist gut, Mommy.« Aber er blickt nicht zu seiner Mom, sondern fixiert weiterhin den Lutscher, den Owen gerade auspackt.

»Gut, da nun die Naschfrage geklärt ist, könnt ihr schon mal den Tisch decken. Ich mache das Fleisch und die Beilagen fertig zum Grillen«, weist Naomi uns an.

»Ist okay«, sagt Alexis, hakt sich bei mir ein und dirigiert mich zum Schrank, wo die Teller aufbewahrt werden.

Eine Stunde später sitzen wir unter einem riesigen Sonnenschirm, trinken Eistee und unterhalten uns, während Jeff und Jackson das Fleisch grillen. Owen und Riley spielen im Sand. Die Salate haben wir schon fertig und im Kühlschrank aufbewahrt, ebenso wie die Soßen. »Guckt mal, was für schöne Burgen sie bauen.«

»Sie planen und bauen Hotels, keine Schlösser oder so. Das betont Owen ständig, denn Riley soll bald ins Hotelbusiness einsteigen«, meint Alexis und schüttelt leicht den Kopf.

»Da hat der Kleine aber große Ziele.«

»Ach was, Riley will Polizist werden wie Jeff, aber er bringt es nicht übers Herz, es dem armen Owen zu sagen«, wirft Naomi ein und setzt sich ihre Sonnenbrille auf.

»Was machst du eigentlich beruflich?«, will Alexis schließlich wissen.

»Ich leite seit ein paar Jahren die Anwaltskanzlei in New York, die mir meine Familie übergeben hat.«

»Du bist Anwältin geworden?«, fragt mich nun Jackson, der sich bisher vor allem mit Jeff unterhalten hat.

»Ja, ich bin nach der Highschool aufs College und nach meinem Abschluss sozusagen von meinem Großvater angelernt worden.«

»Wie sieht so eine Einschulung aus?«, fragt Alexis neugierig und schenkt mir noch Eistee nach.

»Er hat mich zu den Verhandlungen begleitet, mich den Leuten bei Gericht vorgestellt und mir dann beigebracht, wie man eine Kanzlei erfolgreich leitet. Wir sind ein Team aus fünf Anwältinnen und fünf Büroangestellten, die den Laden schmeißen. Ohne die Unterstützung der Mitarbeitenden würden wir nichts auf die Reihe bekommen. Wie sieht es bei dir aus? Du bist Schauspielerin, oder?«

»Das war ich, jetzt bin ich Mutter und arbeite Owen und Jackson in der Buchhaltung zu.«

»Und wie sind die beiden als Vorgesetzte?«

»Sie sind eigentlich ganz okay, verbummeln aber häufiger Quittungen als mir lieb ist, aber sie sind faire und großzügige Chefs.«

»Das sagst du jetzt nur, weil du scharf auf eine Gehaltserhöhung bist«, meint Jax und setzt sich auf den Stuhl neben mich. Er trägt erneut ein weißes Achselshirt, das seine gebräunte Haut noch intensiver erscheinen lässt.

»Mist, jetzt bist du mir auf die Schliche gekommen. Also, ich wäre mit fünfzig Prozent zufrieden.«

»Das musst du mit Owen ausmachen, er ist für die Mitarbeitenden zuständig.«

»War ja klar, dass du das sagst. Er ist knallhart, wenn's ums Verhandeln geht.«

»Tja, genau deswegen ist er für den Bereich zuständig.«

»Für welchen Part in der Geschäftsführung bist du zuständig?«, frage ich und mache den Fehler, ihm in die Augen zu sehen. Augenblicklich wird mir warm, was sicherlich nicht am Wetter liegt.

»Ich kümmere mich um Investoren, gebe Interviews, organisiere die Tagespläne und habe ständigen Kontakt mit den Managements aller Hotels. Wenn man eine große Kette hat wie wir, dann muss man vieles online regeln, und da vertraue ich auf unsere Hotelleitungen, die mich jeden Tag über den aktuellen Stand der Dinge informieren.«

»Wow, da hast du alle Hände voll zu tun.«

»Das schon, aber ich nehme mir meine Auszeiten und versuche, nicht zu viel zu arbeiten.«

»Dafür sorge ich meistens«, wirft Naomi ein und streicht ihrem Sohn liebevoll durchs Haar.

»Früher haben die beiden rund um die Uhr gearbeitet und hatten kaum Freizeit.«

»Das war auch nötig, um unsere Hotels aufzubauen«, verteidigt sich Jax.

»Mag ja sein, aber es hat euch nicht gutgetan. Jetzt, wo das Geschäft erfolgreich ist, sorge ich dafür, dass euer Privatleben nicht zu kurz kommt.«

»Du bist noch immer ein harter Brocken, Naomi.« Es ist beruhigend zu wissen, dass manche Menschen auch nach einem Jahrzehnt dieselben bleiben.

»Das muss ich sein. Als Mutter von zwei Problemkindern muss man auf Zack sein. Wobei, sie sind nun keine Kinder mehr, aber man muss ihnen trotzdem mal die Ohren lang ziehen.«

»Schön zu sehen, dass sich nichts verändert hat«, sage ich frei heraus, ohne groß darüber nachzudenken. Jackson zuckt neben mir kaum merklich zusammen. Ich weiß, meine Worte entsprechen nicht der Wahrheit. Alles hat sich verändert. Jeff zieht unsere Aufmerksamkeit auf sich, indem er verkündet, dass das Fleisch bald so weit ist. Alexis und ich holen die Salate, ehe wir alle auf den voll gedeckten Tisch blicken. Ich lange herzhaft zu, da mich die emotionale Achterbahnfahrt viel Kraft gekostet hat.

Zum ersten Mal seit ich das Haus betreten habe, ist es still, und nur das Rauschen des Meeres ist zu hören. Sofort vermisse ich das laute Treiben von vorhin. Trubel gibt es in meinem Leben nur in der Kanzlei oder wenn ich mit meiner Familie zusammen bin. Zu Hause sind Troy und ich meist am Arbeiten, oder kuscheln auf der Couch vor dem Fernseher, ehe er nach zehn Minuten einschläft.

»Schmeckt es?«, fragt mich Jackson, nachdem er sich den Mund mit der Serviette abgewischt hat.

»Es schmeckt himmlisch. Die Marinade macht das Fleisch so unglaublich gut.«

»Wir marinieren nach geheimem Familienrezept.«

»Ach ja? Früher hast du nie für uns gegrillt, wusste gar nicht, dass es ein Geheimrezept gibt.«

»Damals hatten wir auch keine Terrasse. Ein richtiges Barbecue muss draußen zubereitet und gegessen werden.«

»Du hast recht, damals hatten wir nicht viele Räumlichkeiten, um unter uns bleiben zu können.« Meine Worte katapultieren mich in unsere gemeinsame Vergangenheit, wo wir unsere Dates meist draußen verbracht haben.

»Trotzdem waren wir glücklich so wie es war.« Seine Worte bringen mich dazu, ihn anzublicken und ihn wirklich zu sehen. Nicht den Jungen aus meiner Vergangenheit, den ich geliebt habe, sondern den Mann, der er jetzt ist. Denn auch wenn ich das Gefühl habe, dass sich Naomi nicht verändert hat, ist Jax nun nicht mehr derselbe.

»Das waren wir«, flüstere ich und nehme all meine Kraft zusammen, um mich zu einem Lächeln zu zwingen, auch wenn mir eigentlich zum Weinen zumute ist.

17. KAPITEL

Quinn

Vergangenheit

Ich blinzle die Tränen weg, die sich an die Oberfläche bahnen wollen und lege ergriffen mein Buch zur Seite. Ich blicke auf und sehe auf die heutige Tageszeitung, die Jackson in der Hand hält. Mein Kopf ruht auf seinem Schoß, und mein Herz pocht heftig in meiner Brust wegen dieses Buches. »Wieso müssen manche Liebesgeschichten tragisch enden?« Sofort legt Jackson seine Zeitung zur Seite und wendet sich mir zu. Er blickt kurz zum Buchumschlag, ehe er mir wieder in die Augen sieht. »Ah, du bist bei ihrem Selbstmord angekommen.«

»Du hast Anna Karenina *gelesen?«*

»Ich bin zwar früh von der Schule abgegangen, aber es war eines dieser Bücher, über die ich ein Referat halten musste.«

»Und wie fandest du es?« Er überlegt kurz und reibt sich mit der Hand übers stoppelige Kinn. Dabei zuckt er zusammen, da sein Gesicht und Oberkörper Blutergüsse vorweisen, die er sich bei einem Treppensturz vor einigen Tagen zugezogen hat.

»Ich fand es teilweise langweilig, es ging zu viel um die Gesellschaft und um Ehebruch. Außerdem haben mich die russischen Namen ziemlich verwirrt, aber erst, als ich das Buch beendet hatte und ein paar Tage zur Seite legte, wurde mir das Ausmaß des Buches bewusst. Es ist besonders auf so vielen Ebenen, und es ist wahr. Man-

che Liebesgeschichten sind tragisch und haben kein Happy End. Aber ich finde, es ist wie ein Weckruf für die Person, die das Buch liest.«

»Weckruf?«

»Ja. Ich denke, wenn man über so viel Tragik in einer Liebesbeziehung und den Familien liest, weiß man das, was man hat, umso mehr zu schätzen. Ich weiß nicht, in wie vielen Debatten ich diesbezüglich mit anderen Leuten in der Schule diskutiert habe.«

»Ich finde es traurig, wie manche Menschen ihre Macht missbrauchen, um eine andere Person zu zerstören. Über diese Art von Hass zu lesen und dem Leiden der Figuren beizuwohnen, nimmt mich ziemlich mit.«

Jackson lächelt mich warm an und streicht mit seiner Hand über mein Haar. Jedes Mal, wenn er das tut, fühle ich mich geborgen und rundum wohl.

»Das ist, was Literatur ausmacht. Dass Menschen mit einem guten Herzen, wie du es hast, mit jedem Wort mitfühlen. Wir beide hatten es nicht leicht und mussten immer stark sein. Du in einem Waisenhaus und ich auf der Straße konnten uns keine Schwächen erlauben. Denn die anderen würden diese ausnutzen und uns schaden wollen. Aber ich verspreche dir, dass du in meiner Nähe immer du selbst sein kannst. Wenn dich das Buch mitnimmt, unterdrücke die Tränen nicht, sondern weine um Anna Karenina, die ihr Happy End nicht bekommen hat.«

Mein Vater hat immer gesagt, dass es sinnlos für mich wäre zu träumen. Dass niemand eine Versagerin wie mich lieben könnte. All den Hass, den er auf meine Mutter hatte, wollte er in mein Herz pflanzen. Jahrelang musste ich mir jeden Tag Vorwürfe anhören, an manchen Tagen musste ich Schläge ertragen, und als ich dann endlich weglief, vermisste ich ihn auch auf eine Art und Weise. Er war die einzige Familie, die ich je kannte, und ich hielt es für normal, einen anderen Menschen niederzumachen. Immerhin kannte ich nichts anderes. Hayden und Ian haben sich von dieser Maske, die mir mein Vater aufgezwungen hat, nicht täuschen lassen, sie haben mich ermutigt, mich selbst zu finden. Sie haben mir geholfen, mich von der Vergangenheit zu lösen. Jackson aber schafft es, mich dazu zu bringen, ehrlich zu mir zu sein und mich selbst zu lieben. In den sechs Monaten, in denen wir zusammen sind, hatte ich nicht das Gefühl, mit einem Teenager zusammen zu sein, sondern mit einem Mann, der genau weiß, wer er ist.

»Danke. Du machst es mir so einfach, ich selbst zu sein.«

»Dabei tue ich gar nichts.«

»Du bist an meiner Seite, das ist schon mehr als genug.«

Überwältigt von meinen Gefühlen für ihn, erhebe ich mich, setze mich rittlings auf seinen Schoß. Augenblicklich wandern seine Hände zu meinen Hüften, und ich schlinge meine Arme um seinen Nacken. Ich kann es immer noch nicht so richtig glauben, dass dieser herzensgute Mann mit mir zusammen sein will, mein Freund sein will. Er ist wie einer dieser Helden in den Romanen. Er ist loyal und tut alles, um seine Geliebte für sich zu gewinnen. Viele schaffen es nicht und verlieren ihre Seelenverwandte. Aber das wird nicht unsere Geschichte sein. Jackson und ich, wir werden unser Happy End bekommen, denn ich liebe ihn. Jetzt, in diesem Moment stelle ich fest, dass sich nicht mehr ohne ihn sein kann.

»Ich liebe dich«, flüstert Jackson und blickt mir so intensiv in die Augen, dass ich das Gefühl habe, als würde er jeden Winkel meiner Seele kennen. Es scheint beinahe so, als hätte er es ebenfalls in diesem Moment erkannt.

»Ich liebe dich auch.«

Seit wir uns unsere Liebe gestanden haben, sind drei Wochen vergangen, und ich habe immer noch das Gefühl, als würde ich schweben. Während ich mit Prüfungen beschäftigt bin, arbeitet Jackson so oft er kann. Und auch wenn es bis spät in die Nacht ist, lässt er mich immer wissen, dass er an mich denkt. Ich bekomme die süßesten Nachrichten und Anrufe von ihm, die mir klarmachen, dass ich für immer mit diesem Mann zusammen sein möchte. Deshalb habe ich mir nichts dabei gedacht, als Anna, eine Schulfreundin, abends mit mir ausgehen wollte und Jackson fast überschwänglich bekundete, dass er unsere Pläne guthieß. Zwar habe ich es seltsam gefunden, den Gedanken aber schnell wieder verworfen. Nachdem wir gemeinsam einen Cocktail trinken waren, wollen wir noch einen Künstler in unserem Lieblings-Pub sehen, aber aufgrund einer Straßensperrung müssen wir einen anderen Weg gehen. Wir hätten auf dem Weg bleiben sollen, aber eine große Menschenansammlung und viel Lärm ziehen Annas Aufmerksamkeit auf sich. Ich bitte sie darum, weiterzugehen, doch sie will wissen, was sich dort abspielt. Als Freundin möchte ich sie nicht allein gehen lassen, also folge ich ihr. Je näher wir kommen, desto lauter wird es. Von hinten war nicht viel zu erkennen, aber meine Schulfreundin Anna ist immer schon ein Mensch gewesen, der sich durchboxen konnte. Wir schlängeln uns nach vorne, bis wir einen guten Blick auf die Situation erhaschen können. Ich habe schon einige Straßenkämpfe gesehen, und Gewalt ist nichts Neues für mich. Worauf ich aber nicht gefasst war: Einer der Kämpfenden ist Jackson.

Fassungslos blicke ich auf den Mann, den ich liebe, der gerade seinem Gegner fest in den Bauch schlägt. Dieser ächzt, macht aber einen schnellen Schritt nach hinten, um einem weiteren Schlag auszuweichen. Jackson ist völlig verschwitzt, sein Achselshirt klebt an seiner Haut, und auch die Jogginghose sieht klatschnass aus. Er ist völlig fokussiert und scheint von den Menschen um sich herum kaum etwas mitzubekommen. Es ist so, als würde er den Lärm ausblenden und sich völlig konzentrieren. Beide sind gute Kämpfer, aber Jackson ist durch seine gute Beinarbeit seinem Gegner immer einen Schritt voraus. Jeder Schlag, den er austeilt, lässt mich vor Angst zittern und vor Wut kochen. Plötzlich wird mir einiges klar.

Naomi meinte, dass Jackson als Lagerarbeiter in einer Produktionsfirma arbeitet. Ich habe ihre Worte nie angezweifelt, habe aber in sechs Monaten weder Arbeitskleidung noch einen Mitarbeiterausweis gesehen. Wenn ich jetzt auf den keuchenden und kämpfenden Mann blicke, dem mein Herz gehört, dann wird mir klar, wieso. »Jackson«, flüstere ich, und obwohl um uns herum viele Menschen stehen, die die beiden anfeuern oder beschimpfen, schnellt sein Kopf ruckartig zu mir. Als würde er meine Stimme aus jedem Lärm der Welt heraushören.

Als sich unsere Blicke treffen, sehe ich Schock in seinen Augen, den mein Gesicht wohl widerspiegelt. Er ist kurz abgelenkt, was dem anderen die Chance bietet, ihm hart ins Gesicht zu schlagen. Ich presse die Hände vor den Mund und unterdrücke einen Schrei, als ich sehe, wie Jax zu Boden geht. Augenblicklich mache ich Anstalten, mich zwischen ihn und den anderen Kämpfer zu stellen, werde aber von einem älteren Mann grob am Arm gepackt und aufgehalten. Der Gegner holt mit dem Fuß aus, um ihm gegen den Brustkorb zu treten, aber Jax rollt sich weg und ist schnell wieder auf den Beinen. Kurz wandert sein Blick zu mir, oder besser gesagt zum Arm des Mannes, der mich gepackt hält. Plötzlich verändert sich seine ganze Erscheinung. War er vorhin fokussiert und entschlossen, verwandelt er sich jetzt in jemanden, der nichts mehr zu verlieren hat. Selbst aus dieser Entfernung kann ich erkennen, dass seine Augen eine Spur dunkler werden. Nach einem Schlag gegen das Kinn des Gegners ist der Kampf vorbei, und der Mann fällt hart auf den Boden. Jubel ertönt, aber in mir drin sehe ich nur das Gesicht des Mannes, das man durch das viele Blut kaum noch erkennen kann. Ich bekomme nicht mit, dass sich der Druck um meinen Arm gelöst hat, dafür nehme ich die Hände auf meinen Schultern umso mehr wahr.

»Quinn, was machst du hier?« Ich öffne geschockt den Mund und trete einen Schritt zurück, weil mich seine Nähe verwirrt, und ich jetzt klar denken muss.

»Was ich hier mache? Was zum Teufel machst du hier, Jackson?«

»Ich wollte es dir schon länger sagen.«

»Was genau meinst du? Warum du deine Mutter und mich belügst? Oder wie du dein Geld verdienst? Oder wie oft du mich wohl angelogen hast?« In seinem Gesicht erkenne ich ehrliche Bestürzung, aber sie kann nicht so schwer wiegen wie meine Enttäuschung.

»Alles. Als du gesagt hast, dass du mich liebst, wurde mir klar, dass ich nicht so weitermachen kann. Ich will aufhören zu kämpfen und zu dealen, das hier war mein letzter Kampf.«

»Und soll ich mich jetzt freuen? Soll ich jetzt dankbar auf die Knie fallen, weil ein Liebesgeständnis dich dazu gebracht hat zu erkennen, dass das, was du tust, falsch ist?«

»Nein, das solltest du nicht, doch dieses Leben hier, diese Kämpfe und das Dealen hat mir gutes, wenn auch nicht ehrlich verdientes Geld gebracht. Ich wollte nicht so enden wie mein Vater, der vor lauter Armut keinen anderen Ausweg gesehen hat, als mich und meine Mutter zu verlassen. Ich wollte mir ein finanzielles Polster aufbauen, wie ich es tue, war mir völlig egal. Erst als du in mein Leben getreten bist, wollte ich mich ändern. Ich will jemand sein, auf den du stolz sein kannst. Ich möchte uns ein gutes Leben aufbauen.«

»Ein gutes Leben? Sieh dich doch mal an. Deine Lippe ist aufgerissen, deine Hände sind blutig und geschwollen.« Ich kann nicht fassen, was er da sagt. Wie in aller Welt kann er glauben, dass ich so ein Leben für ihn will?

»Ich habe mich dafür geschämt, dir zu sagen, womit ich wirklich mein Geld verdiene. Du bist für mich der Inbegriff eines guten Menschen. Dass ich finanziell unabhängig sein möchte, ist zwar auch ein Aspekt, aber was mich am meisten zögern hat lassen, war genau diese Enttäuschung, die ich in deinen Augen sehe. Ich wollte es nie so weit kommen lassen.« Wir senken beide den Blick und atmen tief durch. Der Lärm rund um uns herum ebbt ab. Der Verletzte wurde bereits weggetragen, aber sein Blut ist immer noch auf der

Straße zu sehen. Wenn ich daran denke, wie oft Jax solche Kämpfe gekämpft haben muss, wird mir ganz übel. Noch weniger komme ich mit der Vorstellung zurecht, dass es Jackson sein könnte, der eines Tages verletzt am Boden liegt. Ein falsch platzierter Schlag könnte ihn sein Leben kosten. Das ist Teil seiner Welt. Wäre er jemand, der einen anderen Menschen ständig belügt und auf Profit aus ist, hätte er diese Geldquelle niemals aufgegeben. Jackson lügt nicht, und ich habe ihn auch noch nie nach seinem Job gefragt, also kann ich nicht behaupten, dass er mich angelogen hat. Er hat es mir lediglich verschwiegen.

Die Menschenmenge löst sich auf, und auch Anna hat sich verabschiedet, während Jax und ich einfach dastehen. Ich habe so viel zu sagen, finde aber nicht die richtigen Worte und auch er bleibt still. Ein Mann klopft Jackson auf die Schulter, reicht ihm eine Rolle Geldscheine und nickt mir zu, ehe auch er sich von uns abwendet und wir nun allein in der Dunkelheit stehen.

»Sollen wir gehen?«, fragt er mich schließlich nach einer gefühlten Ewigkeit. Ich nicke und sehe ihm dabei zu, wie er einen Hoodie vom Boden aufhebt und sich überstreift. Schweigend gehen wir ein Stück, bis Jackson das Wort ergreift.

»Es tut mir leid, dass ich dir nicht gesagt habe, dass ich an illegalen Kämpfen teilnehme. Ich bin ein Gangmitglied und habe das, was ich tue, noch nie infrage gestellt. Ich will einfach nur Geld verdienen. Mom und dir ein komfortables Leben bieten.«

»Du weißt, dass mir Geld nichts bedeutet. Es macht das Leben leichter, aber wichtiger sind die Menschen um uns herum. Ich liebe dich. Ob du nun Geld hast oder nicht, ob du ein CEO oder bettelarm bist, das alles ist unwichtig. Ich will das hier.« Ich tippe gegen seine Brust, fühle sein rasendes Herz und spüre die Nässe seines Schweißes durch den Stoff hindurch. Immer wieder tippe ich mit dem Finger gegen seine Brust, um nicht in Tränen auszubrechen. Der Schock verklingt, und übrig bleibt nur die Angst, dass ihm etwas zustoßen

könnte. Er lässt mich meine Wut herauslassen und wehrt sich nicht gegen meine Gefühle. Erst als die erste Träne über mein Gesicht rollt, umfasst er mein Gesicht und sieht mir tief in die Augen.

»Ich will mit dir kein langweiliges 08/15-Leben führen. Ich will mit dir um die ganze Welt reisen. Dir jeden Winkel der Erde zeigen. Ich will nicht, dass wir an eine Stadt gebunden sind.«

»Egal, was für ein Leben wir einmal führen werden, ich will nur mit dir zusammen sein. Und ich hätte dich gerne in einem Stück und ohne Blutergüsse.« Ich deute mit dem Kinn auf seine Verletzungen.

»Es ist vorbei. Das war der letzte Kampf, an dem ich teilgenommen habe. Ich bereue es nicht, damit aufzuhören, denn du bist das Wichtigste für mich. Ich steige aus der Gang aus, höre auf zu dealen und werde mir ehrliche Arbeit suchen. Denn ich will dich verdienen, Quinn. Ich will der Mann sein, den du stolz deinen Freunden vorzeigen kannst.« Seine Worte bändigen meine Wut und lassen mich klarer denken. Klar werde ich es nie akzeptieren können, wenn er sich für Geld prügelt, aber habe ich das Recht, über sein Leben zu bestimmen? Es sollte immer seine eigene Wahl sein und kein Zwang dahinterstecken.

»Ich will dich nicht dazu zwingen aus der Gang auszusteigen, dir nur vor Augen führen, wie gefährlich dein jetziger Berufsweg ist. Dass du im Gefängnis landen und deiner Mom das Herz brechen könntest.«

»Dein Gesichtsausdruck, als du mich gesehen hast, hat mir schon die Entscheidung abgenommen. So sollst du nie wieder meinetwegen schauen müssen. Und das kommt auch nicht plötzlich, ich habe tatsächlich mit dem Gedanken gespielt aufzuhören, weil ich dich und auch Mom stolz machen möchte.«

»Wenn das deine Entscheidung ist, freue ich mich. Ich werde dich immer unterstützen und entschuldige mich für die heftige Reaktion. Ich hätte keine Szene machen sollen.«

»Lass es uns einfach vergessen, denn der Beschluss ist gefasst und es gibt keinen Grund mehr, darüber zu sprechen. Du bist alles, was ich brauche.«

Ich habe mir geschworen, diesen Mann immer zu lieben. Ich werde nicht beim ersten Streit davonlaufen, denn das, was wir haben, ist nicht nur ein Kapitel. Es ist für die Ewigkeit. Also küsse ich ihn und mache ihm somit klar, dass ich immer für uns kämpfen werde und dass ich seinen Worten Glauben schenke.

18. KAPITEL

Jackson

»Die Pfanne«, höre ich dumpf jemanden sagen, ignoriere es aber. Vielmehr konzentriere ich mich auf die Nachricht, die ich gerade von Owen bekommen habe. Er und Troy haben in den letzten Tagen viel über unser künftiges Hotel gesprochen und einiges geplant. Dadurch hat sich zwischen den beiden eine Freundschaft entwickelt. Da mein Geschäftspartner und ich uns auf der Insel ziemlich gut auskennen, hat dieser unverbesserliche Typ Quinn und ihren Verlobten zu einer Wanderung eingeladen. Logisch, dass auch ich dabei sein muss, aber etwas in mir hat ein wenig Bammel davor. Mich mit Quinn zu unterhalten wird kein Problem darstellen, schließlich hatte ich bei Moms Geburtstagsfeier viel Spaß mit ihr. Diesmal ist aber ihr Verlobter mit dabei, und jetzt, da ich merke, dass meine Gefühle verrücktspielen, wird es nicht gerade förderlich sein, die beiden beim Turteln zu beobachten.

»Die Pfanne! Also echt jetzt.« Sebastian schiebt mich zur Seite und greift nach der Pfanne, für die eigentlich ich zuständig gewesen bin. Dadurch wird mein Blick wieder klarer, und ich konzentriere mich auf das Hier und Jetzt. Ich blicke auf einen wütenden Chefkoch, der die verbrannte Weißweinsauce missmutig beäugt.

»Was ist denn mit dir los? Selbst unsere Aushilfe bekommt diese Soße hin.«

»Entschuldige bitte.« Ich habe noch nie in dieser Küche etwas anbrennen lassen. Um genau zu sein, habe ich seit Jahren jedes Gericht hinbekommen.

»Das sieht dir gar nicht ähnlich. Komm, erzähl mir, was dich beschäftigt.« Er legt die Pfanne weg und schaltet den Herd ab, ehe er zum Kühlschrank geht und eine offene Flasche Wein herausnimmt. Er stellt zwei Weingläser auf die Arbeitsplatte und schenkt uns jeweils ein Achtel ein. Sebastian setzt sich mir gegenüber und wartet geduldig darauf, dass ich endlich mit der Sprache rausrücke. Ich seufze auf, und wieder sehe ich Quinn in Gedanken vor mir, wie sie mit Tränen in den Augen mit mir geredet hat.

»Meine Jugendliebe hat bei uns eingecheckt.« Die Brauen meines Küchenchefs wandern nach oben.

»Du meinst Quinn?« Nun ist es an mir, überrascht dreinzublicken.

»Woher kennst du ihren Namen?«

»Ich habe mal mit deiner Mutter darüber gesprochen, wieso du noch immer Single bist, und nachdem ich sie lange genug bearbeitet hatte, erzählte sie mir von ihr.« Mein Mundwinkel deutet ein Lächeln an, ich kann mir bildlich vorstellen, wie die beiden sich gezankt haben, ehe meine Mutter mit der Wahrheit rausgerückt ist.

»Die offenen Fragen haben sich geklärt. Wir beide sind darauf gekommen, dass der Schmerz der letzten Jahre völlig umsonst gewesen ist. Niemand von uns beiden hat den anderen absichtlich verlassen. Durch eine Intrige wurden wir getrennt und treffen uns nun dreizehn Jahre später wieder.«

»Das ist doch wunderbar, ihr könnt jetzt das verlorene Jahrzehnt wieder aufholen.« Ach, wäre es nur so einfach. Ich vertraue auf mein Herz und mein Gefühl. Trotz der fehlenden Jahre hat sich meine Liebe zu ihr nicht verändert. Wäre sie nicht verlobt, würde ich sie wieder um ein Date bitten. Ich würde unsere gemeinsame Zeit wiederaufleben lassen und ihr zeigen, dass nichts und niemand uns mehr trennen kann. Aber das ist nur Wunschdenken.

»Sie ist verlobt. Und heiratet in wenigen Wochen.«

»Oh«, sagt er erstaunt.

»Genau, du sagst es.« Er blickt kurz in die Ferne und schweigt zu meiner Überraschung. Dieses Gespräch hier ist genau das, was ich brauche. Eine unvoreingenommene Meinung ist genau das Richtige. Langsam wendet er sich mir wieder zu und legt seine Hand väterlich auf meine.

»Ist sie denn glücklich?«

»Das weiß ich nicht. Ich hoffe es. Auch wenn ich nichts lieber tun würde, als sie wieder in meinem Leben zu wissen, möchte ich ihr Glück nicht zerstören. Klar, sie hat geweint als wir uns ausgesprochen haben. Aber es könnte auch aus Erleichterung gewesen sein.«

»Das ist echt eine beschissene Situation.«

»Und wie. Das erklärt, wieso mir die Soße angebrannt ist. Irgendwie kann ich an nichts anderes denken als an sie.«

»Und was ist, wenn du mit ihr darüber sprichst?«

»Etwas hindert mich.«

»Ja, das bist du selbst. Die Frau, nach der du all die Jahre gesucht und auf die du gewartet hast, ist endlich wieder da. Du hast nun zwei Möglichkeiten. Erstens, du kannst deine Gefühle ignorieren und alles so belassen wie es ist. Damit würde sie nichts von deinen Gefühlen wissen. Oder du nutzt die Zeit, in der sie hier ist und findest heraus, ob ihr noch eine Chance habt. Denn wenn du es jetzt nicht tust, wirst du das für immer bereuen.«

»Verdammt, ich hasse es, wenn du recht hast.«

Es ist vierzehn Uhr, als ich den letzten Punkt von der Tagesordnung abhake. Um mich abzulenken, habe ich mich in die Arbeit gestürzt und die Aufgaben der letzten drei Tage in ein paar Stunden abgearbeitet. Trotzdem fühle ich mich ruhelos. Ich traue mich schon gar nicht, die Augen zu schließen, weil ich ganz genau weiß, wen ich in meinen Träumen vor mir sehen werde. Verdammt, es ist beinahe so wie nach unserer ersten Begegnung. Als ich sie zum ersten Mal hinter dieser Palme geküsst habe, war es so, als hätte sich meine Welt schlagartig verändert. Alles, woran ich denken konnte, war, sie zu finden. Auch jetzt muss ich mich abhalten, nicht nach ihr zu suchen, um ihre Stimme zu hören. Ich stelle mich vor mein Bürofenster und blicke auf den Strand. Dieser hat sich ein wenig geleert, und auch im Wasser sind nicht viele Menschen. Normalerweise surfe und schwimme ich zu Hause oder an anderen Stränden. Aber der Ozean scheint mich wie magisch anzuziehen. Er streckt die Arme nach mir aus und ruft mich zu sich, wo ich meist den Stress des Alltags vergessen kann. Ich hole mir die Badehose aus dem Schrank und nehme den Hinterausgang, um mein Brett zu schnappen. Viele der Leute hier kennen den Hotelbesitzer nicht, meistens erkennt man mich an meinem Namensschild. Als ich endlich das kühle Nass auf meiner Haut spüre, lege ich mich auf mein Brett und paddle hinaus.

Eine ganze Stunde verbringe ich im Wasser und komme endlich seelisch und gedanklich zur Ruhe. Da ich in Eile war, habe ich meinen Schlüssel vergessen und kann nicht zur Hintertür ins Hotel gelangen. Um nicht den Haupteingang zu benutzen, gehe ich über den Strand zum Pool, um von dort aus zu meinem Büro zu kommen. Als ich jedoch am Pool entlanglaufe, ist das Erste, was ich sehe, lange gebräunte Beine. Quinn liegt auf der gepolsterten Liege gleich neben der Bar und liest.

Einerseits bin ich genervt, dass sie jetzt, da ich sie für kurze Zeit vergessen konnte, gleich wieder vor mir auftaucht. Doch andererseits freue ich mich unheimlich, sie wiederzusehen. Mit jedem Schritt, den ich mich ihr nähere, kann ich das Buchcover etwas besser erkennen. Darauf ist ein Mann mit nacktem Oberkörper zu sehen, der von hinten von einer Frau umarmt wird, die seine Bauchmuskeln berührt.

»Quinn, freut mich, dich wiederzusehen.« Ich habe nicht laut gesprochen, aber Quinn erschrickt und versteckt hastig das Buch unter ihrem Knie. Mit aufgerissenen Augen blickt sie mich an und errötet.

»Alles in Ordnung? Wieso so panisch?«

»Ähm …« Ich gehe vor ihrer Liege in die Hocke und blicke sie lächelnd an.

»Ist es wegen des Buches?«, frage ich sie verwirrt, da ich Quinn selten bis nie verlegen erlebt habe.

»Wenn ich jetzt Ja sage, lachst du mich aus?«

»Warum sollte ich das tun? Es ist völlig normal, erotische Bücher zu lesen. Man sollte sich niemals für seine Vorlieben schämen.«

»Vorlieben? Also … Ich glaube, du verstehst das falsch, weil …«, stottert sie, ehe ich sie endlich erlöse. Eigentlich wollte ich nicht lachen, kann mich jetzt aber nicht mehr zurückhalten.

»Diese Art von Vorlieben habe ich nicht gemeint, keine Sorge. Ich meinte dein Interesse an erotischer Literatur. Ich kenne sehr viele Menschen, die gerne bei einem Buch dieses Genres abschalten.«

»Oh. Natürlich.« Zögerlich nimmt sie das Buch wieder in die Hand und verstaut es in ihrer Strandtasche.

»Ich wollte dich nicht stören.« Sie lächelt mich strahlend an, und mein verdammtes Herz fängt wie wild an zu schlagen.

»Du störst mich überhaupt nicht. Ich wollte sowieso aufhören und mich etwas abkühlen. Schön, dich wiederzusehen.«

»Bist du allein hier?« Ich sehe mich um, kann ihren Verlobten aber nirgends entdecken.

»Ja, bin ich.« Sie rümpft die Nase, und ich erkenne sofort die Wut in ihren Augen. Ich will schon das Thema wechseln, aber Quinn ist noch nicht fertig und redet weiter.

»Mein lieber Freund musste geschäftlich fort. Unser lieber Owen scheint meinen Verlobten arbeitstechnisch ziemlich einzuspannen.«

»Wirklich? Ich werde mit den beiden reden, denn du und Troy seid im Urlaub hier.« Ich möchte gar nicht daran denken, was die zwei in ihrem Urlaub so treiben.

»Danke für das Angebot, aber das wird wohl nichts bringen. Ich war wohl dumm genug zu glauben, dass ich einen Workaholic mal drei Wochen für mich allein haben werde.« Ich will nicht mit ihr über ihn reden, aber ich will für sie da sein, und dieses Thema beschäftigt sie.

»Was habt ihr heute Abend vor?« Ich setze mich auf das Ende ihrer Liege, um es bequemer zu haben, und Quinn scheint nichts dagegen zu haben.

»Keine Ahnung. Ich weiß nicht mal, wann er von dem Meeting wieder zurückkommt.«

»Also, wenn du möchtest, kann ich dir einige Sehenswürdigkeiten in der Nähe empfehlen. So wäre dir nicht langweilig, und du kannst ausgehen, und dann soll er auf dich warten.«

»Das klingt super. Ich habe mir schon eine Liste mit Dingen zusammengestellt, die ich hier gerne sehen möchte.«

»Das habe ich mir schon gedacht. Manche Sachen ändern sich wohl nie.« Wir lächeln uns beide an, denn den Drang, Listen zu führen und Dinge zu ordnen, hat sie schon von Kindesbeinen an.

»Ich bin noch immer der Nerd von damals.« Jetzt über die Vergangenheit zu sprechen fühlt sich nicht gut an. Außerdem ist sie geknickt, weil ihr Verlobter keine Zeit für sie hat.

»Was ist denn der erste Punkt auf deiner Liste?« Das Lächeln in ihrem Gesicht wird etwas breiter. Sie hat es schon immer geliebt, über ihre Listen zu fachsimpeln.

»Als Erstes möchte ich Surfen lernen. In keinem Land auf dieser Erde ist die Leidenschaft für das Surfen so groß wie hier auf Hawaii.«

»Es gibt einige Surfschulen, die Kurse für den Einstieg anbieten. Ich kann ein paar Nummern heraussuchen.« Sie möchte mir antworten, sieht aber plötzlich auf mein Surfbrett, das ich neben mir auf dem Boden abgestellt habe.

»Du selbst surfst auch«, stellt sie fest und hebt den Mundwinkel.

»Das tue ich, und das schon seit ein paar Jahren.«

»Wieso bringst du es mir nicht bei?«, fragt sie mich und macht es mir schwer, ihr zu widerstehen.

»Ich weiß nicht, ob ich ein guter Lehrer wäre. Es mir selbst beizubringen war leicht, aber ich weiß nicht, ob ich die richtigen Anweisungen geben würde.«

»Wenn eine mir unbekannte Person es mir beibringen würde, wäre es nichts Besonderes. Wenn es aber ein Freund macht, dann werde ich diese Erinnerung immer zu schätzen wissen.« Sie hat recht, es wäre eine Möglichkeit, ihr wieder nah zu sein und sie wieder von Neuem kennenzulernen. Aber wer garantiert mir, dass ich sie nicht versehentlich berühre und so wieder in die Vergangenheit katapultiert werde? Sie ist noch immer so schön wie damals, das lange blonde Haar, die wachen meerblauen Augen und dieser anbetungswürdige Körper würden es mir so schwermachen. Aber sie bittet mich um einen Gefallen, und ich konnte ihr noch nie etwas abschlagen. Ich will versuchen, es mit Freundschaft zu probieren und meine Gefühle hintanzustellen. Ich erhebe mich, schnappe mir mein Brett und wende mich ihr zu.

»Okay, ich bring es dir gerne bei. Allerdings erst nach der Wanderung.«

»Wanderung?« Verdammt, Troy hat ihr wohl noch nichts gesagt.

»Owen und ich nehmen euch mit auf einen der schönsten Wanderwege hier. Owen hat es schon mit Troy ausgemacht.«

»Ach, hat er das?« Sie krallt sich ihre Tasche und steht auf.

»Das heißt, wir werden uns bald wiedersehen. Zumindest, wenn ich nicht im Gefängnis lande, weil ich meinem Verlobten den Hals umgedreht habe.«

»Genau das heißt es. Solltest du Hilfe brauchen, kann ich dich gerne auf Kaution herausholen.« Und trotz der Wut schaffe ich es, sie zum Lächeln zu bringen. Genau wie damals.

19. KAPITEL

Quinn

Wut. Darauf sollte ich mich jetzt konzentrieren, nicht auf Jacksons türkisfarbene Augen, die tief in meine Seele blicken. Ich schüttle im Gehen den Kopf und versuche, diese wirren Gefühle und vor allem den Anblick von vorhin abzuschütteln. Sein nasses Haar, die definierten Muskeln an seinem Bauch und die Wassertropfen, die immer tiefer gewandert sind, sollten mich nicht in Gedanken verfolgen. Aber das tun sie. Umso mehr will ich mit Troy reden. Wir sind fast eine Woche in den Vorflitterwochen und haben noch nicht ein Mal miteinander geschlafen. Der Plan war es, dem Hochzeits- und Arbeitsstress zu entfliehen. Wir hätten den ganzen Tag im Bett oder am Strand verbringen sollen, ohne über wichtige Sachen nachzudenken. Wir sollten uns küssen, umarmen und die letzten Wochen vor der Hochzeit in vollen Zügen genießen. Die Zeit auskosten, bevor uns die Realität wieder einholt. Stattdessen ist Troy ständig weg und lässt mich im Hotel alleine. Ich bin eine verständnisvolle Frau und weiß, wie viel ihm die Arbeit bedeutet, aber was sagt das über unsere Beziehung aus? *Sollte ein Paar nicht jede Sekunde miteinander verbringen wollen, kurz bevor es den Bund der Ehe eingeht?* Ich habe unsere Beziehung nie mit anderen verglichen, aber gerade in diesem Hotel scheine ich alle Pärchen kritisch zu beäugen. *Was haben sie, was mein Verlobter und ich nicht haben?* Das sind nicht die Gedanken, die sich eine künftige Braut machen sollte. Dass Troy nicht den Hörer abnimmt, macht mich umso wilder. Ich knalle die Hotelzimmertür hinter mir zu und lasse meine Tasche zu Boden fallen. Ich schließe die Augen und sehe plötzlich die siebzehnjährige Quinn vor mir. *Was würde sie sagen, wenn sie die jetzige Version ihrer selbst sehen könnte? Welchen Rat würde sie mir geben?* Mein Teenager-Ich hatte keine unerreichbaren Träume. Sie wollte glücklich sein, stets ihre Brüder und ihre Liebe an ihrer Seite haben. Einen Berufsweg sah sie noch nicht vor sich, wollte aber ein komfortables Leben führen.

Ein glückliches.

Ich habe einen Berufsweg eingeschlagen, der mich völlig erfüllt und mir Spaß macht, wofür ich sehr dankbar bin, denn ohne meine Adoptiveltern hätte ich es womöglich nicht aufs College geschafft. Finanziell habe ich für mich und eventuelle Kinder ausgesorgt, ich habe ein Dach über dem Kopf und bin gesund. Ich werde bald heiraten, einen Mann, der auf Galas und Partys ein gern gesehener Gast ist und in den Kreisen, in denen wir verkehren, als beliebtester Junggeselle genannt wird. Viele Frauen wollten Troy für sich gewinnen, aber er wollte nur mich. *Dieses Leben, mein Leben, sollte mich glücklich machen, oder?* Das sind Fragen, die ich mir, seit ich Jackson wieder begegnet bin, ständig stelle. Man muss kein Psychiater sein, um zu wissen, dass mein Gefühlsleben kopfsteht und ich unbedingt mit jemandem darüber reden muss. Ich würde gerne mit meinem Verlobten über meine Verwirrtheit reden, doch der hält es noch nicht einmal für nötig, auf meine Anrufe zu reagieren. Ich öffne meine Lider und blicke mich in dieser Suite um. Entdecke dabei Luxus, wohin ich auch schaue. Es sieht schön aus, keine Frage. Aber es spiegelt nicht meinen Geschmack wider. Ich hätte mir ein Zimmer, das wie die Lobby des Hotels aussieht, gewünscht. Edel, aber mit vielen kreativen und bunten Farbklecksen.

Da ich es nicht länger ertrage, mir unzählige Fragen zu stellen, gehe ich ins Badezimmer und dusche. Kalt. In der Hoffnung, Jacksons Körper und dieses Lächeln schnell aus meinem Kopf zu bekommen.

O'ahu hat zahlreiche Gesichter zu bieten. Von grünen Tälern über tiefe Canyons bis hin zu kargen Landschaften. Genau deswegen hat sich mein Verlobter für diese Insel entschieden. Weil sie vielseitig ist und man einiges entdecken kann. Nun sind wir eine Woche auf Hawaii und haben gerade mal vier Tage gemeinsam verbracht. Ganze drei Stunden musste ich warten, bis mein Verlobter in unsere Suite gekommen ist. Das anfänglich ruhige Gespräch ist schnell in eine heftige Diskussion ausgeartet. Ich habe ihm erklärt, dass ich das Gefühl habe, dass ihm die Arbeit wichtiger ist als ich. Und wie es typisch für Troy ist, hat er mir zugehört und sich entschuldigt. Er hat mir versprochen, dass er die Arbeit ruhen lassen wird und sich nur mir zuliebe Mühe gegeben hat, um meinen Freunden das beste Konzept für das erste Hotel, das die beiden bauen lassen wollen, zu liefern. Seine Worte sollten mich beruhigen und zufriedenstellen, doch etwas in mir ist noch immer aufgewühlt. Ich weigere mich zu glauben, dass es an Jackson liegt. Vielmehr denke ich, dass ich kalte Füße bekomme und mich nichts zufriedenstellen kann, bis die Hochzeit stattgefunden hat. Zwei Tage sind nun seit unserem Gespräch vergangen und seitdem gibt sich Troy unheimlich Mühe, mich zu besänftigen. Wieso kann ich dann nicht aufhören, ständig zu Jackson hinüberzublicken, während wir den Manoa Falls Trail entlangwandern? Owen und Troy führen unsere Gruppe an und Jacksons bester Freund erzählt uns von der Geschichte dieses Wanderwegs. Da mich die Hitze fest im Griff hat, lasse ich es langsam angehen. Jackson hält mit mir Schritt, sagt aber nichts. Genauer gesagt hat er seit der

Begrüßung kein Wort gesprochen. Aber ich sehe, dass ihn etwas beschäftigt. Ab und zu mahlt er mit dem Kiefer und wirft mir kurze, aber intensive Blicke zu. Etwas in mir will ihn darauf ansprechen, aber falls ich das tue, wird das Fragen aufwerfen. Mein Verlobter weiß noch immer nicht, dass Jax und ich früher zusammen gewesen sind. Gerade nachdem wir uns vor ein paar Tagen fast gestritten haben, möchte ich die Harmonie zwischen uns nicht zerstören. Während Troy gespannt Owens Erzählungen lauscht, höre ich gar nicht mehr zu.

»Stimmt etwas nicht?«, wage ich mich vor und frage ihn geradeheraus. Er wirft mir einen kurzen Blick zu, bis er wieder stur nach vorne sieht. »Alles bestens. Ich genieße einfach nur die Wanderung.«

»Wer's glaubt.« Ich kenne ihn und weiß, wann er mich anlügt. Etwas passt ihm ganz und gar nicht, nur will er es nicht wirklich ansprechen.

»Wie soll ich das nun verstehen?« Ich hätte mir denken können, dass mein Kommentar nicht spurlos an ihm vorbeigehen wird. Aber etwas in mir will ihn dazu bringen, sich mir mitzuteilen.

»Seitdem wir hier sind, hast du noch kein Wort gesagt. Wenn es dich stört, der Fremdenführer für uns zu sein, kannst du ruhig gehen. Wie du siehst, kommen wir mit Owen ganz gut zurecht.« Er schnaubt und bleibt plötzlich stehen. In seinen Augen sehe ich das Feuer lodern, das ich damals so sehr geliebt habe.

»Mich stört es nicht, hier zu sein. Ganz im Gegenteil, ich genieße deine Gesellschaft. Du siehst heute wunderschön aus. Was mich allerdings stört, ist, dass dein Verlobter die ganze Zeit meinem Geschäftspartner hinterherläuft. Die beiden legen ein Affentempo vor und ignorieren, dass dir die Hitze zu schaffen macht. Sollte er als dein zukünftiger Mann nicht besser auf dich achtgeben?« Kurz blicke ich zu den beiden, die nicht mal zu merken scheinen, dass wir stehen geblieben sind. All das, was Jax gesagt hat, stimmt. Schon wieder hat mein Verlobter sein Versprechen gebrochen, ohne dass ich es überhaupt gemerkt habe. Aber seine Worte machen mich auch wütend. Hauptsächlich auf mich selbst, aber das darf ich nicht zugeben.

»Was geht es dich überhaupt an? Unser Privatleben ist unsere Sache.« Meine Worte machen ihn für eine Weile sprachlos, denn er hebt nur die Brauen und sieht mich fassungslos an.

»Das ist alles, was du dazu sagst? Ich dachte, aus dir ist eine selbstbewusste und stolze Frau geworden?«

»Ich habe eine Menge dazu zu sagen, möchte mit dir aber nicht darüber sprechen.«

»Und ich dachte, ich wäre dein Freund.«

»Das dachte ich auch, aber du scheinst dir einen Spaß draus zu machen, meinen Verlobten schlechtzureden.« Da mir dieses Gespräch und auch Jax selbst auf die Nerven gehen, marschiere ich einfach weiter.

»Ich sage nur die Wahrheit. Sieh mal nach vorne.« Ich konzentriere mich auf den Wanderweg. Die beiden anderen sind nicht mehr zu sehen.

»Ach, halt doch die Klappe.« Ich höre Jackson nach Luft schnappen, als hätte er noch sehr viel dazu zu sagen, bemerke jedoch plötzlich, wie sich der Busch rechts von mir zu bewegen beginnt. Ich stoße einen spitzen Schrei aus, als sich etwas mit silbergrauem Fell blitzschnell auf mich zubewegt.

Ohne groß darüber nachzudenken, fliehe ich zu Jackson und kralle mich an seinem T-Shirt fest. Keuchend vor Schreck suche ich den Boden nach diesem Tier ab, kann es aber nicht entdecken. Und auch die Büsche und Blätter bleiben ruhig. Ich bin jedoch noch immer verkrampft und erschrocken. Meine Atmung geht noch immer viel zu schnell und, gepaart mit der

Hitze, fällt es mir schwer, mich zu beruhigen. Erst ein warmes Gefühl an meinen Schultern lässt mich den Blick vom Waldboden lösen. Jackson streicht beruhigend über meine Oberarme und sucht meinen Blick. »Keine Sorge. Das war ein kleiner Mungo. Die sind völlig ungefährlich. Mungos kommen oft in diesen Wäldern vor.« Ungefährlich? Das Tier mag vielleicht keine Gefahr darstellen. Unsere Haltung allerdings schon.

Meine Hände sind noch immer in sein T-Shirt vergraben, während er seine starken Hände beruhigend an meinen Oberarmen auf und ab gleiten lässt. Die Sorge in seinen Augen lässt ihn diesen intimen Moment nicht erkennen. Aber ich tue es, ich spüre es. Mein Herz fängt wie wild an zu pochen, und das hat nichts mit der Begegnung mit diesem Tier zu tun. Vielmehr sind es seine sorgenvollen Augen, seine beruhigende Stimme und die Berührung seiner Finger auf meiner erhitzten Haut. Wie oft habe ich diesen Moment herbeigesehnt. Damals, als ich geglaubt habe, vor Sehnsucht nach ihm verrückt zu werden. Nun ist er hier, hält mich, aber ich kann diesen Moment nicht genießen. Auch wenn ich am liebsten meine Lippen auf seine legen würde.

Ich bin verlobt.

Gerade als ich diese Worte denke, scheint auch er die verfängliche Situation zu bemerken. Er weicht jedoch nicht zurück, hält mich noch immer fest. Seine Augen gleiten von meinem Mund zu meinen Augen, doch dies löst plötzlich Panik in mir aus. Ich stoße ihn erschrocken von mir und will nach vorne zu meinem Verlobten eilen, als ich eine Wurzel übersehe, stolpere und hart auf dem Waldboden lande. Ein heftiger Schmerz fährt in meinen Fuß und lässt mich erneut aufschreien. Diesmal scheinen Owen und Troy mich auch bemerkt zu haben, und ich höre ihre Schritte, als sie sich nähern. Doch ich kann meinen Blick nicht von Jacksons undurchdringlicher Miene abwenden. Habe ich noch vorhin in seinen Augen und dem Gesicht lesen können wie in einem offenen Buch, ist er nun verschlossen und kalt.

»Quinn! Bist du verletzt?«, höre ich meinen Verlobten, bevor ich ihn sehe. Erst als er neben mir in die Hocke geht, wende ich mich ihm zu.

»Ich bin gestolpert und habe mir den Fuß verletzt.« Erst jetzt blicke ich zu meinem Knöchel, der keine Verletzung aufweist, aber geschwollen ist.

»Wir sollten Hilfe holen«, sagt er und greift nach seinem Smartphone. Das Schnauben von Jackson hat er entweder nicht gehört oder er ignoriert es.

»Bis ein Ranger oder Sanitäter hier sind, dauert es womöglich Stunden. Außerdem gibt es hier keinen Netzempfang«, sagt Jackson mit einem wütenden Unterton. Sofort ist Owen an seiner Seite und legt seine Hand beruhigend auf seine Schulter. War Jackson vorhin noch ruhig, haben Troys Worte in nun rasend gemacht.

»Jackson hat recht. Ich hab keinen Empfang«, meint Troy und sieht mich entschuldigend an. Erneut blicke ich zu Jackson, der meinen Blick erwidert. Plötzlich verändert sich seine Haltung, und mir scheint es, als würde er einen Mundwinkel heben. Er hat etwas vor, das sehe ich ihm an.

»Hör zu. Ich kann sie bis zum Infopoint Huckepack tragen. Dort sind Sanitäter und Sanitäterinnen und können sich um ihre Verletzung kümmern. Sie blutet nicht, und es sieht nur geschwollen aus, mit etwas Eis sollte sie morgen wieder normal gehen können. Ihr könnt bis zum Aussichtspunkt weiterwandern, ich werde mich gut um sie kümmern. Wäre das in Ordnung für dich?« Er stellt ihn auf die Probe. Mein fieser Ex-Freund will wissen, ob mein Verlobter mich bei ihm, einem für ihn Fremden, lassen würde. Mit aufgerissenen Augen blicke ich Troy an. *Sag Nein*, flehe ich in Gedanken, denn sollte er Ja sagen, wäre das die Bestätigung für Jackson, dass er recht hatte. Er denkt kurz nach, ehe er das Wort an mich richtet.

»Wäre das in Ordnung für dich? Jackson ist weit kräftiger als ich, und ich weiß, dass du bei ihm in guten Händen bist.« Den Stich in meiner Brust ignoriere ich und ringe mir ein Lächeln ab. Ich werde nicht zulassen, dass diese Männer hier etwas von meiner Enttäuschung mitbekommen. Ich bin eine stolze Frau, da hat Jackson recht, deshalb werde ich meinen Schmerz runterschlucken und stark sein, auch wenn mir nach weinen zumute ist.

»Klar. Geht ihr nur weiter, ich komme schon klar.«

»Das ist mein Mädchen«, sagt der Mann, dem ich in ein paar Wochen das Ja-Wort geben werde, gibt mir einen Kuss und streicht mir über das Haar, ehe er sich Owen zuwendet und ihn etwas über den Wanderweg fragt. Ich behalte das Lächeln bei, selbst dann, als die beiden nicht mehr zu sehen sind. Ich spüre Jacksons Nähe, hoffe, dass er nun zufrieden ist, jetzt wo er recht behalten hat. Den Schmerz in meinem Knöchel spüre ich kaum, dafür klopft mir mein Herz bis zum Hals. Vor lauter Scham und Enttäuschung. Jackson geht vor mir in die Hocke, sagt jedoch nichts. Er lässt mir Zeit, mich zu sammeln, bis ich bereit bin, mich ihm anzuvertrauen. *Doch was soll ich sagen? Was soll ich fühlen?* Der Mann, den ich geglaubt habe zu lieben, geht lieber wandern, als sich um seine verletzte Verlobte zu kümmern. Jackson hat es vorausgesagt und recht behalten.

»Quinn«, flüstert er gequält, als würde das irgendetwas in mir ändern. Ich will sein Mitleid nicht, will nicht, dass er mich so sieht. Der Mann, den ich einmal geliebt habe, hat mir zum Spaß wehgetan. Er hat bewusst die Treue und Loyalität meines Verlobten infrage gestellt und mich vorgeführt. Und jetzt besitzt er die Frechheit, sich entschuldigen zu wollen. Ich bin durch meine Verletzung vielleicht am Boden gelandet, doch er hat mir das Gefühl gegeben, dass sich tatsächlich im Dreck liege. Wut rast durch meine Adern und paart sich mit dem Schmerz, der inzwischen von meinem Knöchel ausgeht. Als Jackson erneut das Wort ergreifen möchte, ist es mir eindeutig zu viel. Bevor er irgendetwas sagen kann, schreie ich ihm die nächsten Worte so laut entgegen, dass sich die Vögel aus den Bäumen in die Lüfte erheben.

20. KAPITEL

Jackson

Das Geschrei ihrerseits ist genauso schlimm wie mein schlechtes Gewissen. Dabei kann ich mir mein Verhalten gar nicht erklären. In den letzten zwei Stunden, in denen wir gewandert sind, hat ihr Verlobter sich unentwegt mit meinem Geschäftspartner unterhalten. Er hat seiner Freundin keinerlei Beachtung geschenkt, obwohl ihr die Hitze und der holprige Weg zu schaffen machten. Es macht mich wütend, dass er anscheinend nicht weiß, wie man seine Partnerin behandelt. Doch was mir am meisten gegen den Strich gegangen ist, war, dass sich Quinn gar nicht beschwert hat. Hätte sich diese Situation vor dreizehn Jahren ereignet, hätte sie mir die Leviten gelesen und mich dazu gebracht, langsamer zu laufen. Seitdem wir losgegangen sind, hat sie kaum ein Wort gesprochen, und niemandem außer mir ist es aufgefallen. Die Tatsache hat mich wütend und eifersüchtig werden lassen. Die ganze Zeit neben ihr zu wandern und sie nicht berühren zu können, hat mich wirklich fertiggemacht. Mir ist es schleierhaft, warum eine selbstbewusste und stolze Frau wie Quinn so mit sich umspringen lässt. Dann erschrak sie und lag plötzlich in meinen Armen, krallte sich vor Schreck an meinem Shirt fest, was meinen Wunsch, sie zu küssen, nur noch verstärkt hat. Ihre Wärme zu spüren und ihren Jasminduft einzuatmen, hat mich völlig überwältigt. Und da erkannte ich, dass ich diese

Frau noch immer liebe. Nicht dass ich sie körperlich begehrte, sondern dass ich mit Leib und Seele ihr gehörte. Der Drang, sie wieder in meinem Leben zu wissen, war übermächtig. Diese verdammte Empfindung hat mich dazu gebracht, Troy auf die Probe zu stellen. Ich wollte herausfinden, wie tief seine Gefühle für Quinn sind, dass ich damit allerdings die Frau, die ich liebe, verletze, war mir nicht sofort klar. Sie am Boden zu sehen, gepaart mit der Enttäuschung in ihrem Gesicht, hat mich schließlich mein Handeln infrage stellen lassen.

Der Wutausbruch hat aber auch etwas Gutes, denn er spiegelt meine Quinn wider. Die Frau, der mein Herz gehört. Trotz ihrer harten Worte und der lauten Stille die danach folgt, schweige ich, um nicht noch Öl ins Feuer zu gießen, und erhebe mich. Will ihr den Freiraum geben, den sie braucht, um sich zu beruhigen. Als ihre Atmung sich beruhigt, reiche ich ihr meine Hand, doch sie verweigert meine Hilfe und versucht, von selbst aufzustehen. Sobald sie ihren geschwollenen Fuß belastet, entweicht ihr ein schmerzhaftes Keuchen. »Komm, ich trag dich bis nach unten.« Sie schnaubt verächtlich und versucht weiterzuhumpeln. Natürlich fällt es ihr schwer, voranzukommen. Ich bleibe vorsichtshalber in ihrer Nähe, lasse ihr aber Raum.

»Geh weg. Ich schaffe es selbst bis nach unten«, zischt sie und sucht Halt an einem Baum.

»Ich bin mir sicher, dass du es schaffst, nur wird der Weg mit vielen Schmerzen verbunden sein.«

»Das kann dir doch egal sein.«

»Das ist es ganz und gar nicht. Ich möchte, dass du sicher ins Hotel kommst.« Sie murmelt etwas Unverständliches und geht, oder besser gesagt hüpft, weiter den Weg entlang. Eines muss ich ihr lassen, trotz ihrer Verletzung gibt sie keineswegs auf, sondern kämpft sich weiter voran. Ich beschleunige meine Schritte und schließe zu ihr auf.

»Es tut mir leid, Quinn.« Diese Worte sind längst überfällig, aber sie lässt mir keine Gelegenheit, mich in aller Form zu entschuldigen.

»Was tut dir leid? Dass du meinen Verlobten auf die Probe gestellt hast?« Sie provoziert mich, denn sie weiß ganz genau, dass dieser Part mir nicht leidtut.

»Ich wollte dich nicht enttäuschen und verletzen.«

»Das ist vorhin aber nicht so ganz durchgekommen. Du hast schelmisch gelächelt, als dir klar wurde, dass Troy mich mit dir gehen lassen würde.«

»Ich weiß ja selbst nicht, was mich da geritten hat. Ich war einfach so wütend auf ihn.«

»Wie mein Verlobter und ich miteinander umgehen, hat dich nicht zu kümmern.« Bevor sie es schafft, sich am nächsten Baum festzuhalten, verliert sie den Halt und droht wieder auf dem Boden zu landen, doch ich bin schnell an ihrer Seite und packe sie an der Taille, ziehe sie an meine Brust, ehe sie stürzen kann. Wieder sind wir in der gleichen Position wie vorhin, doch der Zauber ist verflogen. Ich habe einen Fehler gemacht, auf den ich nicht stolz bin, und will nichts mehr, als dass sie mir verzeiht.

»Hör zu.« Ich stoße ein tiefes Seufzen aus und helfe ihr wieder auf die Beine. Dabei suche ich ihren Blick und hoffe, dass sie in den Augen meine Aufrichtigkeit sehen kann. Sie hebt trotzig das Kinn, sagt aber nichts.

»Ich verspreche, dass ich die restlichen zwei Wochen zu Kreuze kriechen werde, du darfst mich um alles bitten, was du möchtest. Ich werde dein persönlicher Fremdenführer sein, und du darfst mein ganzes Haus umorganisieren. Jeden einzelnen Raum.« Sie scheint es unterdrücken zu wollen, aber ein Mundwinkel zuckt verräterisch nach oben.

»Und weiter?« Endlich habe ich ihr Interesse geweckt.

»Ich werde alles tun, damit du mich nicht mehr hasst. Es tut mir aufrichtig leid, dir wehgetan zu haben.« Nun seufzt sie ebenfalls, löst sich aber nicht aus meiner Umklammerung.

»Du darfst mich nach unten tragen, ich denke, das ist Bestrafung genug. Ich werde deine Entschuldigung annehmen, das bedeutet aber nicht, dass ich nicht mehr verletzt bin.«

»Das ist immerhin ein Anfang. Komm, du darfst dich wie ein Faultier an meinen Rücken klammern.« Eine Weile schweigen wir, was aber auch guttut. Wir haben einander zu viele Worte an den Kopf geknallt, sodass wir die Tragweite erst realisieren müssen. Ich für meinen Teil befinde mich in einer Zwickmühle. Ich liebe eine Frau, die mit einem anderen verlobt ist. Selbst wenn es noch eine klitzekleine Chance für uns gegeben hätte, habe ich diese nun mit meiner Aktion zunichtegemacht. Aber die Erkenntnis, dass ich sie noch immer liebe, hat auch etwas Befreiendes an sich. Das bin ich, das war ich schon vor dreizehn Jahren. Ich habe wohl nie aufgehört, in ihr die Richtige zu sehen.

»Ich möchte nicht wieder ins Hotel«, flüstert sie ganz nah an meinem Ohr. Die Traurigkeit in ihrer Stimme bricht mir das Herz. *Was habe ich nur getan?*

»Es tut mir so leid, dass du jetzt allein bist. Ich hätte nicht darauf bestehen sollen, dich nach unten zu bringen.« Kaum merklich schüttelt sie den Kopf.

»Es liegt nicht nur an dem, was du getan hast. Ich will einfach nicht allein sein.«

»Du bist nicht allein. Ich bin ja da.« Ihre Arme um meinen Hals scheinen sich enger an mich zu drücken, als wäre es ein stummes Dankeschön für meine Worte. Ich blicke mich um und lausche den Geräuschen des Waldes. Dem Rascheln der Blätter, den Klängen verschiedener Vögel und dem entfernten Rauschen von Wasser. Um uns herum ist alles grün. Neben den

Bäumen mit dem dichten Astwerk, deren Wurzeln sich tief in die Erde vergraben haben, komme ich mir als Mensch ziemlich klein vor. Auch Quinn scheint dieser Wald zu beeindrucken, das merke ich daran, wie sie sich mit großen Augen umsieht. Wir befinden uns auf dem offiziellen Wanderweg, den ich schon unzählige Male auf und ab gegangen bin. Da ich mich hier gut auskenne, fällt mir plötzlich ein, wohin wir gehen könnten, um die Wanderung für sie doch noch zu einem unvergesslichen Erlebnis zu machen. Ich verlasse den Weg und gehe tiefer in den Wald hinein.

»Wohin gehst du?«, fragt sie alarmiert und blickt sich hektisch um.

»Ich kenne da ein Plätzchen, wo ich zu Kräften kommen kann. Du bist immerhin ziemlich schwer.« Mein Scherz lässt sie empört nach Luft schnappen.

»Hey!«, beschwert sie sich lauthals, weiß aber sicherlich, dass das nur scherzhaft gemeint ist. Mein Ziel befindet sich ungefähr vierhundert Meter vom Wanderweg entfernt. Konzentriert bewege ich mich durch den Wald, passe auf, nicht über Wurzeln zu stolpern und beschleunige meine Schritte. Das Plätschern und Tosen hören wir, bevor wir es überhaupt sehen. Als wir uns durch das Dickicht hindurchkämpfen, sehen wir endlich den Wasserfall, der unaufhörlich rauscht.

»Wow«, flüstert Quinn staunend, was aber durch die Geräuschkulisse beinahe wieder verschluckt wird. Sie reckt den Kopf in die Höhe und blickt zum Ursprung des Wasserfalls, der aber viele Meter über uns hervorragt. Etwas weiter weg vom Ufer, wo man das Tosen nicht so stark hört, befindet sich ein umgefallener Baumstamm, auf dem ich sie absetze.

Sie ächzt, als sie den Fuß am Boden abstützt. Sofort knie ich mich neben ihr Bein und nehme sanft ihren Knöchel in beide Hände. Mittlerweile ist die Schwellung so heftig, dass ich befürchte, ihr den Wanderschuh für den restlichen Weg ausziehen zu müssen. Vorsichtig entknote ich die Schnürsenkel, ehe ich den Schuh abstreife, gefolgt von den Socken. Als meine Finger auf ihre weiche Haut treffen, jagt es mir einen Schauer über den Rücken, aber in Anbetracht dieser Situation ignoriere ich meine Empfindungen. Ich greife nach ihrer Fußsohle, während ich mit der anderen Hand unter ihre Wade gleite. Ich suche ihren Blick und bitte stumm um Erlaubnis, ihre Verletzung genauer zu untersuchen. Ihre Atmung hat sich mittlerweile beschleunigt, ob es an den Schmerzen oder meiner Berührung liegt, kann ich nicht sagen. Sie nickt, also lasse ich ihren Fuß kreisen und beobachte ihre Reaktion. Sie verzieht kurz das Gesicht, weil ich etwas mehr Druck ausgeübt habe.

»Es sieht nicht schlimm aus. Ich bringe dich aber direkt zu meiner Ärztin.«

»Am Infoschalter gibt es sicherlich Sanitäter, die mich verarzten könnten.« Ich schüttle den Kopf, will ihren Fuß ablegen, genieße es aber, sie berühren zu können. Ich sehe sie noch immer nicht an, sondern blicke auf ihre leicht gebräunte Haut.

»Die könnten etwas übersehen, und das wäre inakzeptabel. Dr. Ferguson ist brillant und wird dir schnell helfen können.«

»Es geht mir gut, Jax«, flüstert sie und ihr Tonfall bringt mich dazu, den Blick zu heben. Sobald ich in ihre Augen sehe, schlägt mein Herz wie verrückt. Es scheint, als wäre mein ganzer Körper darauf ausgerichtet, ihr nahe zu sein. Dass dies falsch ist, will er aber nicht kapieren. Auch Quinn sieht mich mit einer Spur aus Sehnsucht und Unsicherheit an. Dass sie mich mit meinem Kosenamen anspricht, macht die ganze Sache nicht besser. »Ich habe trotzdem das Gefühl, als wäre ich schuld, dass du verletzt bist.«

»Dieser Mungo ist schuld. Glaubst du, ich kann ihn auf Schmerzensgeld verklagen?« Es sollte mich nicht wundern, dass sie in diesem Moment einen Scherz macht. So hat sie damals schon ihre Unsicherheit überspielt.

»Da wäre ich mir jetzt nicht so sicher. Die Familie ist ziemlich groß, nicht, dass du den falschen Mungo verklagst«, erwidere ich und muss wirklich schmunzeln.

»Mist, so ein Pech aber auch.« Mit diesen Worten löst sie unseren Augenkontakt und blickt auf den Wasserfall. Es ist ein Zeichen, dass dieser intime Moment vorbei ist. Ich lege sanft ihren Fuß am Boden ab und setze mich neben sie. So sitzen wir eine Weile schweigend nebeneinander. Ich würde alles dafür geben, um zu wissen, woran sie gerade denkt. Ob sie noch Gefühle für mich hat oder ob alles zu spät für uns ist. Aber ich traue mich nicht, sie zu fragen. Ich gebe ehrlich zu, dass ich auch Angst vor ihrer Antwort habe. Ich entdecke gerade einen Fisch, der kurz an der Oberfläche zu sehen ist, ehe er wieder nach unten schwimmt, als Quinn das Wort erhebt.

»Troy ist ein guter Mann«, sagt sie schließlich, ohne mich dabei anzusehen. Ihr Blick ist noch immer auf den Wasserfall gerichtet.

»Etwas anderes habe ich nie behauptet. Mir ging es nur gegen den Strich, dass er keine Rücksicht auf dich genommen hat.«

»Er hat mich nur deshalb mit dir zurückgehen lassen, weil er dir vertraut. Du bist ein Freund von mir, und somit hat er sich nichts dabei gedacht, als er gegangen ist.«

»Wärst du meine Verlobte, würde ich es nicht deinem Ex-Freund überlassen, dich zurückzubringen. Ich würde gar nicht von deiner Seite weichen, bis du wohlbehalten wieder im Hotel wärst.« Meine Worte bringen sie schwach zum Lächeln.

»Er weiß nicht, dass du mein Ex-Freund bist.« Auf meine restlichen Worte geht sie nicht ein. Mich wundert es, dass sie noch nichts von uns erzählt hat.

»Ist es dir peinlich, von unserer Vergangenheit zu erzählen?« Ich versuche, es wie einen Scherz klingen zu lassen, aber die Tatsache, dass sie die Frage bejahen könnte, lässt mein Herz schwer werden. Sie schüttelt den Kopf.

»Ganz und gar nicht. Unsere Beziehung hat mich zu der Frau gemacht, die ich jetzt bin. Wie unglücklich auch immer sie geendet sein mag. Ich würde nichts an unserer Vergangenheit ändern wollen.«

»Wieso hast du ihm dann nichts erzählt?« Sie kaut auf ihrer Unterlippe, und ich sehe, dass sie nach Worten sucht. Trotz der kühlen Feuchte um uns herum beginne ich plötzlich zu schwitzen.

»Vielleicht liegt es daran, dass ich Angst davor habe, es ihm zu sagen.«

»Angst? Gibt er dir einen Grund, Angst vor ihm zu haben?« Sofort balle ich die Hände zu Fäusten, da die Wut mich plötzlich rasend macht. Sie weitet geschockt ihre Augen und hebt abwehrend die Hände.

»Was? Nein, das würde er nie tun! Meine Angst rührt eher daher, dass er mir den Kontakt mit dir verbieten könnte, wenn er es wüsste.«

»Er schreibt dir vor, mit wem du befreundet sein darfst?« Die Beziehung, die die beiden führen, kommt mir immer suspekter vor.

»Wieso ist das nur so schwer?«, ruft sie aus und rauft sich die Haare. Verzweifelt sieht sie mich an, und der Drang, sie an mich zu ziehen und zu trösten, ist beinahe übermächtig.

»Wenn mein Verlobter erfahren würde, dass wir zusammen gewesen sind, wüsste ich nicht, wie er darauf reagieren würde. Er weiß zwar, dass mir meine erste Liebe damals das Herz gebrochen hat, doch wenn er mitbekommen würde, dass du derjenige bist, könnte er eifersüchtig sein. Und …« Sie bricht ab und blickt zum Wasserfall, dabei entweicht ihr ein schwerer Seufzer. Sie scheint nach den richtigen Worten zu suchen und es sieht aus, als würde es sie viel Kraft kosten. Eigentlich sollte sie in meiner Nähe keine Angst davor haben, ehrlich zu sein und zu sagen, was sie denkt. »Ich habe Angst davor, dass Momente wie diese, wo wir zwei uns allein unterhalten können, dann nicht mehr möglich sind.« Ich unterdrücke das Lächeln, das sich auf mein Gesicht stehlen will. Ihre Worte bestärken mich darin, sie nicht so leicht aufzugeben. Mir ist völlig klar, dass sie vergeben ist, aber ich kann sie nicht davonziehen lassen, ohne ihr meine wahren Gefühle zu offenbaren. Wenn ich es jetzt nicht tue, werde ich es mein Leben lang bereuen.

»Ich habe dich sehr vermisst«, flüstere ich und suche ihren Blick, weil ich ihre Reaktion sehen will. Ich erwarte nicht, dass sie mir ihre Liebe gesteht und sich in meine Arme wirft, aber ich will sehen, ob es noch etwas gibt, wofür es sich zu kämpfen lohnt. Wie zu erwarten, reagiert sie geschockt auf mein Geständnis. Aber da ist noch etwas: die zarte Röte in ihrem Gesicht, auf die ich gehofft habe. Meine Worte gehen nicht spurlos an ihr vorbei, und das macht mich mutig und schenkt mir Hoffnung.

»Sag das nicht.« Ihre Worte sind ein Flüstern, das ich durch das Rauschen des Wasserfalls kaum vernehmen kann.

»Und wenn es sich richtig anfühlt, es dir zu sagen?« Ich weiß nicht, worauf dieses Gespräch hinauslaufen wird, aber ich habe zum ersten Mal das Gefühl, wirklich ehrlich zu sein.

»Hast du mich denn nicht vermisst? In all den Jahren?« Ich lehne mich hier gerade sehr weit aus dem Fenster, bereue meine Worte aber nicht. Alles in mir brennt förmlich danach, ihre Antwort zu erfahren. Sie versteift sich und weicht meinem Blick aus, was zu erwarten war. Wenn man Quinn in die Ecke drängt, kann man damit rechnen, dass sie dichtmacht oder ausbricht wie ein Vulkan, je nachdem, wie es ihre Laune will. Zuerst denke ich, dass sie mir gar nicht antworten möchte, da sie eine Weile still bleibt. Doch gerade als ich aufstehe und sie wieder Huckepack nehmen möchte, greift sie plötzlich nach meiner Hand und hält mich auf. Ich blicke zu ihr hinab und muss all meine Kräfte sammeln, um nicht vor ihr auf die Knie zu fallen und sie zu küssen. Alles in mir brennt darauf ihr mit diesem Kuss alles zu zeigen, was ich mit Worten nicht sagen kann. Für einen Moment sehen wir uns schweigend an. *Ob sie ahnt, dass sie die Frau meines Lebens ist?* Und gerade als ich dabei bin, all meine Hoffnung zu begraben, machen mich ihre nächsten Worte sprachlos.

»Ich vermisse dich, auch wenn ich das nicht tun sollte.«

21. KAPITEL

Quinn

Vergangenheit

Gerade heute, da ich es eilig habe, rückt mir mein Mitschüler Kevin ziemlich auf die Pelle. Durch Ian und die harte Schule durch meinen gewalttätigen Vater habe ich gelernt, mich zu verteidigen. Doch dem vielversprechenden Quarterback der Highschool in die Eier zu treten, würde mich sichtbar machen. Und das ist etwas, was ich nicht möchte, da ich die Jahre meines unsichtbaren Daseins genossen habe. Ich ignoriere ihn, verstaue meine Bücher im Spind, und will endlich das Schulgebäude verlassen.

»Hey! Warte doch mal«, ruft er, sodass sich einige Personen zu uns umdrehen. Sofort beschleunige ich meine Schritte, aber er scheint diesen Wink nicht zu verstehen. »Du spielst wohl die Schwer-zu-haben-Nummer, was?«, schlussfolgert er falsch, aber ich ignoriere die Anspielung. Das wäre nur vergebene Mühe. Als er durch Süßholzraspeln nicht weiterkommt, beginnt er davon zu erzählen, wie reich er doch ist, und das soll wohl genug für mich sein, um ihn zu wollen.

»Kein Interesse, Kevin«, sage ich, ohne ihn anzusehen, und gehe weiter in Richtung Ausgang. Aber er plappert munter weiter, wie toll sein neues Auto ist und was mir entgehen würde, wenn ich nicht mit ihm ausginge. Wir treten nach draußen, wo der frische Herbstwind meine Haare durcheinanderwirbelt. Ich laufe eilig die Stufen

hinab, um die Schule und die Menschen darin hinter mir zu lassen, doch als Kevin nach meiner Jacke greift, reicht es mir, und ich drehe mich wütend zu ihm um.

»Jetzt hör mir mal zu. Ich habe keinerlei Interesse an einem Date mit dir, wann wirst du das endlich kapieren!«

»Ach, das sagst du jetzt nur so«, antwortet er und treibt mich schier in den Wahnsinn.

»Und ob ich das so meine, Kevin. Ich habe einen Freund und bin somit nicht mehr zu haben.« Sein Grinsen ist noch immer ziemlich breit, und ich ahne, dass er wieder eine blöde Bemerkung als Antwort hat. Ich will ihm das Wort abschneiden, als ich plötzlich eine tiefe Stimme vernehme.

»Ich würde auf sie hören und die Klappe halten«, knurrt Jackson bedrohlich und taucht plötzlich hinter Kevin auf. Sein Gesichtsausdruck bringt alle Alarmglocken in mir zum Klingeln. Zwar freue ich mich, dass er mich wohl von der Schule abholen wollte, aber seine wilden Augen fixieren meinen Schulkollegen wütend und verheißen nichts Gutes.

»Ein Loser wie du wird mir bestimmt nicht den Mund verbieten«, kontert Kevin und baut sich bedrohlich vor meinem Freund auf. Ich weiß, dass der Quarterback nicht heil nach Hause käme, würde es zu einem Kampf kommen. Um genau das zu vermeiden, stelle ich mich zwischen die beiden. Jetzt scheint Kevin endlich zu verstehen und hebt spöttisch eine Braue.

»Der da? Du bist wirklich mit diesem Waschlappen zusammen?« Seine Worte bringen Jackson dazu, die Hände zu Fäusten zu ballen, was ich aus den Augenwinkeln mitbekomme.

»Und wenn dem so wäre? Was willst du dagegen unternehmen?« Ich lege beide Hände auf Jacksons Brust und versuche, ihn nach hinten zu ziehen, doch er rührt sich keinen Millimeter. Er ist zu sehr auf meinen nervigen Mitschüler fixiert. Panik erfüllt mich, denn egal, wer den ersten Schlag ausführen würde, man würde Jackson

die Schuld geben. Ich lege all meine Verzweiflung in meine nächsten Worte, in der Hoffnung, den Mann, den ich liebe, zur Vernunft zu bringen.

»Seth, mach nicht den Fehler, eine Anzeige zu riskieren wegen diesem Typen. Du bist so viel besser als er. Ich flehe dich an, lass uns von hier verschwinden.« Etwas scheinen meine Worte in ihm bewirkt zu haben, denn zum ersten Mal löst er den Blick von seinem Gegenüber und sieht mir in die Augen. Seine steife Haltung wird lockerer und die Schärfe in seinen Augen verschwindet. Er seufzt tief und streichelt mir mit einer Hand über die Wange, ehe eher nach meiner Hand greift und mich an seine Seite zieht.

»Du Jammerlappen bist es nicht wert, dass ich mich überhaupt mit dir abgebe«, sagt er zu meinem Mitschüler, der zusehends wütender wird. Wir wenden uns ab und wollen gerade gehen, als Kevin Jackson plötzlich an der Schulter packt. Ich sehe schon den Albtraum vor mir, doch plötzlich erscheint eine andere Hand und stößt Kevin zur Seite.

»Gibt es hier ein Problem?«, fragt mein großer Bruder Ian seinen Teamkollegen. Dorian ist ein weitaus besserer Spieler und kräftiger als Kevin, doch die Tatsache, dass er keine reichen Eltern hat, hat seine Chance zunichtegemacht, selbst im Team aufzusteigen. Aufgrund seiner Größe fühlen sich selbst die Stärksten an der Schule von ihm eingeschüchtert. Auch der Störenfried hebt abwehrend die Hände in die Höhe.

»Alles easy. Wir haben uns hier nur unterhalten. Nicht wahr?« Mit einem Funken Angst in seinen Augen blickt Kevin mich an. Diese Tatsache lässt mich innerlich lächeln. Ich lasse ihn etwas zappeln, ehe ich mich meinem Bruder zuwende.

»Es ist alles in Ordnung. Jackson und ich wollten gerade nach Hause.« Dorian mustert Kevin noch einige Sekunden lang. Erst nach ein paar Herzschlägen schaut er mich an.

»Alles klar. Macht's gut.«

Energisch greife ich nach Jacksons Hand und mache, dass wir von dort wegkommen. Den ganzen Weg zu seiner Wohnung sagt er kein Wort. Auch ich bleibe stumm, muss diesen Vorfall erst verdauen. Es ist keine zwei Wochen her, seit er mit den illegalen Kämpfen aufgehört hat. Vierzehn Tage, seit er die Gang aus freien Stücken verlassen hat, obwohl Link es bis heute nicht akzeptieren will. Jetzt frage ich mich aber, ob er seine alte Umgebung wohl vermisst. Ich habe ihn nicht gezwungen, seine Gruppe zu verlassen, habe ihn nur gebeten, mit den Kämpfen aufzuhören. Er beteuert ständig, dass es seine eigene Entscheidung war, aber ich bezweifle es. Kann ich ihn auf Dauer glücklich machen? Diese Frage habe ich mir noch nie gestellt, aber sein Leben war vor mir so anders, dass ich mich frage, ob er alles nur mir zuliebe hinter sich lässt und nicht, weil er es wirklich will. Nachdem wir die Wohnungstür hinter uns schließen, erfüllt der Duft von Lasagne unsere Nasen.

»Meine Mom hat uns etwas gekocht. Sie hat heute Schicht und kommt erst gegen Mitternacht zurück. Ich hoffe, du hast Hunger.« Er sagt diese Worte, doch es schwingt keine Wärme in ihnen mit. Er will schon in die Küche gehen, doch ich greife nach seiner Hand und halte ihn an Ort und Stelle. »Was ist los? Wieso gehst du mir aus dem Weg?«, frage ich ihn und suche seinen Blick.

»Wie lange läuft das schon so?«, will er wütend wissen. Ich hätte wissen können, dass sein Schweigen nur die Ruhe vor dem Sturm ist.

»Dass Kevin mich angräbt?«

»Genau?«

»Ich kann mich nicht genau erinnern, aber er versucht es schon eine Weile.«

»Nicht zu fassen!« Jackson knurrt laut und lässt meine Hand los. Aufgebracht geht er im Wohnzimmer auf und ab, ehe er sich mir zuwendet.

»Er belästigt dich, und du sagst mir nichts davon?« Ehrliche Bestürzung lässt seine Züge entgleisen.

»Ich habe ihn nie als Bedrohung angesehen. Habe ihn auf Abstand gehalten und immer wieder beteuert, dass ich mit dir zusammen bin. Er will mich nur, weil er mich nicht haben kann. Kein Grund, sich Sorgen zu machen.« Meine Worte scheinen ihn nicht zu beruhigen.

»Keine Sorgen? Der Typ könnte dir sonst was antun. Gar nicht auszumalen, was …« Er verstummt und fährt sich energisch durchs Haar.

»Ich kann gut auf mich selbst aufpassen, und wie du gesehen hast, sind Hayden oder Ian immer in meiner Nähe.« Mit einem verzweifelten Laut stellt er sich vor mich und nimmt mein Gesicht in beide Hände. In seinen türkisfarbenen Augen erkenne ich Angst, ein Gefühl, das ich bis jetzt noch nie bei ihm gesehen habe.

»Wenn dir etwas zustoßen würde, könnte ich mir das niemals verzeihen. Du bist alles für mich.« Gerührt von seinen Worten schlucke ich und schlinge meine Arme um seine Taille.

»Ich werde dich niemals verlassen. Du und ich werden immer zusammen sein.« Plötzlich sammeln sich Tränen in Jacksons Augen, doch er blinzelt sie hastig weg. Mit dem Daumen streichelt er sanft über meine Wange und scheint seine Worte mit Bedacht zu wählen. Diese hitzige Diskussion ist beendet, und plötzlich hat unser Gespräch mehr Tiefe bekommen.

»Ich liebe dich. Zweifle niemals an diesen Worten, Iris«, raunt er gegen meine Lippen, ehe er voller Verzweiflung und Ergriffenheit seine Lippen auf meine presst. Ich erwidere seinen Kuss stürmisch und klammere mich an ihn, so als wäre er meine letzte Rettung. Jackson vergräbt seine Hände in meinem Haar, und diese Geste lässt mich aufstöhnen. Sobald sich meine Lippen teilen, gleitet seine Zunge zu meiner und neckt sie, so wie nur er es kann. Sein Geschmack berauscht mich, und ich habe das Gefühl, nicht genug von ihm zu bekommen. Ich lasse mich fallen und vertraue mich Jackson vollkommen an. Er knabbert an meiner Unterlippe, was mir

ein wohliges Seufzen entlockt, doch er scheint noch nicht genug zu haben. Sanft zieht er an meinem Haar und lässt mich den Kopf in den Nacken legen. Daraufhin haucht er federleichte Küsse auf meinen Mundwinkel, mein Kinn und hinab zu meinem Hals. Mein Puls rast, und das Rauschen in meinen Ohren lässt meine Sicht verschwimmen. Nie wollte ich ihn mehr als in diesem Moment. Zielstrebig wandern meinen Finger zu seinem Shirt, um es nach oben zu ziehen. In Windeseile entledigen wir uns zwischen den Küssen unserer Kleidungsstücke, Jackson hebt mich sanft hoch und innerhalb von wenigen Augenblicken liegen wir nur noch in Unterwäsche gekleidet in seinem Bett. Jeden Zentimeter meiner freigelegten Haut scheint er mit seinen Lippen erkunden zu wollen. Wir haben schon oft rumgemacht, aber heute will ich noch einen Schritt weiter gehen. Seine Worte von vorhin haben mich tief berührt, und ich vertraue ihm vollends. Ich vertraue uns.

Jackson liegt halb auf mir und küsst mich leidenschaftlich, als ich seine Boxershorts nach unten ziehen möchte. Er packt mein Handgelenk und sieht mich verwirrt an.

»Ich will dich. Schlaf mit mir.« Überraschung steht in sein Gesicht geschrieben, aber er rührt sich immer noch nicht.

»Sicher? Mir macht es nichts aus, zu warten.« Seine Worte entlocken mir ein Lächeln.

»Willst du damit sagen, dass du lieber noch ein wenig wartest, als mit mir zu schlafen?«, necke ich ihn, was ihn tatsächlich leicht erröten lässt.

»Du weißt, was ich meine. Natürlich will ich mit dir schlafen, aber ich weiß auch, wie schwer es dir fällt, Menschen zu vertrauen, und ich möchte, dass du dir vollkommen sicher bist, ehe wir diesen Schritt gehen.« Würde ich ihn nicht schon über alle Maßen lieben, würde es genau jetzt in diesem Moment passieren. Sanft streiche ich ihm eine Locke aus dem Gesicht und lege meine Hand an seine Wange. Sofort lehnt er sich dagegen und schließt die Augen. Das ist es.

Dieser eine wichtige Augenblick, den man in seinem ganzen Leben niemals vergessen wird. Er ist so voller Liebe und Vertrauen und ich weiß, dass ich mich immer gerne daran zurückerinnern werde.

»Ich würde dir mein Leben anvertrauen. Bitte schlaf mit mir, weil ich dich so sehr will, wie ich noch nie etwas in meinem Leben gewollt habe.« Wieder einmal wird mir bewusst, dass das, was wir beide haben, weitaus tiefer geht als eine gewöhnliche erste Liebe. Es ist etwas, wovon ich in Romanen gelesen habe, nur bin ich fest davon überzeugt, dass wir ein Happy End bekommen. Mit einem Lächeln, das mir das Herz bis zum Hals klopfen lässt, neigt er den Kopf und küsst mich. Während wir hungrig die Lippen aufeinanderpressen, öffnet Jackson mit geschickten Bewegungen meinen BH, legt meine Brüste frei und entledigt sich seiner Boxershorts. Einen Moment der Scham oder Unsicherheit fühle ich nicht. Auch nicht, als er mir den Slip abstreift und ich völlig nackt vor ihm liege. Er löst sich keuchend von mir und sieht mich beinahe ehrfürchtig an. Ich erröte, da mich die Intensität seines Blicks verlegen macht.

»Du bist so schön, dass es mir den Atem raubt«, flüsterte er, ehe er mich erneut sanft küsst. Seine Lippen wandern im Takt meines Herzschlags immer tiefer. Nervosität lässt mein Herz flattern, und Hitze sammelt sich in meiner Mitte, als er mit den Lippen zu meiner Brust gelangt. Ich keuche auf, als er meine Brustwarze liebkost und damit auch das Ziehen in meinem Unterleib verstärkt. All das ist neu für mich, aber so berauschend, dass ich immer mehr möchte. Als würde Jackson meine Gedanken lesen, wandert er weiter, immer tiefer, bis er plötzlich aus dem Bett steigt und sich davor hinkniet. Mit einem Ruck zieht er meinem Po zur Kante und sucht meinen Blick. Er würde nie etwas tun, wozu ich mich nicht bereit fühle. Langsam wandert sein Mund weiter nach unten, bis ich sein Gesicht nicht mehr sehen kann. Als er seinen Kuss gegen meine Mitte haucht, zucke ich heftig zusammen. Meine Nerven sind

zum Zerreißen gespannt, und ich habe das Gefühl, als würde jede Liebkosung seinerseits mich zu einem Abgrund zerren, ohne dass ich falle.

Seine Zunge stellt unglaubliche Sachen mit mir an, sodass ich verzweifelt meine Finger in die Laken grabe. Er küsst, leckt und verwöhnt mich so lange, bis ich mich aufbäume und plötzlich tatsächlich über die Klippe hinabstürze. Während ich falle, scheine ich innerlich zu explodieren, nur, dass ich immer mehr von diesem Gefühl haben möchte. Während der Orgasmus mich noch immer nach Luft ringen lässt, macht Jackson weiter und zieht dieses Vergnügen in die Länge. Danach liegen wir im Bett, einander zugewandt und warten beide darauf, wieder zu Atem zu kommen. Ich suche nach Worten, doch sie scheinen mir entfallen zu sein.

»Du bist unverbesserlich«, sage ich schließlich und boxe ihm sanft gegen die Schulter. Verwirrt runzelt er die Stirn, weiß aber, dass das nur scherzhaft gemeint ist.

»Wieso denn das?«

»Wie konntest du zulassen, dass ich über ein halbes Jahr darauf warten musste, um in diesen Genuss zu kommen?« Meine Worte bringen ihn zum Lachen. Seine Brust bebt immer noch, als er sich schließlich in meine Richtung lehnt und mir einen Kuss auf die Stirn haucht.

»Es tut mir schrecklich leid, ich gelobe Besserung.« Er schüttelt belustigt den Kopf, und auch ich grinse breit. Ich fühle mich so unbeschwert und frei.

»Genau. Du solltest dich schämen, und wenn ich das richtig sehe, dann schuldest du mir ein halbes Jahr lang Orgasmen.« Er salutiert und nickt mir lächelnd zu.

»Nichts leichter als das.« Kaum hat er die Worte ausgesprochen, liegen seine Lippen wieder auf meinen. Wir küssen uns, und schließlich neigt er sich zur Seite, nimmt den Mund aber keine Sekunde von meinem. Ich öffne kurz die Augen und sehe, wie er ein Kon-

dom aus seiner Nachttischschublade holt und es sich über seine Erektion streift. Es ist das erste Mal, dass ich ihn völlig nackt sehe und ich bin nervös, aber Jax küsst meine Sorgen einfach weg und zeigt mir, dass ich ihm völlig vertrauen kann. Ich schließe erneut die Augen und fühle mich nicht unsicher oder ängstlich, sondern bin voller Vorfreude auf das, was nun kommen mag. Er löst seine Lippen von mir, und als er über mir aufragt, mit dem zerzausten Haar, den klaren Augen und dem warmen Lächeln, fühle ich mich so glücklich wie nie zuvor. Er stützt die Ellbogen neben mir ab, wobei er unseren Blickkontakt nicht löst. Ich spüre ihn, doch er zögert, wartet. Ich danke ihm für dieses Zögern, denn es zeigt mir, dass ich genau das Richtige tue. Ich will ihn die ganze Zeit ansehen, doch als er in mich eindringt, lässt mich der Schmerz kurz die Augen schließen. Ich spüre ein Brennen, gefolgt von einem Ziehen. Mein schweres Atmen scheint das einzige Geräusch zu sein. Als ich mich an ihn gewöhne, öffne ich zaghaft die Augen und blicke meinen Freund an, der geduldig wartet, bis ich so weit bin. Er dringt tiefer ein, und als er sich völlig in mir vergräbt, küsst er meinen Hals. So macht er es mir leichter, mit all den Empfindungen klarzukommen, die mich zu überschwemmen drohen. Plötzlich fühle ich mich, als könnte mir mit ihm an meiner Seite nichts und niemand etwas anhaben.

Er zieht sich aus mir zurück, ehe er erneut in mich eindringt, und mit jedem Mal scheint das Brennen weniger zu werden. Jackson hält sich zurück, das merke ich an seiner Haltung, aber ich will mehr. Ich möchte alles mit ihm erleben.

»Lass los«, hauche ich. Er löst seine Lippen von meinem Hals und blickt mir tief in die Augen, während es sich so anfühlt, als seien wir miteinander verschmolzen. Er sieht die Entschlossenheit, er sieht die Liebe, die ich für ihn empfinde, und danach gibt es für uns beide kein Halten mehr.

22. KAPITEL

Quinn

»Sag das noch mal«, fordert er mich auf, was mein Herz noch schneller schlagen lässt. *Was habe ich nur getan?* Ich hätte meine Gefühle für mich behalten sollen, anstatt in einem Moment der Schwäche ein Geständnis zu machen. Nun ist es raus, ich kann es nicht mehr zurücknehmen. Ich könnte jetzt mutig sein und ihm von den schrecklichen Jahren ohne ihn erzählen, aber ich traue mich nicht. Ich bin feige. Jackson sieht mich hoffnungsvoll an, was mich wiederum stutzen lässt. *Empfindet er genauso viel für mich wie ich für ihn?* Ein Teil von mir macht innerlich Luftsprünge aufgrund meiner Vermutung. Ein anderer Teil von mir brüllt laut in mein Ohr, dass ich in sieben Wochen heiraten werde. Mehr als Freundschaft darf einfach nicht zwischen uns sein.

»Ich vermisse dich, Jackson. Erst als ich dich wiedergesehen habe, wurde mir klar, wie sehr ich es vermisst habe, Zeit mit dir, Naomi und Owen zu verbringen.« Ich wage es nicht zu sagen, dass ich auch seinen Körper und vor allem sein Herz vermisst habe. Er darf nie von all den Jahren erfahren, in denen ich mich schmerzlich nach ihm gesehnt habe. Das würde mein geordnetes Leben vollkommen auf den Kopf stellen.

»Verstehe. Und ich dachte, dass das, was wir haben, kein Schatten der Vergangenheit mehr ist.« *Was wir haben, nicht was wir hatten.* Ich bin völlig verwirrt aufgrund seiner Aussagen, aber es bringt nichts, sie zu analysieren, denn ich trage einen Ring, habe Troy ein Versprechen gegeben und darf jetzt nicht schwach werden. Weil Jacksons und meine Zeit längst vorbei ist. Was wir hatten, war wunderbar und erfüllend, aber uns ist kein Happy End vergönnt. Ich kenne ihn nicht einmal, weiß kaum etwas über den Mann, zu dem er geworden ist. Was ich habe sind nur die Erinnerungen an den Jax von früher, der mich mit seiner verwegenen Art und seinem loyalen Herzen verzaubert hat.

»Es tut mir leid, dich zu enttäuschen.« Sein Mundwinkel wandert nach oben, auch wenn er einen unglücklichen Eindruck auf mich macht.

»Du könntest mich niemals enttäuschen, Quinn«, sagt er, geht vor mir in die Hocke und dreht mir den Rücken zu. Er greift nach meinem Schuh und der Socke und wartet geduldig, dass ich mich an ihn klammere. Für ihn ist dieses Gespräch nun beendet, und alles an ihm schreit Enttäuschung. Ich lege meine Arme um seinen Hals und lasse mich von ihm tragen, versuche, meine Gefühle zu ordnen, die völlig verrücktspielen. Auch der Schmerz in meinem Knöchel scheint mit jedem Schritt seinerseits zuzunehmen. Um mich davon abzulenken, suche ich das Gespräch mit ihm. »Wo wohnst du überhaupt?«

»Wieso willst du das wissen? Möchtest du mich etwa besuchen?« Seine Bemerkung soll wohl ein Scherz sein, aber ich höre den enttäuschten Unterton. Ich hätte einfach meine Klappe halten sollen. Das Letzte, was ich will, ist in alten Wunden herumzustochern.

»Ich habe gesehen, dass du überall Hotels hast. Wohin hat es dich privat verschlagen?«

»Hierher. Nach Hawaii. Ich habe eine Wohnung in New York und in Barcelona, aber seit ich diese Insel das erste Mal betreten habe, war mir klar, dass ich den Großteil meines Lebens hier verbringen möchte. Ich reise sehr viel, aber meine Auszeiten gönne ich mir hier, solange ich kann.«

»Schön, wenn man dieses Paradies sein Zuhause nennen kann.«

»Es ist wunderschön, vom Rauschen des Meeres geweckt zu werden, wobei ich mir auch vorstellen kann, woanders zu leben.«

»Was könnte dich von deinem Vorhaben abbringen, den Großteil deiner Zeit hier zu verbringen?«

»Die Liebe meines Lebens.«

Ich öffne den Mund, um etwas zu sagen, weiß aber nicht so genau, was ich auf diese Aussage antworten soll. Denn seine Worte lassen in mir die Frage aufkommen, von wem er gerade spricht. *Meint er mich oder eine andere?* »Du sprichst in Rätseln, mein Freund«, sage ich scherzhaft, beuge mich nach vorn und gucke ihn von der Seite an.

»Es ist ganz einfach. Ich kann meinen Job von der ganzen Welt aus machen, das könnte meine Freundin vielleicht nicht. Deshalb würde ich mich nach ihr richten.«

»Du würdest alles für sie verändern?« Ich will diesen neidischen Stich in meiner Brust ignorieren, den ich spüre, wenn ich mir Jax mit einer anderen Frau vorstelle, aber er trifft mich härter, als ich es für möglich gehalten habe.

»Natürlich würde ich das. Wofür leben wir? Das ist eine Frage, die ich mir oft stelle, und die Antwort ist immer dieselbe. Die Liebe. Hier geht es jetzt nicht um die Liebe zu einem Partner oder einer Partnerin, sondern auch um die zu den Eltern, um Freundschaften, um die Liebe zum Leben.« Der Jackson, dem ich gerade zuhöre, ist reifer und weiser geworden.

»Würde das nicht alles über den Haufen werfen? Dein geordnetes Leben durcheinanderbringen?«, frage ich verwundert, denn ich könnte mir nicht vorstellen, alles, was ich kenne, zu verlassen und ins Unbekannte zu ziehen.

»Du meinst, wenn ich mein Zuhause verlasse und mit meiner großen Liebe zusammenwohne?«

»Unter anderem«, antworte ich.

»Würde es nicht, denn dort, wo mein Herz ist, ist auch mein Zuhause.« Es sind einfache Worte, aber dahinter steckt so viel mehr. Seine Aussagen bringen mich zum Nachdenken. Ich war nie der impulsive Mensch, denn ich glaube mehr den Fakten als der Romantik, das hat mich mein Großvater gelehrt. Zwar gehen mir meine Fälle zum Teil sehr unter die Haut, und ich muss öfter als mir lieb ist meine Emotionen unter Kontrolle bringen, aber im Großen und Ganzen kann ich, wenn es darauf ankommt, meine Emotionen mit einer kühlen Haltung kaschieren. Das ist besonders im Gerichtssaal sehr wichtig. Meine Kindheit war von keinerlei Liebe geprägt, dies kam erst in meiner Jugend, als meine Brüder und Jackson in mein Leben getreten sind. Als ich dachte, dass Jackson mich verlassen hat, ist der letzte Funken Romantik in mir im Keim erstickt worden. Meinem Verlobten habe ich mich öffnen können und war in der Lage, die Vergangenheit hinter mir zu lassen. Nun scheint es mir, als würde die Vergangenheit sich mit aller Wucht auf mich stürzen. Ich schaffe es nicht, den jetzigen Jackson von meiner Jugendliebe zu trennen. Ihn zu verlieren war der schlimmste Moment meines Lebens und an ihn zu denken reißt all die Wunden auf, die ich mühsam verschlossen habe.

»Das ist schön«, flüsterte ich als Antwort, ehe ich verstumme und mich dem Schmerz hingebe.

»Ich hätte ruhig die Krücken benutzen können«, sage ich laut, als wir das Hotel betreten und uns viele neugierige Blicke begegnen. Jackson ignoriert meine Worte und geht gemütlich zum Concierge. Ich rolle mit den Augen, will aber keine Szene in der Lobby machen, also schweige ich. Vorerst.

»Hallo Kenny, ist Mr Buchanan schon ins Hotel zurückgekehrt?« Er lehnt die Krücken gegen den Empfangstresen und wendet sich seinem Angestellten zu.

»Nein, Sir. Er ist noch nicht zurückgekommen, soll ich ihm eine Nachricht übermitteln?« Der Concierge sieht verwirrt zwischen mir und seinem Boss hin und her. Jackson hat wohl gemerkt, dass die Müdigkeit so stark ist, dass das Gehen mit Krücken mir all die Kraft raubt, also hat er darauf bestanden mich vom Taxi in das Zimmer zu tragen. Mein Wohl scheint ihm viel zu bedeuten. Dr. Ferguson, die Jacksons Vertrauen genießt, hat eine Prellung festgestellt und meinen Fuß verbunden. Sie hat mir bestätigt, dass ich in ein paar Tagen wieder ohne Schmerzen gehen kann und den Rest des Urlaubs genießen könnte. Die ganze Zeit stand Jackson an meiner Seite und war genauso erleichtert wie ich, als die Ärztin Entwarnung gegeben hat. Ihn die ganze Zeit um mich zu haben, hat mich zum einen nervös gemacht, aber auf der anderen Seite habe ich mich auch sicher gefühlt.

Eigentlich sollte Troy an meiner Seite sein und sich um mich kümmern, aber er ist weiß Gott wo und hat sich nicht mal nach meinem Wohlbefinden erkundigt. Jedes Mal, wenn ich auf das Display meines Smartphones gesehen habe, konnte ich Jacksons Blick auf mir spüren und damit auch seine Wut, wenn auch nur gedämpft. Denn die Ärztin hat mir Schmerztabletten gegeben. Meine Verwirrtheit ist jedoch immer noch da, und je mehr Zeit vergeht, desto mehr habe ich das Gefühl, als würde ich schweben, was ich auf die Medikamente zurückführe. Mir ist ein wenig schwummrig, was meinen Griff um Jacksons Hals lockert. Alarmiert greift er nach meinen Armen und dreht den Kopf so weit, dass er mich ansehen kann.

»Was ist los?«, fragt er besorgt und legt die Stirn in Falten.

»Mir ist schwindlig.« Selbst für mich klingt meine dünne Stimme erschreckend wenig nach mir. Der Stoff von Frau Doktor knallt ganz schnell rein.

»Du bist ziemlich blass um die Nase.« Durch den Nebel in meinem Kopf spüre ich nur sacht, wie er mir über die Wange streichelt und mein Gesicht voller Sorge mustert.

»Ich habe ein wenig Hunger. Hab nur wenig gefrühstückt.«

Jackson wendet sich wieder dem Concierge zu und gibt ihm Anweisungen, die ich immer schwerer verstehe, da ich plötzlich ziemlich müde werde. Das Klingeln des Fahrstuhls und Jacksons Stimme hindern mich jedoch daran, einzuschlafen.

»Bleib wach, Quinn. Du musst etwas essen, bevor du dich ausruhst.«

»Ich bin aber so müde«, murmele ich gegen seinen Hals. Ohne dass ich etwas dagegen tun kann, habe ich mich an ihn geschmiegt. Dass er sich augenblicklich versteift, bekomme ich trotzdem mit.

»Das Mittagessen wird gleich da sein, halt noch ein wenig durch. Tu es für mich.« Plötzlich senkt er den Kopf und legt seine Lippen sanft auf meine Hand. Und plötzlich scheint die Benommenheit zu verschwinden, und ich bin hellwach. Eine gefühlte Ewigkeit ruht sein Mund auf meiner Haut und lässt mich überwältigt meine Augen schließen. Mein Herz schlägt mir bis zum Hals, und auch wenn ich wollte, könnte ich jetzt kein Wort rausbringen. All mein Dasein und meine Sinne sind auf ihn und auf diesen keuschen Kuss gerichtet. *Wieso genieße ich das zu sehr, wenn ich doch einem anderen versprochen bin?* Wir müssen etwas sagen, oder er muss damit aufhören, denn ich scheine das hier mehr zu genießen, als es richtig für mich wäre. Ich will schon das Wort ergreifen, als die Fahrstuhltüren aufgleiten und Jackson mit mir auf dem Rücken in den Flur hinaustritt. Um nicht darüber reden zu müssen, was gerade passiert ist, stelle ich mich schlafend. Ich weiß, ich bin feige, aber ich könnte ihm jetzt nicht in die Augen sehen. Er würde meine Verwirrtheit und meine Gefühle für ihn erkennen.

»Quinn?«, flüstert er, und ich ignoriere den Fakt, dass es sich wunderschön anhört, meinen Namen aus seinem Mund zu hören. Wie ein Gedicht.

»Hmm?«, antworte ich in müdem Tonfall, bin jedoch völlig klar.

»Ich werde den Generalschlüssel benutzen, um in eure Suite zu kommen. Ist das okay?« Ich nicke und atme seinen Duft nach Meer und Sonne tief ein, weil ich genau weiß, dass es das letzte Mal sein wird, dass ich ihm so nah bin. Ein Piepen ertönt, und wir betreten die Suite. Natürlich kennt sich Jax hier gut aus und will mich schon ins Schlafzimmer tragen, doch ich verstärke den Griff um seinen Hals, um ihn zu stoppen. Ich möchte nicht mit Jackson in dem Raum sein, wo ich mit meinem Verlobten schlafe.

»Leg mich bitte auf der Couch ab«, bitte ich ihn, und er kommt meinem Wunsch nach. Plötzlich wird mir kalt, jetzt, da ich seinen warmen Rücken nicht mehr spüre, und ich beginne zu frösteln. Jax sieht meine Gänsehaut und nimmt die Tagesdecke, die über der Couchlehne gefaltet ist und deckt mich zu. Mein Smartphone beginnt zu klingeln. Da es außerhalb meiner Reichweite ist, setze ich mich auf, doch Jax hält mich zurück.

»Ich hole es dir schon. Du bleibst brav liegen.« Ich nicke und versuche, nicht auf seinen Hintern zu sehen, als er zum Eingangsbereich der Suite geht, wo er mein Smartphone abgelegt hat. Das Klingeln ebbt ab, als Jax es an sich nimmt.

»Hallo?«, hören wir plötzlich eine Stimme. Jax hält erschrocken inne und blickt auf den Bildschirm. Er wird wohl unbewusst über das Display gewischt haben. »Wer sind Sie denn?«, höre ich Kyles Stimme und richte mich auf.

»Jackson Orwood, ich nehme an, du möchtest Quinn sprechen?«, fragt er mit einem freundlichen Lächeln. Ich nehme das Smartphone entgegen und blicke in Kyles schönes Gesicht. Außerdem erkenne ich eine erschrockene Tori, die hinter ihm sitzt und ebenfalls in die Kamera sieht.

»Hey ihr.«

»Wer ist das?«, fragt Kyle natürlich neugierig, immerhin bin ich mit meinem Verlobten hier und ein anderer Mann nimmt einen Videoanruf für mich entgegen. Tori weiß natürlich, wer das ist, das erkenne ich an ihrem fragenden Blick.

»Das ist mein alter Freund Jax, den ich zufällig hier im Urlaub getroffen habe.«

»Was macht er in deinem Zimmer?«, fragt er mich, und ich erröte leicht.

Kinder sind wirklich entzückend. »Ich bin gestürzt und mein Fuß wurde verarztet, und da Troy nicht in der Nähe war, hat Jax mich nach Hause begleitet.«

»Du hast dich verletzt?«, hakt Tori besorgt nach, ehe ich plötzlich die Stimmen meiner Brüder höre. Wenige Sekunden erscheinen Ian und Hayden ebenfalls im Bild.

»Sie ist verletzt?«, höre ich Ian fragen und rolle mit den Augen. War ja klar, dass sie alle im ungünstigsten Moment auftauchen.

»Habt ihr hier ein halbes Familientreffen, oder was?«, frage ich etwas nervös und blicke kurz zu Jackson, der bei der Kaffeemaschine hantiert und nach einem Tablett greift. Er tut so, als würde er meinem Gespräch nicht lauschen, aber ich kenne ihn. Natürlich hört er ganz genau zu.

»Wir haben etwas bezüglich Everstorm besprochen, aber jetzt mal im Ernst, Quinny, was ist passiert?«, fragt mich Hayden, und sein besorgter Gesichtsausdruck spiegelt den von all den anderen wider. *Na, toll.*

»Wir waren zu viert wandern, dabei bin ich über eine Wurzel gestolpert und habe mir den Knöchel verstaucht.«

»Autsch«, wirft Tori ein, und Hayden legt sanft den Arm um ihre Schulter.

»Hat Troy sich direkt darum gekümmert, dass du versorgt bist?«, will Hayden wissen. Ich vernehme ein Schnauben aus dem Essbereich der Suite. Ich bin nur heilfroh, dass die Jungs nie erfahren werden, dass sich Troy danach eben nicht um mich gekümmert hat.

»Jackson hat sie gefahren«, wirft Kyle ein, und ich versteife mich augenblicklich.

»Wer?«, will Hayden wissen, doch mein Blick ruht auf Ians Gesicht und dem wütenden Zug um seinen Mund.

»Jax ist bei dir?«, fragt mich mein großer Bruder direkt, und alle verstummen und blicken auf unseren Rockstar Ian, der in diesem Moment aber nur mein besorgter Bruder ist.

»Er …« Plötzlich ist da wieder der Schmerz, der von meinem Knöchel ausgeht, die Müdigkeit, weil die Tabletten wirken und die verwirrenden Gefühle, die mich nicht loslassen wollen. Jackson bemerkt meinen Zustand und nimmt mir augenblicklich das Smartphone ab.

»Hallo Leute. Ich bin's, Jackson. Wir kennen uns ja schon von früher«, sagt er freundlich und winkt meiner Familie zu, blickt aber besorgt in meine Richtung.

»Hey. Wie geht es ihr? Ist es schlimm?«, fragt Ian gleich drauflos. Er hat sich früher schon sehr gut mit Jackson verstanden.

»Ihr Fuß ist verstaucht, aber ich habe sie zur besten Ärztin auf der Insel gebracht, und die hat Entwarnung gegeben. Die Verletzung ist nicht schlimm, und sie kann den Fuß bald wieder ohne Schmerzen belasten.«

»Du bist cool«, sagt Kyle, was mich lächeln lässt – trotz der

Spannung, die ich tief in mir fühle. Der Kleine hatte schon immer eine gute Menschenkenntnis, denn es stimmt: Jackson hätte mich ins offene Messer laufen lassen können, wenn meine Familie wegen Troy nachgebohrt hätte, aber er hat mir geholfen, und dafür bin ich ihm dankbar.

»Danke, Kleiner. Also, Leute, ich lege auf, denn Quinn muss sich etwas ausruhen, und auch ich habe viel zu tun. Hat mich gefreut, euch wiederzusehen und euch beide kennenzulernen.« Ich höre Tori kichern, als wäre auch sie von seinem Charme angetan.

»Pass gut auf unsere Kleine auf«, sagt Hayden, ehe es stumm wird, und Jackson das Handy in seiner Hand sinken lässt. Er ist einfach ein toller Mann, der immer zu wissen scheint, wenn es mir nicht gut geht oder mich etwas beschäftigt. Daran hat sich nichts verändert. Gefühlte Stunden vergehen, ohne dass sich einer von uns bewegt oder etwas sagt.

»Hier.« Er reicht mir mein Smartphone und geht wieder zur Kaffeemaschine in unserer Suite, ohne ein weiteres Wort zu sagen. *Warum ist das alles so schwer? Wieso kann ich nicht einfach sagen, dass ich Troy heiraten werde, weil ich ihn liebe und Jax keine Macht mehr über mein Herz hat? Weshalb schlägt mein Herz mir jedes Mal bis zum Hals, wenn ich in seiner Nähe bin?* So viele Fragen schwirren mir im Kopf herum, und doch kann ich nicht aufhören, seinen breiten Rücken anzustarren und mich zu fragen, ob ich nicht eine Heuchlerin bin, weil ich mich in Bezug auf meine Gefühle selbst belüge.

23. KAPITEL

Jackson

Die letzten Stunden waren ziemlich aufwühlend für uns beide. Hinzu kam noch die Besorgnis um Quinns Verletzung, was uns natürlich sehr ermüdet hat. Ich fahre mir mit den Handflächen übers Gesicht und atme tief durch, da diese Stunden mit Quinn in meiner Nähe nicht gerade leicht sind. Vor allem nicht, seitdem mir klar geworden ist, dass ich noch immer Gefühle für sie habe. Da ich das Thema jedoch nicht anschneiden will, greife ich nach dem Tablett, wo ich ein großes Glas Wasser und einen Kaffee vorbereitet habe.

Als ich mich umdrehe und auf sie zugehe, ist sie in Gedanken versunken, sie merkt nicht einmal, dass ich alles abgestellt habe und sie ansehe. Sie blickt aufs Meer hinaus, und wenn ich ihre Silhouette so betrachte, bin ich erneut überrascht, dass sie sich optisch kaum verändert hat. Damals wie heute ist sie die schönste Frau, der ich jemals begegnet bin. Als ich mit Alexis zusammen gewesen bin, habe ich mir so viel Mühe gegeben, nicht an Quinn zu denken und mich voll und ganz auf meine damalige Freundin einzulassen, aber nach Jahren habe ich eingesehen, dass ich nie wieder eine andere Frau als meine Iris lieben werde.

»Was möchtest du machen, während wir auf das Essen warten?«, frage ich und sehe ihr zu, wie sie sich langsam zu mir umdreht, als könnte sie den Blick nicht vom Meer abwenden.

»Ich habe wirklich keinen Hunger«, antwortet sie geistesabwesend.

»Du hast vorhin aber etwas anderes behauptet.«

»Das war gelogen. Ich wollte nur nicht, dass du dir Sorgen machst.«

»Dafür ist es längst zu spät, Iris.« Sie zuckt zusammen, als ich sie mit ihrem Kosenamen anspreche, und ich könnte mich ohrfeigen, weil jetzt gerade nicht der richtige Zeitpunkt ist, um über die Vergangenheit zu reden.

»Ich …«, setzt sie an, aber ich hebe abwehrend die Hände, will sie nicht noch länger leiden lassen.

»Hör zu.« Ein Klopfen lässt mich verstummen. Unser Essen scheint wohl da zu sein.

»Wir werden jetzt gleich etwas zu Mittag essen, dann setzen wir uns auf diese große Couch, und du hast dann alle Möglichkeiten, mir meine heutigen Fehltritte heimzuzahlen. Du kannst mich dazu zwingen, mir alles anzusehen, was ich eigentlich nicht ausstehen kann, okay? Würde dich das glücklich machen?« Zuerst zögert sie, und ich befürchte, dass sie mich fortschicken wird, um allein zu sein. Doch dann umspielt ein leichtes Lächeln ihren Mund, was mich erleichtert ausatmen lässt. Meine alte Quinn ist noch nicht ganz verschwunden.

»Geht klar.«

Ich drehe ihr den Rücken zu, um zur Tür zu gehen, als ich sie schon rufen höre. »Du wirst leiden, Orwood!«

»Dachte ich mir schon, dass du das sagen wirst«, antworte ich, ohne sie anzusehen, aber ihr Kichern, das daraufhin folgt, macht mir klar, dass ich Millionen Schnulzen ansehen würde, nur um sie glücklich zu machen.

Zufrieden stelle ich fest, dass Quinns Appetit trotz der Schmerzmittel groß ist. Nachdem sie sich ordentlich gestärkt und viel getrunken hat, ist die Farbe in ihr Gesicht zurückgekehrt, und ihre matten Augen sind nun wieder glasklar. Den Hauptgang, ein herrliches Hühnersteak mit mediterranem Gemüse, haben wir in Windeseile verputzt, aber die Überraschung, die unter einer Tellerglocke verborgen ist, habe ich noch nicht offenbart. »Bevor wir einen Film starten, habe ich noch etwas für dich.«

»Wein?«, fragt sie etwas zu enthusiastisch, was ich mit einem breiten Grinsen quittiere.

»Du hast Tabletten genommen, da biete ich dir doch keinen Alkohol an.«

»Oh«, flüstert sie enttäuscht, doch der traurige Ausdruck weicht schnell der Neugierde.

»Was ist es?«, fragt sie in ungeduldigem Tonfall, als ich nach dem Teller greife und mich neben sie auf die Couch setze. Der Kuchen ist durch die Edelstahlglocke verdeckt, aber ich mache es spannend.

»Hat dir das Essen geschmeckt?«

»Klar, es war lecker.« Sie sieht mich nicht an, als sie spricht, sondern blickt das Objekt ihrer Begierde durchdringend an, als könnte sie hindurchschauen.

»Hast du Lust auf einen Nachtisch?« Ich hebe die Glocke an, die den Inhalt verborgen hat und offenbare die Überraschung.

»Ein Lava Cake? Ich glaube ich werde mir das mit der Folter noch überlegen«, sagt sie staunend und leckt sich über ihre Unterlippe. Ich versuche, nicht zu lang auf ihren Mund zu starren, und reiche ihr den Teller.

»Das Beste kommt noch. Der Kern ist eine Mischung aus Schokolade und Marzipan.«

»Nicht dein Ernst?«, sagt sie mit großen Augen. Wenn es etwas gibt, was Quinn schon immer geliebt hat, dann ist das Marzipan in all seinen Variationen.

Sie reißt mir praktisch den Teller aus der Hand und nimmt erneut Platz. Noch bevor ich mich neben sie setzen kann, hat sie einen Bissen genommen und genüsslich die Augen geschlossen. Ein leises Stöhnen entweicht ihrer Kehle und ruft Erinnerungen in mir wach, die jetzt völlig unangemessen sind. Während sie ihr Dessert verputzt, blicke ich auf den Flatscreen an der Wand, den wir in jedem unserer Zimmer angebracht haben.

»Was ist das denn?«, frage ich und blicke auf die mir unbekannten Filmcover. Sie murmelt etwas mit vollem Mund, was ich natürlich nicht verstehen kann, und muss dann über sich selbst lachen. Beinahe ist es so wie damals, als wir uns um die Fernbedienung gestritten haben. Sie schluckt ihr Essen runter, ehe sie mit der Gabel auf den Fernseher deutet.

»Das, mein Freund, nennt sich K-Drama.«

»K was?«, will ich perplex wissen, da mir dieser Begriff völlig unbekannt ist. An den Filmplakaten erkenne ich, dass es sich um etwas Asiatisches handeln muss.

»Es handelt sich um koreanische Serien, die als K-Dramas bezeichnet werden.«

»Davon habe ich noch nie gehört.«

»Da hast du aber etwas verpasst. Es gibt eine riesige Auswahl verschiedener Genres, da ist wirklich für jeden Geschmack etwas dabei.«

»Können wir nicht einfach einen Actionfilm gucken?« Ich setze meinen Welpenblick auf, doch sie denkt nicht daran, nachzugeben.

»Du hast gesagt, dass ich entscheiden darf. Und soeben habe ich mich für *Descendants of the Sun* entschieden.«

»Na schön. Ich vertraue dir, und ich denke, dass du nicht so grausam bist, dass du mich schlimm leiden lassen wirst.«

»Sei dir da mal nicht so sicher«, antwortet sie, und ihr helles

Lachen vertreibt die Sorgen, die ich noch vor einer Stunde gehabt habe.

»Sie beendet es, bevor es wirklich angefangen hat? Wie kann sie das tun? Es hat doch sofort zwischen ihnen geknistert«, beschwere ich mich bei Quinn, nachdem wir ein paar Folgen der koreanischen Serie gesehen haben. Ein wissendes Grinsen erhellt ihr Gesicht, ehe sie antwortet.

»Als Ärztin sieht sie ein Problem in seinem Job als Soldat. Dazu kommt der Fakt, dass jedes Date unterbrochen wurde, weil er zu einem Einsatz gerufen wurde. Das stellt ihre anfängliche Beziehung unter keinen guten Stern. Deshalb hat sie es getan.«

»Heißt das, sie kommen nicht zusammen? Das Filmcover spricht da eine andere Sprache.«

»Da musst du schon das Drama weitergucken, wenn du mehr erfahren möchtest.« Ich blicke auf meine Armbanduhr und stelle fest, dass einige Stunden vergangen sind, seitdem wir wieder im Hotel sind. Seit Stunden ist ihr Verlobter unterwegs. Das scheint auch ihr plötzlich bewusst zu werden, als sie einen Blick auf ihr Smartphone wirft.

»Darf ich deine Nummer haben?«, frage ich sie und suche ihren Blick. Zwar möchte ich ihre Telefonnummer tatsächlich haben, aber hauptsächlich frage ich, um sie abzulenken.

»Wozu? In zwei Wochen fliege ich wieder nach New York und ich denke nicht, dass wir uns so schnell wiedersehen werden.« Sie sagt die Wahrheit, und es sollte nicht in meiner Brust schmerzen, mir vorzustellen, sie nie wiederzusehen.

»Du bist verletzt, und auch wenn du es mir nicht glauben willst, sorge ich mich um dich. Ich möchte mich vergewissern, dass es dir gut geht und die Möglichkeit haben, mit dir zu sprechen, solltest du mich brauchen.«

»Ich trage ja keinen Gips. In ein paar Tagen kann ich schon wieder die Insel unsicher machen, also brauchst du dir keine Sorgen zu machen. Gib mir dein Smartphone.« Ich reiche ihr mein Handy, wo sie in Windeseile ihre Nummer einspeichert.

»Ich lass es einmal bei mir klingeln, falls ich mal deine Nummer brauche.«

Ich wünschte so sehr, dass sie sich von sich aus melden wird. Dass sie selbst diese Verbindung zwischen uns fühlt. Trotz ihrer Verlobung ist da diese Hoffnung in mir, dass das, was wir haben oder hatten, erneut aufleben kann. Als sie mir mein Telefon reicht, ertönt ein Piepen und die Tür wird geöffnet. Troy betritt die Suite und hat den Mumm, uns beide fröhlich anzulächeln.

»Hallo, ihr beiden.« Das war es. Kein besorgter Blick zu seiner Verlobten oder auch nur das kleinste Anzeichen, dass er sich Sorgen machen würde. Er zieht langsam seinen Hoodie aus, um ihn auf einem Schrankbrett abzulegen, und schlendert zu uns ins Wohnzimmer. Ich balle die Hände zu Fäusten, da die Wut in mir erneut aufflammt.

»Hey«, begrüßt Quinn ihren Freund, doch ich bemerke das Zittern in ihrer Stimme. Alarmiert drehe ich mich zu ihr und merke, dass sie besorgt meine Fäuste ansieht. Ich kenne diesen Blick, den sie auch damals aufgesetzt hat, als sie mich bei den illegalen Straßenkämpfen gesehen hat. Sie hat Angst, dass ich etwas tue, was ich anschließend bitter bereuen würde. Augenblicklich entspanne ich meine Hände und sehe, wie Troy vor ihr in die Hocke geht und ihren Verband mustert.

»Was sagt der Arzt? Müssen wir nach Hause fliegen?« Er greift nach ihrer Hand und augenblicklich muss ich den Blick abwenden, da mich der Schmerz unvermittelt trifft. *Was habe ich erwartet?* Die beiden sind verlobt, und da ist es klar, dass sie einander ihre Zuneigung zeigen.

»Mein Knöchel ist nur verstaucht, nichts Tragisches. In ein paar Tagen können wir schon wieder schwimmen oder wandern gehen.«

»Mist. Dann können wir uns das Surfen wohl sparen.« Sofort werde ich hellhörig, da Quinn und ich eigentlich gemeinsam Surfen üben wollten. Ihr Blick gleitet zu mir, wobei es nur flüchtig ist, ehe sie wieder ihren Verlobten ansieht.

»Nur weil ich verletzt bin, brauchst du nicht unsere Pläne über Bord zu werfen. Die paar Tage kann ich auch hier entspannen und meine K-Dramas ansehen.«

»Na, Gott sei Dank muss ich sie nicht sehen. Du weißt, ich mag diese koreanische Sprache nicht.« Je mehr Worte seinen Mund verlassen, desto wilder werde ich. Ich bin an einem Punkt angelangt, wo ich nicht länger bleiben möchte, und verabschiede mich von den beiden.

»Danke, Kumpel, dass du dich um meine Quinn gekümmert hast. So konnte ich doch noch etwas von der Wanderung haben.« *Hört er sich eigentlich selbst zu?* Er ist dankbar, dass ich mich um sie gekümmert habe, damit er seinen Urlaub genießen kann? *Was, wenn der Knochen gebrochen wäre? Was, wenn sie vor Schmerzen geweint hätte und sich nach dem Mann, mit dem sie den Rest ihres Lebens verbringen möchte, gesehnt hätte?* Ich mahle mit dem Kiefer und überlege mir, was ich antworten könnte, ohne ihn zu beschimpfen. »Ich bin jemand, der alles stehen und liegen lässt, um mich um die zu kümmern, die mir etwas bedeuten.« Ich sehe an ihm vorbei und erkenne, dass Quinn jedem meiner Worte lauscht und sich ihre Augen weiten. Sie weiß, dass diese Worte eigentlich an sie gerichtet sind. »Auch wenn sie sich lieber ihren Verlobten an ihrer Seite gewünscht hätte, war es mir eine Ehre, mich um sie zu kümmern. Dafür zu sorgen, dass sie wohlbehalten nach Hause kommt und dass ich sie von den Schmerzen ablenken und ihr eine Freude machen konnte. Ich würde es immer wieder tun.« Troy ist derart perplex, dass er nur blinzelt und kein Wort seine Lippen verlässt. Aber ich habe weder die Lust noch die Geduld, mich weiter mit ihm zu befassen. Ich verabschiede mich halbherzig und mache, dass ich wegkomme.

24. KAPITEL

Quinn

»Dieser Typ treibt mich in den Wahnsinn!«, beschwere ich mich lautstark und blicke auf das Wägelchen voller Essen, das der Zimmerservice gebracht hat.

»Was ist los?« Troy öffnet die Tür zum Badezimmer und betritt den Wohnbereich. Er rubbelt sich die Haare trocken und hat nur ein Handtuch um die Hüften, als er auf mich zukommt. »Jackson hat mal wieder Essen liefern lassen.«

»Das ist doch etwas Gutes, oder? Bis jetzt hat seine Auswahl immer geschmeckt.«

»Wir sind erwachsene Menschen und können uns selbst unsere Mahlzeiten bestellen.«

»Ich verstehe deine Aufregung nicht. Er weiß, dass du deinen Fuß nicht belasten sollst und nimmt dir den Weg zum Restaurant ab. Ich finde es zuvorkommend.« Natürlich denkt er das. Er kann nicht ahnen, dass meine Aufregung auch daher rührt, dass ich seit zwei Tagen und Nächten nicht aufhören kann, an Jax zu denken. Auch wenn wir Nummern ausgetauscht haben, hat er sich nicht einmal gemeldet, und es sollte mich nicht stören. Tut es aber. Klar, er zeigt mir durch diese Lieferungen, dass er an mich denkt, aber seit der Wanderung und den Stunden danach habe ich das Gefühl, nicht mehr ich selbst zu sein. Ich würde Troy niemals betrügen, das könnte ich nicht, aber ständig an seinen Ex zu denken, wenn man verlobt ist und bald heiratet, ist falsch. Mein Kopf weiß es, aber mein Herz hört einfach nicht darauf, sondern verliert sich in dem Moment am Wasserfall, wo es sich so angefühlt hat, als würden wir uns erneut ineinander verlieben. Gestern hat Jackson sogar Owen geschickt, um mir Gesellschaft zu leisten, als Troy ein wenig an den Strand gegangen ist. Woher er gewusst hat, dass ich alleine sein würde, ist mir immer noch ein Rätsel, aber es war wunderbar, Owen wieder um mich zu haben. Mit seinem Humor und den Starallüren, die er nie abgelegt hat, hat er mir Lachtränen in die Augen getrieben. Er ist sogar noch länger bei uns im Zimmer geblieben, wo wir dann zu dritt zu Abend gegessen und auf der Terrasse bis tief in die Nacht bei einem Glas Wein gequatscht haben. Selbst als ich schlafen gegangen bin, haben sich Troy und er noch immer übers Business unterhalten.

»Ist es wirklich okay, wenn ich ohne dich zur Surfschule aufbreche?« Erneut sucht er meinen Blick, als würde er erwarten, dass ich Nein sage. Aber ich nicke vielleicht einen Tick zu enthusiastisch, was ihn schmunzeln lässt. Ich will ihm den Urlaub nicht vermiesen, will nicht, dass er durch mich ans Hotelzimmer gefesselt ist. Er soll diesen Urlaub genießen, wenn ich es schon nicht kann. Es ist nicht nur die Verletzung an sich, sondern meine innere Zerrissenheit und das ungute Gefühl, das mich die ganze Zeit begleitet, wenn ich Troys und meine Beziehung analysiere. Etwas stimmt nicht. Klar, meine aufkeimenden Gefühle für Jax sind eine Sache, aber die andere ist, dass wir fast zwei Wochen im Urlaub sind und nicht ein einziges Mal miteinander geschlafen haben. Wir küssen uns kaum, und er scheint öfters mit den Gedanken woanders zu sein.

Genauso wie ich.

Ist das das Fundament, auf dem ich unsere Ehe aufbauen will?

Willst du überhaupt heiraten?, fragt mich diese miese, fiese Stimme im Kopf, die einfach nicht ihre Klappe halten will. Ich schließe aufgrund meiner wirren mentalen Verfassung die Augen und frage mich, wann das endlich aufhören wird.

Das Essen schmeckt einfach köstlich. Der Hummer ist unglaublich zart und lecker und das Risotto ein Gedicht, und dann erst der Nachtisch. Ich wusste nicht mal, um was für ein Dessert es sich handelt, aber es war vorzüglich. Es ist, als würde Jackson meinen Geschmack zu gut kennen. Nachdem ich mir die Hände gewaschen habe, ertönt ein Klopfen. Da ich nur einen Seidenbademantel trage, binde ich ihn mir enger um den Körper, humple zur Tür und öffne sie. Nicht dass ich noch Schmerzen hätte, aber der Verband macht es mir schwer, normal zu gehen.

Mein Herz macht einen Satz, als ich Jax erblicke, der mir ein umwerfendes Lächeln schenkt. Er hat den Arm am Türrahmen abgestützt, eine lockere Haltung eingenommen, doch es ist der verwegene Blick, der mir Herzklopfen beschert. Unter dichten Wimpern erstrahlen seine türkisfarbenen Augen und scheinen mich in ihren Bann ziehen zu wollen. Aber da ich mir und meinen Gefühlen nicht traue, verschränke ich die Arme vor der Brust und recke das Kinn. »Bitte sag nicht, dass du erneut etwas zu essen vorbeibringst?«, frage ich skeptisch, kann aber meinen Blick nicht von ihm abwenden, auch wenn ich es versuche.

»Wieso? Hast du noch Hunger?«

»Um Gottes willen, nein! Wegen dir nehme ich noch zehn Kilo in zwei Wochen zu.«

»Du wärst immer noch wunderschön.« Erst jetzt gleiten seine Augen über meinen Körper und versetzen mich in Alarmbereitschaft. Er mustert mich, leckt sich wohl unbewusst über die Lippen, und ich schwöre, dass ich erraten könnte, was er sich gerade denkt.

Aber ich tue es nicht.

Um unser beider willen.

»Was willst du hier, Jax?«, frage ich atemlos und leicht nervös. Ich will ihn nicht anschnauzen, nicht nach dem, was er alles für mich getan hat. Ich sollte meinen Ärger über mich selbst nicht an ihm auslassen.

»Ich wollte wissen, wie es dir geht.«

»Du weißt aber schon, dass wir Nummern ausgetauscht haben. Du hättest mir schreiben oder mich anrufen können.« So müsste ich nicht seinen unvergleichbaren Duft einatmen und sein attraktives Gesicht ansehen.

»Ich wollte mich persönlich von deinem Wohlbefinden überzeugen.«

»Der Verband ist reine Zierde, denn mir geht es wirklich besser.«

»Ich bin froh, das zu hören, denn ich habe mir Sorgen gemacht. Du hast dich auch nicht gemeldet.«

»Du hättest dich auch melden können.«

»Ich hatte das Gefühl, dass ich nach der Sache bei der Wanderung nicht das Recht habe, mich zuerst zu melden. Nachdem ich dir wehgetan hatte, wollte ich einfach abwarten.«

»Und trotzdem bist du hier.«

»Genau. Ich bin hier, weil ich nicht aufhören kann an dich zu denken und dich einfach sehen wollte.« *Ihm geht es genau wie mir?*

Das ist etwas, worüber ich mir Sorgen machen sollte, aber ich bin einfach nur froh, ihn zu sehen. Mir wird erst jetzt klar, wie sehr ich ihn vermisst habe. Mit ihm zu reden und ihn um mich zu haben. Vielleicht war das auch der Hauptgrund, wieso ich aufgebracht war wegen der Essenslieferungen: weil er nicht gekommen ist.

»Möchtest du reinkommen? Troy ist gerade zum Surfunterricht aufgebrochen.«

»Sehr gerne, danke. Ich weiß, ich habe ihn in der Lobby getroffen.«

»Bist du deswegen zu mir gekommen?«

»Nein, ich wäre auch gekommen, wenn er hier wäre. Ich möchte mich einfach mit dir unterhalten. Bei dem ganzen Trubel der letzten Tage haben wir es versäumt, in Ruhe miteinander zu reden.«

»Das ist längst überfällig.« Nachdem er eingetreten ist, deute ich auf den überdachten Balkon.

»Möchtest du nach draußen?«

»Auf jeden Fall. Ich halte mich am liebsten draußen auf, und wenn das nicht möglich ist, öffne ich meine Glaswand zu Hause, und es fühlt sich fast so an, als wäre ich im Freien.«

»Wie darf ich das verstehen?«, frage ich, ehe wir uns auf die gemütliche Außenlounge setzen.

»Ich habe keine Fenster in meinem Haus, sondern Glaswände, die sich verschieben lassen.«

»Willst du damit sagen, dass eine ganze Wand dann geöffnet werden kann?«

»Genau.«

»Wow, das klingt ja herrlich. Wohnst du direkt am Strand?

»Ja, zum Anwesen gehört ein weitläufiger Privatstrand.«

»So, jetzt habe ich das Verlangen, dein Haus zu sehen.« Meine Aussage bringt ihn zum Grinsen.

»Du bist jederzeit willkommen und Troy natürlich auch.« Mein Lächeln wird plötzlich so schwer. Am liebsten würde ich traurig seufzen, aber ich unterdrücke den Impuls.

»Danke, dass du deine Türen für uns öffnest.«

»Das ist selbstverständlich. Du weißt, dass ich noch immer Gefühle für dich habe. Du kannst es mit Sicherheit fühlen, und ich will nicht lügen. Ich würde alles dafür geben, dass du wieder Teil meines Lebens wirst, aber ich akzeptiere deine Entscheidung, egal, wie sie aussehen würde. Auch wenn du Troy heiratest, würde ich gerne mit dir in Kontakt bleiben und wenn es nur einmal im Jahr wäre. Einfach um zu wissen, ob es dir gut geht.« *Wie kann er so lieb sein? Wieso ist er nicht ein unfreundlicher und arroganter Typ geworden, der es mir leichter machen würde, ihn zu hassen?*

»Wieso tust du mir das an und bist noch immer der herzensgute Jax von damals, wieso magst du mich noch immer? Selbst nach so vielen Jahren?« Er macht mich so nervös, ich bin mir nicht mal sicher, ob ich die Tür hinter uns zugezogen habe, so sehr macht mich seine Nähe verrückt.

»Willst du wissen, wieso ich mich zu dir hingezogen fühle?« Auch wenn ich davon ausgehe, es später zu bereuen, nicke ich.

»Wirklich?«

»Ja«, hauche ich entschlossen.

»Ich muss zugeben, dass ich deinen Grips und deinen Humor umwerfend finde. Du bist wunderschön, aber dein Charakter und deine Art haben mich seit unserer ersten Begegnung um den Verstand gebracht.«

»Es hat dir gefallen, dass ich dich zusammengestaucht habe?«

»Ich habe jeden einzelnen Moment, den wir geteilt haben, geliebt. Die guten wie die schlechten. Du bist die Frau meines Lebens, Quinn.«

»Du machst es uns beiden so nicht leichter«, sage ich und halte mit Mühe die Tränen zurück. Jackson lächelt traurig.

»Das vielleicht nicht, aber es ist die Wahrheit.«

»Du weißt, dass ich verlobt bin, Jackson. Er ist nicht nur irgendjemand für mich.«

»Zeigt er dir jeden Tag, dass du die Eine für ihn bist? Weiß er zu schätzen, dass du ein gutes Herz hast und mehr Probono-Fälle übernimmst als der Großteil deiner Kolleginnen?

Liebt er es, dass du deine Nase kräuselst, wenn du dich konzentrierst?«

»Hast du meine Fälle gegoogelt?«, frage ich, ohne auf seine anderen Worte einzugehen.

»Zieht er dich bei jeder Gelegenheit an sich, um dich bis gegen die Wand zu küssen und dir den Atem zu rauben?« Diese Worte lassen mich nach Luft schnappen. Dieses Gespräch ist ziemlich schnell ausgeartet.

»Hör auf«, flüstere ich, was ihn augenblicklich zum Verstummen bringt. Seine geweiteten Augen sprechen Bände, und ich sehe, dass er nicht so weit gehen wollte.

Jackson greift nach meinen Händen und drückt sie sanft, kommt mir immer näher, sodass ich seinen Atem auf meiner Stirn spüre. »Es tut mir leid. Ich habe mich wohl hinreißen lassen.« Reue spiegelt sich in seinem Gesicht wider, und er seufzt auf.

»Wieso ist es dir ein Anliegen, Troys Verhalten mir gegenüber zu hinterfragen? Er war immer freundlich zu dir und respektiert dich und deine Arbeit. Herrgott, ihr werdet womöglich Geschäftspartner.«

»Weil ich eifersüchtig bin.«

»Aber …«

»Du brauchst mir nicht zu sagen, dass es vergebene Mühe ist, sich Hoffnungen zu machen, denn das weiß ich selbst. Aber ich würde auf das neue Hotel verzichten, wenn ich dich zurückbekommen könnte.« Wieder sind wir an der Stelle, wo ich ihn stoppen sollte, aber seine Worte lassen mich geschockt den Mund öffnen. *Wie kann er mich über sein Hotel stellen? Weiß er denn nicht, wie hoch der Verlust wäre? Und wieso nehme ich den Schlag meines Herzens intensiver wahr als sonst?* Noch immer hält er meine Hand. So vorsichtig und liebevoll, als wäre sie das Kostbarste, was er besitzt. Es fühlt sich an, als würde er mein

Herz in seinen Händen halten. Dieses eine Mal lasse ich mich hinreißen, lasse zu, dass er sich mir noch weiter nähert. Alles, was war, rückt in den Hintergrund, denn nun zählt nur das, was ist. Was wir füreinander sind.

»Tief in mir habe ich immer gewusst, dass du mich über die Arbeit stellen würdest. Das hat sich nicht verändert. Du warst immer der Mann, der sich für die Liebe entscheidet.«

»Und wie würdest du dich entscheiden? Für den Mann, der keinen Zweifel an seiner Liebe zu dir lässt, oder einem Mann, der nur an die Arbeit denkt und dir nicht seine volle Aufmerksamkeit schenkt?«

»Wäre das hier ein Liebesroman, würde ich mich ohne Zögern für dich entscheiden. Denn mittlerweile ist mir klar, dass auch ich Gefühle für dich habe, die ich nicht ignorieren kann.«

»Ich liebe dich, Quinn. Bei mir sind es keine aufkeimenden Gefühle, sondern es ist mir wirklich ernst. Ich will dich in meinem Leben. Auch wenn es unmöglich erscheint, musst du es wissen.« Ergriffen keuche ich auf und will zum ersten Mal seit Jahren nicht auf meinen Kopf, sondern auf mein Herz hören. Ich will ihn küssen, muss es einfach tun, weil ich es sonst für immer bereuen werde.

»Quinn?«, höre ich eine mir vertraute Stimme und blicke zur Balkontür, wo zu meiner Überraschung mein Bruder steht und verwirrt zwischen mir und Jackson hin und her blickt. »Ian!«, hauche ich vor Freude und ziehe meine Hand zurück, löse so den Bann, in dem wir beide gefangen waren. Auf wackeligen Beinen gehe ich zu meinem Bruder, der mich fest in seine Arme zieht und an sich drückt. Seinen vertrauten Geruch nach Erde und Wald einzuatmen, weckt mich aus dem Traum auf, dem ich fast verfallen wäre. Beinahe hätte ich meinen Ex-Freund geküsst, bin aber froh, es nicht getan zu haben.

»Was ist los, Kleine?«, flüstert er in mein Ohr und lässt mich die Umarmung verstärken.

»Alles gut, ich freue mich einfach sehr, dich zu sehen«, antworte ich und versuche, mir nicht anmerken zu lassen, wie durcheinander ich bin.

»Du lügst, das weiß ich, aber ich lasse es dir durchgehen, weil du verletzt bist.« Seine tiefe und melodische Stimme beruhigt mich, sodass es mir leichter fällt, zu atmen. Wir lösen uns voneinander und sofort wandert sein Blick zu meinem Fuß.

»Es sieht schlimmer aus als es ist«, sage ich, um die tiefen Falten auf seiner Stirn zu glätten, aber ohne Erfolg.

»Komm, setz dich zu uns. Wie bist du überhaupt in die Suite gekommen?«, frage ich ihn.

»Die Tür war nicht verschlossen, aber ich habe Stimmen gehört, also bin ich reingekommen. Hey Jackson.« Die beiden reichen sich die Hände, aber ich vermeide es, Jax in die Augen zu sehen, da ich erst meine Gefühle sortieren muss.

»Versteh es bitte nicht falsch, aber was machst du hier?«, frage ich ihn mit einem strahlenden Lächeln, denn ich könnte mir jetzt niemand Besseren für einen Krankenbesuch vorstellen.

»Du hast dich verletzt. Ich wäre schon früher hier gewesen, musste aber noch einen Pressetermin über mich ergehen lassen.« Er sieht mich mit diesem breiten Grinsen im Gesicht an, aber die dunklen Augenringe trüben diesen Anblick.

»Eigentlich hättest du gar nicht kommen müssen.«

»Du weißt, dass ich nicht anders kann. Immerhin hast du uns einen riesigen Schrecken eingejagt.«

»Morgen gehe ich wieder zur Ärztin, also keine Sorge.« Aber zu meinem Entsetzen glaubt er mir nicht und wendet sich Jackson zu.

»Sie flunkert doch nicht, um mir die Sorge zu nehmen?«, fragt er ihn, worauf Jax breit lächelt und den Kopf schüttelt.

»Nein. Es ist nur eine Verstauchung, und die Schwellung ist längst abgeklungen.«

»Dann bin ich beruhigt. Danke, dass du dich um sie gekümmert hast, wenn es ihr Verlobter schon nicht wollte.«

»Es war mir eine Freude. Wenn sie bei mir ist, brauchst du dir keine Sorgen zu machen. Ich würde alles tun, um sie zu beschützen.«

»Das weiß ich. Wusste ich schon immer.« Die beiden scheinen sich stumm zu verstehen. Was ihre Worte mit mir anstellen, ist ihnen völlig egal. Jackson wirft mir einen raschen Blick zu. Ich bin mir sicher, dass er mir meine Wut über Ians Feindseligkeit meinem Freund gegenüber ansieht.

»Ich gehe dann mal. Ihr habt sicher einiges zu besprechen.« Ich will mich schon erheben, um ihn zur Tür zu begleiten, doch er schüttelt den Kopf.

»Bleib sitzen und genieß die Zeit mit deinem Bruder. Ich werde mich melden. Immerhin habe ich ja ein Smartphone und muss nicht persönlich aufkreuzen.« Er spielt auf meine Worte von vorhin an und zwinkert mir zu, ehe er sich verabschiedet und uns allein lässt. Ich blicke ihm nach und weiß nicht, ob ich erleichtert oder traurig sein soll, weil er geht.

»Musste das sein?«, beschwere ich mich, als Jackson die Tür hinter sich schließt.

»Was genau meinst du? Meinen sarkastischen Kommentar über Troy oder dass ich dich und Jackson eben gestört habe?« Er hebt neugierig die Brauen, als ich erröte und verzweifelt nach Worten suche.

»Beides?«, flüstere ich, was eher eine Frage als eine Antwort ist. Er streicht sich seine Haare aus der Stirn, ehe er mich mit einem dieser warmen Blicke ansieht, die ich immer schon so an ihm gemocht habe. Es fällt mir nicht schwer, mir vorzustellen, wie sich unzählige Frauen auf der Welt in sein Gesicht, seine Stimme und sein Wesen verlieben. Wenn er singt, trägt er all seine Gefühle quasi auf der Zunge, und sie sind für jeden ersichtlich. Jetzt ist er mitfühlend und besorgt. Ich sehe ihm stumm dabei zu, wie er seine Jeansjacke auszieht und sie über die Lehne der Lounge hängt.

Die weitläufige Terrasse hat einen Grill, zwei Liegen, gepolsterte Loungesofas, die mich an den Garten von Naomi erinnern, und eine Essgruppe für sechs Personen. Wir haben in der Lounge Platz genommen und blicken beide aufs türkisfarbene Meer hinaus. Der Strand ist gut ausgelastet, und ich sehe einige Personen weiter draußen auf dem Ozean surfen. Unmittelbar frage ich mich, ob eine von ihnen mein Verlobter ist.

»Zwischen Troy und mir läuft es nicht so gut«, sage ich schließlich und schließe daraufhin meine Augen, weil es wehtut, die Wahrheit laut auszusprechen.

»Woran liegt es?«, fragt Ian leise und blickt mich mitfühlend an. Er hat die Füße überkreuzt und den Ellbogen auf seinem Knie abgestützt.

»Such dir was aus. Es ist beinahe so, als würden stündlich neue Zweifel in mir aufkeimen.«

»Fang doch beim ersten an, ja?« Er lächelt, aber ich kann es nicht erwidern, zu sehr bin ich in meinen Problemen versunken.

»Seit wir hier auf Hawaii sind, fange ich an, gewisse Dinge zu hinterfragen, und bemerke, dass ich einige Probleme wohl schon länger ignoriert habe, um einem Konflikt auszuweichen.« Ian nickt und fordert mich stumm auf, weiterzusprechen.

»Nachdem wir uns verlobt haben, ist alles durch meine Planung fast wie von selbst gegangen. Erst jetzt merke ich, dass er kaum an der Hochzeit selbst Interesse gezeigt hat. Die Planung habe ich bewusst selbst übernommen, aber es kam nie

Input von ihm, als sei es nicht einer der wichtigsten Tage seines Lebens.«

»Hast du ihn darauf angesprochen?«

»Nein, denn diese Sache ist mir erst klar geworden, nachdem er mich …«

»… im Stich gelassen hat?«, beendet er den Satz für mich, was mich empört den Mund öffnen lässt. Ich will Ian schon berichtigen, aber das wäre so, als würde ich erneut eine Ausrede für Troy suchen, nur um meine heile Welt zu erhalten. Aber heil ist sie schon länger nicht mehr.

»Ja.«

»Hat es auch etwas mit Jackson zu tun? Ich meine, so wie ihr euch vorhin angesehen habt, muss da doch etwas sein.« Oh, da ist eine Menge, aber darauf will ich noch nicht eingehen. Hier geht es um meine Beziehung zu Troy.

»Seitdem ich ihm wiederbegegnet bin, sind die Zweifel an meiner Beziehung größer geworden.«

»Du weißt, dass ich die Saftnase nicht leiden kann. Ich werde das Gefühl nicht los, dass er ein falsches Spiel mit uns spielt. Nenne es Paranoia oder Sorge, aber ich denke, er verheimlicht uns etwas.«

»Es war nicht leicht für mich, mit jemandem zusammen zu sein, den meine Familie nicht mag, aber ich liebe ihn. Klar, es läuft gerade nicht so gut, und meine Jugendliebe ist wieder in mein Leben getreten, aber der Grund, wieso ich Troy heiraten will, ist, weil ich sein großes Herz mag. Er zeigt mir immer wieder, wie sehr er mich respektiert, und ist mir eine Stütze gewesen, als ich es gebraucht habe.«

»Ja, das hat er getan, das muss man ihm lassen. Bekommt er vielleicht gerade kalte Füße?«

»Ich weiß es nicht. Bis jetzt konnten wir uns darüber nicht unterhalten.«

»Das ist doch ein Witz, oder?«, fragt er perplex und hebt die Brauen.

»Nein, ich habe das Thema absichtlich nicht angeschnitten, weil ich verwirrt bin und mich fühle, als wäre ich verloren – und das mitten im Paradies.«

Ian legt seine große Hand auf meine und drückt sie sanft. Dass er mir so die Tränen in die Augen treibt, ahnt er nicht.

»Ich bin so ein Feigling«, flüstere ich und blicke aufs Meer hinaus. Ich kann meinem Bruder jetzt nicht in die Augen sehen. Dann würde er die Scherbenhaufen in meinem Inneren sehen. Ich bin tough in meinem Job, führe liebend gerne Listen und fahre ohne Angst mit einem Motorcross Bike durch den Wald, aber wenn es um mein Gefühlsleben geht, hält mich vieles zurück. Die Angst vor einem gebrochenen Herzen lähmt mich, sodass ich manche Dinge einfach nicht ausspreche.

»Du bist eine Nervensäge, Perfektionistin und manchmal zu fröhlich für meinen Geschmack, aber mit Sicherheit kein Feigling. Dein Vater hat keine Macht mehr über dich, Quinn.« Klar, mein Erzeuger hat mich öfter als Schlampe beschimpft als mich bei meinem Namen zu nennen, aber ich dachte, dass ich diese Demütigungen längst hinter mir gelassen habe. Aber Narben gehen tief und zeigen sich dann, wenn man es am wenigsten erwartet.

»Wieso ist diese Sache mit der Liebe nur so schwer?«, frage ich verzweifelt und fahre mir durchs Haar. Mein Bruder hebt abwehrend die Hände. »Da fragst du den Falschen. Mit der Liebe habe ich nichts am Hut und will auch nichts damit zu tun haben.«

»Wie kann jemand, der voller Emotionen Liebeslieder singt, nichts davon halten?«

»Ich brauche mich nur umzugucken und sehe so viel Leid, und davon habe ich genug.« Seine Worte sind eher an den weiten Ozean gerichtet, sodass er nicht merkt, dass er vermutlich mehr verraten hat, als er wollte.

»Du leidest?«, frage ich besorgt und wieder fallen mir die tiefen Augenringe auf. Ich war so in meine Probleme vertieft, dass ich seine Sorgen nicht gesehen habe. Er wendet sich mir zu und versucht, mich zu beschwichtigen.

»Das war nur so dahingesagt, Kleines. Komm, lass uns was trinken gehen und dann an den Strand.« Er erhebt sich, doch ich greife nach seiner Hand und ziehe ihn zurück zu mir, sodass er wieder Platz nehmen muss.

»Nix da, Millard. Jetzt bist du an der Reihe.«

»Wenn ich reden will, rufe ich meinen Pyschodoc an, okay?«

»Laut Sly warst du seit Monaten nicht mehr beim Psychiater.«

Seine Pupillen weiten sich, und er sieht erstaunt aus. Offenbar hat er nicht damit gerechnet, dass ich es weiß.

»Spionierst du mir etwa nach?«

»Nein, wir haben uns nur unterhalten, und er hat es mir im Gespräch erzählt. Das war kein Austausch von Geheimnissen.« Er atmet tief durch und weicht meinem Blick aus. Dabei spielt er mit den Fäden seiner an den Knien zerrissenen Jeans und ringt um Worte. Seine Probleme in Songs einzubauen, ist kein Problem für ihn, aber darüber zu reden empfindet er als reine Folter.

»Du hast wohl in letzter Zeit keine Zeitung gelesen, aber eine der Schlagzeilen ist die, dass ich in einem Restaurant randaliert habe.«

»Du hast was? Wieso in Gottes Namen solltest du das tun?« Er verspannt sich, als er daran denkt und ballt die Hände zu Fäusten.

»Da war dieser Kerl. Er hat mitten im Restaurant seine Frau angeschrien, weil sie ihn auf seine Affären angesprochen hat.

Er hat sie immer und immer wieder beleidigt, und alle haben es gehört. Die arme Frau war zu verletzt, um Contra zu geben, aber als er sich auch noch darüber ausgelassen hat, wie schlecht und prüde sie im Bett ist, ist mir die Sicherung durchgebrannt. Ich habe ihm mein Bier in die hässliche Visage gekippt und ihm mein Essen ins Gesicht geschmettert. Ich hätte ihm auch eine verpasst, doch Kian hat mich zurückgehalten und zum Auto gezerrt.«

»Oh nein. Hast du nun viel Ärger am Hals?«

»Sly und Hayden sind außer sich vor Wut, die Jungs können sich nicht entscheiden, ob sie mir eine reinhauen oder mir ein High Five geben sollen.«

»Und die Frau?«

»Ich habe kein Wort mit ihr gewechselt und kann mich auch nicht genau an ihr Gesicht erinnern. Ich war zu sehr auf diesen Arsch konzentriert. Ich konnte einfach nicht zulassen, dass jemand derart mit einem anderen Menschen redet. Niemand hat es verdient, so behandelt zu werden.«

»Ich bin stolz auf dich, weil du ihr helfen wolltest, aber du kannst nicht immer ausrasten, wenn du glaubst, im Recht zu sein. Man drückt zwar öfter ein Auge zu, weil du ein Weltstar bist, aber das kann doch nicht so weitergehen.«

»Ich weiß.«

»Du musst reden, Ian. Du musst mir oder jemand anderem erzählen, was in dir vorgeht. Seit Jahren hast du nicht über deine leiblichen Eltern gesprochen, und nicht mal ich weiß, was damals wirklich vorgefallen ist, aber …«

»Hör auf, du weißt, dass ich nie über dieses Thema reden werde.«

»Aber wenn du es in dich hineinfrisst, wird es dich über kurz oder lang zerstören.«

»Mach dir darüber keine Sorgen. Du kennst mich und

weißt, dass ich für jedes Problem eine Lösung finde.« Er erhebt sich und reicht mir die Hand.

»Und jetzt komm, ich bin am Verdursten.« Mit einem breiten Lächeln ergreife ich seine Hand und hoffe, dass ihm meine Anwesenheit ebenfalls guttut. Alle meine Sorgen scheinen in seiner Nähe ziemlich klein zu werden, und genau das liebe ich an meinem großen Bruder.

25. KAPITEL

Jackson

Vergangenheit

»Was hältst du davon, wenn ich zur Feier des Tages ein Thai Curry mache?«, frage ich meine Mutter nachdenklich und blicke von der Couch aus über meine Schulter, wo Mom gerade die Küche aufräumt.

»Du weißt aber schon, dass deine Freundin Geburtstag hat, nicht ich?«, antwortet sie lachend und legt sich das Geschirrtuch über die Schulter.

»Sie isst heute mit den Jungs in einem Restaurant zu Abend, also kann ich auch dein Lieblingsgericht kochen.«

»Das ist ja lieb von dir, mein Schatz. Aber wann triffst du dich mit ihr?«

»Ich wollte mich nicht aufdrängen. Ich weiß ja, wie viel Mühe sich Hayden und Ian gegeben haben, um ihr einen tollen Geburtstag zu bereiten. Deshalb werde ich mich vor dem Heim mit ihr treffen. Vielleicht schleichen wir uns in ihr Zimmer.«

»Junge, mach dem armen Mädchen keinen Ärger. Solltest du erwischt werden, hole ich dich da nicht raus.«

»Wie gemein bist du denn? Du würdest deinem einzigen Kind nicht helfen?«, sage ich empört und erhebe mich. Das Lachen kann ich mir kaum verkneifen.

»Wenn du so frech bist und dich nach der Sperrstunde ins Zim-

mer eines Mädchens schleichst, kannst du deinen Mustang darauf verwetten.«

»Apropos Oldtimer«, sage ich und hole mein Handy aus der Hosentasche, um ihr das Foto von dem Chevrolet Camaro zu zeigen, den ich vor ein paar Tagen endlich fahrbereit gemacht habe.

»Schick, den wirst du ihr heute schenken?«

»Ja. Mir wäre es lieber, wenn sie nicht mit ihrem alten Motorrad auf den Straßen unterwegs ist, sondern auch vor Regen geschützt ist, also habe ich ihn gekauft und repariert«, antworte ich stolz und sehe das ganze Herzblut, das ich in das Auto gesteckt habe, förmlich vor mir. Plötzlich spüre ich die Hand meiner Mutter an meiner Wange und löse den Blick vom Display, um sie fragend anzusehen. Die Wärme in ihren Augen ist intensiver als sonst.

»Ich danke Gott jeden Tag, dass du die Liebe gefunden hast. Quinn tut dir unglaublich gut, und dich so glücklich zu sehen, ist das Schönste, was einer Mutter passieren kann.«

»Ach du und deine sentimentalen Ausbrüche«, sage ich und umarme sie kurz. Mit meiner Mom über Gefühle zu reden, ist mir bis jetzt noch nie schwergefallen. Abgesehen von meinem kleinkriminellen Nebenverdienst weiß sie alles über mich.

»Du weißt, ich bin ein Softie, …« Das Klingeln meines Handys lässt sie verstummen. Als ich auf das Display schaue und Haydens Nummer erblicke, runzle ich die Stirn. Dass Ian mich anruft, kommt ab und an vor, aber der Zweite im Bunde hat mich noch nie angerufen.

»Hey Hayden. Was gibts?«, frage ich und ignoriere das merkwürdige Gefühl in meinem Bauch.

»Jackson. Hör zu«, sagt er, ehe er stoppt und sich meine Nackenhaare aufstellen. Etwas stimmt ganz und gar nicht.

»Wo ist Quinn?«, frage ich mit einem Kloß im Hals, kralle meine Finger fest um das Handy.

»Es gab einen Überfall. Quinn wurde verletzt.«

»Was!?«, rufe ich geschockt aus, was meine Mutter zusammenzucken lässt. Mit geweiteten Augen stellt sie sich neben mich und legt ihre Hand beruhigend auf meine Schulter.

»Sie hat eine Stichverletzung.« Seine Worte dringen nur langsam zu mir durch, doch sie ziehen mir blitzschnell den Boden unter den Füßen weg.

»Nein«, hauche ich und kann kaum klar denken. Quinn. Meine Füße geben unter mir nach und nur schwach bekomme ich mit, wie meine Mom mir das Smartphone abnimmt und mit Hayden redet. Das Blut rauscht in meinen Ohren, so viele Gedanken und Ängste wollen sich gleichzeitig an die Oberfläche kämpfen, aber ich blocke sie ab. Ich dränge alles von mir und fühle mich nur noch leer. Das muss der Schock sein, oder ich erlebe am eigenen Leib, wie meine Welt zusammenbricht. Tränen lassen meine Sicht verschwimmen und das Atmen fällt mir plötzlich schwer. Quinn! Innerlich schreie ich verzweifelt ihren Namen, doch äußerlich bin ich völlig still.

Jemand packt mich an den Schultern und schüttelt mich, aber ich bekomme es nur dumpf mit. Alles steht still ohne Quinn.

»Jackson! Bitte komm doch zu dir!« Ich höre die Rufe meiner Mutter, und so schnell die Lähmung gekommen war, katapultiert sie mich wieder in die harte Realität, sodass ich die Taubheit sofort wieder vermisse.

»Sie lebt. Quinn lebt«, schreit sie fast, sodass ich mich ruckartig vom harten Boden erhebe und am ganzen Körper zu zittern beginne. Meine Mutter nimmt mich sofort in den Arm und drückt mich an sich.

»Sie ist nicht schlimm verletzt. Jackson, sie lebt«, sagt sie immer und immer wieder. Erst langsam klärt sich mein Blick, als ihre Worte zu mir durchdringen.

»Wo ist sie?«, frage ich krächzend, als hätte ich meine Stimme verloren.

»Ich bringe dich zu ihr, okay?« Sie nimmt mein Gesicht in ihre Hände und mustert mich prüfend. Mittlerweile habe ich den Schock etwas verdaut, die Angst und die Sehnsucht nach ihr, aber immer noch ist es kaum auszuhalten. Die Fahrt über fühle ich mich wie auf glühenden Kohlen. Nichts ist in diesem Moment wichtiger, als bei Quinn zu sein und mich selbst zu vergewissern, dass sie wirklich noch da ist. In meinen neunzehn Jahren habe ich noch nie so große Angst verspürt wie in diesem Moment.

Nachdem wir von der Schwester Quinns Zimmernummer erfahren haben, kann mich nichts und niemand mehr stoppen. Ich renne, als wäre der Teufel hinter mir her und ignoriere die verwunderten Blicke. Keuchend stoße ich die Zimmertür auf, und mein Blick fällt sofort auf mein Mädchen. Sie sieht blass aus, hat Prellungen an den Armen, und um sie herum sind Apparate, aber das, was Tränen in mir aufsteigen lässt, ist ihr Lächeln. Es ist schwach, hat aber noch immer die Kraft, meine sonst so dunkle Welt zu erhellen.

»Jax«, haucht sie schwach, und keine zwei Sekunden später überbrücke ich die Distanz zwischen uns und umfasse ihr wunderschönes Gesicht, um ihre Wärme zu spüren. Um sicherzugehen, dass sie real ist und ich mir das hier nicht einbilde.

»Ich bin hier. Bitte weine nicht«, flüstert sie und küsst mich sanft, was mich die Augen schließen lässt. Ich lasse den Tränen freien Lauf. Von Schluchzern geschüttelt fallen wir uns in die Arme und halten einander. Ich danke Gott dafür, dass er mir nicht das Wertvollste genommen hat.

»Ich liebe dich«, flüstere ich, ehe ich mich von ihr löse, und erneut meine Hände auf ihre erhitzten Wangen lege. »Du bist alles für mich, und ich könnte nicht ohne dich leben«, sage ich aus tiefstem Herzen und wische ihr eine Träne von der Wange.

»Ich liebe dich auch und werde dich niemals verlassen. Das verspreche ich dir.«

Ich antworte mit einem sanften Kuss. Ehe ich ihr übers Haar streichle und ihr Raum zum Atmen lasse.

»Was ist passiert?«, frage ich und setze mich an die Bettkante, nehme dabei ihre Hand in meine. Während sie erzählt, was sich ereignet hat, erlebe ich ein wahres Gefühlschaos. Ich bin sauer, neugierig, geschockt und unglaublich erleichtert, sodass ich aufpassen muss, damit ich ihre zarte Hand nicht zerquetsche. Als sie endet, atme ich tief durch und mir wird bewusst, wie viel Glück sie hatte.

»Dir ist schon klar, dass ich Ian eine verpassen werde, sobald ich ihn wiedersehe, oder?«

»Du wirst nichts dergleichen tun.«

»Wo sind die beiden überhaupt?« Ich blicke mich in dem Krankenzimmer um und erkenne erst jetzt, wie gepflegt und sauber es ist. Erst dann bemerke ich, dass das zweite Bett ebenfalls besetzt ist.

»Wer ist das?«, frage ich und deute auf die schlafende Person.

»Das ist Eve Millard. Sie wurde ebenfalls verletzt und hat mich in ihr Zimmer verlegen lassen. Aus Dankbarkeit schätze ich.«

»Das wäre auch das Mindeste, immerhin habt ihr alle euer Leben riskiert für zwei völlig Fremde. Ich glaube, ich brauche euch nicht zu sagen, wie dumm das war.«

»Es war riskant.«

»Völlig übergeschnappt trifft es eher.«

»Okay, wir haben es nicht ganz durchdacht, aber ich bereue es nicht, Jax. Griffin und Eve sind zwei wirklich tolle Menschen.«

»Woher willst du das wissen? Du kennst sie doch nicht.«

»Wir haben uns seit dem Unfall vor ein paar Stunden viel unterhalten.«

»Schön und gut, aber seid vorsichtig. Wie gesagt, die zwei sind Fremde.«

»Du brauchst dir keine Sorgen zu machen. Ich verspreche, dass ich mich ab heute aus jeglichem Ärger raushalte.«

»Das will ich doch hoffen, wobei ich dir sowieso nicht mehr von der Seite weichen werde.«

»Ist das nicht ein wenig übertrieben?«, will sie mit einem breiten Grinsen wissen.

»Ganz und gar nicht. Ich glaube, du weißt gar nicht, wie viel du mir bedeutest.«

»Doch«, flüstert sie, und in ihren meerblauen Augen sehe ich die exakte Spiegelung meiner Gefühle für sie. Wir sind eins und lieben einander im gleichen Ausmaß. Seufzend greife ich in ihren Nacken und neige den Kopf, um sie noch mal zu küssen. Ich habe vor, sie den Rest meines Lebens mit Küssen zu übersäen, nur um sicherzugehen, dass sie auch tatsächlich da ist.

26. KAPITEL

Jackson

»Was ist los mit dir?«, fragt Owen mich, als ich erneut auf mein Smartphone blicke, anstatt Interesse an meiner Paella zu zeigen. Ich schaue zu meinem besten Freund, der mich kauend anblickt und auf eine Antwort meinerseits wartet. »Nichts«, antworte ich und hoffe, ihn so abspeisen zu können, aber falsch gedacht.

»Bullshit. Ich kenne dich, und du bist seit Tagen unruhig und mies gelaunt. Liegt es daran, dass wir für eine Geschäftsreise ans Festland mussten und du nicht surfen kannst?«, fragt er mich neugierig und wischt sich mit einer Serviette den Mund ab. Er hat seinen Teller wesentlich schneller geleert als ich.

»Nein, das ist es nicht.« Auch wenn die Geschäftsreise viel Arbeit mit sich gebracht hat, sind es meine Gedanken, die mich abdriften lassen.

»Was dann? Und wage es ja nicht, Ausflüchte zu suchen, denn du weißt, dass ich es erkenne, wenn du lügst.«

»Eine Gabe, für die ich dich übrigens hasse.«

»Das tust du nicht, würdest aber gern. So, und jetzt genug der Ablenkungsversuche.« Ich seufze und lege mein Smartphone beiseite, das ich in den letzten Tagen so lange angestarrt habe, in der Hoffnung, dass eine gewisse blonde Schönheit sich meldet. Seit Quinn wieder in mein Leben getreten ist, habe ich nur mit Sebastian über meine Gefühle reden können, aber wenn es mich von der Arbeit und von meinen Freunden ablenkt, dann muss es endlich auch mein bester Freund erfahren.

»Ich habe eventuell Quinn gestanden, dass ich noch immer Gefühle für sie habe, und sie hat sie erwidert.« Ich weiß nicht, was ich zu hören erwartet habe, aber dass Owen nur mit einem Nicken antwortet, hätte ich nicht ahnen können.

»Ein Nicken? Das ist deine Reaktion?«

»Es überrascht mich nicht im Geringsten. Jeder, der dich auch nur ein bisschen kennt, sieht, dass du noch immer an ihr hängst. Du beobachtest jeden ihrer Schritte, wirfst ihr sehnsuchtsvolle Blicke zu, wenn niemand hinsieht.«

»Ich bitte dich, das tue ich nicht.«

Owen verschränkt belustigt die Arme vor der Brust und provoziert mich mit diesem einen Blick, den er immer draufhat, bevor er mir den Kopf wäscht.

»Du siehst aus wie ein gebräunter, breitschultriger Welpe, der alles dafür tun würde, um auf ihren Schoß zu dürfen.«

»Pass auf deine Wortwahl auf«, weise ich ihn zurecht, was ihn breit grinsen lässt.

»Was denn? Es stimmt doch, was ich sage, also sei nicht so.«

»Halt die Klappe«, knurre ich, da mein Ego nicht wahrhaben will, dass ich in ihrer Nähe so schwach werde.

»Du wolltest doch reden, also reden wir. Du bist in deine Ex verschossen, die in einem Monat heiraten und die Zukünftige unseres Geschäftspartners sein wird. Wenn das nicht eine Umschreibung dafür ist, tief in der Scheiße zu stecken, dann weiß ich auch nicht.« Oh, wie gerne würde ich ihm eine verpassen, auch wenn er die Wahrheit ausspricht und ich sie einfach nur nicht wahrhaben will.

»Was genau hast du zu ihr gesagt?«

»Dass ich auf unser Hotel und das Geschäft mit Troy verzichten würde, wenn ich sie zurückbekommen könnte.«

»Dass du sie über die Arbeit stellen würdest, ist mir klar. So bist du gestrickt. Wenn du eine Entscheidung treffen müsstest, wäre Quinn immer deine Antwort.«

»Ich glaube, sie empfindet wie ich.«

»Das wundert mich ebenfalls nicht. Selbst ein Blinder sieht, dass sich ihre Atmung beschleunigt, sobald du den Raum betrittst.«

Wie sieht er solche Sachen immer? Er scheint die Körpersprache der Menschen wohl studiert zu haben. »Genau. Bitte sag mir, was ich tun soll.«

»Ich habe keine verdammte Ahnung«, sagt er kühl und trifft mich damit ziemlich schwer. Ich habe mir einen guten Ratschlag seinerseits erhofft, jedoch vergeblich.

»Was, gar nichts? Solltest du nicht die Universallösung parat haben?«

»Du weißt, dass ich mit der Liebe nichts am Hut habe, weshalb ich dir keinen Rat geben kann, aber sagen nicht alle, man sollte seinem Herzen folgen? Und hat sie dir nicht auch ihre Liebe gestanden?«

»Ja, schon, aber Ian hat unser Gespräch unterbrochen und seitdem hat sie sich nicht mehr gemeldet. Was sagt mir das?«

»Dass du aktiv werden solltest? Wenn ihr beide so füreinander empfindet, solltest du etwas tun.«

»Wenn ich das weiterverfolge, verlieren wir einen Partner und sie das Leben, das sie kannte.«

»Glaubst du nicht, dass sie das selbst entscheiden kann?«

Ich stochere nachdenklich in meiner Paella und lasse mir seine Worte durch den Kopf gehen.

»Was, wenn ich ihr nicht genug wäre? Dieser Gedanke beschäftigt mich«, flüstere ich schließlich. Es ist das erste Mal, dass ich diese Ängste laut ausspreche. »Was ist, wenn ich sie erneut verlieren würde? Du weißt, was ich als Teenie für ein Wrack war. Diese Hölle noch einmal zu erleben, würde mich umbringen.«

Owen seufzt und nippt an seinem Weißwein, ehe er in die Ferne blickt, als hoffe er, dort den Ratschlag zu finden, den er mir ans Herz legen will. »Und wenn es genau umgekehrt wäre? Vielleicht will sie genau dasselbe wie du, nur lähmt sie die gleiche Angst, die auch du verspürst?«

Daran habe ich gar nicht gedacht. *Wäre es töricht von mir, darauf zu hoffen?* »Wer weiß«, sage ich nachdenklich und reibe mir über das stoppelige Kinn. Obwohl wir morgen ein Meeting in der Innenstadt haben, habe ich mich noch nicht rasiert, weil ich mit den Gedanken woanders bin.

»Hör zu!« Mein bester Freund sucht meinen Blick und nimmt einen tiefen Atemzug. »Egal, wie ihr euch entscheidet, jemand wird leiden. Wichtig ist, eine Entscheidung zu fällen, die euch glücklich macht.«

»Ich möchte der Mann an ihrer Seite sein«, antworte ich, ohne zu zögern. Das wollte ich bereits mit neunzehn und wusste damals schon, dass sie die Frau meines Lebens ist.

»Dann solltest du fair um sie kämpfen. Zeige ihr, wie ein Leben mit dir aussehen könnte.«

»Wie definierst du fair?«

»Indem du keine Spielchen spielst. Lasse sie nicht zu einer Frau werden, die ihren Mann betrügt. Keine Küsse, kein Sex, sondern überzeuge sie mit Worten und Gesten.«

»Ich würde sie niemals in diese Position bringen wollen. Außerdem ist Quinn keine Person, die mit jemandem schlafen würde, obwohl sie in einer Beziehung ist.«

»Siehst du, jetzt heißt es für dich, sich reinzuhängen. Um sie zu kämpfen ist kein Problem, die Frage ist nur, ob sie es zulassen würde.«

»Da gibt es nur ein Problem.«

»Und das wäre?«, fragt er mich, und ich sehe ein aufgeregtes Glitzern in den Augen, als wäre er Feuer und Flamme für mein Vorhaben.

»Wie kann ich mit ihr reden, ohne dass ihr Verlobter in der Nähe ist?«

»Dann schreib ihr. Hast du seit der letzten Begegnung etwas von ihr gehört?«

»Nein. Ich habe gehofft, dass sie sich melden wird, deshalb blicke ich so verbissen aufs Smartphone.«

»Und ich dachte schon, du hast eine Handysucht entwickelt«, sagt er feixend.

»Haha«, sage ich sarkastisch, diese Witze auf meine Kosten werde ich wohl noch häufiger ertragen müssen.

»Nein, aber im Ernst. Zeige ihr, dass du sie willst, ob per Smartphone oder wenn ihr euch gegenübersteht. Du hast noch eine Woche, ehe sie nach New York zurückfliegt, und wenn du jetzt nicht handelst, wirst du es dein Leben lang bereuen.« Alles, was er sagt, entspricht der Wahrheit, und auch wenn ich Angst vor diesem Schritt habe, muss er getan werden.

Ich liebe Quinn.

Jetzt muss ich es ihr nur noch beweisen.

Jackson: Hey.
Hier ist Jackson, falls du meine Nummer nicht eingespeichert hast. Ich wollte fragen, wie es dir geht und ob du eine schöne Zeit mit deinem Bruder hattest.

Ich sitze in meinem Truck vor dem *Quinns* wie ich das Hotel gerne abkürze, und blicke hinauf zu den beleuchteten Fenstern, wo ich die Frau meiner Träume vermute, und sende die Nachricht sofort ab. Als ich die drei Punkte auf und ab hüpfen sehe, atme ich erleichtert aus. Zuerst habe ich befürchtet, dass sie sich nicht melden wird, weil Troy in der Nähe ist oder weil ihr der Gefühlsausbruch leidtut.

Quinn: Ich sitze im Hotelzimmer und gucke mein K-Drama weiter.

Jackson: Ohne mich? Dabei brenne ich darauf zu erfahren, wie es weitergehen wird.

Quinn: Sorry, aber in dieser Hinsicht kann ich nicht warten. Wenn ich ziemlich gefesselt bin, kann es passieren, dass ich bis zum Morgengrauen fernsehe.

Jackson: Ich würde gerne mit dir mitgucken. Ich kann nicht versprechen, dass ich es lange aushalte, ohne einzuschlafen, aber ich würde es probieren.

Quinn: Das ist mutig und lieb von dir. Wo bist du? Habe gehört, du bist auf Geschäftsreise.

Jackson: Ich bin wieder auf Hawaii und langweile mich.

Quinn: Und da denkst du gleich an mich.

Jackson: Ich denke ständig an dich. Wenn es danach ginge, müsste dein Smartphone ständig bimmeln.

Quinn: Troy sitzt neben mir. Du solltest das nicht schreiben. Nicht jetzt.

Mit einem Kloß im Hals werfe ich das Smartphone auf die Beifahrerseite und starte den Truck. Da versuche ich, um sie zu kämpfen und mich langsam an sie anzunähern, und dann muss sie mir einen Dämpfer verpassen. Klar, es ist die Wahrheit, aber ich will diese nicht wahrhaben, nicht, solange sie mich von sich stößt und es keine Hoffnung mehr für uns gibt. Ich parke in der Garage und gehe direkt auf die Terrasse, wo ich mir vom Kühlschrank an der Bar ein Bier hole und mich auf die Außencouch lege. Das Smartphone in meiner Jeans piepst erneut, doch ich will es ignorieren, bin aber schwach und greife danach. Wieder finde ich eine Nachricht von Quinn vor.

Quinn: Es tut mir leid. Ich hätte es anders formulieren müssen. Wie ist es nur dazu gekommen, dass wir uns auf Zehenspitzen umeinander bewegen und jedes Wort doppelt durchdenken müssen?

Jackson: Weil uns vielleicht die Vergangenheit hemmt.

Quinn: Wie meinst du das?

Jackson: Unsere junge Liebe war wunderbar, aber das Schicksal hat uns getrennt. Anfangs habe ich den Fehler gemacht, in dir die alte Quinn zu sehen, ohne darauf einzugehen, wer du jetzt wirklich bist.

Quinn: Die Jahre haben uns verändert.

Jackson: Veränderungen können auch gut sein.

Quinn: Womöglich. Ich will auf jeden Fall wissen, was die Zeit für uns beide bereithält.

Dieser eine Satz lässt mich innerlich jubeln, denn er ist ein Schritt in meine Richtung. Durch diese Worte zeigt sie mir, dass ihre Gefühle ebenso stark sind. Jetzt ist der Ball in meinem Spielfeld, und ich werde mit allem, was ich habe, um sie kämpfen. Aber das hat noch Zeit, zuerst muss ich sichergehen, dass es ihr auch wirklich gut geht.

Jackson: Wie geht es deinem Fuß? Was hat Dr. Ferguson gesagt?

Quinn: Alles wieder im grünen Bereich. Ich kann normal gehen und den Fuß ohne Schmerzen belasten.

Jackson: Da bin ich erleichtert, ich habe ihr eigentlich geschrieben, dass sie mir Bescheid geben soll, sobald sie dich untersucht hat, aber sie wird es wohl vergessen haben.

Quinn: Du hast die Handynummer deiner Ärztin gespeichert?

Jackson: Klar, Jeff hat Probleme mit dem Herzen und hatte vor zwei Jahren einen Infarkt, deshalb haben wir alle ihre Nummer gespeichert.

Quinn: Oh Gott, das wusste ich nicht. Ich hoffe, dass es ihm jetzt besser geht.

Jackson: Und ob es ihm gut geht. Meine Mom umsorgt ihn, und da kann es ihm nur gut gehen.

Quinn: Wann haben die beiden sich kennengelernt?

Jackson: Na ja, dass die beiden sich verliebt haben, ist auch ein wenig dein Verdienst.

Kurz darauf beginnt mein Handy zu klingeln, was mich schmunzeln lässt. Seit Tagen sehne ich mich danach, ihre Stimme zu hören, sodass ich sie nicht lange warten lasse und sofort abnehme.

»Hey. Ist da jemand neugierig?«

»Da kannst du dir sicher sein. Also, erzähl schon.«

»Ist Troy nicht mehr da?«

»Er ist schlafen gegangen, weil er mein K-Drama nicht mehr erträgt.« Ich höre ihren Seufzer und mein Herz wird schwer.

»Oh. Okay.« Ich bin etwas enttäuscht über die Aussage von dem Mann, der sie und ihre Leidenschaften lieben sollte. Wenn sie über ihre K-Dramas erzählt, leuchten ihre Augen auf, und man sieht, dass es ihr viel bedeutet. Dass Troy diese Vorliebe stört, macht mich traurig.

»Damals, als du bei dem Überfall verletzt wurdest, habe ich es erst Stunden später von Hayden erfahren. Da ich aber zu geschockt und zu aufgewühlt war, um selbst zu fahren, hat mich Mom ins Krankenhaus gebracht und war mir eine Stütze.« Ich muss eine kurze Pause einlegen, da die Bilder von damals sich erneut vor meine Augen schleichen und mich seufzen lassen. Diese Angst und die Hilflosigkeit will ich nie wieder erleben. Der Schock saß auch Tage später noch tief.

»Jax«, seufzt sie meinen Namen, sodass es eng in meiner Brust wird. »Ich bin hier. Der Überfall ist über ein Jahrzehnt her. Mir geht es gut.«

Ich nicke und lecke mir über meine trockenen Lippen, ehe ich fortfahre.

»Entschuldige … damals«, sage ich, und stocke kurz, weil ich sie vor meinem inneren Auge erneut im Krankenhausbett vor mir sehe.

»Es war schrecklich für uns beide, aber wir sind hier, und dieses Telefonat sollte eigentlich nicht in Trauer umschwenken«, flüstert sie ebenfalls ergriffen, sodass ich mich zusammenreiße.

»Du hast recht. Entschuldige. Wie gesagt, ich bin sofort in dein Zimmer gerannt, um nach dir zu sehen, während Mom auf dem Flur gewartet hat. Stundenlang hat sie dort ausgeharrt, um bei uns zu sein. Als sie sich einen Kaffee geholt hat, ist sie dem Officer begegnet, der den Überfall aufgenommen hat. Mom hatte ihr Portemonnaie vergessen und hätte fast auf ihren Kaffee verzichten müssen, doch Jeff hat ihr das Geld geliehen.«

»Wie süß«, wirft sie ein.

»Sie wollte seine Handynummer haben, um es ihm bei Gelegenheit zurückzuzahlen.«

»Sie hat mit ihm geflirtet?«, fragt Quinn überrascht, da es so unwahrscheinlich ist klingt.

»Nein. Sie hatte keinen romantischen Gedanken im Sinn. Du kennst Mom. Nachdem sie immer Pech mit Männern hatte, hat sie lange mit sich gerungen, ehe sie ihm eine Woche später eine Nachricht geschrieben hat. Sie haben sich verabredet und sind seitdem ein Paar. Ich habe ihn erst ein halbes Jahr später kennengelernt. Also … als du schon nicht mehr da warst.« Die Worte auszusprechen hat einen bitteren Nachgeschmack, aber ich schüttle die Erinnerung von mir ab. Jetzt ist nicht die Zeit und der Ort, um über die Vergangenheit zu grübeln.

»Oh«, murmelt sie, und ich höre sie einen tiefen Atemzug nehmen.

»Dein Chefkoch Sebastian hat mich heute angerufen, um zu fragen, was mein Lieblingsgericht ist. Ich schätze, dafür bist du verantwortlich?« Ich bin froh, dass sie das Thema wechselt.

»Nein, das war kein Auftrag von mir. Sebastian weiß, dass du meine Freundin bist und will dir sicher eine Freude machen. Der Mann ist ein begnadeter Koch. Ich habe mir schon einige Tricks von ihm angeeignet.«

»Kochst du noch immer so gern?«

»Da ich nicht so oft zu Hause bin, sondern meist bei Mom, Owen oder Alexis, lebe ich meine Kochleidenschaft in der Hotelküche aus.«

»Wirklich? Das heißt, der Hotelbesitzer kocht selbst?«

»Klar, ich habe jeden Job meiner Angestellten ausprobiert.«

»Warte mal. Wie soll ich das verstehen?«

»Da ich einen Einblick in die Aufgabengebiete meiner Mitarbeitenden haben wollte, war ich ein paar Tage Page, Concierge, Reinigungskraft, Küchengehilfe und so weiter.«

»Das nenne ich eine tolle Herangehensweise. Du hast dich in dieser Hinsicht nicht verändert.«

»Inwiefern?«

»Du hast dein Herz noch immer am rechten Fleck und behandelst deine Mitmenschen fair. Damals warst du zwar mit der Gang auf Kriegsfuß, als Link verrücktgespielt hat, aber hast es deinen Kameraden nicht übel genommen, wenn sie Aufträge in seinem Namen ausgeführt haben.«

»Das weißt du noch?«

»Ich weiß noch alles«, antwortet sie. So vieles schwingt in diesen Worten mit. Sie erinnert sich genauso glasklar an uns wie ich und schenkt mir so Hoffnung, die ich jetzt mehr als alles andere brauche.

27. KAPITEL

Quinn

Ein warmer Windhauch weht mir durchs offene Haar und lässt mich die Augen schließen. Dabei denke ich sofort an das gestrige Telefonat mit Jackson. Es hat sich über Stunden hingezogen. Meiner Seele hat es unglaublich gutgetan, einfach ich selbst zu sein und mit ihm zu reden. Es hat sich richtig angefühlt, ihm meine Wünsche und Ängste anzuvertrauen. Er hat mich in keiner Weise verurteilt, sondern war ein aufmerksamer Zuhörer. Der Wunsch, ihn zu sehen und ihm nah zu sein, war gestern unglaublich stark und ist es immer noch. Jetzt sitze ich meinem Verlobten gegenüber, der gerade die Karte studiert, und will ihm reinen Wein einschenken. Ich liebe Jackson und fühle mich gerade nicht in der Lage, mich zu entscheiden. Er muss es erfahren.

Natürlich klingelt ausgerechnet in diesem Moment sein Smartphone, woraufhin Troy sich erhebt. Ich verschränke die Arme vor der Brust und blicke ihm nach. Ich koche vor Wut, weil hier noch nicht ein Tag vergangen ist, an dem er mich nicht wegen eines Telefonats hat stehen lassen. »Was ist es diesmal?«, frage ich entrüstet und rolle mit den Augen, als er mit einem entschuldigenden Lächeln auf mich zukommt. Als sein Vater angerufen hat, dachte ich mir schon, dass es um die Arbeit gehen muss, aber sein Gesichtsausdruck sagt mir, dass mir seine nächsten Worte nicht gefallen werden.

»Sie wollen die Baupläne des neuen Hotels heute Abend besprechen.«

»Das heißt, du musst heute Abend an einem Online-Meeting teilnehmen?«, frage ich mit gerunzelter Stirn, doch sein Seufzen ist mir Antwort genug.

»Sie wollen, dass ich mit Owen ins Büro komme.«

»Wie bitte? Nach Manhattan?«, frage ich entsetzt und springe auf, sodass der Stuhl fast umkippt. Wir befinden uns auf der überdachten Terrasse des Hotelrestaurants, und das Meer, das nur ein paar Meter von mir entfernt ist, hat noch nie einladender ausgesehen. Am liebsten würde ich in die Tiefe tauchen und all meine Sorgen an der Wasseroberfläche lassen.

»Bitte sei nicht sauer, aber es geht hier um einen Millionen-Deal.« *Ist das sein Ernst?* Wir wollten gemütlich in den Tag starten und die Ideen durchgehen, die ich uns für heute aufgeschrieben habe. *Der ganze Tag war verplant und nun lässt er mich allein? Schon wieder?*

»Geht es darum nicht immer? Was soll das alles, Troy?« Mir sind die Blicke der anderen Leute egal, denn meine Beziehung hängt am seidenen Faden. Wut rauscht durch meine Adern, und ich stehe kurz davor, in Jacksons Hotel eine Szene zu machen.

»Es tut mir leid. Dieser Urlaub ist auf so vielen Ebenen nicht so verlaufen wie geplant.« Das traurige Seufzen kaufe ich ihm keine Sekunde ab. *Das hier ist der schlimmste Urlaub ever!*

»Das ist noch eine Untertreibung. Nicht nur, dass du mich im Stich gelassen hast, als ich verletzt war, du hast mich seit Tagen nicht mehr berührt. Du benimmst dich wie ein völlig anderer Mensch, Troy.« Er blickt sich verlegen um, greift nach meinem Oberarm, doch ich entziehe mich seiner Berührung. Ich bin noch lange nicht fertig.

»Lass uns woanders darüber reden.«

»Vergiss es! Ich will hier und jetzt darüber reden, dass ich immer mehr Zweifel an der Heirat habe. Ich meine, du hast mehr Zeit mit Owen als mit mir verbracht, wenn man es hochrechnet.« Seine Brauen wandern nach oben, als er die Arme vor der Brust verschränkt. Nun wirkt er ziemlich genervt, was meine Wut nur noch mehr anheizt.

»Mach dich doch nicht lächerlich!«, zischt er und hebt trotzig das Kinn, als wäre er im Recht.

»Ich? Glaub mir, diese Situation hat das Lächerlichkeitslevel längst überschritten. Ich bin wütend. Wie, glaubst du, können wir heiraten, wenn wir nicht mal drei Wochen Urlaub miteinander verbringen können, ohne dass alles schiefläuft, was nur schieflaufen kann?« Ich rede mich in Rage und gehe ein paar Schritte zum Strand. Ich drehe ihm den Rücken zu, weil ich ihn nicht mehr sehen und den Blicken der anderen entgehen will. Ich spüre ihn nicht, als er sich mir nähert. Ich höre seine Schritte im Sand, aber ich empfinde nichts. Das habe ich früher immer getan, weil wir eine Verbindung hatten. Doch jetzt ist da nur Taubheit.

»Hör zu.« Ich habe ihm immer noch den Rücken zugedreht, um endlich durchatmen zu können. Um wieder einen klaren Gedanken zu fassen. Da ich stumm bleibe, spricht er einfach weiter.

»Die Hochzeit macht auch mir Angst. Es ist ein großer Schritt, den Rest seines Lebens mit jemandem zu teilen, und vielleicht war ich in letzter Zeit nicht mehr ich selbst.«

»Dass du Bammel vor der Hochzeit hast, erklärt nicht, wieso du mich im Stich gelassen hast und die Arbeit mir vorziehst«, antworte ich kühl und schaue den Wellen zu, wie sie sich am Strand brechen. Das beruhigende Rauschen mildert meine Wut ein wenig.

»Ich habe nicht auf alles eine Antwort, Quinn!«, meint er

aufgebracht, und der scharfe Ton in seiner Stimme bewegt mich nun doch dazu, mich umzudrehen.

»Das habe ich auch nie von dir verlangt!«

»Deine Perfektion kann aber auch einschüchtern.«

»Meine was?«

Er schnaubt und stemmt die Hände in die Hüften. »Du weißt immer, was du sagen musst, bist beliebt, erfolgreich, verstehst dich mit deinen Eltern und weißt ganz genau, was du vom Leben erwartest. Nicht jeder sieht das Licht am Ende des Tunnels.«

»Ich bin nicht perfekt, Troy! Auch ich habe Fehler.«

»Nenne mir einen. Nur einen, der mich überzeugt.« Das ist der Moment, nun kann ich mein Gewissen endlich erleichtern. Ich muss es einfach tun.

»Ich habe dich in Bezug auf Jackson belogen.« Das nimmt ihm ein wenig den Wind aus den Segeln, und er runzelt verwirrt die Stirn.

»Ich höre«, ist alles, was er sagt.

»Er ist nicht nur ein guter Freund von damals. Wir waren zusammen.«

»Warte … ist er der eine Ex-Freund, der dich als Teenie verlassen hat?«

»Ja«, sage ich schuldbewusst und blicke auf meine Sandalen, die nun voller Sand sind. Als Troy daraufhin zu lachen beginnt, glaube ich tatsächlich, dass er den Verstand verloren hat.

»Das ist alles?«

»Du bist deswegen nicht sauer?« Ich streiche mir die Haare aus dem Gesicht und fühle mich plötzlich so müde.

»Wieso sollte ich sauer sein? Das mit euch ist schon lange vorbei, und ein wenig kann ich es verstehen, dass du nichts gesagt hast. Wer redet mit seinem Partner schon gerne über Verflossene.«

»Ich bin dankbar für dein Verständnis, kann aber nicht anders, als mich zu fragen, wieso du dich in den letzten Wochen so stark verändert hast.« Dieser Mann vor mir gleicht nicht dem Menschen, mit dem ich vor ein paar Tagen das Flugzeug bestiegen habe. Normalerweise ist mein Verlobter ziemlich eifersüchtig, was mir manchmal sogar ein bisschen gefallen hat. So wusste ich, dass er mich noch begehrt und mich nicht verlieren will. Jetzt weiß ich überhaupt nichts mehr.

»Mit mir ist alles in Ordnung. Ich kann mich nicht wie ein Neandertaler verhalten, nur weil ihr eine gemeinsame Vergangenheit habt. Ich meine, du empfindest nichts mehr für ihn, oder?«, fragt er mit einem charmanten Lächeln, sich seines Sieges bewusst, doch ich stocke. Ich will schon antworten, dass da keine Schmetterlinge in meinem Bauch sind, wenn ich in seiner Nähe bin, aber das wäre eine Lüge.

»Quinn?«, fragt er, als ich stumm bleibe.

»Ich fühle noch etwas. Nein, ich liebe ihn noch, und bin einfach nur verwirrt.« Mit all meinem Mut blicke ich auf den Mann, dem ich ein Versprechen gegeben habe, als ich den Antrag angenommen habe, doch ich finde keinen Schmerz in seinen Augen, eher Verblüffung. Als könnte er nicht glauben, dass auch ich einen Fehler gestehe.

»Habt ihr euch geküsst?«, fragt er sachlich, als wäre das hier ein geschäftliches Meeting. *Passiert das gerade wirklich?*

»Nein, das würde ich dir niemals antun.«

»Gut.« Das ist alles, was er sagt, denn er fährt sich nachdenklich übers Kinn und blickt aufs Meer hinaus. Es vergehen einige Augenblicke, die mich völlig im Unklaren lassen, bis er sich auf die Lippe beißt und mich entschlossen ansieht.

»Diese Krise, die wir gerade erleben, kann entweder eine kleine Hürde sein oder das Ende unserer Beziehung. Du liebst Jackson noch, und ich weiß nicht, was ich vom Leben noch erwarte. Weder du noch ich wissen gerade, was wir wollen und brauchen Zeit. Ich will uns diese Zeit geben, Quinn.«

»Was heißt das? Bist du gar nicht sauer?«, flüstere ich, doch der frische Wind trägt meine Worte davon.

»Ich bin nicht sauer, sondern nur überrascht. Dass du über deinen Ex nie richtig hinweggekommen bist, war mir immer klar, aber ich wollte es einfach nicht wahrhaben. Dass es Jackson ist, macht alles noch komplizierter. Das Ende unseres Trips ist in fünf Tagen, bis dahin solltest du wissen, was und vor allem wen du willst. Ich werde in New York bleiben und am Flughafen auf dich warten. Wenn du aussteigst, dann ist es für immer, falls nicht, werde ich es dir nicht übel nehmen.« Geschockt öffne ich den Mund und bedecke ihn mit meiner Hand. *Meint er das ernst?* Er will mir Zeit geben, damit ich mich entscheiden kann, welchem Mann mein Herz gehört? Wie kann er dabei so ruhig sein? Auch wenn ich gerade alles hinterfrage, bin ich dankbar für seinen Vorschlag.

»Was ist, wenn *du* am Flughafen nicht auftauchst? Wenn du derjenige bist, der sich nach der Pause gegen mich entscheidet?«, frage ich traurig und blicke zu Boden. Troy überbrückt den Abstand und nimmt mich fest in den Arm. Ich lasse mich in der Umarmung sinken und atme den vertrauten Duft seines Aftershaves ein.

»Dann werde ich immer noch dein bester Freund sein, der sich immer Zeit für dich nehmen wird. Es ist schwer, diese Ungewissheit zu spüren, aber ich denke, wenn wir jetzt nicht in uns gehen, werden wir es unser Leben lang bereuen.« Ich kann nicht antworten, sondern nicke nur und drücke ihn fester, weil ich ihn liebe und seine Herzensgüte wertschätze. Es sieht Troy ähnlich, uns eine Chance zu geben, das Richtige zu tun. Weil er immer darauf bedacht ist, dass ich glücklich bin. Zumindest war er das früher. Aber jetzt ist nicht die Zeit, um Vergleiche anzustellen, und wer bin ich, dass ich auf seiner Veränderung herumreite? Ich bin auch nicht mehr dieselbe.

Das Vibrieren seines Handys in seiner Hosentasche holt uns aus unserer Blase, beendet diesen kleinen Moment, in dem wir einfach die Umarmung genossen haben, ohne an unsere Probleme zu denken.

»Das ist sicher Owen. Er hat den Flug für uns gebucht.«

»Okay. Gute Reise, und melde dich, wenn ihr angekommen seid.«

»Mache ich«, sagt er und schenkt mir dieses umwerfende Lächeln, in das ich mich damals verliebt habe. Er streicht mir mit seinem Handrücken über die Wange und küsst meine Stirn, ehe er mich loslässt. Ich drehe mich erneut dem Meer zu und kann kaum fassen, was gerade passiert ist, als Troy erneut nach mir ruft.

Er ist ein paar Schritte entfernt, als er zu sprechen beginnt. »Sollte zwischen Jackson und dir etwas passieren, dann verschweig es mir. Ich will es nicht wissen, auch wenn ich es dir nicht übel nehmen würde, wenn etwas passiert.«

»Es wird nichts passieren«, antworte ich, doch etwas in mir will diesen Worten nicht glauben.

Wie in Trance gehe ich zum Meer, will, dass die Wellen mich umschließen und mich mit einer nassen Umarmung umfangen. Troy hat uns beiden Zeit gegeben, über alles nachzudenken und eine Entscheidung in Bezug auf unsere Beziehung zu fällen. Doch ich weiß nicht, ob ich das gut oder schlecht finden soll. Als das kühle Nass meine Füße umspielt, presse ich die Luft aus meinen Lungen. Mir war nicht klar, dass ich sie angehalten habe. In meinem Herzen befindet sich so viel Schmerz, weil das Leben, das ich kannte, nicht mehr existiert. Diese Pein reißt Wunden in mir auf, die mich zu verbrennen drohen. Ohne lange nachzudenken, gehe ich tiefer ins Wasser, lasse mich durch die hohen Wellen nicht von meinem Vorhaben abbringen, mich von den Sünden reinzuwaschen, die mich fertigmachen. Ich liebe einen Mann, der nicht mein Verlobter ist, und sehne mich nach ihm. Auch wenn ich mich deshalb schlecht fühlen sollte, empfinde ich die Erkenntnis eher als befreiend. Jackson zu lieben ist kein Fehler. Als mir das Wasser bis zu den Schultern reicht, sollte ich die Arme heben, um zu schwimmen, aber ich gehe einfach weiter. Die Müdigkeit macht mich schwach und mürbe. Ich brauche eine Pause von allem.

Ich tauche unter und lasse mich treiben. Gebe mich der Schwäche und dem Leid hin, in der Hoffnung, durch die Aufgabe der Kontrolle Kraft zu schöpfen. Als mich plötzlich jemand an der Taille packt, reiße ich die Augen auf und schreie unter Wasser auf. Ich versuche, mich von den starken Händen loszureißen, aber sie halten mich erbarmungslos. Es ist so dunkel, und die Angst lässt mich nichts erkennen. Als ich an die Oberfläche komme, sauge ich keuchend Luft in die Lungen und wende mich dem Angreifer zu, nur um festzustellen, dass es Jackson ist, der ebenfalls voll bekleidet neben mir schwimmt. In seinen Augen sehe ich blankes Entsetzen, das mich vielleicht mehr erschreckt als die Situation selbst.

»Was zum Teufel machst du da?«, brüllt er mich an und lässt mich zusammenzucken. Ich schwimme in Richtung Strand, ohne ihm zu antworten. Will einfach weg von ihm und von allen anderen, weil mir plötzlich alles zu viel wird. Meine Kleidung ist schwer, und es kostet mich viel Kraft, zum Ufer zu schwimmen und aufzustehen. Ein Schritt nach dem anderen, sage ich mir in Gedanken vor und sehne mich nach Ruhe, da alles in mir kreischt und um sich tritt. Erneut spüre ich Hände an meiner Schulter, die mich energisch dazu bringen, mich umzudrehen und stehen zu bleiben.

»Lauf doch nicht weg! Rede mit mir.«

Ich schüttle den Kopf, wage es nicht, den aufkeimenden Tränen nachzugeben.

»Was ist los?«

Ich reagiere weiterhin nicht.

»Bitte, Iris. Du machst mir Angst. Lass mich dir helfen«, flüstert er, und ich lasse seine Berührung und Nähe zu. Langsam blicke ich in sein Gesicht, wo ich tiefe Sorge erkenne. Sein Gesicht ist wunderschön, egal, in welcher Gefühlslage er sich befindet, ich finde alles an ihm attraktiv. Troy hat mir Zeit gegeben herauszufinden, was ich will, also muss ich es wagen, seinen Vorschlag anzunehmen. Noch immer schwer keuchend, lege ich meine Handflächen auf seine Brust und küsse ihn.

Als würde ein elektrisierendes Feuerwerk meinen Körper erfassen, sobald ich meine Lippen auf seinen Mund lege, kralle ich mich an sein Hemd und höre sein erschrockenes Keuchen. Kurz erstarrt er, doch dann löst sich seine Starre und er vergräbt seine Hände in meinem Haar und vertieft den Kuss. Erkundet mit seiner Zunge meinen Mund, wie schon damals. Eine Gänsehaut erfasst meinen Körper, und ich stöhne auf, als er mich fest an sich drückt. Als wäre mein Laut ein Weckruf, löst er sich augenblicklich von mir und sieht mich gequält an.

»Ich würde alles dafür geben, hier weiterzumachen, aber nicht, wenn du so aufgebracht und verwirrt bist.« Tränen sammeln sich in meinen Augen, aber ich lasse nicht zu, dass sie an die Oberfläche kommen. Ohne Vorwarnung nimmt er mich in den Arm und drückt mich fest an seine Brust. Diese Geste reicht aus, um bei mir alle Schleusen zu öffnen. Nachdem der erste Schluchzer entwichen ist, folgt bald ein weiterer, begleitet von vielen Tränen. Ich kralle mich an Jacksons weißes Hemd, das völlig durchnässt ist, und lasse all den Ballast der letzten Tage los.

Die Tränen sind gerade versiegt, als ein frischer Windstoß mich frösteln lässt. Ich löse mich langsam von Jackson und blicke ihn entschuldigend an. Seine Miene ist jedoch völlig neutral. Ich kann keinerlei Emotion darin erkennen, als wüsste er nicht, wie er reagieren sollte. Natürlich kann ich es ihm nicht verübeln, denn als ich voll bekleidet früh am Morgen ins Meer gewatet bin, um meinen Schmerz zu betäuben, muss das auf ihn einen verstörenden Eindruck gemacht haben.

»Es tut mir leid«, flüstere ich und schlinge die Arme um meinen nassen Körper.

»Komm«, sagt Jackson und greift nach meiner Hand. Er zieht mich sanft zum Hotel und direkt in den Fahrstuhl, wo uns keine verwirrten Blicke mehr verfolgen. Er drückt den Knopf für die Etage von unserer Suite, aber etwas in mir sträubt sich dagegen. Jetzt, wo Troy weg ist, habe ich das Gefühl, als würde mich das Zimmer, das er für uns beide ausgewählt hat, erdrücken.

»Ist alles in Ordnung? Du atmest plötzlich so schwer«, fragt Jax und mustert mich besorgt.

»Ich will nicht dorthin«, sage ich abwesend und blicke ins Nichts. Ich fühle mich so schlapp und freudlos.

»Wohin möchtest du gehen?« Ans andere Ende der Welt, dorthin, wo meine Probleme und Zweifel mich nicht heimsuchen können. Dorthin, wo ich endlich eine Entscheidung treffen könnte.

»Überall hin, nur nicht hier.«

»Okay, aber du solltest dir eine Reisetasche packen, falls du heute nicht mehr heimkommst.« Ich nicke als Antwort und trete aus dem Fahrstuhl, in dem Wissen, dass Jax immer einen Schritt hinter mir ist, um mich aufzufangen, sollte ich fallen.

28. KAPITEL

Jackson

Ich warte im Wohnbereich, während Quinn sich im Schlafzimmer umzieht, und blicke aus dem bodentiefen Fenster. Von hier aus kann ich den Meeresabschnitt erkennen, wo sie vorhin abgetaucht ist. Rein zufällig war ich auf der Terrasse, um nach dem Rechten zu sehen, als ich Quinn und Troy entdeckte, die heftig aufeinander einredeten. Ich konnte nicht hören, um welches Thema es ging, aber es war beiden anzusehen, dass sie mächtig sauer waren. Als er gegangen ist, konnte ich den Blick nicht von meiner Jugendliebe abwenden, die völlig verloren schien. Als sie zum Strand ging, dachte ich mir nichts dabei, doch als sie ins Meer watete, und das völlig bekleidet, schrillten all meine Alarmglocken.

Ich brüllte ihren Namen, rannte auf sie zu, doch Quinn hörte mich nicht. Ich lief schneller, als ihr das Wasser bis zur Schulter ging, blieb geschockt stehen, als sie untertauchte. Die erschütternde Angst, die mich ergriff, entzog mir beinahe den Boden unter den Füßen. Ohne lange zu zögern, sprang ich ins Wasser, tauchte und packte Quinn, um sie an die Oberfläche zu ziehen. Ich muss sie ziemlich erschreckt haben, das sah ich an ihrem entsetzten Gesichtsausdruck, doch ich war krank vor Sorge. Dass sie mich küssen würde, hätte ich mir niemals erträumt. Es war unglaublich, aber auch der falsche Zeitpunkt, und ich würde diese Situation niemals ausnutzen.

Erst jetzt habe ich das Gefühl, wieder durchatmen zu können. Ihren inneren Zustand kann ich jedoch nur erahnen. Es hat mich viel Kraft gekostet, nicht nachzuhaken, um was es bei diesem Streit ging. Doch jetzt ist weder die richtige Zeit noch der richtige Ort dafür. Als sie aus dem Zimmer tritt, trägt sie kakigrüne Shorts und ein weißes Tanktop. Es ist schlicht, doch trotz der Blässe in ihrem Gesicht sieht sie wunderschön aus. Darunter sehe ich einen bunten Bikini hervorblitzen, in der Hand hält sie eine vollgepackte Reisetasche. Sie versucht sich an einem Lächeln, scheitert jedoch kläglich. Am liebsten würde ich ihr sagen, dass sie bei mir nie ihr Leid verstecken muss, aber ich verkneife es mir. Vorerst.

Unsicher steht sie nun vor mir, so als wüsste sie nicht, wohin mit sich. Aber ich fackele nicht lange und greife nach ihrer Hand. Sie muss mir nichts erklären, und auch ich sage kein Wort, sondern gehe einen Schritt nach dem anderen, um sie aus diesem Zimmer voller Erinnerungen rauszuholen. Ohne zu zögern, folgt sie mir aus der Suite, und wir gehen zu meinem Truck. Weit weg von dem Ort, der wohl ihre Welt zum Einsturz gebracht hat.

Da wir nicht besprochen haben, wohin die Reise gehen soll und Quinn weiterhin schweigt, entscheide ich mich für einen Kurztrip nach China Walls. Es ist, neben meinem Privatstrand, mein zweitliebster Ort zum Nachdenken. Erst als wir auf die Interstate auffahren, löst sie den Blick vom Fenster und wendet sich mir zu. Ein kurzer Blick genügt, um festzustellen, dass Quinn völlig am Ende ist. Der Glanz in ihren Augen ist verschwunden und lässt sie wie einen Schatten ihrer selbst wirken.

»Soll ich das Radio anmachen?«, frage ich, um irgendeine Konversation zu starten. Sie in diesem Zustand zu sehen, macht mich schlichtweg fertig. Quinn schüttelt den Kopf und mustert mich schweigend. So viele Fragen brennen mir auf der

Zunge, die ich mir kaum verkneifen kann, doch sie überrascht mich, als sie plötzlich zu lachen beginnt. Verwirrt blicke ich sie von der Seite an, denn damit habe ich beim besten Willen nicht gerechnet. »Ich hätte niemals gedacht, dass ich vor dir mal einen Nervenzusammenbruch erleide«, meint sie kichernd. Ihre Stimme ist dünn, was mich den Griff um das Lenkrad verstärken lässt. *Was hat dieser Typ nur zu ihr gesagt?*

»Du musst dich diesbezüglich nicht schämen.« Das meine ich völlig ernst. Klar, sie hat mir einen ziemlichen Schrecken eingejagt, aber ich nehme es ihr nicht übel. Ich war wohl in derselben Situation, als sie mich verlassen hat.

»Und ob ich das tun sollte. Ich habe mich vor den Hotelgästen und dir völlig blamiert. Ich habe zugelassen, dass meine Verzweiflung mich nicht rational denken lässt.«

»Viele reagieren so, Quinn.«

»Aber ich nicht! Ich bin nicht impulsiv, sondern denke nach, bevor ich handle. Das bin ich, und das macht mich aus. Doch vorhin wollte ich nur, dass dieser Schmerz aufhört, und bin einfach losgegangen.«

»Auch du darfst Fehler machen. Keiner verlangt von dir, alles zu wissen und dich dafür aufzugeben, um es jedem recht zu machen.« Sie schnaubt, als würde sie gleich mit einem Seitenhieb antworten, doch plötzlich ist ihr Schweigen ziemlich laut in meinen Ohren. Ich befürchte schon, etwas Falsches gesagt zu haben, als sie einen tiefen Atemzug nimmt.

»Es ist lange her, dass ich mich so hilflos gefühlt habe. Das letzte Mal war es, als du nicht aufgetaucht bist.« Ihre Ehrlichkeit erstaunt mich. Sie hat ihre Eltern, ihre Brüder und Freundinnen, und doch vertraut sie mir zum Teil ihre Sorgen an. Wieder an unsere Trennung zu denken lässt auch mein Herz schwer werden. Die Bilder von damals sind so klar vor meinem inneren Auge, dass ich schlucken muss.

»Als ich damals dachte, dass du mich verlassen hast, habe ich all deine Sachen, die noch bei mir rumlagen, auf offener Straße verbrannt. Das hat mich fast erneut ins Gefängnis gebracht, doch zum Glück war Owen an meiner Seite. Damals hatte ich das Gefühl, innerlich zu sterben, und jeder Gedanke an dich und unsere Zeit hat mich tiefer in ein schwarzes Loch gezogen.« Meine Stimme ist dunkler geworden, da es mich viel Kraft kostet, in die Vergangenheit abzutauchen.

»Wie hast du es geschafft, aus dem Tief wieder herauszufinden?«

»Ich habe viel über meine Sorgen und Ängste geredet. Sei es nun mit meiner Mom, Owen oder sogar mit Jeff. Mit der Zeit wurde mir klar, dass es kein Zurück mehr gab. Du warst fort, doch ich habe mich dafür entschieden, mit einem Lächeln an unserer Zeit zu denken. Es war nicht immer einfach, immerhin dachte ich, du hättest mich an die Polizei verraten. Aber ich habe mich gern an unsere glücklichen Zeiten erinnert.« Dieses Geständnis kommt mir ganz einfach über die Lippen. Vielleicht ist es ein Fehler, wieder auf uns anzuspielen, wenn sie in ihrer Beziehung Probleme hat. Doch sie hat gefragt, und ich werde nicht lügen, um ihre Gefühle zu schonen.

Danach schweigt sie eine Weile und sieht wieder aus dem Fenster. Sie fragt nicht, wohin wir fahren, weshalb ich tief in mir hoffe, dass ihr unser Ausflugsziel gefallen wird. Zum Glück sind nicht viele Autos auf dem Parkplatz, als wir ankommen. Neugierig blickt sich Quinn um, es scheint, als hätte der Gedanke an einen Ausflug ihr ein wenig Leben eingehaucht. Ich steige aus, umrunde meinen Truck und öffne ihr die Tür.

»Wo sind wir?«, fragt sie interessiert und sieht mir zum ersten Mal direkt in die Augen, seitdem sie zusammengebrochen ist. Ich reiche ihr meine Hand, die sie, ohne zu zögern, ergreift.

»In China Walls. Diese Gegend ist ein toller Ort, um nachzudenken oder einfach spazieren zu gehen. Es ist ziemlich felsig, sodass es kein gewöhnlicher Spazierpfad ist.« Nachdem ich das Auto verriegelt habe, lässt sie meine Hand los, was mich seufzen lässt. *Wieso fühlt es sich nur so gut an, sie zu berühren, und weshalb fühlt es sich falsch an, ihre Hand loszulassen?* Wir setzen uns in Bewegung und atmen die salzige Meeresluft ein. Der Pfad, dem wir folgen, wird auf der rechten Seite von dunklem Fels überragt, doch links von uns ist der blaue Ozean, dessen Rauschen uns auf unserem Weg begleitet. Quinn scheint die Sonne gutzutun, denn ihre Atmung ist nicht mehr so schwer wie vorhin. Wir haben kein wirkliches Ziel, und da es früh am Vormittag ist, befinden sich auch nicht viele Personen vor Ort, sodass es sich anfühlt, als hätten wir diesen Platz ganz für uns allein.

Je nach Windverhältnissen krachen die Wellen manchmal gegen die Klippen, was laut sein kann, doch heute ist es windstill und das Meer ruhig. Ganz im Gegenteil zu meinem und zweifellos auch Quinns Inneren. Ich sehe ihr an, wie sich ihre Verkrampftheit löst, und auch ihre Schritte wirken mit jeder Minute kräftiger.

Als wir am höchsten Punkt von China Walls ankommen, setzen wir uns auf den warmen Fels und blicken aufs Wasser hinaus. »Willst du mich gar nicht fragen, warum ich die Beherrschung verloren habe?« Der Wind weht ihr die blonden Strähnen ins Gesicht, die sie mit einer Handbewegung wegstreicht.

»Ich brenne vor Neugier, wollte dich aber nicht bedrängen. Ich denke, du hast für heute genug durchgemacht.« Sie kaut auf ihren Lippen und nickt leicht, als würde sie verstehen, was ich meine.

»Ich bin ausgeflippt, als Troy gesagt hat, dass er erneut auf Geschäftsreise gehen wird.« Sie ist es, die die Konversation sucht, und ich werde ihr gerne zuhören. Auch wenn mir nicht gefallen könnte, was sie sagt.

»Und du willst nicht, dass er in dem Monat vor der Hochzeit noch arbeitet?« Ihre Augen werden groß aufgrund meiner Worte und dann lächelt sie traurig.

»Diese Reise ist für jetzt angedacht. In unserem Urlaub. Er sitzt wohl bereits im Flieger nach New York.«

»Wie bitte?« *Er fährt in der Zeit auf Geschäftsreise, in der er seine Auszeit mit ihr genießen könnte? Wer macht so etwas?*

»Mich wundert eher, dass du nichts davon weißt, immerhin geht es um den Bau deines Hotels.«

»Was meinst du damit? Was hat mein Hotel mit seiner Reise zu tun?«

»Er fliegt nicht allein. Owen ist bei ihm und wird sich die Pläne vor Ort ansehen.« Verwirrt sehe ich sie an, ehe ich nach meinem Smartphone greife. Ich war so mit Quinn beschäftigt, dass ich in den letzten Stunden gar nicht auf mein Handy geblickt habe. Unter den vielen Benachrichtigungen sehe ich auch eine Mail von meinem besten Freund, der spontan beschlossen hat, sich mit Troys Vater zu treffen, um ihm unsere Wünsche für die Angebotsberechnung mitzuteilen. Da ich von Anfang an nichts mit dem Verlobten meiner Ex-Freundin zu tun haben wollte, hat er diesen Part übernommen.

»Ich sehe die Nachricht, verstehe sie aber nicht. Ich meine, wer könnte in seinem Urlaub eine Geschäftsreise machen wollen?«

Quinn schnaubt mit einem halben Lächeln und sieht zum Himmel. »Mein Verlobter anscheinend. Es ist nicht das erste Mal, dass er die Arbeit mir vorzieht.« Die Traurigkeit in ihren Worten bricht mir fast das Herz. Ich kann nicht verstehen, wie jemand diese wunderschöne Frau außen vor lassen kann.

»Hast du mit ihm darüber geredet?«

»Ich habe es versucht, doch es ist in eine Diskussion ausgeartet, wie du heute Morgen gesehen hast.«

»Wie konnte er gehen, wenn er weiß, dass es dir nicht recht ist?«

»Glaub mir, ich habe versucht, ihm zu erklären, wie unglücklich ich bin und dass ich Zweifel an der Heirat habe.« Ich stütze die Hände hinter mir ab und höre ihr gespannt zu, signalisiere ihr so, dass ich da bin, sie nicht verurteile und sie mit mir über alles reden kann. Sie atmet tief ein und aus, als würde sie sich für die nächsten Worte wappnen.

»Ich habe ihm auch von unserer Vergangenheit und meinen Gefühlen für dich erzählt.« Überrascht hebe ich die Brauen, da ich nicht erwartet habe, dass sie ihm überhaupt von uns erzählt.

»Wie hat er das aufgenommen?«

»Besser als ich dachte.«

»Das ist doch gut. Oder nicht?«

»Das passt gar nicht zu ihm, da er früher eifersüchtig auf diese Offenbarung reagiert hätte. Wenn es um dich ging, wollte er sofort das Thema wechseln und hat dich verflucht, weil du mir so wehgetan hast.«

»Was verständlich ist. Damals dachtest du, dass ich dich verlassen habe. Nun weißt du es besser.«

»Stimmt. Das tue ich.«

Ich lege den Kopf etwas schräg und kann mich einfach nicht an ihr sattsehen. Jahrelang habe ich mich nach ihr gesehnt, und nun ist sie nur eine Armlänge von mir entfernt.

»Du hast dich in einer Hinsicht nicht verändert«, sage ich, ohne groß darüber nachzudenken. Ich bin zu sehr von ihrem Anblick verzaubert. Sie drückt ihre angewinkelten Beine an die Brust und umschließt sie mit ihrem Arm.

»In welcher?«, fragt sie beinahe schüchtern.

»Du strahlst, selbst wenn alles um dich herum dunkel ist. Selbst wenn deine Welt zusammenbricht, hörst du nie auf zu lächeln. Du bist noch immer meine Iris von damals.« Ihre Wangen färben sich rosa, und sie beißt sich verlegen auf die Lippen.

»Da stimme ich dir nur zum Teil zu. Dieser Urlaub hat Troy und mich verändert und Zweifel in uns gesät.« Es ist ihr anzusehen, dass sie dieses Geständnis ziemlich viel Kraft kostet. Um es ihr leichter zu machen, greife ich nach ihrer Hand und drücke sie sanft. Ich hoffe, ihr so etwas Stärke zu schenken.

»Auf jeden Fall sind wir beide zu dem Schluss gekommen, dass wir Bedenkzeit brauchen. Troy wird in Manhattan bleiben und gibt mir Raum, eine Entscheidung zu treffen.«

»Was heißt das?« Ich versuche, nicht zu hoffnungsvoll zu klingen, scheitere jedoch kläglich.

»Das heißt, dass er am Flughafen auf mich warten wird. Sollte ich zurück nach Manhattan reisen, dann habe ich mich für ihn und unsere Hochzeit entschieden.«

»Und falls du hierbleibst?« Ich halte den Atem an, während ich auf ihre Antwort warte. Mein Glück hängt nun von ihren Worten ab. Sollte sie sich je für mich entscheiden, werde ich alles in meiner Macht Stehende tun, um sie glücklich zu machen. Sie soll nie wieder wegen mir weinen.

»Dann entscheide ich mich für dich, Jax.« Ich habe nicht einmal zu träumen gewagt, diese Worte jemals aus ihrem Mund zu hören. Auch wenn es die Erfüllung all meiner Wünsche wäre, wenn sie sich für mich entscheiden würde, kann ich verstehen, weshalb sie vorhin zusammengebrochen ist. Ihr wurde ein Ultimatum gestellt, bei dem sie sich entweder für das Leben, das sie kennt, oder für einen völlig neuen Weg entscheiden muss. Meine Hand ruht noch immer auf ihrer, und ich lasse ihr die Zeit, wieder Kraft zu sammeln.

»Ich weiß, dass unsere Begegnung unsere beiden Welten ins Chaos gestürzt hat. Du weißt, was ich für dich empfinde, weißt, dass ich dich immer noch liebe. Ich werde deine Entscheidung akzeptieren, egal, wie sie ausfallen wird.« Ihre Augen werden feucht, und kurz glaube ich, dass sie in Tränen ausbricht, doch sie schluckt sie runter und lehnt ihren Kopf an meine Schulter. Sofort breitet sich eine wohlige Wärme in meiner Brust aus, sodass ich ihre Hand fester umschließe. Wir sind uns so nah wie schon lange nicht mehr. Nicht im erotischen Sinn, sondern eher, als würden unsere Seelen langsam wieder zueinanderfinden, ehe sie verschmelzen. Quinn ist die Erste, die das Schweigen bricht. »Danke, dass du für mich da warst. Es muss für dich ziemlich grotesk ausgesehen haben, als ich untergegangen bin.« Dass es so ausgesehen hat, als wolle sie sich umbringen, spreche ich nicht aus. Ich wage es nicht, auch nur daran zu denken.

»Ich will nicht lügen, denn es war der schlimmste Moment meines Lebens. Ich erkannte deine Verzweiflung, und das, obwohl ich Hunderte Meter von dir entfernt war. Es war beinahe so, als würde ich deinen Schmerz selbst fühlen. Deshalb hatte ich auch solche Angst um dich. Als du dann nicht auf meine Rufe reagiert hast, befürchtete ich das Schlimmste.«

»Ich kann mir selbst nicht erklären, wieso ich so heftig reagiert habe. Vielleicht, weil alles in mir geschrien hat wegen der ganzen verworrenen Situation.«

»Bevor du überhaupt daran denken solltest, eine Entscheidung zu treffen, ist es wichtig, dass du auf dich selbst achtest und das tust, was dich glücklich macht. Ich laufe nicht davon. Ich werde immer auf dich warten.«

»Danke. Es tut mir leid wegen des Kusses. Ich konnte nicht klar denken.«

»Ist schon gut. Solltest du mich erneut küssen wollen, aus

freien Stücken, werde ich dich niemals loslassen. Ich werde dich für immer bei mir wissen wollen.«

»Du liebst mich wirklich, oder?«, fragt sie sanft und hebt den Kopf von meiner Schulter, um mir tief in die Augen zu sehen. Mit wild klopfendem Herzen lege ich eine Hand auf ihre Wange und streichle zärtlich darüber. Ich müsste nur ein paar Zentimeter überbrücken, um sie zu küssen. Es würde keine Sekunde dauern, meine Liebe mit einem Kuss zu besiegeln, aber eine Ewigkeit, um sie zu vergessen, sollte sie sich gegen mich entscheiden. Deshalb tue ich es nicht, sondern setze stattdessen zu einer Antwort an.

»Natürlich meine ich es ernst. Niemand wird dich je so lieben können, wie ich es tue, Quinn. Ich will diese Tage, die uns bleiben, mit dir verbringen, dir zeigen, dass ich und nur ich der Richtige für dich bin.«

29. KAPITEL

Quinn

Mein Atem geht schwer, als der ganze Umfang seiner Worte in meinem Herzen einsickert. Jackson liebt mich wahrhaftig und ungefiltert. Er lässt keinen Zweifel zu, dass ich seine ganze Welt bin. Das war damals so, und ich denke, dass es heute ebenfalls so ist. Auch ich liebe ihn noch, doch mehr den Jungen von damals als den Mann, der er jetzt ist. Dafür haben wir zu wenig Zeit miteinander verbracht. Sollte ich mich für ihn entscheiden, dann muss ich den Mann erkennen, der er jetzt ist. Tief in mir habe ich die Entscheidung getroffen, dass ich den Streit hinter mir lasse. Troys und mein Leben in Manhattan ist jetzt so weit entfernt, dass ich mich völlig auf Jax konzentrieren kann. Es wird Zeit, mein Herz sprechen zu lassen, nachdem ich es so viele Jahre habe schweigen lassen.

Ich erwidere sein Liebesgeständnis nicht, aber das muss ich auch nicht. Und er erwartet es auch nicht von mir, das erkenne ich in seinen Augen. Er ist dankbar, dass er überhaupt eine Chance bekommt, mir zu beweisen, dass ein »Wir« nicht unmöglich ist. Er senkt seine Hand und meine Haut wird augenblicklich kühl und sehnt sich nach seiner Berührung. Um nicht schwach zu werden, lehne ich mich erneut an seine Schulter und lasse zu, dass er einen Arm um mich legt und mich enger an sich zieht.

Je länger wir hier in China Walls sitzen, desto mehr Menschen gesellen sich zu uns. Anfangs habe ich mich nicht gestört gefühlt, doch der Lärmpegel steigt immer weiter an. Immer wieder höre ich kreischende Stimmen, bevor der Wind den Laut davonträgt. Mein Magenknurren lässt Jackson belustigt schnauben. »Hast du Hunger oder ist hinter mir ein wilder Puma, der mich zerfleischen will?«, fragt er frech und gibt sich sichtlich Mühe, ein Grinsen zu unterdrücken.

»Eher Ersteres. Ich bin heute nicht richtig zum Frühstücken gekommen.«

»Dann müssen wir dich schnell füttern, ehe du mürrisch wirst.«

»Hey! Ich werde nicht mürrisch, wenn ich Hunger habe«, sage ich genervt und reagiere wohl genauso, wie er es sich gedacht hat.

»Natürlich«, erwidert er sarkastisch und erhebt sich. Jackson klopft sich den Sand von der Hose ab und bei jeder Bewegung spiegelt sich die hawaiianische Sonne in seinem Haar und lässt ihn unwirklich erscheinen. Wie eine Fata Morgana. Er sieht so gut aus, dass sich einige Frauen, die die Aussicht genießen, zu ihm umdrehen und zu tuscheln beginnen. Ich fühle mich wieder in die Highschool zurückversetzt, als er mich mit dem Bike abgeholt hat. Damals wie heute scheint er die Blicke der anderen nicht wahrzunehmen oder schenkt ihnen bewusst keine Beachtung.

Ich ergreife seine Hand und stehe ebenfalls auf. Als wir den Felsweg entlanggehen, sehe ich ein Gruppe Menschen, die ziemlich nah an der Klippe stehen. Als eine brünette Frau plötzlich Anlauf nimmt und in die Tiefe springt, erkenne ich endlich, was es mit den Schreien auf sich hatte. Der Ort hier scheint ein beliebter Platz zum Klippenspringen zu sein. Zum Glück ist es ein windstiller Tag, sonst würden die Körper der Springenden direkt gegen die Felsen krachen.

»Willst du es auch ausprobieren?«, flüstert mir Jackson plötzlich ins Ohr. Verwundert sehe ich zu ihm auf.

»Du machst Witze, oder?«

»Ganz und gar nicht.«

»Ich bitte dich. Niemals könnte ich von hier aus ins Meer springen.«

»Wieso nicht? Es ist nicht sehr hoch, vielleicht acht Meter, und es ist ein Adrenalinkick sondergleichen.«

»Ach, bist du schon mal gesprungen?«, frage ich ihn herausfordernd, da ich nicht weiß, was ich noch antworten soll. Mit seiner Frage hat er mich in Aufregung versetzt.

»Nein, aber ich wollte es immer tun, wenn ich die anderen beobachtet habe.«

»Was hat dich daran gehindert?«

»Keine Ahnung, aber ich will es jetzt tun. Mit dir.« Mein Herz setzt einen Schlag aus, denn er scheint es vollkommen ernst zu meinen. Es handelt sich um keinen Scherz, sondern er will tatsächlich springen. *Ist es sein Selbstvertrauen oder meine Neugier?* Denn ich erwische mich dabei, dass ich ein paar Schritte in die Richtung der Springenden gehe, um sie zu beobachten. Mein Puls rast, als ein Mann mit Vollbart einen Kopfsprung in die Tiefe macht und jubelnd ins Wasser abtaucht.

Wir applaudieren, doch ich höre es kaum, da das Blut unaufhörlich in meinen Ohren rauscht. »Du hyperventilierst mir hier nicht, oder?«, fragt Jax scherzhaft, wohl um mich etwas zu beruhigen. Aber er erreicht eher das Gegenteil. Mein ganzer Körper zittert vor Aufregung, als hätte ich mich schon dafür entschieden zu springen. Sowohl meine Tasche als auch mein Handy sind im Auto, und auch Jackson hat seines nicht dabei.

»Möchtest du vor?«, fragt mich eine Frau. Sie wartet geduldig auf meine Antwort, doch ich blicke zu Jackson, der die

Hände in seiner Anzughose vergraben hat. Erst jetzt wird mir bewusst, dass er sich nicht einmal umgezogen hat, sondern noch immer die Sachen trägt, die er anhatte, als er mich aus dem Wasser gezogen hat. Er hat alles stehen und liegen gelassen, um an meiner Seite zu bleiben, obwohl sicher ein Haufen Arbeit auf ihn gewartet hätte. Er neigt leicht den Kopf zur Seite und schenkt mir ein umwerfendes Lächeln, das mir plötzlich ein Gefühl von Leichtigkeit schenkt. Ohne zu zögern, treffe ich meine Entscheidung.

»Ja, bitte. Ich würde gerne springen«, antworte ich der netten Dame, doch es ist Jackson, den ich dabei ansehe. Innerhalb weniger Minuten haben wir uns unserer Kleidung entledigt, und Jackson erzählt mir, dass er unter seiner Kleidung immer Badeshorts trägt – für den Fall, dass er spontan Lust aufs Surfen bekommt. Wir stehen beide am Rand der Klippe und blicken in die Tiefe. Die Aufregung lässt mich erzittern, und mein Herz droht mir aus der Brust zu springen, doch als Jackson meine Hand ergreift, ist es plötzlich still. Alles verblasst, weil er hier ist. Er ist an meiner Seite, wenn ich den Sprung wage, er ist meine Stütze und der Mann, der immer an mich geglaubt hat. Also springen wir, hinein ins Meer und vielleicht in eine gemeinsame Zukunft.

Nach dem Sprung dauert es eine Stunde, bis sich mein Puls normalisiert. Das Adrenalin pumpt unablässig, sodass ich einen ganzen Burger und Pommes verdrückt habe. Als wir beide satt und zufrieden sind, hat Jax mich gefragt, ob ich ihn gerne besuchen und sein Haus ansehen möchte. Ich habe keine Sekunde gezögert und voller Vorfreude genickt. Als ich später aus dem Truck steige und auf das Anwesen blicke, ist »passend« das erste Wort, das mir in den Sinn kommt. Die Einfahrt ist gesäumt mit Palmen und Blumen in allen Farben, die mit

Sicherheit von Naomi gepflegt werden. Die Fassade selbst ist hellgelb, wobei man davon kaum etwas sehen kann, denn das Haus scheint fast ausschließlich aus Glaselementen zu bestehen. Das Dach ist schlicht und hat grüne Dachziegel, die ich hier in Hawaii schon häufiger gesehen habe. Ich betrete beeindruckt die weitläufige überdachte Veranda, als Jackson neben mich tritt und den Zahlencode eingibt, um die Tür zu öffnen.

»Überrascht?«, fragt er etwas nervös, als wäre ihm meine Meinung sehr wichtig.

»Eher beeindruckt. Das Anwesen ist traumhaft.«

»Danke, es freut mich, dass es dir gefällt«, sagt er mit einem erleichterten Unterton in der Stimme. Die Eingangshalle ist imposant, und alles im Inneren wirkt offen und hell. Über eine geschwungene Treppe geht es in den ersten Stock und drei Rundbögen führen in verschiedene Räume.

»Keine Türen?«, frage ich erstaunt und gehe, ohne auf Jax zu achten, in den Raum, den ich als Wohnzimmer vermute. Dort erwartet mich gleißendes Licht, da auch hier fast alle Außenwände mit deckenhohen Fenstern versehen sind. Die Möbel sind in Hellgrau gehalten, und bunte Gemälde hängen an den Innenwänden und bilden die einzigen Farbtupfer an den hellen Wänden. Fast so wie in dem Hotel. Die Schiebetür, die zur Terrasse und zum Pool führt, ist offen. Ich trete hinaus und blicke zuerst auf den länglichen Pool, der sich fast über die gesamte Terrasse erstreckt, doch als meine Augen entdecken, was dahinter liegt, stockt mir der Atem. Ein kleines Fleckchen Wiese trennt die Terrasse vom Strand, der fast zum Greifen nah ist.

Meine Eltern haben auch ein imposantes Anwesen in den Hamptons, das eher rustikal gehalten ist, und Ians Haus ist fast in den Wald hineingebaut worden und eher dunkel, doch das hier ist sprichwörtlich das Paradies auf Erden. Mein Blick schweift umher, und als ich die Schaukel erblicke, die an einem Baum befestigt ist, muss ich schwer schlucken. Ich kann mich noch genau an unser Gespräch im Park vor so vielen Jahren erinnern, bei dem ich ihm erzählt habe, dass für mich eine Schaukel im Paradies der Inbegriff von Freiheit ist. Damals hat er mir versprochen, dass er mir genau das schenken würde. Und auch wenn wir nicht zusammen sind, scheint er sein Versprechen doch gehalten zu haben.

Berührt blicke ich über meine Schulter, wo Jax nur einen Schritt von mir entfernt steht, die Hände in den Hosentaschen vergraben hat und mich ansieht. Vor einer Stunde habe ich mich noch an seiner Schulter ausgeweint und dachte, dass mich die Trauer erdrücken würde, doch jetzt fühle ich mich einfach nur wohl und dankbar, dass ich hier bei ihm sein darf.

»Du hast eine Schaukel«, sage ich dümmlich, weil ich keine Ahnung habe, was ich tun oder sagen soll. Auch wenn ich eher auf Vintagemöbel und einen anderen Einrichtungsstil stehe, fühle ich mich hier zu Hause.

»Ich würde ja gerne behaupten, dass sie schon da war, als ich das Haus gekauft habe, aber ich habe sie sofort nach dem Einzug anbringen lassen.« Eine leichte Röte ist auf seinen Wangen zu erkennen, als er zu Boden blickt, doch er hebt schnell wieder den Kopf, um mich ernst anzusehen.

»Aber irgendwie habe ich gehofft, dass du zu mir zurückkommst und ich sie dir schenken kann.« Die warme Meeresbrise lässt unsere Kleidung flattern und fühlt sich realer an als alles, was ich bis jetzt gefühlt habe. Er hat auf mich gewartet. Nach all den Jahren hat er die Hoffnung nie aufgegeben, dass ich eines Tages wieder zu ihm kommen werde. Wir sehen einander einfach an, und ich bin endlich an dem Punkt angekommen, wo auch ich vollkommen ehrlich zu ihm sein werde. Troy hat mir Zeit geschenkt, er wusste, dass ich diese mit Jax verbringen werde, und ich bin es uns beiden schuldig, vollkommen ehrlich zu sein.

»Etwas in mir hatte auch immer den Wunsch, dich zu finden. Egal, wie weh du mir getan hast, ich liebte dich noch immer.«

»Wirklich?« Er kommt langsam auf mich zu und löst zu keiner Sekunde den Blickkontakt.

»Du warst immer bei mir. Zwar nicht in Person, aber in meinem Herzen. All diese Gefühle waren tief in mir vergraben, und ich habe dich nie vergessen.«

»Ich dich auch nicht. Ich habe alle Frauen an dir gemessen, und auch wenn ich mit aller Kraft mit Alexis eine Zukunft erzwingen wollte, warst da immer du. Ich habe gewusst, dass ich immer nur dir gehören werde.« Ich würde ihn so gerne küssen. Jetzt, wo er so dicht vor mir steht, wäre es ein Leichtes, erneut meine Lippen auf seine zu legen. Als würde er meine Gedanken hören können, kommt er langsam näher und streichelt sanft meinen Arm auf und ab. Ich schließe die Augen und lasse vor Wonne den Kopf nach hinten sinken, genieße seine Berührung.

»Ich möchte mehr«, flüstere ich und schäme mich nicht für meine Ehrlichkeit.

»Dann sollst du auch mehr bekommen.«

Innerhalb von ein paar Schritten hat er mich in sein Schlafzimmer dirigiert und mich auf das Bett gelegt. In mir sind alle Nerven zum Zerreißen gespannt, weil ich nicht weiß, was nun auf mich zukommen wird. Kurz geht er aus dem Zimmer, ehe er mit einer Orchidee das Zimmer betritt.

»Ich werde dich nicht küssen oder mit dir schlafen, nicht nachdem du vor ein paar Stunden einen Nervenzusammenbruch hattest. Aber ich werde dir helfen, Dampf abzulassen.« Zuerst weiß ich nicht, was er damit meint, doch plötzlich greift er nach meinem Tanktop, um es mir vom Körper zu streifen, die Shorts folgen dem Oberteil, bis ich nun im Bikini auf seinem Bett liege.

»Entspann dich, Iris, und genieße. Schließ die Augen.« Da ich ihm voll vertraue und sehr neugierig bin, tue ich, was er sagt. Kurz passiert nichts, bis ich zusammenzucke, als ich spüre, wie er mit etwas über mein Dekolleté streicht. Ich bin kurz überwältigt und verspanne mich, bis mir klar wird, dass es sich um die Orchidee handeln muss.

»Was machst du da?«, keuche ich erregt.

»Ich werde dich nicht berühren, was aber nicht heißen soll, dass du nicht auf deine Kosten kommen kannst.« Quälend langsam streichelt er über meine empfindliche Haut und entlockt mir ein Stöhnen nach dem anderen. Es überrascht mich selbst, wie heftig ich reagiere, obwohl es nicht seine Hände sind, die mich berühren. Als er mit der Blume über meinen Oberschenkel streicht, zieht sich alles in meinem Unterleib lustvoll zusammen. *Was passiert hier?*

»Vertrau mir«, flüstert er dicht an meinem Ohr, ehe er meiner Mitte immer näher kommt. Ich bäume mich auf und will ihn ansehen, folge aber seinem Rat und halte die Augen geschlossen. Ich höre, dass er sich bewegt, kann jedoch nicht erahnen, in welche Richtung, denn die Orchidee reizt mich noch immer aufs Äußerste. Plötzlich spüre ich, wie das Bett nachgibt, und als ich plötzlich spüre, wie Jax gegen mein feuchtes Bikinihöschen pustet, komme ich auf der Stelle. Und das, obwohl er mich nicht berührt hat.

30. KAPITEL

Quinn

Vergangenheit

Ich spüre ein leichtes Kitzeln auf meiner nackten Haut am Rücken und wache aus dem dämmrigen Schlaf auf. »Hmm«, schnurre ich, als Jax sanft meine Taille umfasst, während er sanfte Küsse auf meinem Rücken verteilt. Es hat seine Vorteile, wenn man Bauchschläferin ist, so bekommt man von seinem Freund die besten Massagen und Liebkosungen. Mein Atem wird schwerer, und ich muss mich anstrengen, nicht zu stöhnen und so Jacksons Mutter zu wecken. Ich beiße mir fest auf die Lippen und genieße seine Küsse. Die fahrigen Bewegungen seinerseits werden immer gezielter und feuriger. Er dreht mich sanft auf den Rücken und küsst meine Nasenspitze. Ich blicke tief in seine türkisfarbenen Augen, und die Hitze in mir nimmt automatisch zu. Jedes Mal, wenn ich ihn ansehe, habe ich das Gefühl, es wäre das erste Mal, und die Schmetterlinge in meinem Bauch schwirren noch immer umher, selbst nach einem Jahr Beziehung. »Wie spät ist es?«

»Wen interessiert's? Ist es nicht besser, mit mir im Bett blauzumachen, anstatt Literatur und Algebra zu büffeln?«

»An sich ist es ein tolles Angebot, das ich nur schwer ausschlagen kann, doch wenn ich ein Stipendium für eine Universität haben möchte, muss ich es mir verdienen.«

»Oh Mann. Ich wünschte, ich könnte mich jetzt über deine Aus-

sage ärgern, aber es ist einer der Gründe, warum ich dich so liebe.«

»Du liebst es, wenn ich dir einen Korb gebe? Also, wenn ich das gewusst hätte, hätte ich dich von Anfang an abgewiesen.« Kichernd presse ich die Lippen zusammen, um nicht laut loszulachen.

»Nein, Schlaumeierin.« Er schnippt mir leicht gegen die Nase, sodass ich sie kräusele.

»Es sind dein Ehrgeiz und deine Reife, die dich so, ich weiß nicht ... faszinierend machen. Dein Wissensdurst, die Liebe zur Literatur, die Nachdenklichkeit und Reflektiertheit. All das fasziniert mich immer wieder an dir. Keines der Gangmitglieder, ob weiblich oder männlich, war so wissbegierig wie du.« Dass er seinen alten Freundeskreis erwähnt, freut mich, da er sonst eher selten über Link und die Gang spricht. Für mich rückt der eventuelle Sex in den Hintergrund, da ich jetzt einfach mit ihm reden möchte.

»Vermisst du sie manchmal?« Das schlechte Gewissen nagt noch immer an mir, weil ich manchmal das Gefühl habe, als hätte er sein altes Leben mir zuliebe aufgegeben. Klar war ich nicht mit den illegalen Kämpfen und dem Dealen mit Drogen einverstanden, doch das gibt mir noch lange nicht das Recht, über sein Leben zu bestimmen.

»Ich kann nicht behaupten, dass uns so etwas wie eine Freundschaft verbunden hat. Ein paar von ihnen mochte ich ganz gern, aber Owen ist und bleibt mein einziger Freund.«

»Und Link?«

»Es gab eine Zeit, wo ich ihn als Vaterfigur gesehen habe, jemand, dem ich meine Sorgen anvertrauen konnte. Ohne Vater aufzuwachsen lässt einen nach einer männlichen Bezugsperson suchen. Seitdem du in mein Leben getreten bist, habe ich sein wahres Gesicht gesehen. Ich war nie mehr als ein Goldesel für ihn. War gut in den krummen Dingern, die ich getan habe, und nur deshalb hat er *mich manchmal den anderen Jungs vorgezogen.« Er verspannt sich plötzlich, die lockere Stimmung ist nun dahin.*

»Seid ihr im Streit auseinandergegangen?«

Jackson blickt zur Seite, und ich sehe seinen Kiefer mahlen, ein Zeichen dafür, dass er seine Wut nur mit Mühe im Zaum hält.

»Er hat die üblichen Spielchen abgezogen. Hat gedroht, mich fertigzumachen, sollte ich nicht zurückkommen und für ihn arbeiten. Das sind aber nur leere und feige Worte.«

»Und wieso bist du dann so wütend? Wenn es doch leere Drohungen sind?« Langsam wendet er sich mir zu, und in seinem Blick verändert sich etwas. Ich sehe tiefe Sorge darin, als hätte er vor etwas Angst.

»Weil er die Grenze überschritten hat, als er gedroht hat, dich in unseren Streit hineinzuziehen.«

»Das dachte ich mir schon. Er war von Anfang an nicht begeistert, dass du eine Freundin hast.« Die paar Male, als ich ihm über dem Weg gelaufen war, haben mir deutlich gemacht, dass er mich nicht leiden konnte.

»Was er will, ist mir völlig egal. Niemand fasst dich an oder kommt damit durch, wenn er damit droht, dir wehzutun.« Die Ader an seinem Hals schwillt an, sodass ich ihm sanft über die Brust streichle. Ihm ist deutlich anzusehen, wie wütend er ist.

»Was hast du getan?«, flüstere ich, weil mir klar wird, dass er unbedachte Dinge tut, wenn sein Temperament überschäumt.

»Ich habe ihm ins Gesicht geschlagen.«

»Du hast was getan?«

»Ich bin nicht stolz drauf, aber seitdem du bei dem Überfall verletzt wurdest, sorge ich mich um deine Sicherheit.«

»Und ich liebe dich dafür.« Ich löse meine Hände von seiner Brust, um sein wunderschönes Gesicht zu umfassen. »Aber es gibt keinen Grund für dich, überzureagieren. Mir wird nichts geschehen.«

»Was, wenn ich dich verliere?«, flüstert er sanft, und mir wird einmal mehr bewusst, dass der Überfall nicht nur mich hat leiden lassen. Die Ängste, die er durchstehen musste, müssen schlimm gewesen sein. Ich schenke ihm ein warmes Lächeln, eines, das hoffentlich strahlend genug ist, um seine dunklen Gedanken zu vertreiben. »Ich werde dich niemals verlassen.« Instinktiv wandern seine Finger zu der Narbe, die an den Überfall erinnert. »Niemals«, sage ich mit Nachdruck, ehe ich ihn küsse und unsere Lippen und Berührungen die trüben Gedanken weit von uns forttragen.

In den nächsten zwei Wochen verbringen Ian, Hayden und ich viel Zeit mit den Millards. Es ist schon erstaunlich, wie schnell man einen Draht zu Menschen aufbauen kann, denen man noch nie begegnet ist. Von Anfang an haben die Millards meinen Brüdern und mir das Gefühl gegeben, dass unsere Worte zählen und sie uns zuhören. Wirklich zuhören und uns auch Ratschläge geben. Ich wage sogar zu sagen, dass wir mittlerweile eine zarte Freundschaft aufgebaut haben. Für Eve und Griffin sind wir nicht arme Waisenkinder ohne Zukunft, sondern ihnen ebenbürtig, das zeigen sie uns bei jeder Gelegenheit. Egal, ob wir im Central Park spazieren gehen, uns zum Essen in einem Restaurant treffen oder auf Museumstour gehen, uns geht niemals der Gesprächsstoff aus. Eve ist ganz begeistert davon, dass Ian Sänger ist und sogar eine eigene Band hat. Sie hat meinen Kumpel so lange bearbeitet, bis er ihr ein Demo auf dem Handy vorgespielt hat. Zum ersten Mal seit Ewigkeiten habe ich das Gefühl, jemanden zu haben, der eine Mutterfigur für mich darstellt. Mir ist klar, dass sich unsere Wege eines Tages trennen werden, doch ich genieße die Zeit mit Eve, die mir ein Gefühl von Zuhause vermittelt.

Der einzige Nachteil an der ganzen Sache ist, dass Jackson mit den beiden nicht wirklich klarkommt. Ich glaube sogar, dass er eifersüchtig auf sie ist. Es geht sogar so weit, dass Jackson und ich je-

des Mal streiten, wenn von den Millards die Rede ist. Er will einfach nicht einsehen, dass ich zum ersten Mal am eigenen Leib spüre, wie es wohl wäre, normale Eltern zu haben. Ich gebe zu, dass ich manchmal eifersüchtig auf ihn bin, weil er mit Naomi eine herzensgute und wundervolle Mutter in seinem Leben hat. Ich bin mit einem gewalttätigen Vater aufgewachsen, und es ist kein Tag vergangen, ohne dass er mich gedemütigt und mein Selbstwertgefühl mit Füßen getreten hat. Damals dachte ich, dass jeder Vater so mit seinem Kind spricht. Erst als ich eines Tages in der Kindergartengarderobe ein anderes Kind mit seinem Vater erlebte, wurde mir klar, dass nicht jeder Dad Schläge anstatt von Worten verteilt.

Auch wenn das Jugendamt öfter an unsere Tür geklopft hat, hat es doch nichts gebracht. Schlussendlich bin ich von meinem Vater weggelaufen und in der Einrichtung gelandet, die nichts weiter als ein Waisenhaus für Jugendliche ist. Ich dachte, mir würde die Liebe von Eltern nicht fehlen, da ich sie noch nie am eigenen Leib gespürt habe. Durch die Millards wird mir allerdings klar, wie sehr ich mich nach einem wahren Zuhause sehne. Jackson hat für eine Weile diese Leere gefüllt, doch auch seine Liebe konnte nie die Sehnsucht nach Eltern stillen.

»Gehen wir heute Abend schick essen? Ich werde dir von meinem ersten Gehalt als Türsteher ein Steak von der Größe Manhattans spendieren«, sagt Jax am Telefon, und seine Stimme zaubert ein Lächeln auf meine Lippen. Ich eile die Schultreppe hinab, um schnell nach Hause zu kommen. Dabei wundere ich mich, wieso er überhaupt so früh aufgestanden ist, immerhin hatte er bis sechs Uhr früh Dienst in einem Club.

»Das klingt wie der Himmel auf Erden, doch da ich gedacht habe, dass du ausschlafen möchtest, habe ich mich schon mit Eve verabredet.« Das Schweigen, was daraufhin folgt, lässt mich abrupt stehen

bleiben. Innerlich bete ich, dass er keinen Streit vom Zaun bricht, da mich das in den letzten Tagen ziemlich ermüdet hat.

»Wenn das so ist, dann vergiss es. Viel Spaß euch beiden.« Ich öffne den Mund, um etwas zu antworten, doch da hat er schon aufgelegt. Seufzend blicke ich in den strahlend blauen Himmel und hoffe, dort die Antwort auf meine Frage zu finden, wieso Jax eine solche Abneigung gegen die Millards hat. Als ich angerempelt werde, da die Schülerscharen zu den Bussen oder ihren Autos unterwegs sind, setze ich mich in Bewegung, auch wenn sich mein Herz plötzlich schwer anfühlt.

Wir treffen uns in einem eher ruhigen Diner. Es riecht köstlich nach frittierten Süßkartoffeln und anderen fettigen Speisen, die ich am liebsten alle probieren würde. Da ich heute früh verschlafen habe, konnte ich nicht frühstücken und bin so schnell ich konnte zur Schule geeilt. Das Knurren meines Magens ignoriere ich und gehe auf den blonden Haarschopf zu, der den Blick auf die Speisekarte gesenkt hat. Eve Millard ist eine Frau von Welt. Anders kann ich es nicht beschreiben. Stets ist sie stylisch und doch elegant gekleidet. Unsere erste Begegnung wurde durch Panik und Blut überschattet, doch instinktiv frage ich mich, ob ich den beiden jemals begegnet wäre, hätte es diesen Überfall nicht gegeben. Als sie mich erblickt, strahlt sie von innen heraus. Sie zeigt ungefiltert, dass sie mich mag, verbirgt ihre Gefühle nicht. Dass sie Anwältin ist, hat mich zuerst ziemlich verwundert. Ich kann sie mir als strenge Verteidigerin im Gerichtssaal einfach schwer vorstellen.

»Hey. Entschuldige, ich bin etwas spät dran«, sage ich und drücke sie kurz. Sie macht eine wegwerfende Geste und bedeutet mir, mich zu setzen. Ich hoffe, dass ich in Zukunft das Zuspätkommen ablegen kann.

»Ach was, ich bin auch gerade erst gekommen. Mach dir diesbezüglich keine Gedanken.« Ich stelle meinen Rucksack neben mir

ab und ziehe meine Weste aus. Langsam geht der Frühling in den Sommer über, und ich kann es kaum erwarten, endlich keine Jacke mehr mitschleppen zu müssen.

»Wie geht es dir? Was war los in der Schule?«

»Die Chemieprüfung habe ich bestanden.« Ihr Jubeln erschreckt mich kurz, was uns beide dann zum Lachen bringt.

»Siehst du, ich wusste, dass du es schaffst.«

»Deine Motivationsreden haben mich angespornt.« Wieder mal wird mir klar, dass solche Momente für mich Neuland sind. Außer den Jungs hat niemand an mich geglaubt oder mich wegen schulischer Leistungen gelobt. Die Tatsache, dass mein bisheriges Leben eher traurig verlaufen ist, trübt meine Stimmung. Noch dazu beschäftigt es mich, dass Jackson erneut sauer auf mich ist. Ich spüre eine warme Hand über meiner und hebe den Blick, um in ihre warmen Augen zu sehen.

»Ist alles in Ordnung bei dir?« Ich will schon nicken, ihr meine Sorgen verschweigen, aber dann wird mir klar, dass ich keine einzige weibliche Bezugsperson in meinem Leben habe. Die paar Momente mit Naomi waren wunderbar, aber die Verbindung, die ich zu Eve spüre, geht tiefer.

»Jackson wollte mit mir essen gehen, aber ich habe ihn auf später vertröstet, was er mir wohl übel genommen hat.«

»Habt ihr gestritten? Wurde er laut?«

»Nein. Aber ich befürchte, dass eine Diskussion ansteht.«

»Nur weil du ihm abgesagt hast?«

Wenn ich schon ehrlich und offen bin, dann verdient sie die volle Wahrheit. »Daran liegt es nicht. Zumindest nicht nur, ich habe das Gefühl, als würde er sich durch dich und Griffin bedroht fühlen.«

»Inwiefern?«

»Ich weiß es nicht. Bis jetzt war er neben Ian und Hayden meine ganze Welt. Dass ihr jetzt in mein Leben getreten seid, scheint ihm zu missfallen. Wieso genau, weiß ich nicht.«

»Nach dem, was du mir von ihm erzählt hast, ist er ein lieber und loyaler Freund. Doch was genau in ihm vorgeht, kann nur er selbst dir beantworten.«

»Ich fühle mich so schuldig, wenn ich Zeit mit euch anstatt mit ihm verbringe.«

»Schuldig? Weshalb das?«

»Weil er mir zuliebe seinem gewohnten Umfeld den Rücken gekehrt hat. Weil ich mit seinem damaligen Job nicht zurechtgekommen bin, hat er alles für mich aufgegeben.«

»Hat er dir deshalb jemals Vorwürfe gemacht?«

»Nein, eben nicht. Es war für ihn selbstverständlich, sich für mich zu entscheiden, und nur für mich.«

»So, wie ich das sehe, ist eure Liebe stark, und ihr zwei seid reifer als andere Menschen in eurem Alter, deshalb solltest du alle Zweifel beiseitelegen und einfach mit ihm reden.«

Ich nicke, treffe in mir die Entscheidung, mit ihm über all das zu reden und endlich wieder Harmonie in unserer Beziehung zu bringen. Er hat keinen Grund zu glauben, dass ich ihn jemals im Stich lassen würde. Denn er ist und bleibt für immer mein Ein und Alles.

31. KAPITEL

Jackson

Einander zugewandt liegen wir in meinem Bett. Quinn noch immer im Bikini und ich noch voll bekleidet. Es hat einige Minuten gedauert, bis der Orgasmus und ihr Staunen abgeebbt sind. Die Tatsache, dass ich geschafft habe, sie zum Höhepunkt zu bringen, und mein Versprechen, sie nicht zu berühren, gehalten habe, hat sie sprachlos gemacht. Für mich war es wahrlich ein Genuss, ihre Reaktionen auf die Liebkosungen zu erkunden. Es fühlte sich wie das erste Mal an, als hätten wir nicht schon unzählige Male miteinander geschlafen, aber alles ist jetzt neu. So aufregend.

Es dauert nicht lange, ehe sie die Augen schließt und einschläft. Die Ereignisse des heutigen Tages waren kräftezehrend für sie. Während ich sie zudecke, hauche ich einen Kuss auf ihr Haar. Dann verlasse ich leise den Raum und schließe die Tür hinter mir.

Der Umstand, dass sie bei mir ist, lässt mich nervös von einem Raum in den anderen gehen. Wie oft habe ich es mir erträumt, dass genau das passiert? Ich kann die Male nicht mehr zählen. Um nicht allzu ungeduldig darauf zu warten, dass sie aufwacht, schnappe ich mir mein Board und verbringe Stunden damit zu surfen, zu schwimmen und einfach die Sonne zu genießen, bis sie schließlich untergeht und ich mich wieder ins Haus begebe. Die angesammelte Arbeit wird Alexis für mich übernehmen, die Verständnis für meine Situation hat. Sie weiß ganz genau, wie sehr ich Quinn in den letzten Jahren vermisst habe. Nachdem ich gekocht und gegessen habe, gehe ich in mein Arbeitszimmer und checke meine Mails. Es ist mitten in der Nacht, als Quinn an meiner Tür klopft.

»Herein«, sage ich und drehe meinen Bürostuhl in ihre Richtung.

»Hey«, flüstert sie unsicher, ehe sie zaghaft einen Schritt ins Zimmer macht. Wie schon in den letzten Wochen raubt mir ihr Anblick den Atem. Von meinem Herzrasen ganz zu schweigen. Sie trägt noch dazu eines meiner Shirts und gibt mir damit den Rest.

»Störe ich?«, fragt sie, ehe sie vor meinem Schreibtisch stehen bleibt. Trotz ihrer Unsicherheit scheint sie den Raum durch ihre Anwesenheit zu erhellen. Schon damals hatte sie diese Gabe, ohne dass es ihr ganz bewusst war. Sie ist das blühende Leben, auch wenn ihr Licht derzeit gedimmt ist, weiß ich, dass sie wieder auf die Beine kommen wird. Ich werde alles in meiner Macht Stehende tun, damit es ihr wieder besser geht.

»Du könntest mich niemals stören. Setz dich.« Ich deute mit der Hand auf den Stuhl mir gegenüber, den meist Owen in Beschlag nimmt. Sie nimmt Platz und lächelt mich fröhlich an. Es scheint, als wäre die Last von ihren Schultern gefallen, sodass sie nun leichter atmen kann. Diese Tatsache lässt mich erleichtert aufatmen, denn ihr Wohl ist mir wichtiger als alles andere.

»Du bist so spät noch am Arbeiten?«

»Ich konnte nicht schlafen, also habe ich meine Mails abgearbeitet.«

»Ich hoffe, dass ich dich nicht von wichtigen Dingen abhalte. Immerhin habe ich mich dir einfach aufgedrängt.«

»Von Aufdrängen kann keine Rede sein, und wenn ich mich recht entsinne, habe ich dir angeboten, dass du bei mir bleibst.« Ich habe so sehr gehofft, dass ihre Antwort Ja lauten würde.

»Ja, schon, aber ich will nicht …«

»Hör zu«, sage ich entschlossen, erhebe mich und gehe vor ihr in die Hocke. Nun blickt sie ein Stück auf mich herab und konzentriert sich voll und ganz auf mich. Das ist genau das, was ich mir wünsche, denn sie soll sich die nächsten Worte einprägen, die unsere Beziehung hoffentlich verändern werden.

»Die Arbeit wird für mich nie wichtiger sein als du. Natürlich liebe ich das, was ich tue, und bin stolz darauf, was ich erreicht habe, aber sollte ich mich jemals zwischen Arbeit oder dir entscheiden müssen, würde ich mich, ohne darüber nachzudenken, für dich entscheiden. Kein Geld der Welt könnte mich glücklicher machen, als dein helles Lachen zu hören und dir nah zu sein.« Ihre Augen hängen an meinen Lippen und sie schluckt angesichts meiner Worte. Ich weiß, dass es jetzt den Eindruck machen könnte, als wollte ich Troy mit dieser Aussage schlechtreden, aber ich meine jedes Wort, das ich sage, ernst.

»Wieso nur sagst du genau die richtigen Worte, wenn ich es brauche?«, flüstert sie mit belegter Stimme. Ich werde etwas mutiger und lege meine Hand auf ihr nacktes Knie. Ihre Haut zu berühren, lässt mich an alte Zeiten denken und meinen Puls rasen. Ohne mich von den Empfindungen abzulenken, suche ich ihren Blick.

»Das weiß ich nicht. Für mich ist es nur die Wahrheit. Für dich haben die Worte wohl mehr Gewicht.«

»Sehr viel mehr.« Wir lächeln uns beide wie verliebte Teenies an, und auch wenn ich weiß, dass ihre Gefühle noch in der Schwebe sind, genieße ich diese kostbaren Momente, die ich niemals wieder vergessen werde. Selbst dann nicht, wenn sie mich erneut verlassen würde. Quinn blinzelt, als würde sie sich von dem Bann, den wir geschaffen haben, lösen wollen und blickt sich um. Ich tue es ihr gleich und betrachte mein Arbeitszimmer. Der Raum ist tagsüber wie alle anderen Räume lichtdurchflutet mit ebenso hellen Möbeln. Es ist das erste Zuhause, das sich auch so angefühlt hat, auch wenn ich das Gefühl hatte, dass etwas fehlt. Nun weiß ich, dass es Quinn war, auf die ich gewartet habe.

»Dein Haus ist wie du«, sagt sie zu meiner Überraschung und lenkt meine Aufmerksamkeit wieder auf sie.

»Ach ja?«

»Es ist offen, beständig und liebevoll eingerichtet. Du hattest keine Innenarchitekten, sondern hast alles selbst arrangiert, oder?« Ich nicke. Es beeindruckt mich, dass sie diese Dinge derart schnell herausgefunden hat.

»Woher weißt du das?«

»Ich sehe es einfach, auch wenn ich es nicht genau erklären kann. Dein Heim ist wahrlich ein Ort, um die Seele baumeln zu lassen. Wenig Schnickschnack, klug platzierte Möbel und helles Ambiente.« Ihre Worte bestärken mich, machen mich erneut mutiger, was uns beide betrifft.

»Es kann auch dein Heim sein. Unsere Oase. Wenn du mich wählst.«

»Jax«, flüstert sie und will mich so offenbar zum Verstummen bringen, aber die Sehnsucht nach ihr ist unerträglich. Es schmerzt, sie jetzt nicht im Arm halten zu können. Den Abstand zu halten. Ich nehme mir vor, ihr Zeit zu geben und sie mit meiner Liebe nicht unter Druck zu setzen, scheitere aber kläglich.

»Wenn du dich für mich entscheidest, werde ich nie Zweifel an meinen Gefühlen für dich aufkommen lassen. Ich werde dich lieben, bis zum letzten Atemzug.«

»Du machst mich völlig fertig«, haucht sie mit Tränen in den Augen, aber ich will noch mehr sagen.

»Ich werde unseren Enkeln erzählen, wie du ein Armband klauen wolltest und ich dich heldenhaft gerettet habe. Denn ich wähle dich. Uns.« Ich halte den Atem an, denn ich habe ihr jetzt und hier, mitten in der Nacht, mein Herz ausgeschüttet und mich verletzbar gemacht. Doch ihr Zögern lässt meine Brust eng werden.

»Ich will dich verdienen, Jax. Möchte voll und ganz dir gehören, aber ich will auch meine Beziehung, meine Verlobung nicht einfach lösen, ohne nicht über alles nachgedacht zu haben. Bitte versteh das.« Sie legt ihre Hand über meine und drückt sie. Ich lese diese Geste als stumme Bitte. Sie fleht mich an, ihr Zeit zu geben.

»Entschuldige bitte. Ich wollte dich nicht drängen. Das hier ist kein Verkaufsgespräch, in dem ich meine Vorzüge und Pläne aufzähle, um Troy aus dem Rennen zu werfen. Es geht hier um so viel mehr.«

»Danke, dass du mich verstehst«, flüstert sie. Mein Lächeln geht in ein lautes Gähnen über.

»Ich denke, ich werde langsam müde«, sage ich wahrheitsgemäß und reibe mir übers Gesicht.

»Dann schlaf gut. Ich hole mir etwas zu essen, wenn ich darf, und werde auch wieder ins Bett gehen.

»Mach das. Ich habe überbackenen Feta mit Knoblauchbrot gemacht.«

»Das klingt so lecker«, sagt sie, und das laute Knurren ihres Magens bestätigt es mir.

»Lass es dir schmecken und dann schnell ins Bett, denn du musst morgen ausgeschlafen sein.«

»Wieso das denn?«

»Weil wir morgen surfen gehen.«

Am nächsten Morgen hat Quinn einen produktiven Start hingelegt, noch bevor ich meinen ersten Kaffee hatte. Sie hat ihre Yoga-Session auf meinem weichsten Teppich absolviert, Kaffee gemacht, ihre berühmte Liste geschrieben und sogar ihre Mails der Kanzlei durchgearbeitet. Ich bekomme ein ziemlich schlechtes Gewissen, weil ich bis acht Uhr geschlafen habe. Doch Quinn lässt mir keine Zeit, Reue zu empfinden, sondern reicht mir mit einem strahlenden Lächeln die Tasse und schwärmt mir vor, wie sehr sie sich aufs Surfen freut. Es ist einer der oberen Punkte auf Quinns To-do-Liste gewesen, doch aufgrund der Verletzung hat sich das Vorhaben verzögert.

»Ich bin so aufgeregt«, ruft sie hinter mir, als ich eine halbe Stunde später mein Brett in den Truck verlade. Diesmal habe ich auch meinen Neoprenanzug dabei, auch wenn ich lieber ohne surfe. Bewusst suche ich für Quinn einen ruhigeren Meeresabschnitt aus, der perfekt für Leute ist, die gerade mit dem Surfen beginnen. »Freu dich nicht zu früh. Ich bin ein strenger Lehrer.«

»Mit dir komme ich schon zurecht«, sagt sie mit einem selbstbewussten Unterton in der Stimme. Ich schließe die Abdeckung und drehe mich zu ihr um. Ich stelle fest, dass sie nun eine Armlänge von mir entfernt ist und ich ihren wunderbaren Duft nach Jasmin einatmen kann.

»Da spuckt aber jemand große Töne«, stelle ich grinsend fest. Sie reckt das Kinn, als ich gleichzeitig die Arme vor der Brust verschränke.

»Ich bin zwar klein, aber verbissen, wenn ich etwas will.«

»Umso besser, denn ich erwarte heute, dass du eine fünf Meter Welle reitest.« Ihr Mund klappt auf, gefolgt von einem Stirnrunzeln. Was ich von mir gegeben habe, ist zwar völliger Blödsinn, aber ihr verwirrtes Gesicht anzusehen, ist einfach herrlich. Ich würde alles Mögliche sagen und tun, nur um sie von ihren derzeitigen Problemen abzulenken.

»Du machst Witze, oder?«

Ich antworte nicht, sondern gehe zur Beifahrertür, um sie für Quinn zu öffnen. Zögernd kommt sie auf mich zu und lässt mich keine Sekunde lang aus den Augen.

»Echt jetzt? Fünf Meter?«, fragt sie, doch ich schüttle nur lächelnd den Kopf und schließe die Tür, nachdem sie eingestiegen ist. Ich schließe das Garagentor, wo ich einen Teil meiner Surfausrüstung verstaut habe, als Quinn zusammenzuckt.

»Halt!«, ruft sie, schnallt sich ab und öffnet die Tür. Ich stoppe das Tor und sehe perplex auf die Frau meiner Träume, die sich durch meinen Fuhrpark bewegt. Ich steige ebenfalls aus und gehe ihr nach. Sie läuft an meinem Sportwagen und dem SUV vorbei, ebenso an meinen Motorrädern, um schließlich den Chevrolet Camaro anzusteuern, den ich bewusst ganz hinten in meiner Garage geparkt habe. Das Auto, das sie einfach zurückließ, als sie mich verließ. Fairerweise muss ich ihr zugutehalten, dass sie mir den Schlüssel zukommen ließ, und ich den Wagen benutzen konnte. Es war das Einzige, was mir von ihr geblieben war.

»Du hast ihn noch?«, flüstert sie mit belegter Stimme und streicht über das Autodach, als wäre es etwas unglaublich Kostbares.

»Ich konnte ihn nicht verkaufen«, antworte ich und lege ebenfalls meine Hand auf die Motorhaube. Mit diesem Auto sind so viele schöne Erinnerungen verbunden, ich konnte den Gedanken nicht ertragen, dass jemand Fremdes ihn lenken würde. »Ist er fahrbereit?«, will sie wissen, löst den Blick vom Wagen und wendet sich mir zu. Ihre Augen glänzen vor Freude, was Wärme in meiner Brust verströmen lässt.

»Ich lasse ihn jedes Jahr warten, bin aber nie damit gefahren.« Ich wäre sofort in Tränen ausgebrochen, so viel ist sicher.

»Wieso denn nicht?«, fragt sie neugierig, doch ich senke den Blick und sehe auf meine Schuhe. Sie weiß, wie sehr ich gelitten habe, kann womöglich erahnen, dass es reinste Folter gewesen wäre, in den Wagen einzusteigen. Owen hat ihn immer zu einer Werkstatt gebracht, die auf Oldtimer spezialisiert ist.

»Oh«, haucht sie und beißt sich auf die Unterlippe, da sie nun endlich die ganze Tragweite versteht. Sie ahnt, dass es ein heikles Thema für mich ist und entfernt sich einen Schritt vom Wagen. Doch der sehnsuchtsvolle Blick bleibt erhalten, nach einem langen Seufzer dreht sie sich zu mir um.

»Entschuldige, dass ich dich vorhin erschreckt habe und einfach ausgestiegen bin. Als ich das Auto gesehen habe, musste ich mich selbst davon überzeugen, dass es tatsächlich dort steht.«

»Ist schon gut. Ich verstehe deine Beweggründe.«

»Komm. Lass uns fahren«, sagt sie und geht voraus zu meinem Truck. Ich blicke zwischen dem Camaro und ihr hin und her und frage mich wie schon so oft, wie wohl unser Leben verlaufen wäre, wenn wir uns nie getrennt hätten. *Wären wir noch zusammen? Hätten wir womöglich ein Haus auf dem Festland oder eine Wohnung in New York?* Viele Jahre habe ich mich all das gefragt, aber sosehr ich mich auch angestrengt habe, eine Antwort blieb mir immer verwehrt.

Als ich losfahre, wandert Quinns Hand sofort zum Radio. Sie durchsucht meine Playlisten und entscheidet sich relativ schnell für meine Singer-und-Songwriter-Playlist, die die perfekte musikalische Untermalung für unseren Ausflug ist. Sie bewegt sich zur Musik und sieht wirklich zufrieden aus. Niemand würde nun glauben, dass sie gestern noch am Boden zerstört war. Aber es ist egal, ob ich es bin, der hinter ihrer guten Laune steckt, ich werde diese Momente genießen, solange ich kann.

Die Musik wird gestoppt, als ein Anruf am Display angezeigt wird. Da es Alexis ist, hebe ich sofort ab. »Hey Lex.«

»Oh, wie hasse ich es, wenn du mich Lex nennst, dann denke ich immer an Lex Luther aus der Serie *Smallville*.«

»Was denn? Ich finde ihr ähnelt euch total«, antworte ich, was Quinn dazu bringt, die Hand vor den Mund zu pressen, um nicht laut loszuprusten.

»Also, das letzte Mal, als ich in den Spiegel gesehen habe, war da noch keine Glatze zu sehen.«

»Das bildest du dir nur ein.«

»Ach, halt doch die Klappe!«, zischt sie, kann aber ihr Lachen nicht kaschieren, auch wenn sie es versucht.

»Na, na, wie redest du mit deinem Boss?«, frage ich sie belustigt und bemerke, dass Quinn mich überrascht ansieht.

»Wie mir der Schnabel gewachsen ist, Big Boss.«

»Ja, ja. Was gibt's? Du rufst mich doch nicht einfach so an, um mir auf die Nerven zu gehen. Oder?«

»Ich wollte dich fragen, wo du bist? Kawikani meinte, dass du in den nächsten Tagen nicht kommen wirst.«

»Ich bin mit Quinn unterwegs, wir werden jetzt zum Kaluha Beach fahren, damit ich ihr eine Surfstunde geben kann.«

»Du? Bei deinem Temperament kann das auch in die Hose gehen. Quinn! Ich hoffe, du gibst ihm schön Saures, wenn er bockig ist«, ruft meine Mitarbeiterin und Freundin laut, in dem Wissen, dass sie gehört wird.

»Und wie, verlass dich auf mich«, antwortet die Frau an meiner Seite und lehnt sich entspannt zurück.

»Dann ist es ja gut. Ich hätte ein paar Fragen zur Personalabrechnung, aber das kann auch warten. Ich wünsche euch beiden einen schönen Tag.«

»Danke«, sagen wir beide gleichzeitig, was uns ein Grinsen entlockt.

»Deinem überraschten Gesichtsausdruck nach zu urteilen hast du nicht gewusst, dass Alexis bei uns arbeitet.«

»Stimmt, ich war gerade ziemlich überrascht. Ich kenne nicht viele Menschen, die freiwillig mit ihrer Ex-Freundin zusammenarbeiten möchten.«

»Wenn du es so sagst, klingt es, als wäre es etwas Falsches, aber dem ist nicht so. Alexis und ich waren eine Zeit lang glücklich und das nur, weil ich mit aller Kraft versucht habe, nicht an dich zu denken. Weil ich mir beweisen wollte, dass du mein Leben nicht mehr bestimmst, nur um nach vier Jahren festzustellen, dass ich dich nie vergessen konnte.«

»Wie hat sie darauf reagiert?«

»Als ich mich von ihr getrennt habe, war sie nicht wirklich überrascht. Sie hat wohl geahnt, dass ich nicht ganz bei der Sache war. Doch nach ein paar Monaten Funkstille rief sie mich mitten in der Nacht an und begann panisch durcheinanderzureden.«

»Was ist passiert?«

»Sie hatte nach mir einen One-Night-Stand mit einem ziemlich fiesen Typen aus der Filmbranche und wurde schwanger. Er wollte das Kind nicht akzeptieren und hat gedroht, sie fertigzumachen, sollte sie damit an die Presse gehen. Das war der Moment der Erleuchtung für sie, wie sie immer sagt. Ihr war klar, dass sie Rechte hatte und sehr wohl für Riley Alimente verlangen konnte, doch sie hatte die Nase voll von der scheinheiligen Welt Hollywoods. Sie entschied sich für das Kind, wollte ihm eine normale Kindheit ohne Presserummel bieten.«

»Das klingt ja heftig. Wie hat sie das alles verkraftet?«

»Es war hart. Sie ist tagelang nicht aus dem Bett gekommen, hat bei jeder Gelegenheit geweint, ihre Entscheidung aber nie bereut. Ich war von dem Moment an, wo sie von der Schwangerschaft erfahren hat, bis jetzt immer an ihrer Seite.« Quinn ist für eine Weile still, sodass ich den Blick von der Straße zu ihr gleiten lasse und merke, dass sie mich mit einem Ausdruck ansieht, der voller Wärme und Stolz ist.

»Das klingt wahrhaftig nach dir. Du warst schon damals immer für Owen, Naomi und mich da. Ich bin mir auch sicher gewesen, dass du auch für Ian und Hayden da gewesen wärst, wenn es darauf angekommen wäre.«

»Wahrscheinlich. Wobei ihr drei an sich schon ein eingefleischtes Team seid. Heute wie damals.«

»Ja, die Jungs sind wirklich mein Ein und Alles. Hayden hat nun sogar die Liebe seines Lebens gefunden und arbeitet nicht mehr rund um die Uhr.«

»Er hat ein Label, hast du gesagt?«

»Genau. Ever Records, wo auch Ians Band Everstorm unter Vertrag ist.«

»Richtig. Es ist schon erstaunlich, wie weit ihr nach dem Überfall gekommen seid.« Die Worte gehen mir leicht von den Lippen, doch die Erinnerung an die Nacht, in der ich vor Sorge fast durchgedreht wäre, schmerzt. Auch Quinn scheint in der Vergangenheit gefangen zu sein. Automatisch gleitet ihre Hand zu der Narbe an ihrer Seite.

»Hast du noch Albträume von dieser Nacht?«, frage ich sie vorsichtig, da ich keine alten Wunden aufreißen möchte.

»Nein, eigentlich nicht. Es war eine schlimme Nacht für mich, aber es war auch der Wendepunkt in meinem Leben. Ich habe Mom und Dad getroffen, und sie haben mir die Familie geschenkt, die ich mir immer schon gewünscht habe.«

»Wie sind deine Eltern so? Ich war damals so von Eifersucht geblendet, dass ich dich nie danach gefragt habe«, sage ich reuevoll. Damals habe ich die beiden gehasst, weil es für mich ausgesehen hat, als wollten sie mir Quinn wegnehmen.

»Sie sind herzensgute Menschen. Mom ist die Naturliebhaberin, sie liebt es, jeden Morgen in den Hamptons am Strand spazieren zu gehen. Egal, ob es regnet oder die Sonne scheint, dreht sie ihre gewohnte Runde. Als Anwältin stand sie damals immer unter Strom, um sich in der von Männern dominierten Welt des Rechts zu behaupten. Jetzt genießt sie den Ruhestand ebenso wie mein Dad. Er lacht für sein Leben gern, liebt die Technik und wechselt ständig seine Handys und Laptops auf das neueste Modell. Beide lieben es zu reisen und haben der Stadt eher den Rücken gekehrt, da die Meeresluft Dad hilft. In New York war er ständig erkältet. Es muss die Hektik und die schlechte Luft in Manhattan sein, die ihm zu schaffen gemacht hat.«

»Das klingt, als wären die beiden ziemlich cool.«

»Das sind sie auch. Wir verstehen uns super, vor allem Mom und ich. Wir haben dieselben Interessen, lieben die Welt der Mode und organisieren für unser Leben gern.«

»Es scheint wohl Schicksal gewesen zu sein.«

»Du hast recht. Wir haben uns gefunden, ohne wirklich nacheinander gesucht zu haben. Sie war es auch, die mir beigestanden hat, als ich dich nicht vergessen konnte. Sie hat mir die Kraft gegeben, weiterzumachen und hat sogar nach dir gesucht, um meinem Leid ein Ende zu bereiten.«

»Wirklich? Hat sie mich beschatten lassen?«, frage ich amüsiert und keineswegs beleidigt. Auch ich habe ja nach Quinn gesucht.

»Nein, diesen Schritt wollte sie nicht gehen.«

»Ich wäre nicht böse gewesen.«

»Aber schlussendlich war es auch nicht nötig, denn wir haben einander sowieso wieder getroffen«, sagt sie, was ja der Wahrheit entspricht.

»Es war wohl Schicksal«, antworte ich in dem Wissen, dass ich auf dieses nicht mehr vertrauen werde, sondern um sie kämpfen werde, bis sie ihre Entscheidung getroffen hat.

32. KAPITEL

Quinn

Drei Tage lang habe ich meine Probleme beiseitegeschoben und die Zeit mit Jackson voll und ganz genossen. In den letzten zweiundsiebzig Stunden habe ich es mir erlaubt, einfach meinen Urlaub zu genießen. Die Tage wurden von Jackson durchgeplant, sodass jede Aktivität eine Überraschung für mich war. Vom Jetski fahren zum Tiefseetauchen bis hin zu einem Dinner unter einem Aquarium war alles geboten. Er hat sich viel Mühe gegeben, mich abzulenken und mir einen tollen Abschluss dieses Urlaubs verschafft. Über unsere Gefühle oder diese Anziehungskraft zwischen uns haben wir kein Wort verloren. Wieso er es nicht angeschnitten hat, weiß ich nicht, doch ich wollte diese Harmonie zwischen uns nicht trüben. Übermorgen steht mein Rückflug nach New York an – wenn ich mich für Troy entscheide. Sollte ich dies tun, würde ich meine erste Liebe wohl nie wiedersehen. Ich könnte seinen vertrauten Duft, nach dem ich mich so viele Jahre gesehnt habe, nicht mehr einatmen. Ein Teil von mir wünscht sich, dass wir unsere Lippen aufeinanderpressen, will, dass ich mir das nehme, was ich schon seit Tagen, wenn nicht sogar Jahren begehre. Ein anderer Teil von mir möchte nicht zur Betrügerin werden und ihrem Verlobten wieder in die Augen sehen können.

Nach dem Mittagessen hat sich Jackson auf den Weg ins Hotel gemacht, da ein wichtiges Meeting ansteht. Ich habe die letzte halbe Stunde damit verbracht, auf der Schaukel zu sitzen und über mein Leben nachzudenken. Vor diesem Urlaub war ich glücklich mit Troy, auch wenn mich einige Dinge gestört haben. Die Tatsache, dass seine Eltern sich in unsere Beziehung, unser Leben und die Hochzeit eingemischt haben, habe ich nicht besonders ernst genommen. In mir war diese Hoffnung, dass nach der Hochzeit alles besser werden würde. Wenn ich aber jetzt so darüber nachdenke, hätte ich viel früher bemerken müssen, wie viele Dinge mich stören. Allein die Tatsache, dass Troy vor der Hochzeit nicht zu mir ziehen sollte, hätte mich stutzig machen sollen. Dass mein Verlobter zu allem Ja und Amen sagt, was seine Eltern vorschlagen, ist auch einer der Punkte, der Fragen in mir aufwirft. Er ist ein erwachsener und selbstständiger Mann, da sollte er doch für sich selbst einstehen und niemandem die Macht geben, über sein Leben zu bestimmen. Dass er mich liebt, steht außer Frage. Auch ich liebe ihn, auch wenn die letzten Wochen nicht gerade von Leidenschaft geprägt waren. Im Urlaub sollte man jeden Moment der Zweisamkeit genießen und gar nicht mehr aus dem Bett herauskommen. Wir haben jedoch stets Zerstreuung gesucht, als wollten wir es um jeden Preis vermeiden, unter uns zu sein.

Dass Troy uns beiden Zeit zum Nachdenken gegeben hat, macht mir klar, was für ein lieber und fürsorglicher Mensch er ist. Unsere Verlobung könnte aufgelöst werden, unsere Beziehung enden, doch er geht das Risiko ein, damit wir uns beide im Klaren sein können, welchen weiteren Lebensweg wir einschlagen möchten. *Könnte ich das? Könnte ich den Mann, der mir in den letzten Jahren immer zur Seite gestanden ist, verlassen?* Die aufkeimende Panik und Angst bewegen mich dazu, aufzustehen und zurück zum Haus zu gehen. Was mache ich hier überhaupt? Ich sehe mich in diesem Haus um, das mir durch und durch das Gefühl gibt, zu Hause zu sein. *Wie kann ich so et-*

was empfinden, wenn ich doch im Begriff bin, einen anderen Mann zu heiraten? Mein Blick gleitet zu meinem Verlobungsring. Troy hatte romantisch und selbstbewusst vor meiner ganzen Familie um meine Hand angehalten. Ich habe nicht gezögert, als ich zustimmte. Für mich war damals klar, dass ich nicht mehr in der Vergangenheit leben wollte. Dass ich nicht meiner Jugendliebe nachtrauern, sondern all meine Liebe dem Mann schenken wollte, der den Rest seines Lebens mit mir verbringen möchte. Meine Finger beginnen zu zittern, als ich nach meinem Smartphone greife und meine Mom anrufe. Als ihr vertrautes Gesicht auf meinem Display erscheint, löst sich eine Träne aus meinem Augenwinkel. Sie zu sehen und sie nicht in den Arm nehmen zu können, schürt meine Traurigkeit.

»Liebling, was ist los?«, fragt sie besorgt und setzt sich aufrecht hin. Ihre Augen werden groß, als ich anfange zu weinen. All die aufgestauten Emotionen, seien es nun die positiven oder negativen, überwältigen mich. Meine Mutter hat aufgegeben, nach dem Warum zu fragen und lässt mir Zeit, mich zu sammeln. Die Minuten vergehen, ohne dass es mir bewusst ist, doch als ich endlich zu weinen aufhöre, merke ich, wie sehr ich das gebraucht habe. Wie nötig es für mich war, all die Emotionen rauszulassen. Ich atme tief ein und wappne mich für die endlosen Fragen.

»Hey«, begrüße ich sie schließlich mit einem halben Lächeln. Sie erwidert es und neigt den Kopf leicht zur Seite. Das tut sie immer, wenn sie uns ihre Zuneigung und Liebe zeigen möchte.

»Hallo Quinny. Wo drückt der Schuh?«

»Ich weiß nicht, für wen ich mich entscheiden soll.« Die wunderschöne Frau, von der ich mir stets wünsche, dass sie meine leibliche Mutter wäre, nickt verständnisvoll.

»Ian hat mir schon von deinem Dilemma erzählt.«

»Hat er das? Den Streit mit Troy hatte ich eigentlich, nachdem er abgereist ist.«

»Er ist dein Bruder. Ich bin ziemlich sicher, dass keiner dich so gut kennt wie er. Er hat sofort gewusst, was los ist und wollte meine Meinung dazu wissen.« Mein Bruder, der immer in Sorge ist und zu viel nachdenkt, stellt seine Probleme hintan, um mir zu helfen. Das ist so typisch für ihn.

»Ich fühle mich so verloren, Mom«, flüstere ich und kämpfe gegen den Drang an, müde die Augen zu schließen.

»Und wieso? Ich weiß, dass du noch Gefühle für Jackson hast, aber wieso musst du dich entscheiden?« Ich erzähle ihr von dem Ultimatum, das Troy uns gestellt hat, und sie hört mir geduldig zu, ohne mich zu unterbrechen. Ich erzähle auch von den letzten Tagen mit Jackson, die meine Verliebtheit ins Unermessliche gehoben haben. Erzähle ihr, zu was für einem Menschen er sich entwickelt hat. Wie er Alexis unterstützt hat und, genauso wie ich, seine Jugendliebe nie vergessen konnte.

»Was sagt dein Herz?«

Ich antworte, ohne groß darüber nachzudenken. »Ich liebe beide. Ich weiß, dass, egal, für wen ich mich auch entscheide, derjenige mich mit Liebe überschütten, mich auf Händen tragen und mir zur Seite stehen wird. Aber ich muss mich entscheiden, und zwar ganz und gar. In den vier Jahren, in denen ich mit Troy zusammen war, musste ich öfter an Jackson denken, als es Troy gegenüber fair gewesen wäre.«

»An jemanden zu denken ist kein Verbrechen.«

»Dazu kommt auch noch, dass ich mich in einsamen Nächten nach Jackson gesehnt habe.«

»Wäre es dann nicht genau richtig, jetzt gut darüber nachzudenken, welchen Weg du in Zukunft gehen möchtest?«

»Ich habe Angst davor, eine Entscheidung zu treffen. So oder so werde ich jemanden verlieren, der mir sehr nahesteht.«

»So ist das Leben. Man trifft manchmal die falschen Entscheidungen, manchmal bekommt man eine zweite Chance und dann wiederum kann alles, was du dir mühevoll aufgebaut hast, innerhalb eines Wimpernschlags zusammenbrechen. Aber genau deswegen sollte man sich gut überlegen, mit wem man diese Höhen und Tiefen erleben möchte. Meiner Meinung nach solltest du dich nicht unter Druck setzen lassen. Du musst bis morgen nichts entscheiden, wenn es sich für dich nicht richtig anfühlt.«

»Dieses Hin und Her geht schon so lange, dass es für mich eine große Erleichterung sein wird, sobald ich mich entscheide. Mein Zögern tut Troy und auch Jackson weh, und es wäre unfair von mir, ihr Leiden weiter auszudehnen.«

»Egal, für welchen Mann du dich entscheidest, sei dir sicher, dass wir alle hinter dir stehen. Wir werden jeden akzeptieren, den du für würdig erachtest.«

»Danke, Mom«, hauche ich mit belegter Stimme. Um nicht mehr an mein Dilemma zu denken, lasse ich mir von ihr erzählen, wie es Dad geht und wie viel Spaß sie mit Tori im Spa gehabt hat. Sie erzählt mir auch, dass Hayden sie nach dem Verlobungsring ihrer Großmutter gefragt hat. Mein Jubeln erschreckt meine Mutter so sehr, dass sie fast das Handy fallen lässt. Sie stellt klar, dass er noch nicht um ihre Hand anhalten wird, sich jedoch das Vorrecht auf den Ring sichern wollte. Egal, weshalb er gefragt hat, die Tatsache, dass er rundum glücklich ist, erfüllt mich mit Stolz und Liebe.

»Bitte nicht noch mal weinen, auch wenn es Freudentränen sind«, scherzt meine Mutter, wohl um mich aufzuheitern.

»Okay, ich werde es zumindest versuchen.« Als mir in der Benachrichtigungsleiste eine Nachricht von Jackson angezeigt wird, ist es für mich ein Zeichen, das Telefonat zu beenden. Ich verabschiede mich von meiner Mutter und danke ihr für ihre liebevollen Worte. Nun habe ich das Gefühl, wieder durchatmen zu können. Meine Probleme sind zwar noch immer da, doch ich habe das Gefühl, dass ich mit Menschen wie ihr an meiner Seite alles schaffen kann.

Jax: Sieh dir nur an, was du getan hast.

So lautet die Nachricht, die er mir geschickt hat inklusive eines Fotos. Auf dem Bild wird ein Monitor angezeigt, auf dem Spotify geöffnet ist. Was mich jedoch zum Schmunzeln bringt, ist die Tatsache, dass er einen Song aus dem Soundtrack von dem K-Drama hört, das wir letzte Nacht gesehen haben. Obwohl er sich anfangs ziemlich gesträubt hat, in eine neue Serienwelt einzutauchen, war er nach den ersten sechs Folgen schwer begeistert.

Quinn: Sorry not sorry:)

Ich antworte mit einem Schmunzeln und lege mich auf die Couch. Die Sonne ist dabei unterzugehen und taucht das große und mit Glas verkleidete Wohnzimmer in sanft orangefarbenes Licht.

Jax: War ja klar, dass du das sagen wirst. Was machst du? Ich überprüfe noch ein paar Punkte in der Buchhaltung und komme dann nach Hause.

Nach Hause. Diese Worte hat er noch nie gesagt, weil wir damals keine Wohnung für uns selbst hatten. Aber die Worte zu lesen, fühlt sich tiefer an, als sie wohl seinerseits gemeint sind. Denn sie klingen so, als wäre ich sein Zuhause und das klingt wunderschön.

Quinn: Lass dir Zeit. Ich habe dich genug aufgehalten. Ich werde warten.

Nachdem ich die Nachricht abgeschickt habe, verstaue ich mein Smartphone unter dem Couchkissen und bette meine Wange darauf. Ich drehe mich in Richtung Terrasse, blicke auf das Meer und die Schaukel davor. Das Licht der untergehenden Sonne legt sich wie eine Decke über mich. Verführt mich dazu, die Augen zu schließen. Mein letzter Gedanke gilt Jackson, als ich, ohne es zu wollen, einschlafe.

Starke Arme halten mich und geben mir das Gefühl zu schweben. Ich öffne meine Lider und blicke auf Jacksons Brust und sein wunderschönes Gesicht. Zuerst denke ich, dass ich träume, doch als er mich sanft auf das Bett legt und unsere Blicke sich treffen, wird mir klar, dass dies die Realität ist. Sein Gesicht schwebt über mir, und wir beide haben nicht den Willen und die Kraft dazu, den Blick voneinander zu lösen. Es sind Momente wie diese, die mir wieder vor Augen führen, wie sehr ich mich nach seiner Berührung sehne. Wie gerne würde ich die Bedenken und das Zögern in den Wind schießen, nur um bei ihm zu sein. Ihn zu fühlen, seine Lippen auf meinen zu spüren und mich in ihm zu verlieren. Mit jedem Atemzug kommt er mir näher, weil wir uns stärker voneinander angezogen fühlen, als es uns bewusst ist. Mein Herz klopft mir bis zum Hals, und das Rauschen in meinen Ohren nimmt zu. Ich bin überwältigt von diesem Moment, der alles zwischen uns sein kann und gleichzeitig das Potenzial hat, alles zu zerstören. Doch nichts passiert, denn es ist Jax, der die Reißleine zieht und den Bann zwischen uns bricht. Ich setze mich auf, und Jax geht einen Schritt zur Seite.

»Möchtest du weiterschlafen?«, fragt er mich unsicher und kratzt sich am Hinterkopf. *Schlaf?* In meinem jetzigen Zustand werde ich kaum noch mal einschlafen können. Zu sehr hat mich seine Nähe aufgewühlt.

»Nein«, antworte ich und bin erschrocken, wie atemlos meine Stimme klingt.

»Komm, dann lass uns etwas essen und dann das Beste aus der Nacht herausholen.« Seine Worte sind voller Versprechen. Und da dies vielleicht eine unserer letzten Nächte miteinander sein könnte, folge ich ihm und begebe mich in seine vertrauten Hände.

33. KAPITEL

Jackson

Die Flucht aus dem Raum ist das Einzige, woran ich jetzt denken kann. Ich muss raus aus diesem Gästezimmer, in dem ich so kurz davor war, ihr einen Kuss zu stehlen. Ich hätte mein eigenes Versprechen gebrochen und sie fast geküsst. Hätte all meine Vorsätze über Bord geworfen aus einem Augenblick der Schwäche heraus. Das bin ich nicht und möchte es auch nicht sein. Ich will, dass sie sich aus freien Stücken für mich entscheidet, und nicht, weil ich sie dazu verführe. Wir haben uns zwar unsere Liebe gestanden, aber das mindert nicht die Gefühle, die sie für Troy hat.

Da ich heute nicht die Zeit hatte zu kochen, habe ich uns chinesisches Essen mitgebracht. In der Hoffnung, dass ihre Vorlieben noch dieselben sind, habe ich für sie bestellt. »Das riecht so köstlich«, meint sie verträumt und setzt sich an die Küchentheke.

»Es tut mir leid, dass ich so spät komme, aber wir hatten einen Ausfall der Alarmanlage an der Hintertür, und ich musste mich darum kümmern, dass die Technikerin sofort zur Stelle war.«

»Habt ihr es reparieren können?«

»Ja, zum Glück. Alles funktioniert wieder, wie es soll.«

»Gut«, sagt sie kauend, da sie sich schon längst über die gebratenen Nudeln hergemacht hat. Grinsend beginne auch ich zu essen, kann aber meinen Blick nicht von ihr abwenden. Niemand kann mir sagen, wie sie sich entscheiden wird und ob ich sie morgen das letzte Mal sehen werde, ehe sie nach Hause fliegt. *Wird das Leiden diesmal anders sein, weil ich nun weiß, weshalb sie mich verlässt?* Damals war ich zuerst einfach nur wütend, weil sie mich verraten hat, dann war ich maßlos enttäuscht, dass sie ohne eine Nachricht gegangen ist, danach war ich am Boden zerstört, weil ich sie wieder in meinem Leben wollte. Nicht nur als Geliebte, sondern auch als Freundin. Sie wusste Geheimnisse von mir, die nicht mal Owen oder meine Mom kannten.

Sie fing mich auf, wenn ich das Gefühl hatte, nirgendwo hinzugehören und mich nach einem Platz im Leben oder einer Vaterfigur sehnte. Sie war und ist meine große Liebe. Quinn hält im Kauen inne, als sie bemerkt, dass ich sie ansehe. Ich vertusche es nicht oder wende den Blick von ihr ab, weil sie wissen soll, was sie mit mir anstellt.

»Habe ich etwas im Gesicht?«, fragt sie und sieht dabei so unschuldig süß aus. Mit einem Grinsen im Gesicht schüttle ich den Kopf und greife selbst nach meiner Essensbox.

»Ich sehe dich einfach gerne an.«

»Du weißt aber schon, dass es gruselig ist, jemanden anzustarren.«

»Nein, wieso? Es ist meine Art dir zu sagen, dass deine Schönheit so atemberaubend ist, dass ich einfach innehalten und dich ansehen muss.« Eine zarte Röte breitet sich in ihrem Gesicht aus, als wäre sie es nicht gewöhnt, Komplimente zu bekommen.

»Ach, du übertreibst. Ich habe mit den Jahren an Gewicht zugelegt, und meine Haut ist längst nicht mehr so rein wie damals.«

»Beide Dinge mögen für dich unangenehm sein und dich

stören. Mir zeigen sie, dass mir auch das an dir gefällt, was du selbst als Makel wahrnimmst.«

»Sagst du das jetzt, weil du es wirklich so meinst oder weil du möchtest, dass ich mich für dich entscheide?«, fragt sie. Dabei lächelt sie zwar, doch ihr ist anzumerken, dass sie darauf brennt, meine Antwort zu hören.

»Ich sage es, weil ich es ernst meine.«

»Das ist gut«, meint sie erleichtert und isst weiter. Dieses Gespräch ist gefährlich, ebenso wie alle anderen Dinge, die unsere tiefe Verbundenheit deutlich machen. In manchen Momenten verstehe ich ihr Zögern. Weiß, dass es schwer sein muss, sein gesamtes Leben, das man kennt, für etwas Neues und Unbekanntes aufzugeben. Aber häufiger frage ich mich, wieso sie zögert. Ich habe sie geliebt, als sie ein verlorener Teenie gewesen ist, und lasse keinen Zweifel daran, dass ich sie lieben werde, bis zu dem Tag an dem ich sterbe. *Wieso dann zögern?*

»Möchtest du ausgehen?«, frage ich, um meine rasenden Gedanken zu stoppen.

»Was schwebt dir vor? Es ist immerhin fast Mitternacht.«

»Etwas, was ich an Hawaii generell liebe, ist, dass in der Stadt immer etwas los ist. Wenn die einen Läden schließen, machen die anderen gerade erst auf.«

»Klingt ja so, als würdest du genau wissen, um welche Läden es sich handelt.«

»Worauf du wetten kannst.«

»Das klingt nach Spaß oder nach einer Sache, die ich später bereuen werde.«

»Ich denke, eher Ersteres, und ich werde jeglichen Wodka von dir fernhalten«, sage ich und werde an die Nächte erinnert, in denen sie auf Tischen eingeschlafen ist, weil sie keinen Wodka verträgt. Dieser Alkohol war immer ihre Schwachstelle und selbst nach einem Glas war sie sturzbetrunken.

»Oh Gott, erinnere mich nicht daran«, jammert sie und verbirgt ihr Gesicht in den Händen.

»Ach was. Ich fand deinen Wodka-Rausch immer süß.« Sie lässt ihre Hände sinken und hebt ungläubig eine Braue. Würde sie jetzt eine Brille tragen, könnte sie glatt als strenge Sekretärin durchgehen.

»Süß? Ich erinnere mich daran, dass ich dich für den Tod gehalten habe und vor dir geflüchtet bin.«

»Ach was, dich wieder einzufangen war gut für meine Kondition.«

»Und die Nacht, als ich dachte, ich könnte fliegen und vom Dach in den Pool deines Freundes geflogen bin?«

»Das haben die anderen als Start für einen Arschbomben-Wettbewerb gesehen.«

»Du hast wohl für jeden meiner peinlichen Momente die richtige Antwort, was?« Sie schnaubt und nimmt den letzten Bissen, ehe sie die leeren Kartons ineinanderstapelt.

»Ich gebe mir wirklich Mühe, dir zu sagen, dass diese peinlichen Momente, wie du sie nennst, mich nie gestört haben. Perfektion reizt mich nicht. Ich möchte nicht eine Frau, die immer die richtigen Antworten hat, sondern eine, bei der ich ich selbst sein kann. Ich will dir und unseren Töchtern beweisen, dass die natürliche Schönheit und die Ecken und Kanten einer Frau liebenswert sind und sie zu der Person machen, die sie sind.«

»Töchter?«, fragt sie berührt und blickt mich mit solcher Wärme an, dass meine Kehle trocken wird. *Habe ich zu viel gesagt?* War es falsch, von Kindern anzufangen, auch wenn ich mir nichts Schöneres vorstellen könnte, als dass sie unser Baby in ihrem Bauch trägt?

»Oder Söhne. Ich habe da keine besonderen Wünsche. Ich will einfach eine Familie haben. Mit dir.« Sie schluckt schwer und ihre Augen werden glasig, als würden meine Worte sie zu Tränen rühren.

»Egal, ob ich die Frau werde, die dir eine Familie schenkt oder nicht, ich bin mir sicher, dass du ein wunderbarer Vater wirst. Dass du das Glück deiner Kinder für immer erhalten und alles für sie tun wirst.«

»Genau wie du.«

»Wer weiß. Wenn du davon redest, klingt es, als wäre es das Einfachste der Welt.« Sie räumt die Essenskartons weg, während ich die Stäbchen wegwerfe und den Tisch abwische. Unser Gespräch, das so tief ging, wurde erneut von ihr beendet, aber diesmal ist es in Ordnung für mich. Sie weiß, wie ich zu diesen Dingen stehe, und das ist das Einzige, was gerade für mich zählt.

Als Quinn eine Stunde später in einem hochgeschlossenen, aber kurzen Seidenkleid die Treppe hinabsteigt, lasse ich fast mein Smartphone fallen, auf das ich kurz geblickt habe. Das Kleid ist kakifarben und am Saum befindet sich ein Knoten, der dem Kleid eine freche Note verleiht, dazu trägt sie braune Heels und eine blaue Jeansjacke. Trotz des Farbmixes sieht das Outfit geschmackvoll und einfach sexy aus. Meine Reaktion bekommt sie nicht mit, da sie auf die Treppen sieht, um nicht zu stolpern.

Sie kommt mit einem glücklichen Gesichtsausdruck auf mich zu, der meinen Herzschlag beschleunigt. Ihre offenen Haare umschmeicheln ihren Körper, und sie hat kaum Make-up aufgelegt, so, wie ich es immer schon mochte. »Fertig?«, fragt sie mich und spielt wohl darauf an, ob ich schon startklar bin, aber für mich hört es sich an, als ob sie wissen möchte, ob sie mich emotional fertigmacht, was definitiv der Fall ist.

»Klar, lass uns gehen.« Eine halbe Stunde später betreten wir den Mile-High-Club, den Tanzclub im dreißigsten Stockwerk, wo man Oahu durch eine Glasfront in der Lounge bestaunen kann. Der Club ist in drei Bereiche eingeteilt: ein Restaurant, eine Lounge, in der man sich gut unterhalten kann, und die Dance-Area, die zum Tanzen bis in die frühen Morgenstunden einlädt. Den gemütlichen Teil beachtet Quinn gar nicht, sondern geht direkt auf die Tanzfläche zu. Da der Besitzer des Clubs ein Freund von Owen ist, haben wir noch ohne Probleme einen Tisch im VIP-Bereich ergattern können. Doch der abgesperrte Teil ist nichts für Quinn, sie ist lieber im öffentlich zugänglichen Tanzbereich. Wir haben uns kaum gesetzt, als sie auch schon wieder aufsteht, um weiterzutanzen.

Nach zwei Songs jedoch habe ich genug und setze mich an unseren Tisch, wo ich sie trotzdem immer im Blick habe. Sie genießt die Musik, die Location und den Moment. Das erkenne ich an dem zufriedenen Ausdruck in ihrem Gesicht. Dabei sieht sie beinahe wie die jüngere Version ihrer selbst aus, in die ich mich unsterblich verliebt habe. Gerade als ich diese Worte denke, öffnet sie ihre Augen und sieht mit ihren meerblauen Augen direkt in mich hinein. Trotz der Entfernung habe ich das Gefühl, als stünde sie vor mir und würde mir nur mit ihren Augen sagen, dass sie ebenso empfindet wie ich.

Ihre Liebe zu mir ist immer noch da, das weiß ich, aber ob sie so tief ist wie meine, kann ich nicht beantworten. Wieder realisiere ich, dass ich alles dafür tun würde, dass sie für immer an meiner Seite bleibt. Ich nippe an meinem Whiskey Sour, der so köstlich schmeckt, dass ich beschließe, heute ebenfalls etwas zu trinken und das Auto stehen zu lassen.

»Du bist sauer«, sagt Quinn mit vom Alkohol geröteten Wangen. In der letzten Stunde haben sie und ich es richtig krachen lassen. Haben getrunken und getanzt, bis uns die Füße wehgetan haben.

»Wieso sollte ich sauer sein?«, frage ich verwirrt, doch sie blickt nur auf das Glas in meiner Hand.

»Und ich bin dirty«, sagt sie, ohne auf meine Frage einzugehen. Doch ihre Aussage lässt mich gespannt aufhorchen. *Dirty?* Möchte sie hier gerade auf ihre Sexvorlieben anspielen. Sollte dies der Fall sein, brauche ich definitiv noch einen Drink.

»Unsere Getränke heißen so. Whiskey sour und Dirty Martini«, meint sie schließlich lachend, und es braucht eine Weile, bis ich verstehe, was sie meint.

»Oh«, antworte ich dümmlich und versuche, mir Quinn nicht mehr in meinem Bett vorzustellen. Nackt und völlig bereit für mich. Der Alkohol scheint mir zu Kopf gestiegen zu sein. Sie leert ihr Glas, und ich nehme mir vor, uns mehr Wasser zu bestellen. Doch sie überrascht mich mit ihrer nächsten Frage.

»Willst du spazieren gehen? Es ist plötzlich zu laut und zu voll.« Sie blickt sich im Club um, ehe sie mir wieder in die Augen blickt. Jetzt, mit ihrem vom Tanzen zerzausten Haar, diesem unschuldigen Blick und ihrem unverkennbaren Duft, würde ich wohl alles tun, worum sie mich bittet.

»Natürlich. Lass uns gehen.« Ich bezahle die Rechnung und trete mit Quinn an meiner Seite an die frische und wohltuende Nachtluft. Um den Club herum stehen einige Taxis und Menschen, die sich unterhalten oder telefonieren. Trotz der Uhrzeit ist auch die Warteschlange immer noch lang.

»Wohin möchtest du gehen?«

»Was steht zur Auswahl, Mr Hawaii?«

»Das klingt ja so, als hätte ich die Mister-Hawaii-Wahl gewonnen.«

»Solltest du mitmachen, stünden deine Chancen ziemlich gut.«

»Danke. Wird zwar niemals vorkommen, aber danke.«

»Wieso denn nicht?«, fragt sie und setzt sich in Bewegung. Ich halte mit ihr Schritt, denn es ist doch egal, wohin wir gehen, Hauptsache, wir sind zusammen.

»Ich würde mich nicht gerne in Badehose auf einer Bühne von Frauen begaffen lassen.«

»Das schaffst du auch ohne Bühne«, meint sie kryptisch und es sieht beinahe so aus, als wäre sie in die Vergangenheit abgedriftet.

»Wie soll ich das verstehen?«

»Als wir surfen waren, hat jede Frau in einem Radius von hundert Metern deinen Körper angeschmachtet.«

»Du weißt aber schon, dass ich einen Neoprenanzug getragen habe.«

»Ja, aber nicht immer. Als du mir dein Talent beim Surfen gezeigt hast, war dein Oberkörper frei.«

»Das hast du mitbekommen? Dass mich jemand ansieht?«

»Es hat mich wahnsinnig gemacht«, gibt sie zu und nimmt die Treppen, die von der Straße zum Strand führen.

»Bist du etwa eifersüchtig?«

»Ja, das war ich. Bin ich. Ich weiß, ich habe kein Recht darauf, es zu sein.«

»Mir würde es gefallen, wenn du Besitzansprüche auf mich stellen würdest.«

»Das glaube ich dir sofort. Ich habe in dem Moment gemerkt, wie tief meine Gefühle für dich noch sind.« Ich lächle über ihre Aussage und blicke auf das Lagerfeuer nicht weit von uns. Dort scheint jemand wohl eine Party zu feiern. Wir gehen direkt auf das Feuer zu.

»Da bin ich aber erleichtert. Du weißt, wie wichtig du mir bist.«

»Ich weiß«, sagt sie und seufzt tief und lang. Ich möchte

nicht in ihrer Haut stecken, nicht ihre Entscheidung treffen müssen, aber ich bin froh, mit ihr hier zu sein. Bin froh, so viel Zeit mit ihr zu verbringen, wie ich kann.

34. KAPITEL

Quinn

In Momenten wie diesen habe ich das Gefühl, als würde ich es mir unnötig schwer machen. *Wie könnte ich einen Mann, der so liebevoll, aufmerksam und intelligent wie Jackson ist, abweisen?* Nur ein Wort könnte ihn und mich unendlich glücklich machen. Wenn ich mich für ihn entscheiden würde, würde ich es mit Sicherheit nicht bereuen, da ich weiß, dass es für immer wäre. Doch ich bin immer noch zwiegespalten, und das sieht und spürt Jax neben mir. Ich will uns beiden durch meine Stimmung nicht den Abend vermiesen, also schlucke ich all das, was mir auf der Seele liegt, runter. Auch Jackson macht nicht den Anschein, als würde er tiefer in diesem Thema graben wollen, was mich erleichtert. Wir gehen gemächlich auf die Menschenmenge zu, da uns das Lagerfeuer wie magisch anzuziehen scheint. Dort angekommen, erkennt Jackson einen Mitarbeiter aus dem Hotel. Dieser ist das heutige Geburtstagskind und lädt uns herzlich ein, mitzufeiern. Jax wollte ablehnen, doch auch er hat erkannt, dass die Einladung nicht aus Zwang, sondern aus freien Stücken gemacht wurde. Auch wenn ich es mir schwer vorstellen kann, den eigenen Boss auf seiner Party haben zu wollen. Uns wird eine Flasche Bier gereicht, und wir begrüßen den Großteil der Anwesenden mit einem freundlichen Nicken. Es handelt sich um ungefähr zwanzig Personen, die auf Baumstämmen rund um das Lagefeuer sitzen.

Wir unterhalten uns ungezwungen mit ein paar Personen und genießen unser nächtliches Bier. Es ist ein perfekter Abschluss meines letzten Abends hier auf Hawaii. *Letzter? Wo kommt dieser Gedanke denn her?* Mein Blick gleitet zu Jackson, der sich gerade mit der Freundin unseres Gastgebers unterhält. Er trägt eine Anzughose zu einem perlweißen Hemd, dessen Ärmel er hochgekrempelt hat. Diese Kombination war immer schon gefährlich für mich. Ich mag es, wenn Männer sich schick anziehen. Troy ist ein Meister in der Zusammenstellung von Outfits. Er sieht einfach immer modisch und gut aus. Seine äußerliche Erscheinung ist ihm wichtig. Jackson hingegen geht auch schon mal im Gammellook einkaufen, wie ich vor ein paar Tagen festgestellt habe. Die beiden haben nicht viel gemeinsam, weshalb ich mich frage, wie ich mich in beide zum gleichen Teil verlieben konnte.

Plötzlich greift Jackson nach der Gitarre, die ihm sein Mitarbeiter Nahele reicht. Sein Blick gleitet kurz zu mir, als ob er in einem Anflug von Schüchternheit sich unsicher ist, ob er spielen sollte. Es ist viele Jahre her, dass ich seinem Gitarrenspiel gelauscht habe. Manchmal hat er sich eine von Ians Gitarren geschnappt, als wir die Band im Proberaum besucht haben, und hat einen Song zum Besten gegeben. Naomi war es, die ihm das Instrument beigebracht hat, da sie selbst spielt. Er stimmt die Gitarre, ehe er anfängt zu spielen. Augenblicklich erkenne ich das Lied, das ich wohl nie wieder vergessen könnte. Es ist unser Song.

Iris von den *Goo Goo Dolls.*

Jax hatte mich bei unserer ersten Begegnung Iris genannt. Damals habe ich diesen Namen gehasst, und jetzt habe ich so viele liebevolle Erinnerungen an diesen Kosenamen. Ich bin überrascht, als er zu singen beginnt, da ich ihn noch nie singen gehört habe, auch wenn ich jetzt feststellen muss, dass es eine

Schande ist. Denn er singt wirklich gut. Seine Stimme ist tief, aber sanft. Mit jeder Note und jedem gesungenen Wort lässt er mein Herz schwer werden. Noch nie hat jemand für mich ein Lied gesungen oder gar eins geschrieben. Außer vielleicht mein Bruder. Der Song handelte von meinen Launen, wenn ich die Menstruation hatte. Für diesen Song, den er als Teenager geschrieben hat, habe ich ihm eine Wasserflasche an den Kopf geworfen. Aber das hier, der Moment, den wir gerade teilen, ist einer für die Ewigkeit.

Er trifft nicht immer die Töne und den Text ändert er ein wenig ab, doch niemand scheint sich daran zu stören. Am allerwenigsten ich. Vielmehr versinke ich in seinem Gesang, und vor lauter Rührung kullert eine Träne meine Wange hinab.

Als er aufhört zu spielen, ertönt Beifall, doch diesen bekomme ich nur dumpf mit, denn von Anfang an hat er nicht ein Mal den Blickkontakt abgebrochen. Ich bin wie gebannt, gefangen in den Gefühlen, die er bei mir auslöst. Jackson beendet schließlich den Blickkontakt, als er die Gitarre weiterreicht.

»Das war so schön«, flüsterte ich, noch immer gefangen in dem Moment.

»In den letzten Jahren habe ich den Song öfter auf der Gitarre gespielt als je zuvor.«

»Ich kann mir vorstellen, wieso«, sage ich, da ich mittlerweile weiß, dass auch er unter unserer Trennung gelitten hat.

»Ich bin auf jeden Fall froh, dass ich ihn dir vorsingen konnte.«

»Eine Weile habe ich es nicht ertragen können, den Song zu hören. Sobald er im Radio gespielt wurde, habe ich den Sender gewechselt. Es war unmöglich für mich, nicht in Tränen auszubrechen, wenn ich ihn gehört habe. Das ist erst mit den Jahren besser geworden.«

»Heute hast du wieder geweint«, sagt er mit einem schiefen Lächeln und spielt auf die eine Träne an, die ich vergossen habe.

»Die war vor Freude und Rührung und nicht, weil mein Herz geschmerzt hat.«

»Ich hoffe, dass du meinetwegen nie wieder weinen musst, Quinn«, flüstert er aufrichtig und greift nach meiner Hand, um mit dem Daumen zärtlich über meinen Handrücken zu streicheln. Sofort breitet sich Hitze in mir aus, und ich habe das Gefühl, als würde eine Schar Schmetterlinge in meinem Bauch umherflattern.

»Ich auch«, seufze ich und blicke zu den Sternen hinauf. In der Hoffnung, dass sie mir helfen können.

»Es wird langsam kühl, möchtest du nach Hause?«, fragt mich dieser unglaublich geduldige Mann, während er immer noch sanft über meine Hand streichelt. Erst durch seine Erwähnung spüre ich, dass es tatsächlich frischer geworden ist. Ich nicke und hätte fast protestiert, als er meine Hand loslässt und sich erhebt. Ich stehe ebenfalls auf und blicke sehnsuchtsvoll auf seine Hand. »Ich verabschiede mich nur kurz von Nahele, dann können wir gehen.«

»Okay.« Er ist nicht einmal zwei Schritte gegangen, als mein Smartphone zu vibrieren beginnt. Mit einem Lächeln, das Jax gilt, hole ich das Handy aus der Tasche und erstarre, als ich Troys Foto auf dem Display sehe. Durch den Zeitunterschied ist es in Manhattan bereits früher Morgen, aber egal, wann er mich anrufen würde, den Kloß im Hals würde ich immer spüren.

»Hey«, sage ich und drehe der Menschenmenge ein paar Schritte von mir entfernt den Rücken zu.

»Quinn! Ich liebe dich«, höre ich ihn sagen und weiß sofort, dass er getrunken hat. Er lallt zwar nicht, aber ich kenne seine Stimme, wenn er alkoholisiert ist.

»Was ist denn los?«, sage ich und gehe bewusst nicht auf seine Liebesbekundung ein. Und langsam wird mir auch der Grund klar. Während Troy schwer in den Hörer atmet, blicke ich zu meiner Jugendliebe, die sich unterhält. Als würde er spüren, dass ich ihn ansehe, blickt er zu mir und zwinkert mir zu.

»Ich vermisse dich, und es tut mir leid. Alles tut mir so schrecklich leid.« Er klingt so schuldbewusst, als würde er sich für so viel mehr entschuldigen. Also werde ich hellhörig und wende mich wieder dem Meer und der Dunkelheit zu.

»Für was genau entschuldigst du dich, Troy?« Er atmet schwer ins Telefon, als würde ihn diese Frage einiges an Kraft kosten.

»Dass ich dir nicht die Aufmerksamkeit geschenkt habe, die du verdienst. Dass ich meine Eltern nicht gestoppt habe, als sie sich in unser Leben und unsere Hochzeit gedrängt haben. Dass ich gesagt habe, dass ich dir Bedenkzeit gebe.«

»Troy«, setze ich an, aber er unterbricht mich.

»Ich habe zwar getrunken, aber das trübt meine Gefühle nicht, genauso wenig wie meine Ansichten auf unser Leben. Du bist meine beste Freundin, die Frau meiner Träume und niemand hat das Recht, sich zwischen uns zu drängen. Ich verspreche, dass ich in der Arbeit kürzertreten werde. Dass ich dich lieben werde, ohne dass je Zweifel in uns beiden auftauchen werden. Ich war zwar kurzzeitig verloren, aber jetzt sehe ich klar und weiß, dass ich dich nicht verlieren will. Bitte komm nach Hause, Liebling. Komm zu mir zurück.«

»Troy, ich …« Wieder unterbricht er mich und macht mich damit langsam wütend.

»Es sollte keine Bedenkzeit mehr geben, denn du bist alles, was zählt.«

»Ich weiß nicht, ob ich das so kann, denn du …«

»Was ich gesagt habe, war falsch. Ich war geblendet und verwirrt, aber jetzt weiß ich, was ich will. Und das bist du, Quinn.«

»Tust du das?«

»Ja, ich weiß selbst nicht, was mich geritten hat, aber ich verspreche, mich zu bessern. Also, kommst du nach Hause?« Da ist so viel Verzweiflung, Hoffnung und Kummer in seiner Stimme. Troy ist normalerweise ein Mann, der immer gefasst ist und rational handelt. Durch den Wind zu sein ist untypisch für ihn. Er muss ziemlich verzweifelt sein und gerade, weil er es ist, wird mir klar dass ich mit ihm unter vier Augen reden muss und diese Sache nicht übers Telefon regeln kann. Wir beide begreifen nun, dass diese Deadline völliger Blödsinn ist.

»Ich komme nach Hause«, sage ich und versuche, ihn so zu beruhigen.

»Wirklich?«

»Ja, wirklich«, antworte ich und drehe mich um, wobei ich direkt in Jacksons türkisgrüne Augen sehe. Was Troy sagt, bekomme ich nicht mehr mit, dafür aber die Trauer in Jacksons Gesicht. Vom einen Augenblick zum anderen sehe ich an seiner Haltung, seinen Augen und Gesichtszügen, dass er am Boden zerstört ist. Ich halte im Schock darüber, ihn so zu sehen, noch immer das Handy am Ohr und erwache erst zum Leben, als er den Blick von mir abwendet und sich aufgebracht durch die Haare fährt.

»Ich melde mich wieder«, sage ich zu Troy und lege auf. Ich gehe einen Schritt auf Jax zu, doch er hebt nur einen Finger, sodass ich stehen bleibe. Dass ich zu Troy gesagt habe, dass ich nach Hause komme, muss bei ihm den Eindruck gemacht haben, dass ich mich entschieden habe, aber dem ist nicht so.

»Lass es mich erklären«, setze ich an, aber er unterbricht mich, so wie es mein Verlobter vorhin getan hat.

»Für was sollte das noch gut sein?«, presst er mühsam heraus.

»Was?«, frage ich fassungslos, da der eisige Ton seiner Stimme mich hart trifft.

»Du gehst nach Hause. Zu ihm, da brauche ich nicht wirklich mehr Erklärungen, denn ich habe das meiste von eurem Gespräch mitgehört.«

»Troy ist betrunken und denkt nicht klar. Ich muss das noch mal in Ruhe mit ihm besprechen. Nichts ist entschieden.«

»Hat sich für mich aber anders angehört.«

»Mag ja sein, aber ich weiß, wie ich es gemeint habe, und ich brauche mich nicht über meine Absichten zu rechtfertigen.«

»Nein, das musst du wirklich nicht.« Er spuckt mir diese Worte vor die Füße und lässt mich wütend werden. *Ja, ich habe vielleicht Dinge gesagt, die man falsch verstehen könnte, aber wieso lässt er es mich nicht erklären?*

»Jax …«

»Nenn mich nicht so!«, ruft er so laut aus, dass sich jeder am Strand in unsere Richtung dreht. Beschämt senke ich den Blick, da ich diese Sache nicht vor so vielen Menschen besprechen möchte. Ich rede mir Mut zu und hebe den Kopf, um mich ihm zu stellen.

»Ich habe mich nicht für Troy entschieden, sondern will mit ihm unter vier Augen reden.«

»Du hast dich nicht entschieden?«

»Nein, das sagte ich doch.« *Wieso sieht er nicht ein, dass diese Sache für mich ebenso aufwühlend ist wie für ihn?*

»Dann mache ich es dir leichter, denn ich bin raus.«

»Was?«, frage ich panisch, sehe all die schönen Momente ins Nichts verschwinden.

»Ich habe dir mein Herz zu Füßen gelegt, habe dir aufgezeigt, wie ein Leben mit mir sein könnte, habe dir mit jeder Faser von mir gezeigt, dass ich mich immer nur für dich entscheiden würde, aber ich habe das Gefühl, von dir nur hingehalten zu werden.«

»Du verstehst das falsch. Jeder Moment und jedes Wort, das du mir offenbart hast, bedeutet mir unglaublich viel.«

»Aber es ist nicht genug, um dich zu entscheiden.« Ich öffne den Mund, um etwas zu sagen, weiß aber auf Anhieb nicht, was ich antworten soll, doch für Jackson scheint sich die Sache erledigt zu haben.

»Du weißt, was du mir bedeutest, aber ich habe jahrelang von einer Zukunft mit dir geträumt, habe gehofft, dich wieder in meinem Leben zu haben, aber nicht um den Preis, dass ich auf die Knie fallen muss, damit du dich für mich entscheidest.«

»Bitte lass uns das Ganze in Ruhe besprechen. Wenn wir streiten, könnten wir nur etwas sagen, das wir später bereuen.«

»Ich streite nicht mit dir, Quinn« Seine Stimme ist scharf wie eine Klinge, aber auch ernst. Ich glaube ihm, was es natürlich nur noch schmerzhafter macht.

»Ich will kein Drama oder eine Szene machen. Ich handle rational, und auch wenn du keine Entscheidung fällen konntest, ich habe es getan. Du kannst wieder zu deinem Verlobten gehen und heiraten.« Geschockt öffne ich den Mund, doch ich bringe kein Wort heraus, teils aus Enttäuschung und Schmerz. Er hat mir die Entscheidung abgenommen, doch ich bin gar nicht glücklich darüber.

»Wir sollten nichts überstürzen. Gib mir bitte noch Zeit, meine Gedanken und Gefühle zu sammeln.«

»Die brauchst du nicht mehr. Ich nehme dir den Zweifel, indem ich dir meine Freundschaft anbiete. Mehr nicht.«

»Aber …«

»Wir sollten gehen. Es ist kalt«, sagt er, doch auch wenn er die Kälte der Nacht meint, habe ich das Gefühl, als würde auch in mir alles kälter werden.

35. KAPITEL

Jackson

Es ist schwer, zu beschreiben, wie ich mich fühle. Zu hören, dass sie zu ihm nach Hause kommt, hat mich innerlich zerstört. In den letzten Wochen war ich mir sicher, dass ich Quinn immer noch liebe, dass sich nichts an meinen Gefühlen verändert hat. *Ich habe mir selbst geschworen, um sie zu kämpfen, aber zu welchem Preis?* Zu hoffen und zu bangen, für wen sie sich schlussendlich entscheidet, hat mich viel Kraft gekostet, sodass ich schlussendlich eine Entscheidung gefällt habe, die mich vielleicht einsam macht, aber meinen Stolz wahrt. Mit meinem Standpunkt habe ich Quinn überrascht und vielleicht auch verletzt, aber meine Qualen gehen tiefer. Das alles kann sie erkennen, wenn sie mir in die Augen blickt. Ich habe gekämpft, gehofft und schließlich aufgegeben.

»Können wir nicht noch mal darüber reden?«

»Du kannst immer mit mir reden. Ich werde immer dein Freund sein, wenn du es wünschst, aber ich habe keine Kraft mehr.«

»Es tut mir leid.« Aufgewühlt dreht sie mir den Rücken zu und fährt sich durchs Haar. Mir ist bewusst, dass wir uns hier mitten auf einer Party streiten, aber was genug ist, ist genug.

»Ich will dir die Entscheidung abnehmen.« Bei meinen Worten wendet sie sich mir mit feuchten Augen zu. Auch ich muss all meine Kraft zusammennehmen, um nicht hier und jetzt zusammenzubrechen.

»Was ist, wenn ich das nicht will?« Für mich wirkt es, als würde sie nach dem letzten Strohhalm greifen, was ich auch verstehen kann. Vielleicht hätte sie sich für mich entschieden, aber das ist jetzt nicht mehr von Bedeutung. Mein Seelenwohl muss mir jetzt wichtiger sein.

»Du hast das nicht zu entscheiden. So, wie ich es akzeptiert habe, auf deinen Entschluss zu warten, kannst du es akzeptieren, dass ich dich freigebe. Ich bin ein Mann, der dich liebt, der dich aufrichtig liebt. Ich weiß, dass ich dich glücklich machen kann, aber nicht für den Preis, mein Herz brechen zu lassen.«

»Ich wollte dir niemals wehtun.«

»Das weiß ich.«

»Was heißt das jetzt für uns?«, fragt sie mit einem traurigen Blick, der mir die Kehle zuschnürt.

»Sofern das für dich okay ist, kannst du weiterhin im Gästezimmer schlafen, ehe du morgen nach New York fliegst.«

»Nein. Ich nehme mir ein Taxi ins Hotel. Die Reservierung besteht ja noch.«

»Es macht mir wirklich nichts aus, wenn du bei mir bleibst. Wenn du es möchtest, können wir weiterhin befreundet bleiben.«

»Du weißt, dass das nicht möglich ist. Ich will einfach ins Hotel, ich wäre dir nur dankbar, wenn du meine Sachen bei der Rezeption abgeben könntest.« Es enttäuscht mich, dass sie den Kontakt kappen möchte, aber ich verstehe es auch. Unsere Vergangenheit und der damit verbundene Schmerz ist nichts, was man so leicht vergessen kann. Ich nicke, und wir setzen uns in Bewegung. Schweigend gehen wir am Strand entlang, hören den Wellen zu, wie sie sich am Strand brechen, im Einklang mit meinem Herz.

Unser erstes Aufeinandertreffen verlief schweigend und voller Emotionen. Damals waren wir beide schockiert und wütend aufeinander. Unsere Verabschiedung ist ebenfalls schweigsam, doch das Gefühlschaos ist geblieben. Ein Teil von mir will mich verfluchen, weil ich sie gehen lasse, aber im Gegensatz zu Quinn habe ich meine Entscheidung schnell gefällt. Das Taxi bleibt vor dem Hotel stehen, und wir blicken beide zum Eingangsbereich. Es wäre nicht nötig gewesen, mit ihr im Taxi mitzufahren, aber mir ist es wichtig, sie sicher zum Hotel zu bringen und mich zu verabschieden, ehe wir getrennter Wege gehen. Wir wissen nicht, was wir sagen oder tun sollen, sehen überall hin, nur nicht in die Augen des anderen. Ich bitte den Taxifahrer zu warten, ehe wir aussteigen und uns gegenübertreten. Ich möchte ihr so viel sagen, aber andererseits will ich einfach nach Hause fahren, um allein zu sein und meinen Schmerz zu betäuben. »Ich hätte nicht gedacht, dass wir uns so früh verabschieden, vor allem nicht so«, flüstert sie, ehe sie die Schultern strafft und sich mir zuwendet. Sie überrascht mich, indem sie nach meiner Hand greift und sie drückt. »Es tut mir leid, dass ich dich enttäuscht und dir das Gefühl gegeben habe, dass ich dich hinhalte. Aber ich bin froh, dass wir uns wenigstens voneinander verabschieden können, im Gegensatz zu damals.«

»Du bist eine unglaubliche Frau, Quinn, und ich wünsche dir von Herzen, dass du glücklich bist.« Ich drücke ihre Hand vielleicht ein wenig zu fest, aber etwas in mir will sich das Gefühl von ihrer Haut auf meiner einprägen.

»Das wünsche ich dir auch.« Eine einzelne Träne löst sich aus ihrem Augenwinkel, was mich kurz den Blick senken lässt. Nun muss ich mich von meiner großen Liebe verabschieden, womöglich für immer. Ich war mir so sicher, dass sie sich für mich entscheiden wird. Habe gedacht, dass ich sie durch meine

Art und Gesten für mich gewinnen kann, aber dem ist nicht so. Ich meine jedes Wort ernst, will sie glücklich wissen, auch wenn der Mann an ihrer Seite ein anderer sein wird. »Ich liebe dich wirklich«, sind ihre letzten Worte an mich, ehe sie das Gesicht verzieht und hastig in Richtung des Eingangs geht. An dem Beben ihrer Schultern erkenne ich, dass sie weint, und auch ich lasse meinen Tränen freien Lauf. Meine Sicht verschwimmt, und ich sehe nur ihren Umriss, der sich immer weiter entfernt. Ich steige wieder ins Taxi und nenne meine Adresse.

Zu Hause angekommen, gehe ich zur Bar, die ich in der Ecke meines Wohnzimmers aufgestellt habe und greife nach einer Flasche Whiskey. Bewusst verzichte ich auf ein Glas, da ich einfach nur den Schmerz in mir betäuben möchte. Das Brennen in meiner Kehle ist beinahe eine Erleichterung, denn es lenkt von den anderen Gefühlen in mir ab. Ich setze mich auf die Couch und starre in die schwarze Nacht hinaus. Von hier aus kann ich die Schaukel nicht erkennen, aber ich weiß, dass sie da ist, weiß, dass ich bei ihrem Anblick an den Schmerz erinnert werde, den ich gerade fühle. Zwar habe ich mich bewusst und ohne Drama dafür entschieden, sie gehen zu lassen, doch das heißt noch lange nicht, dass es mir leichtfällt. Als ich die Flasche zur Hälfte geleert habe, fühle ich mich noch immer taub und leer, doch der Alkoholrausch zeigt sich noch immer nicht. Das Klingeln an meiner Haustür lässt mich die Stirn runzeln, da ich nie mitten in der Nacht Besuch bekommen habe. Etwas in mir hofft, dass es Quinn ist, doch ich verwerfe den Gedanken wieder und atme erleichtert aus, als ich durch die Sicherheitskamera meinen besten Freund erkenne. Zwar habe ich ihn nicht so früh von der Geschäftsreise zurückerwartet, lasse ihn trotzdem rein, auch wenn ich lieber allein wäre.

»Du hast dir echt einen Scheißzeitpunkt ausgesucht, um mich zu besuchen.«

»Ja, ja, dir auch eine schöne Nacht. Ein Hallo brauche ich wohl nicht zu erwarten, oder?«

»Nicht, wenn ich in diesem Zustand bin.« Ich hebe die Whiskeyflasche in meiner Hand, um meine Worte zu verdeutlichen.

»Ah, genau das brauche ich jetzt auch«, meint er nur und reißt mir die Flasche aus der Hand, um einen kräftigen Schluck zu nehmen. Die Menge, die er zu sich nimmt, erschreckt mich, sodass ich ihm die Flasche schnell wieder abnehme.

»Was zum Teufel! Mach langsam, Mann!«

»Okay, weil du es bist. Vielleicht sollte ich zu Abend essen, ehe ich mir die Kante gebe.«

»Das wäre ratsam, jetzt komm schon rein, dann können wir einander volljammern und der mit den größten Problemen bekommt die Flasche.«

»Du weißt, dass ich für ein gutes Trinkspiel immer zu haben bin.« Wir setzen uns auf die Couch, lehnen uns zurück, und blicken an die Decke. Ich entdecke einen Riss im Putz, den ich vorher nie bemerkt habe.

»Was ist los?« Es ist Owen, der zuerst die Frage stellt und dabei den Kopf in meine Richtung dreht.

»Ich habe Quinn gehen lassen.«

»Oh«, ist alles, was ich von ihm höre. Ich richte mich etwas auf und sehe ihn fragend an.

»Das ist alles, was du dazu sagst?«

»Du wirst schon deine Gründe gehabt haben, dich vor dem Ablauf der Deadline von ihr zu trennen.«

»Wir waren nie zusammen.«

»Du weißt schon, was ich meine.«

»Ja, aber … warte mal. Woher weißt du eigentlich, dass es eine Deadline gegeben hat?«

»Von Troy natürlich. Er hat die ganze Zeit rumgejammert und hat überhaupt nicht mehr dem Mann geglichen, als den ich ihn bei unserer ersten Begegnung wahrgenommen habe. Eher wie ein Waschlappen.« Er verzieht das Gesicht bei der Erwähnung unseres zukünftigen Geschäftspartners.

»Harte Worte für jemanden, den du gar nicht kennst.« Die paar Wochen sind nicht ausreichend, um in jemanden hineinzusehen.

»Ich habe ihn in den letzten Wochen besser kennengelernt, oder habe es zumindest geglaubt. Aber das tut alles nichts mehr zur Sache.«

»Nein, das tut es wirklich nicht. Er ist und bleibt ein Auftraggeber, und Quinn werden wir so schnell nicht mehr wiedersehen.«

»Wie geht es dir dabei?«

»Scheiße«, gebe ich ehrlich zu.

»Beim Anblick der Whiskeyflasche war mir das schon klar.«

»Ich musste es tun. Heute war einfach dieser Punkt erreicht, an dem es genug ist.«

»Ich möchte wirklich nicht in deiner Wunde herumstochern, aber wieso hast du es getan?«

»Weil ich mit eigenen Ohren gehört habe, dass sie zu ihm zurückkehren wird. Sie wollte mich beschwichtigen, aber ich habe eingesehen, dass ich verloren habe. Auch wenn sie sich für mich entschieden hätte, würde die Liebe zu Troy nicht einfach verschwinden. Ich hätte das Gefühl, dass sie sich nie ganz auf mich einlässt.«

»Die Situation war von Anfang an verkorkst. Mir war von Anfang klar, dass ihr nicht dort weitermachen könnt, wo ihr aufgehört habt.«

»Mittlerweile weiß ich das auch, aber ich war verliebt und voller Hoffnung. Trotzdem bereue ich die Zeit nicht, die wir miteinander verbracht haben. Es waren bittersüße Momente, an die ich mich, wenn die Wunden verheilt sind, gerne erinnern werde.« Owens Blick verändert sich, als würde er seine eigenen Probleme beiseiteschieben.

»Du liebst sie wirklich, oder?«

»Ja, aber anscheinend ist es nicht genug, um sie für immer zu halten.« Owen nickt verständnisvoll und blickt erneut an die Decke. Es sieht ihm gar nicht ähnlich, so schweigsam zu sein. Wenn ihn etwas beschäftigt, dann trägt er das Herz auf der Zunge.

»Nun bist du dran. Was ist los mit dir? Seit einiger Zeit verhältst du dich merkwürdig.«

»Merkwürdiger als sonst?«

»Im Ernst jetzt. Du kannst nicht immer einen Witz reißen und glauben, dass ich nicht erkenne, wenn es dir nicht gut geht.«

»Mist, ich habe vergessen, dass du mich besser kennst als jeder andere. Also schön. Ich habe mal wieder festgestellt, dass die Liebe und Beziehungen nichts für mich sind.«

»Und wieso nicht? Ich dachte, du wartest nur auf den Richtigen, der dir endlich diese berühmten Schmetterlinge im Bauch beschert, nach denen du dich so sehnst.«

»Oh, die haben in meinem Bauch Salsa getanzt, das ist es nicht. Es ist ähnlich wie bei dir. Ich habe jemanden kennengelernt und dachte, er ist es. Habe mir Mühe gegeben, ihm nicht gleich meine schlimmsten Seiten zu zeigen, aber es hat sich herausgestellt, dass er genau diese an mir mag. Er hat mich gesehen, weißt du. Mein wahres Ich, das nur meine Familie kennt. Er hat unter den Designerklamotten gesehen, dass ich einfach ein Junge aus der Gosse bin, der Glück hatte. Und meine Vergangenheit hat ihn nicht gestört.«

»Wieso dann seid ihr nicht mehr zusammen?«

»Weil ich ihm nicht genug bin. Sein Outing steht noch aus, und er entscheidet sich lieber für ein vorgegaukeltes Leben, als für die Liebe, und solche Menschen brauche ich nicht in meinem Leben.« Ich nicke, denn ich stimme ihm vollkommen zu. Wir sind nicht mit einem goldenen Löffel im Mund geboren worden, haben uns alles, was wir besitzen, hart erkämpft, und auch wenn wir nun alles verlieren würden, hätten wir einander, und unsere Freundschaft ist mehr wert, als alles Geld der Welt. Über dreißig Jahre ist er nun an meiner Seite, und es überrascht mich nicht, dass wir sogar gemeinsam einer Liebe nachtrauern, die nie für uns bestimmt war.

»Ich habe Hunger. Hast du mal wieder etwas gekocht?«

»Da muss ich dich leider enttäuschen. Das bestellte Essen ist längst verputzt, aber ich habe noch alles für Sandwiches da. Bedien dich.«

»Danke, ich habe mächtigen Kohldampf.« Trotz all den Geschehnisse um uns herum, grinsen wir einander an. Auch wenn ich die Liebe meines Lebens verloren habe, bin ich nicht völlig allein, und das ist es, was mir die nötige Kraft gibt, um weiterzumachen.

36. KAPITEL

Quinn

Alles ist so, wie es sein sollte. Es war nie geplant, Jackson wiederzubegegnen, und nun ist alles wieder auf Anfang. Auch mein Herz. Wenn es jemals jemand geschafft hat, sein Herz zu resetten, es auf die Werkseinstellungen zurückzusetzen, dann bin ich das. Jax hat mich verlassen, noch bevor wir zusammen gewesen sind, und er ist niemand, der leichtfertig eine Entscheidung fällt. So, wie ich ihn kenne, hat er gut darüber nachgedacht, und sein Herz hat ihm den Weg gewiesen. Weit weg von mir, aber das tut jetzt nichts mehr zur Sache. Bald werden sich die Türen dieses Flugzeuges öffnen, und ich werde in der Flughafenhalle meinen Verlobten wiedersehen.

Fünf Tage ist es nun her, dass wir uns gesehen haben, und ich freue mich sehr auf das Wiedersehen. Sein Gefühlsausbruch am Telefon, so untypisch er auch war, hat mir vor Augen geführt, dass er und ich zusammengehören. Ich war eine Weile verwirrt und geblendet von meinen Gefühlen für meine Jugendliebe. Vielleicht wollte ich einfach die Unbeschwertheit von damals wiederhaben oder etwas in der Art. Was es auch war, es ist vorbei.

Ich straffe die Schultern, schnappe mir den Kofferwagen und gehe selbstbewussten Schrittes meiner großen Liebe entgegen. Es ist wie immer einiges los am JFK-Flughafen, doch ich war schon immer jemand, der sich durch die Menschenmengen durchschlängeln kann. Selbst mit einem Wagen im Schlepptau.

Sein dunkles Haar ist es, das ich zuerst erblicke, gefolgt von einem erleichterten Lächeln, das immer breiter wird, je näher ich ihm komme. Ich unterdrücke den Impuls, auf ihn zuzulaufen und mich in seine Arme zu werfen. Kaum befinde ich mich in seiner Nähe, zieht er mich in eine feste Umarmung. Sein Herz rast unkontrolliert, weit heftiger als mein eigenes, als er mich an sich drückt. Ich lasse mich in der Umarmung fallen und atme seinen vertrauten Duft ein.

Erst jetzt wird mir klar, wie sehr ich ihn vermisst habe. Sein Parfüm, das er seit Jahren benutzt, die Wärme seines Körpers, die mir immer das Gefühl von Zuhause gegeben hat, und seine Stimme, die zwar nicht so tief ist, aber angenehm zu lauschen. Wir stehen eine Weile einfach da und umarmen uns, wollen den anderen einfach nicht loslassen. Dass ich weine, bekomme ich erst mit, als ich die Augen öffne und meine Sicht verschwommen ist. Ein Schluchzen befreit sich aus meiner Kehle, ehe ich völlig loslasse und all den Ballast der letzten Wochen loswerde. Troy hält mich fester und gibt mir den Halt, den ich jetzt so dringend brauche.

Er stellt keine Fragen, sondern ist einfach für mich da, und das ist es, was ich immer an ihm geschätzt habe. Bevor wir zusammengekommen sind, waren wir befreundet und haben uns mit jedem Treffen besser verstanden. Eines Nachts auf einer Party habe ich den Mut zusammengenommen, ihm meine stärker werdenden Gefühle zu gestehen. Seitdem gab es nur noch uns beide, und alles andere war zweitrangig. Nach neun Jahren der Trauer um meine Jungendliebe hatte ich es geschafft, mich jemandem zu öffnen, und es hätte nicht besser laufen können.

Auch wenn meine Familie nicht begeistert von ihm ist,

hat sie ihn akzeptiert und ihm nie das Gefühl gegeben, nicht willkommen zu sein. Auch wenn seine Eltern mit mir als seiner Partnerin einverstanden sind, komme ich mit ihrer herrischen und vereinnahmenden Art nicht zurecht. Mir wird klar, dass niemand perfekt ist. Auch ich nicht. Ich kann jeden Morgen meine To-do-Liste erstellen, planen und versuchen, die beste Version meiner selbst zu sein, schlussendlich bin ich auch nur ein Mensch. Natürlich war es unglaublich, mit Jackson neue Orte zu entdecken, mit ihm im Meer zu schwimmen und zu surfen, und nichts hat sich mehr nach Freiheit angefühlt, als mit ihm über die Klippe zu springen, aber das Leben ist kein ewig währender Urlaub. Auch wenn es sich mit Jax immerzu so angefühlt hat, spricht die Realität eine andere Sprache.

»Gehts wieder?«, fragt mich Troy, als er beide Hände auf meine Schulter legt und mich verständnisvoll mustert. Ich nicke und schniefe laut.

»Entschuldige, ich habe nicht einmal Hallo gesagt und heule dir dein Hugo-Boss-Jackett voll.«

»Ach was, das macht doch nichts. Ich habe genauso in dein Kissen geweint.«

»Mein Kissen?«

»Dein Duft war von meinen Laken verschwunden, und ich habe dich so schrecklich vermisst, dass ich in deine Wohnung gefahren und in deinem Bett geschlafen habe.«

»Ach, Troy. Was ist nur mit uns passiert?«

»Das Leben. Vier Jahre haben wir miteinander verbracht, ohne wirklich je miteinander zu streiten, da war ein Dilemma wie dieses vorprogrammiert. Auch ich habe das Gefühl gehabt, nicht zu wissen, wohin ich gehöre, aber jetzt, wo ich dich sehe, fühlt sich alles einfach richtig an.«

»Das finde ich auch.«

»Dann lass uns etwas essen gehen und dann zu mir fahren. Ich habe all meine Sachen gepackt, um zu dir zu ziehen, wenn das okay ist. Es ist schon längst überfällig.«

»Ich freue mich darauf.«

»Auf das Essen oder den Umzugsstress?«

»Eigentlich auf alles, wenn du bei mir bist.« Dieses Gespräch hätten wir vor ein paar Wochen führen sollen, dann wäre das Chaos auf Hawaii gar nicht geschehen. Jetzt zählen nur noch wir zwei und das Leben, das wir miteinander führen wollen. Troy schnappt sich meinen Wagen, und wir gehen zu seinem SUV, wo wir ohne Probleme alle Koffer unterbringen.

»Hast du Lust auf Chinesisch? Wir könnten zum Wok-BBQ fahren.« Ich schüttle energisch den Kopf, denn ich habe gestern Abend noch lachend mit Jax chinesisch gegessen.

»Wie wäre es mit Griechisch?« Er bemerkt mein Unbehagen, geht aber nicht darauf ein.

»Du sollst entscheiden. Du kennst mich, beim Essen bin ich nicht wählerisch.«

»Ich weiß«, flüstere ich und blicke aus dem Fenster. Ich bin endlich zu Hause. Manhattan empfängt mich mit Schnee und Eis und lässt mich frösteln, auch wenn ich einen Rollkragenpullover zu Jeans und Boots trage. Egal, wie warm ich mich anziehe, in mir hat sich eine Kälte ausgebreitet. Das Paradies und die Wärme sind nun weg, und ich sollte an meine Hochzeit und meinen Verlobten denken und nicht an einen Mann, mit dem eine Zukunft unmöglich scheint.

»Hast du noch Owen gesehen?« Mein Verlobter überrascht mich mit dieser ungewöhnlichen Frage, als wir uns an den Tisch im Restaurant setzen. Wir haben uns für unser liebstes italienisches Restaurant entschieden. Im VIP-Bereich können wir ungestört miteinander reden.

»Sollte er nicht heute abreisen?«

»Nein, er ist gestern wegen eines Zwischenfalls nach Hawaii geflogen.«

»Verstehe, aber nein, ich habe ihn nicht gesehen. Ich habe seit gestern niemanden mehr gesehen, war im Hotel und habe meine Sachen gepackt, war noch eine Runde am Strand spazieren, um mich vom Meer zu verabschieden und etwas Sand zu sammeln, und bin dann ins Taxi gestiegen.«

»Das ist so typisch für dich.«

»Was genau?«

»Dass du dich vom Meer verabschiedest, als würdest du es nie wieder sehen. Du und ich sind ziemliche Arbeitstiere, aber wir werden wieder ans Meer zurückkehren. Spätestens in unseren Flitterwochen.«

»Und wo es hingeht, willst du mir immer noch nicht sagen, was?« Ich habe es aufregend gefunden, als Troy meinte, dass er die Location unserer Flitterwochen noch solang geheim halten will, bis wir zum Flughafen fahren, weil er mich überraschen wollte. Aber jetzt habe ich das Gefühl, vor Neugier zu platzen.

»Vergiss es.«

»Aber wir fahren ans Meer, das hast du mir zumindest verraten.«

»Und das wird das letzte Detail sein, meine Liebe. Geduld ist eine Tugend.«

»Du weißt, dass ich von Natur aus neugierig bin.«

»Natürlich. Das macht es für mich noch spannender.« Wir kabbeln uns noch weiter, bis wir unser herrlich duftendes Essen vor uns haben. Erst jetzt merke ich, wie hungrig ich bin. Ich nehme einen Bissen von meinem Cordon bleu und seufze zufrieden auf. Auch Troy lässt es sich schmecken. Nachdem ich den gröbsten Hunger gestillt habe, nehme ich einen Schluck Weißwein und sehe meinen Verlobten einfach an. Wie immer ist er stylisch gekleidet. Jeans zu hellblauem Hemd und dunkelblauem Jackett, seine Frisur sitzt perfekt.

»Was ist?«, fragt er, als er mein Starren bemerkt.

»Nichts, ich würdige nur deine Schönheit.«

»Das klingt so gestelzt.«

»Sorry, du hast recht, aber ich meine es ernst. Du siehst immer perfekt gestylt aus, das ist mir gerade mal wieder aufgefallen.«

»Du tust ja so, als hätten wir uns ewig nicht mehr gesehen und nicht nur fünf Tage.«

»Es hat sich tatsächlich länger angefühlt.«

»Und dass ich immer auf meine äußere Erscheinung achte, ist meinen Eltern zuzuschreiben. Kleckern war damals verboten, und wehe ich habe mich dreckig gemacht, wenn wir unterwegs waren. Wie du ja weißt, waren meine Eltern streng. Damals wie heute.«

»Ich kann mich an meine Kindheit kaum erinnern. Ich denke, mein Kopf will die schlimmen Momente einfach nicht zulassen.«

»Das ist doch gut, oder?«

»Ja, schon. Ich denke mein Leben hat sich erst gebessert und war für mich lebenswert, als Hayden und Ian in mein Leben getreten sind.«

»Sie sind auch deine Familie, bevor es Eve und Griffin geworden sind.« Eine Familie zu haben war etwas, was ich mir schon als Sechsjährige immer gewünscht, es aber als unmöglich abgestempelt habe. Erst als ich fast erwachsen war, wurde mir der längst vergessene Wunsch gewährt.

»Hast du deiner Mom geschrieben, dass du wieder da bist?« Troys Worte lassen mich schuldbewusst nach meinem Smartphone greifen, um in die Familiengruppe zu schreiben. Ich entsperre das Display und spüre einen Stich in der Brust, als ich eine Nachricht von Jackson entdecke. Mit angehaltenem Atem und zittrigen Finger öffne ich sie.

Jackson: Bist du gut zu Hause angekommen? Ich wollte mich noch mal für die tolle und unvergessliche Zeit bedanken. Ich werde sie nie vergessen. So, wie ich dich niemals vergessen werde.

Meine Finger verkrampfen sich um mein Handy. *Wie kann er mir jetzt, wo ich in mein altes Leben zurückgekehrt bin, schreiben?* Ich kann es nicht fassen, dass er sich das Recht herausnimmt, mir solche Dinge zu schreiben, wenn er mich doch verlassen hat. Als ich mich nicht entscheiden konnte, hat er sich gegen mich entschieden und eine Beziehung und Freundschaft unmöglich gemacht. Genervt werfe ich das Smartphone zurück in meine Tasche und verschränke die Arme vor der Brust. *Was soll das hier?*

Wieso mache ich mich wahnsinnig wegen eines Mannes, den ich nie wiedersehen werde? Ich sollte mich auf Troy konzentrieren und nehme mir vor, Jacksons Nummer zu blockieren, sobald ich nach Hause kommen. Etwas verlegen hebe ich den Blick, nur um festzustellen, dass auch Troy auf sein Handy starrt, was mein schlechtes Gewissen etwas beruhigt. Auch er scheint aufgebracht, so, wie ich es vorhin gewesen bin. Ich denke, dass es mal wieder um Probleme auf der Arbeit geht, und nehme noch einen Schluck von meinem Wein. Die Bewegung lässt Troy aufsehen, und er steckt das nervige Ding ebenfalls weg, das uns so viel unserer Freizeit raubt.

»Probleme auf der Arbeit?«, frage ich, damit er weiß, dass er mit mir über alles reden kann.

»Nicht der Rede wert. Komm, lass uns einen Nachtisch bestellen, ehe wir uns mit Kartons und Umzugsdingen beschäftigen.« Etwas in mir will weiter nachbohren, da er auf mich wirkt, als wäre er ziemlich durch den Wind, aber wer bin ich schon, dass ich ihn bezüglich seiner Gefühle bedränge. Immerhin hat er auf mich gewartet, auch wenn er weiß, dass ich einen anderen liebe. Moment … geliebt habe, denn ich muss Jackson einfach vergessen, sonst werde ich mich niemals voll und ganz auf Troy einlassen können.

37. KAPITEL

Jackson

Drei Wochen und zehn Stunden sind vergangen, seitdem ich Quinn das letzte Mal gesehen habe, das letzte Mal ihr Lachen bewundert, ihre Hand gehalten und ihre Stimme gehört habe. Nicht dass ich das zählen würde. *Wieso sollte ich ständig an sie denken, wenn ich es war, der sie gehen ließ?* In den letzten Wochen habe ich fast durchgehend gearbeitet. War in Barcelona, um die Lage der Hotels in Europa zu checken, war auf Bora Bora, um unser umsatzstärkstes Hotel zu inspizieren, und habe alles getan, um nicht nach Hause zu fahren. Nicht ins Gästezimmer zu gehen, ihren Duft einzuatmen, nicht die Schaukel anzusehen und mir Quinn darauf vorzustellen.

In den letzten drei Tagen, seitdem ich wieder auf Hawaii bin, habe ich im Hotel in einem freien Zimmer übernachtet, manchmal bin ich einfach am Schreibtisch eingeschlafen. Surfen war ich schon seit zwei Wochen nicht mehr, hatte weder die Kraft noch die Lust, ins Meer hinauszutreiben, wollte einfach nur vergessen. Ich bin gerade dabei, das Lager des Hotels, das ich intelligenterweise nach Quinn benannt habe, zu inspizieren, als die Tür hinter mir mit solcher Wucht auf- und zugeschlagen wird, dass ich erschrocken zusammenzucke.

Vor mir steht eine aufgebrachte Alexis, der ich eigentlich aus dem Weg gegangen bin, da sie immer die Gabe hat, genau zu wissen, was in mir vorgeht. Generell bin ich einfach jedem aus dem Weg gegangen. »Hier versteckst du dich also, du Big Boss.« Der Sarkasmus in ihrer Stimme ist mir vertraut, doch mein Gefühl sagt mir, dass sie mir heute eher den Kopf waschen will, anstatt sich mit mir zu kabbeln.

»Ich verstecke mich nicht! Und erschrecke mich nie wieder so, ich hätte mir vor Angst fast in die Hose gemacht.«

»Das hättest du auch verdient.«

»Ach, hätte ich das? Wieso denn diesmal?« Sie zischt irgendwelche Flüche auf Spanisch, die ich nicht verstehe, und verschränkt die Arme vor der Brust.

»Kannst du bitte aufhören in fremden Sprachen über mich zu lästern?« Sie spricht fließend Englisch und ihre Muttersprache Griechisch, aber sie kann in zwanzig verschiedenen Sprachen fluchen.

»Nur, wenn du aufhörst, wie ein Geist herumzuwandern und endlich mit jemandem von uns sprichst.«

»Über was willst du denn reden?« Sie droht einen weiteren Schwall Schimpfwörter von sich zu geben, doch ich stoppe sie, indem ich nach ihren Armen greife, um ihre defensive Haltung zu lockern. Das Letzte, was ich jetzt möchte, ist, mich mit meiner Freundin und besten Angestellten zu streiten.

»Schon gut, explodier hier nicht. Wir sind umgeben von Unmengen an Shampoo und Handtüchern. Leicht entzündlich«, scherze ich sarkastisch, um die Stimmung zu lockern und mich für das zu wappnen, was nun kommen wird. Zu meinem Glück nickt sie und setzt sich zu den Stühlen, die wir als Reserve hier aufbewahren. Ich setze mich neben sie, stütze meine Ellbogen auf den Knien ab und blicke etwas schuldbewusst zu Boden. Denn Alexis hat guten Grund, mich zur Schnecke zu machen. Sie hat recht: Ich habe mich von allen abgekapselt.

»Wie geht es dir?«, fragt sie nun in leicht versöhnlichem Tonfall. Okay, sie will es wohl auf die sanfte Tour abziehen.

»Ganz gut«, lüge ich, doch als Antwort hebt sie nur skeptisch eine Braue an. Mir sollte klar sein, dass ich ihr nichts vormachen kann, und doch versuche ich es immer wieder.

»Ich weiß nicht, was ich fühlen soll. Klingt das besser in deinen Ohren?« Jetzt darüber zu sprechen, fühlt sich falsch an. Mich überhaupt mit meinen Gefühlen zu beschäftigen, ist etwas, das ich vermeiden will. Was bringt es, weiter Salz in die Wunde zu streuen?

»Fang mal damit an, was dich dazu bewegt hat, nicht mehr um Quinn zu kämpfen. Wieso in Gottes Namen hast du sie gehen lassen?« Das ist die Eine-Million-Dollar-Frage, vor der ich mich so gefürchtet habe. Ich muss mich mit dem Scherbenhaufen beschäftigen, der einmal mein Herz war, und mich öffnen, wenn ich mich doch am liebsten verkriechen will. Aber drei Wochen Trauer und Ignoranz sollten genug sein, wenn ich wieder auf die Beine kommen will.

»Weißt du noch, als wir zusammen waren, wie du dich beschwert hast, dass ich dir nie wirklich meine Gefühle gezeigt habe, geschweige denn darüber gesprochen habe?« Ich hole weit aus, aber ich will, dass sie mich versteht. Sie soll wissen, dass das, was Quinn gesagt hat, mich zutiefst verletzt hat.

»Natürlich. Du hast mich damit in den Wahnsinn getrieben. Du warst kein Kühlschrank, aber auch nicht wirklich mit dem Herzen bei der Sache.«

»Dann wirst du überrascht sein, wenn dich dir sage, dass ich ihr mein Herz völlig offenbart habe. Ich habe mich ganz und gar geöffnet, weil ich hoffte, sie würde bei mir bleiben.«

»Überrascht mich ganz und gar nicht, denn sie ist die Richtige für dich. War sie schon immer, deshalb musst du mir schon mehr geben als das.« Sie neigt den Kopf zur Seite und sieht mich abwartend an, und ich weiß, dass ich mit Ausflüchten nicht weiterkomme.

»Die letzten Jahre, mal von unserer Zeit abgesehen, war ich einsam und in Liebesdingen unglücklich. Dann war Quinn wieder in meinem Leben und hatte sogar noch Gefühle für mich, und als wir die letzten Tage vor ihrer Abreise miteinander verbracht haben, war ich so glücklich wie damals. Ganz und gar zufrieden. Und gerade als ich mich auf diesem Hoch befunden habe, musste ich mit anhören, dass sie zu ihm zurückgehen wird. Das war wie ein Schlag ins Gesicht.« Was eher milder ausgedrückt ist, denn es hat mich zerstört.

»Das glaube ich dir, und du weißt, dass ich immer auf deiner Seite bin, aber ich verstehe auch Quinn zum Teil.«

»Ach ja?« Dann kann sie aber nicht auf meiner Seite sein.

»Ja. Sie hatte ihr Leben im Griff, steht kurz davor zu heiraten und hat trotzdem den Gefühlen zu dir eine Chance gegeben. Sie wollte sich im Klaren sein, was sie will.«

»Wenn sie mich liebt, sollte es doch kein Problem sein, sich sofort für mich zu entscheiden. So schwer kann das doch nicht sein.«

»Könntest du den Mut aufbringen, all das, was du kennst und aufgebaut hast, sofort aufzugeben? Auch wenn du noch daran hängst?«

»Ich …«, setze ich an. »So betrachtet, ist was Wahres dran«, antworte ich und blicke kurz zur Seite.

»Siehst du. Du hättest auch auf sie warten können, denn ich weiß, dass sie sich für dich entschieden hätte.«

»Was macht dich da so sicher?« Sie streichelt mir freundschaftlich über meinen Oberarm und schenkt mir dieses warme Lächeln, das sie nur ihrer Familie schenkt.

»Weil sie gar nicht anders kann. Du bist die Liebe ihres Lebens, auch wenn sie länger brauchen wird, um das zu verstehen. Für uns alle ist es offensichtlich, aber für sie ist es noch nicht so klar.«

»Es ist vorbei, Lex. Sie ist weg.«

»Erst wenn du sie aufgibst. Ich weiß aus sicherer Quelle, dass sie dich vermisst, auch wenn sie es nicht offen zeigt.«

»Hast du mit ihr gesprochen? Raus damit.«

»Du wüsstest es auch, wenn du mal die Anrufe deiner Mom annehmen würdest. Du hast dich ziemlich rar gemacht. Außer Owen bekommt dich keiner zu Gesicht. Auch Riley vermisst dich.« Seufzend schließe ich die Augen, und mir wird klar, wie unmöglich ich mich verhalten habe. Weil ich versucht habe, den Schmerz zu betäuben, habe ich alle hängen lassen, die mir etwas bedeuten.

»Ich vermisse euch alle sehr, aber ich brauchte Zeit für mich.«

»Und die haben wir dir gegeben, aber dich zu Tode zu schuften und keine Gefühle oder Gespräche zuzulassen, ist der falsche Weg.«

»Wie kann ich einfach so weitermachen, wenn die Frau meines Lebens nicht mehr da ist?«

»Du kannst sie noch immer erobern.«

»Nein, das kann ich nicht mehr. Sie heiratet nächste Woche und würde niemals wieder zu mir zurückkehren, nachdem ich sie so von mir gestoßen habe.«

»Sei dir da mal nicht zu sicher.« Als sie sich erhebt, tue ich es ihr gleich. Sie nimmt mich fest in den Arm, und ich lasse es zu. Sehe ein, dass ich aufhören muss zu schmollen. Es wird Zeit, mein Leben wieder in den Griff zu bekommen. Quinn ist weg, meine Chance sie wiederzusehen sehr gering, aber das ist in Ordnung. Wenn ich sie habe gehen lassen, damit sie glücklich ist, ist es mein Leid wert.

Ein paar Tage später habe ich mich bei Mom, Jeff, Riley, Sebastian und allen anderen dafür entschuldigt, dass ich ein gefühlloser Zombie gewesen bin und sie gemieden habe. Natürlich waren sie verständnisvoll, auch wenn keiner von ihnen begriffen hat, wieso ich Quinn habe gehen lassen. Ich hatte es satt, mich immer rechtfertigen zu müssen, das Richtige getan zu haben. Sie liebt Troy, und der Umstand, dass sie sich nicht entscheiden konnte, hat mir gezeigt, dass ihre Liebe zu ihm stärker sein muss als die zu mir.

Drei Tage bevor sie heiratet, wache ich mit einem Brummschädel auf, da Owen und ich am Vorabend zu viel Bier getrunken haben, um meinen Geburtstag einzuläuten. Heute bin ich dreiunddreißig Jahre alt, gesund und zum Großteil glücklich. Ich habe eine Familie, die ich liebe, leite mit meinem besten Freund eine weltweit erfolgreiche Hotelkette und lebe mitten im Paradies. Ich setze mich auf und blicke auf einen blauen Himmel und das einladende Meer, dessen hohe Wellen mich verführen wollen, mir sagen wollen, dass eine fast vierwöchige Pause genug ist. Da ich spät dran bin, verwerfe ich den Gedanken, surfen zu gehen und greife nach meinem Smartphone, um den Wecker abzustellen. Darauf finde ich einen Post-it mit Owens Handschrift.

Nimm dir heute frei. Du hast es dir verdient. Wir sehen uns heute Abend bei Mom. Dein geliebter und bester Freund aller Zeiten, Owen, der Schreckliche;)

Dieser Vollpfosten ist einfach der Beste. Auch wenn ich es mag, mich in der Arbeit zu verlieren und so meine Gedanken daran hindern kann, an eine bestimmte Person zu denken. Mit einem breiten Grinsen und einer gewissen Vorfreude auf heute Abend stehe ich auf und putze mir in Windeseile die Zähne, ehe ich mir Shorts anziehe und mit meinem Board unter dem Arm ins Wasser springe. Die warme Morgensonne umschmeichelt meine Haut, und ich genieße das wärmende Gefühl, das sich ausbreitet, atme tief die salzige Meeresluft ein. Nach Wochen, in denen ich nicht mehr im Meer gewesen war, fühlt es sich wie die Erlösung selbst an, das spüre ich, als ich mit zügigen Schritten in den Ozean wate. Es fühlt sich an wie nach Hause kommen, wie die Umarmung eines Freundes, als wäre das kühle Nass die Antwort auf all meine Sorgen.

Ich lege mich aufs Brett und paddle weit hinaus aufs Meer. Lasse mich von den Wellen nass spritzen, als würden sie mich wieder zum Leben erwecken. Jetzt, wo ich wieder in meinem Element bin, frage ich mich, wie ich es so lange ohne das Surfen ausgehalten habe. Ich setze mich auf mein Brett, lasse die Sonne auf mich herabscheinen, ehe ich die erste Welle reite. Mit jedem Mal, wenn ich aufstehe und mit dem Brett über die Wellen gleite, fühle ich mich wieder mehr wie ich selbst.

Als ich kaum noch Luft bekomme vor Anstrengung, entweicht ein lautes Lachen meiner Kehle, da ich mich noch nie stärker in Einklang mit mir selbst gefühlt habe. Ich lege mich grinsend aufs Brett und blicke in den Himmel, wie ich es immer tue. Es ist eher eine wackelige Angelegenheit, aber auch eine meiner Lieblingsbeschäftigungen, wenn ich hier draußen bin. Heute, an meinem Geburtstag, starte ich mit dem in den Tag, was ich am liebsten tue. Ich blicke in den blauen Himmel und erlaube mir zum ersten Mal, an die Surfstunden mit Quinn zu denken. Die Male, als sie ins Wasser gefallen ist und ich mir vor Lachen den Bauch gehalten habe. Die Momente, wo ich sie berührt habe und ihr so nah war, wie schon lange nicht mehr und es uns beide um den Verstand gebracht hat, und an die Wärme in meiner Brust, die ich gespürt habe, als sie konzentriert meinen Anweisungen gefolgt ist.

Ich schließe die Augen und lasse es zu, dass mich die Emotionen überschwemmen, wie es das Wasser tut. Denke an die kostbaren und seltenen Momente, an denen ich ihr die Gefühle von den Augen ablesen konnte, und wo ich sie einfach ansehen konnte. Ich lasse den Schmerz kommen, denn er fühlt sich wie ein vertrauter Freund an. Nachdem sich der erste Schluchzer gelöst hat, kommen viele weitere nach und ich lasse los. Weine mitten im Meer, wo mich keiner verurteilen kann, wo mich niemand nach dem Warum fragen kann und wo ich mir selbst eingestehen kann, dass ich Quinn vermisse und sie für immer lieben werde. Auch wenn es das Richtige gewesen ist, sie gehen zu lassen, wünscht sich ein Teil von mir, die Zeit zurückdrehen zu können und sie ein letztes Mal zu küssen.

38. KAPITEL

Quinn

»Lach doch mal!«, ruft mir Tori entgegen, ehe sie ein Kissen nach mir wirft und mich so aus meinen Gedanken reißt. Ich schüttle den Kopf, um endlich aufzuhören, über die Hochzeit zu grübeln.

»Sorry, ich bin noch mal die Sitzordnung durchgegangen, nachdem Shona sie durcheinandergebracht hat.« Es hat mich einen ganzen Tag gekostet, das Chaos, das meine Schwiegermutter in spe angerichtet hat, wieder zu richten. Mit dem Argument, dass zwei Familien frisch geschieden sind, hat sie sich das Recht herausgenommen, sich erneut in meine Planung einzumischen. Anfangs habe ich es noch mit netten Worten versucht, habe versucht, den Ärger runterzuschlucken, doch sie hat nicht locker gelassen, sodass ich sie wütend angefahren habe. Ich habe ihr gesagt, was ich von ihren Einmischungen halte, ehe sie stocksauer abgezogen ist. Vor ein paar Wochen hätte ich mir noch Sorgen gemacht, was sie wohl nun von mir denken würde, doch ich konnte nicht mehr aufhören zu grinsen, weil ich so stolz auf mich gewesen bin.

Selbst Troy hat mich gelobt, weil ich mich nicht verstellt habe und ehrlich gewesen bin. Er weiß selbst, wie schwer es ist, seinen Eltern die Stirn zu bieten.

»Deine Schwiegermutter ist auch ein Fall für sich. Ich habe echt Angst vor ihr«, sagt Donna und schüttelt sich, als würde sie eine Gänsehaut bekommen. Dabei kann meine Brautjungfer normalerweise nichts erschüttern.

»Ich denke, dass ich nun weiß, wie ich mit ihr fertigwerde.«

»Ohne dass Blut spritzt?«, fragt mich Mom und bringt mich zum Lachen. Shona war ihr noch nie sympathisch, auch wenn sie immer freundlich zu ihr ist.

»Das ist der Plan«, entgegne ich, auch wenn es schwer sein wird.

»Du schaffst alles, was du dir vornimmst«, sagt Kimmy mit glasigen Augen. Die Cocktails haben sie wohl fest im Griff, sodass ich dafür sorgen werde, dass sie genug isst und neben dem ganzen Alkohol auch Wasser zu sich nimmt.

»Ich kann es noch immer nicht fassen, dass ich morgen heirate«, flüstere ich, doch alle hören mich laut und deutlich. Ich blicke auf Donna, Tori, Kimmy und meine Mom, die mit mir heute Nacht meinen Junggesellinnenabschied feiern, ehe ich einen Mundwinkel hebe.

»Ich dachte, ich werde vor Nervosität sterben, aber ich bin ganz entspannt. Troy und ich sind schon so lange zusammen, dass zwei Eheringe nichts ändern werden.«

»Na ja, er ist zu dir gezogen. Das hat ihn vier Jahre gekostet«, meint meine Mutter und setzt sich neben mich. Sie nimmt meine Hand in ihre, wie sie es immer schon getan hat.

»Das stimmt, wir hatten Startschwierigkeiten und unsere Höhen und Tiefen, aber ich denke, so ist das Leben, und es wird genauso weitergehen.«

»Wenn ich eines über die Ehe gelernt habe, dann ist es, dass es nie einfach ist. Der Alltag lässt die Romantik etwas abschwächen, aber die Liebe bleibt immer noch stark. Wenn ich die Zeit zurückdrehen würde, würde ich alles genauso machen. Und auch Troy und du werdet euren Weg machen und eine Familie gründen.«

»Ich hoffe, dass wir es schaffen, lange glücklich zu bleiben.«

»Und ob ihr das schaffen werdet, aber jetzt ist nicht die Zeit und der Ort, um sentimental zu werden. Ich will, dass ihr euch ausgehfertig macht, denn in einer halben Stunde holt uns die Limo ab, und dann wird gefeiert, ehe du dir morgen die kleinste Handschelle der Welt anlegen lassen wirst«, ruft Donna und scheucht uns auf.

Gestylt und leicht beschwipst betreten wir den Club, wo meine letzte Feier als unverheiratete Frau stattfinden wird. Von der Location bekomme ich aufgrund der Menschenmenge nicht viel mit, da wir vom Security-Personal in den reservierten Bereich geleitet werden, doch als wir endlich durchatmen können, blicke ich mich um und lege ergriffen die Hand auf meine Brust. Die Lounge ist mit pinkem Licht ausgeleuchtet. Jeder VIP-Bereich wirkt wie ein eigens dekoriertes Zimmer, das aber von allen eingesehen werden kann. Weiße Ballons sind an den Wänden befestigt, doch es ist die Fotowand, die mich gerührt die Augen schließen lässt.

Dort befinden sich Bilder von all den Frauen und auch Männern, die mein Leben bereichern und die mich zu der Person machen, die jetzt hier steht. Von alten Fotos kurz nach der Adoption bis hin zu den Polaroids, die wir beim Shoppingtrip mit Tori, Donna und Kimmy gemacht haben, ist alles dabei. Ich werden von hinten fest umarmt.

»Gefällt es dir?«, fragt mich meine beste Freundin Donna, und mir fehlen die Worte, um meine Dankbarkeit zu beschreiben. Ich bin so froh, sie zu haben.

»Es ist wunderschön. Ich danke dir so sehr, dass du mich erträgst und meine beste Freundin bist.«

»Na ja, es ist schwer mit einem Kontrollfreak wie dir zusammenzuarbeiten, aber ich würde es um nichts in der Welt ändern wollen. Wir alle lieben dich, egal, welchen Weg du wählen wirst.« Als wäre ich beim Stehlen erwischt worden, blicke ich zu Donna, die mich nur verständnisvoll ansieht. Sie weiß, dass ich innerlich noch immer mit mir hadere, auch wenn ich es selbst nie zugeben würde.

»Lass uns jetzt nicht darüber reden. Ich habe dir ja gesagt, jetzt ist nicht die Zeit, sentimental zu werden. Sondern um Party zu machen.« Ich nicke als Bestätigung und gebe mein Bestes, um nicht ständig vor Rührung auf die Fotowand zu sehen, während wir tanzen und trinken. Es ist eine Weile her, seit wir ausgegangen sind, und ich habe das Gefühl, als wäre ich eine ganz andere Person als vor ein paar Wochen. Ich habe in den letzten Tagen viel über mich selbst nachgedacht, wer ich sein will und was ich mir vom Leben erhoffe. Ich habe endlich den Mut gefunden, zu mir und meiner Überzeugung zu stehen, selbst wenn Menschen wie Shona sich mit mir anlegen wollen.

Auch wenn mein Selbstbewusstsein niemals stärker war, habe ich das Gefühl, ständig in Tränen ausbrechen zu können. Sei es wegen der Fotowand, dem selbst gemalten Comic als verfrühtes Hochzeitsgeschenk von Kyle oder jedes Mal, wenn ich das Meer auf einem Foto oder im Fernsehen sehe. Ich weigere mich zu glauben, dass es mit Jackson und unserer gemeinsamen Zeit zusammenhängt. Vor der Hochzeit sind alle Bräute voller Emotionen, heulen wegen allem Möglichen rum. Ich bin wie sie, das ist es, was ich mir ständig einrede. Zwischen all den Lichtern, der Musik und den Frauen, die ich liebe, genieße ich meine letzten Stunden in Freiheit, ehe ich morgen den Mann heiraten werde, der mich immer auf Händen getragen hat.

»Noch dreißig Minuten! Dann beginnt der Rest deines Lebens!«, ruft mir Kimmy zu, was mich den Blick vom Spiegel abwenden lässt. Ich trage mein Brautkleid im Prinzessinnenstil, ein Kleid in strahlendem Weiß, mit Perlen und Spitze bedeckt und schulterfrei. Mein langes Haar ist zu dichten Locken gedreht und hochgesteckt worden, und einzelne Strähnen haben sich daraus gelöst und kitzeln meine Schultern. Meine Brautjungfern Donna, Tori und Kimmy sehen mich voller Ehrfurcht und Wärme an, doch ich habe das Gefühl, als würden ihre Blicke mir die Luft zum Atmen nehmen. Mein Anblick im Spiegel und all die Augen auf mir sind zu viel, lassen mich aufkeuchen. Das hier ist falsch, etwas stimmt nicht. Donna bemerkt meine Panik, legt das Bouquet ab und eilt auf mich zu, um meine Hand zu halten.

»Tief durchatmen, Quinn. Alles wird gut.« Ihre beruhigende Stimme hat keinen Effekt auf meine Attacke, denn ich klammere mich an ihre Hand und flehe sie stumm an, mir zu helfen.

»Nichts wird gut. Etwas fehlt. Irgendetwas fehlt hier«, rufe ich aus, und auch die anderen kommen besorgt auf mich zu. Ein Schweißfilm bildet sich auf meiner Haut und droht mein Make-up zu ruinieren, aber alles, woran ich denken kann, ist, dass hier etwas fehlt. Dass das alles hier nicht richtig ist.

»Wir haben alles überprüft. Die Caterer haben alles aufgebaut, die Barkeeper haben die Zutaten für die Cocktails parat, die Limo ist vollgetankt und die Sitzordnung nochmals überprüft worden.«

»Blau!«, rufe ich aus.

»Was?«, fragt Tori und sieht mich verwirrt an. *Wie konnte ich diese Tradition vergessen?* An alles denke ich, nur an das Wichtigste nicht.

»Habe ich etwas Blaues an mir? Die Tradition, ihr wisst schon.« Endlich verstehen sie und nicken.

»Dein Strumpfband ist blau«, wirft Kimmy ein. Die Idee mit dem Strumpfband kam von Donna.

»Dein Kleid ist neu«, sagt Tori, aber ich traue mich nicht, nochmals in den Spiegel zu blicken.

»Etwas Altes?«, frage ich schwer atmend und blicke nur starr auf den Boden. Dass Bräute vor der Hochzeit in Panik ausbrechen, war mir bekannt, aber ich fühle mich einfach nur verschreckt und überfordert. Tori streicht mir sanft über den Rücken.

»Soweit ich weiß, ist alles an dir neu. Warte …« Sie eilt zu ihrer Handtasche und wühlt darin herum, und die anderen tun es ihr gleich.

»Mist«, höre ich sie der Reihe nach sagen.

»Hat keine von euch eine alte Haarnadel oder so?«, frage ich verzweifelt. Ich bin nicht abergläubisch, deswegen habe ich mir über diese Traditionen wenig Gedanken gemacht, aber mein Kopf und meine Nerven meinen wohl gerade, dass es Zeit ist, eine abergläubische Verrückte zu werden. *Was ist los mit mir? Wieso denke ich, dass etwas fehlt, wenn ich alles geprüft habe?* Ist es nur Panik oder steckt meine Jugendliebe dahinter, an die ich mir verboten habe zu denken?

Jackson.

Es ist eine Weile her, dass ich seinen Namen gedacht, geschweige denn ausgesprochen habe. Alles, was mit ihm zu tun hat, ist falsch und hat heute an meinem Hochzeitstag nichts verloren.

»Ich habe etwas!«, ruft Kimmy aus und läuft auf mich zu.

»Es sieht ziemlich alt aus und passt irgendwie zu deinem Kleid. Ich habe es in einer Tüte gefunden, die, glaube ich, deiner Mom gehört«, meint sie und legt etwas Kühles in meine Hand. Lächelnd und erleichtert blicke ich auf meine Hand und erstarre. Die Panik, das Flattern in mir erstirbt und plötzlich traue ich mich nicht mehr zu atmen.

»Fuck«, flucht Donna, und das zu Recht. In meiner Hand

halte ich das Armband, das ich damals stehlen wollte und das mich Jackson kennenlernen ließ. Meine Hand beginnt erneut zu zittern.

»Lasst mich allein«, flüstere ich, meine Stimme hauchdünn, als würde sie nicht mir gehören. Sie fragen nicht nach dem Warum, sondern gehen, wie ich es wollte. Sobald die Tür geschlossen wurde, falle ich auf die Knie und blicke wie gebannt auf das Armband in meiner Hand. Es hat damals vintage ausgesehen, doch jetzt ist es tatsächlich alt, aber ich habe es gehütet wie einen Schatz, wollte diese Erinnerung niemals vergessen.

Die Flut an Gefühlen und Erinnerungen bricht über mich herein, und es kostet mich sehr viel Kraft, nicht in Tränen auszubrechen. Aber sobald ich an Jackson denke, sobald ich es mir erlaube, ihn wieder in mein Leben zu lassen, werde ich ruhig. In mir schreit nichts mehr, dass etwas fehlt, und es braucht nicht lange, um zu verstehen, wieso. Ich vermisse Jackson, und dass ich alles, was mit ihm zu tun hat, verdrängt habe, hat mich eine Panikattacke erleiden lassen.

So kann das nicht mehr weitergehen.

Ich kann mich nicht mehr selbst belügen, denn ich liebe Jax – und nur ihn.

Liebe die Version von mir, wenn ich bei ihm bin, wo ich mich rundum geliebt fühle, und das Gefühl habe, Berge erklimmen zu können. Ich liebe es, seine Stimme zu hören, und wie fürsorglich und loyal er zu seiner Familie und zu mir ist. Mit ihm habe ich das Gefühl zu leben. Als wäre nichts unmöglich.

Wenn ich jedoch an Troy und an die Hochzeit selbst denke, ist da wieder diese Panik in mir, und es braucht keinen Psychologen, um eine Diagnose zu erstellen. Er ist der Mann meines Lebens. Ganz ohne Zweifel und aus vollem Herzen entscheide ich mich für Jackson, denn es war immer er. Nur die Angst davor, mein gewohntes Leben aufzugeben, hat mich zweifeln lassen, aber ein Blick auf das Armband führt mir vor Augen, dass mein Herz nur Jax gehört. Ich erhebe mich entschlossen und atme tief durch, fühle mich ruhiger und gefasster, jetzt, da ich endlich weiß, was ich will. Doch bevor ich mich auf den Weg nach Hawaii machen kann, steht mir das Schwierigste noch bevor. Ich muss Troys Herz brechen und die Hochzeit absagen.

Der Flur ist leer, und ich höre die Violinenklänge in der Kirche, doch mein Ziel ist die Garderobe von Troy, wo er sich ebenfalls fertig macht. Ich bete, dass er noch nicht am Altar steht und auf mich wartet, denn dann wüsste ich nicht, was ich tun sollte. Ich kann mich nicht vor den Augen aller von ihm trennen. Ohne zu klopfen, öffne ich die Tür mit der einen Hand, in der anderen halte ich das Armband. Ich öffne den Mund, um ihn zu begrüßen, erstarre jedoch in der Bewegung, als ich auf den Mann blicke, den ich vor einer halben Stunde noch heiraten wollte, und der gerade einen anderen Mann küsst.

Ich schnappe erschrocken nach Luft, was die beiden auseinanderfahren lässt. Erst jetzt erkenne ich den Mann. Es ist Owen, mein alter Freund und Jacksons Geschäftspartner. Panisch und mit aufgerissenen Augen blickt Troy mich an, und auch wenn der Schock groß ist, kann ich nicht umhin zu behaupten, dass ich auch ziemlich erleichtert bin. Auch sein Herz scheint bereits einem anderen zu gehören.

»Quinn. Ich … also … das hier …«

»Wir lieben uns«, ruft Owen aus, was Troy heftig zusammenzucken lässt. Ungläubig blickt er zu ihm.

»Was?«, fragt er mit aufgerissenen Augen.

»Ich liebe dich, und es tut mir so leid, dass du es so erfährst, Quinn.« Ich schließe die Tür hinter mir, da ich nicht will, dass jemand dieses Gespräch mithört. Das hier ist eine Sache zwischen uns dreien.

»Sag etwas«, fleht Troy, wagt es aber nicht, auf mich zuzukommen. Auf das Liebesgeständnis ist er nicht eingegangen. Er blickt nur mich an und scheint Owen ganz und gar zu ignorieren. Diesem sehe ich aber an, dass diese Ignoranz ihn völlig fertigmacht. Ich für meinen Teil weiß nicht, was ich fühlen oder denken soll. Die Enttäuschung, meinen Zukünftigen in flagranti zu erwischen, trifft mich hart.

»Wie lange geht das schon zwischen euch zwei?«, frage ich mit schwacher Stimme. Mein armes Herz muss heute einiges durchmachen.

»Seit unserer ersten Begegnung waren Gefühle im Spiel. Aber geküsst haben wir uns nur in Manhattan, während der Bedenkzeit.«

»War das der Grund, wieso du dich betrunken hast? Um dein schlechtes Gewissen zu beruhigen?«

»Ja.«

»Mir ist klar, dass du sauer bist, aber lass es mich erklären«, fleht Troy und geht nun endlich auf mich zu. Owen versteift sich, bleibt jedoch still.

»Ich fasse das einfach nicht!«, rufe ich aus und will mir durchs Haar fahren, weiß aber, dass ich so meine Frisur ruinieren würde. Rückblickend betrachtet ergibt vieles nun Sinn. Bei jeder Gelegenheit hat Troy Zeit mit Owen verbracht. Die Ausrede war immer, dass es um das Bauprojekt geht, doch die Sache ging tiefer. Anfangs bin ich sauer und möchte am liebsten beide anschreien, doch dann denke ich an den Kuss zwischen mir und Jackson und dann an meinen Orgasmus durch die Orchidee, was man ebenfalls als Fremdgehen bezeichnen kann. Das hier muss sofort geklärt werden.

»Liebst du ihn, Troy?« Das sollte die Frage sein, die wir uns beide stellen sollen, zwischen uns als Paar funktioniert es länger nicht mehr, nur, dass wir das nicht wahrhaben wollten.

»Das spielt doch jetzt keine Rolle. Ich will dich nicht verlieren.« Owen neben ihm lässt enttäuscht den Kopf sinken.

»Sieh mich an«, weise ich Troy an. Er tut es, und in seinen Augen erkenne ich endlich, wie ähnlich wir uns in Liebesangelegenheiten sind. Wir versuchen das, was wir wollen, mit aller Kraft zu ignorieren, um den Schein zu wahren, aber damit ist jetzt Schluss. Um unser beider willen.

»Mach nicht denselben Fehler wie ich, Troy. Wenn du ihn liebst, dann sag es ihm, lass niemals Raum für Zweifel, denn das Leben ist zu kurz, um zu warten, und das, was man will, hintanzustellen.«

»Aber …«, murmelt mein Ex-Verlobter und sieht hilflos in meine Augen.

»Ich liebe Jackson und will mit ihm zusammen sein, deswegen bin ich zu dir gekommen. Um die Hochzeit abzublasen, und wenn ich zugeben muss, dass es wehgetan hat, euch küssend zu sehen, müssen wir uns vor Augen führen, dass wir beide längst einen anderen Lebensweg für uns gewählt haben.« Endlich sieht Troy an mir vorbei zu Owen, der ihn mit feuchten Augen ansieht. Die Liebe der beiden ist beinahe zum Greifen nah. Wann es passiert ist, weiß ich nicht, aber ich fühle und sehe, dass es etwas ist, das tiefer geht.

»Ich lasse euch mal allein«, sage ich. Hier ist kein Platz mehr für Eifersucht, Trauer oder Wut. Das ist der Tag, an dem der Rest unserer Leben beginnt. Sie müssen für sich eine Entscheidung fällen, und das müssen sie in Ruhe besprechen. »Danke«, höre ich Troy flüstern und grinse in mich hinein. Das hier ist das Richtige. Wir tun beide das Richtige. Ich schließe die Tür hinter mir und lehne mich dagegen, ehe ich zum ersten Mal seit Wochen erleichtert lächle.

39. KAPITEL

Quinn

Owen bleibt in der Garderobe, während Troy und ich Hand in Hand zum Altar gehen, der etwas erhöht aufgebaut ist. Auf mich wirkt er wie eine steinerne Bühne. Verblüffung breitet sich in den Gesichtern der Gäste aus, als wir beide vor den Pastor treten. Doch anstatt auf den Geistlichen oder einander anzublicken, drehen wir uns zu unseren Familien und all den Anwesenden aus unserem Freundes- und Bekanntenkreis um. Auf der rechten Seite, gleich in der ersten Reihe, sehe ich meine Eltern, Hayden und Tori sowie Ian und seine Bandmitglieder. Sie alle blicken erstaunt, nur meine Mom und Ian sehen so aus, als wüssten sie genau, was wir vorhaben.

»Werte Gäste«, beginnt Troy zu sprechen und stellt sicher, dass jeder von ihnen uns zuhört. Er will weitersprechen, doch plötzlich ruft eine mir vertraute Stimme meinen Namen.

»Halt. Quinn, bitte hör mir zu.« Jackson tritt aus dem Schatten der Kirche und kommt auf mich zu. Er trägt eine Anzughose zu einem hellblauen Hemd, das seine Augen leuchten lässt. Mein Herz beginnt vor Freude und auch Nervosität wild zu schlagen. Er ist hier. Jax ist tatsächlich hier.

»Du darfst ihn nicht heiraten«, sagt er laut und deutlich und lässt einige der Anwesenden empört nach Luft schnappen.

»Dich gehen zu lassen war der größte Fehler meines Lebens.

Es tut mir leid, dass ich mein Versprechen gebrochen und nicht um dich gekämpft habe, als die Zeit gekommen war.«

»Jackson«, setze ich an, da alle gebannt und ergriffen seinen ehrlichen Worten lauschen.

»Bitte lass mich ausreden, ehe du mich wegstößt. Ich liebe dich, und das schon seit über zehn Jahren, du warst und bist die Frau meines Lebens. Das wusste ich damals, als du beim Stehlen erwischt wurdest, und wusste es an jedem weiteren Tag danach. Ich verspreche, mich nicht über deinen Ordnungsdrang aufzuregen, mit dir koreanische Dramen zu sehen, mit dir die Welt zu bereisen und dich in allem, was du tust, zu unterstützen. Ich will dein Fels in der Brandung sein und dir jeden Tag beweisen, dass ich der Richtige für dich bin.«

»Kumpel«, versucht Troy nun, ihn zum Schweigen zu bringen, aber Jacksons Verzweiflung lässt ihn weiterreden, als würde alles an seinen Worten gemessen werden.

»Ich werde sie gut behandeln, sie lieben mit allem, was ich habe und ihr ein loyaler Partner sein. Ohne Quinn kann ich niemals glücklich sein.«

»Seth!«, rufe ich aus, weil ich es als einzige Möglichkeit sehe, ihn endlich zum Schweigen zu bringen. Seine Worte sind romantisch und wunderbar, aber das Security-Personal versammelt sich schon und begibt sich in seine Richtung. Er sieht mich voller Liebe an, und dass er am ganzen Körper zittert, erkenne ich sogar aus dieser Entfernung. Wir sehen uns an, und jeder, der von der großen Liebe gelesen hat, würde sie nun leibhaftig erleben.

»Werte Gäste«, höre ich Troy erneut sagen und löse den Blickkontakt kurz, um mich enger neben den Mann zu stellen, der bald nicht mehr mein Verlobter ist.

»Was wir sagen wollten, ehe wir unterbrochen wurden, ist, dass wir die Hochzeit absagen.« Empörtes Getuschel wird aus den Reihen laut, in denen Troys Verwandtschaft sitzt, doch meine Familie lächelt mich nur ermutigend an. Weil das die Menschen sind, die mich immer unterstützen werden, egal, was ich tue. Auch Jackson wirkt erleichtert.

»Quinn und mich verbindet weiterhin eine tiefe Freundschaft, aber wie Sie alle hören konnten, liebt sie ein Mann mehr als ich, und auch mein Herz ist bereits an jemand anderen vergeben.«

»Was!«, ruft Shona aus, und das Chaos bricht los. Es kommen irgendwelche Leute auf mich zu und reden auf mich ein, aber ich höre nichts, denn all meine Sinne sind auf den Mann gerichtet, dem mein Herz gehört.

Meinen Jax.

Die Liebe meines Lebens.

Die ersten Schritte sind zaghaft, werden aber schneller, je näher ich ihm komme. Als ich schließlich vor ihm stehe, greift er nach meiner Hand und lächelt mich an, wie damals im Supermarkt, als wir uns zum ersten Mal begegnet sind. Dann zieht er mich mit sich nach draußen, wo uns die Kälte Manhattans umfängt.

»Da bist du endlich«, flüstere ich mit Tränen in den Augen. Seine türkisfarbenen Augen waren nie klarer und seine Gefühle nie offener für mich.

»Ich bin hier, und ich werde nie wieder weggehen.« Seine Worte brennen sich in mein Herz, als er mein Gesicht zärtlich mit seinen Händen umfasst und mich endlich küsst. Sanft liegen seine Lippen auf meinen, als wären der Moment und wir beide zerbrechlich. Eine Sekunde lang hält er mich so eng an sich gedrückt, dass ich spüren kann, dass sein Herz ebenso wild schlägt wie meines, und ich weiß, dass das hier der Anfang vom Rest meines Lebens ist. Ein eiskalter Windhauch sorgt dafür, dass wir uns unfreiwillig voneinander lösen.

»Komm, lass uns von hier verschwinden. Ich habe einen Mantel für dich im Auto.« Ohne zurückzublicken, folge ich ihm zu einem SUV, der vor der Kirche parkt.

»Du warst entweder zu nervös, oder dir deiner Sache ziemlich sicher und hast den Wagen vorgewärmt«, sage ich belustigt, als ich einsteige und er es mir gleichtut.

»Sagen wir, eine Mischung aus beidem und eine Standheizung ist die beste Erfindung aller Fahrzeughersteller.« Er greift nach meiner Hand und drückt einen Kuss auf meinen Handrücken, ehe er losfährt.

Seine Wohnung ist kleiner als meine, und die Einrichtung ist so anders als auf Hawaii. Die Wände sind in pastelligen Erdtönen gehalten, ebenso wie die Möbel. Der Stil passt zu New York und zu der geerdeten Seite von Jackson. Kaum habe ich ein paar Schritte in die Wohnung gemacht, packt er meine Hüften, dreht mich um und zieht mich in eine feste Umarmung. Die letzte Stunde war voller Emotionen und Ereignisse, die normalerweise ein Schleudertrauma in jemandem auslösen können, doch ich bin völlig ruhig.

Völlig glücklich.

Ich schlinge die Arme um ihn und drücke ihn fest an mich, als würde ich mich vergewissern wollen, dass ich nicht träume und wir wirklich zusammen sind. Kurz unterbricht er die Umarmung, um mir tief in die Augen zu sehen.

»Du weißt nicht, wie glücklich ich bin, dass du bei mir bist.«

»Ich bin auch glücklich und froh, dass es so schnell passiert ist.«

»So schnell? Ich denke, wir beide hatten einen langen Leidensweg«, sagt er und schenkt mir dieses halbe Lächeln, bei dem er nur einen Mundwinkel anhebt und mich so in den Wahnsinn treibt.

»Hättest du meine Hochzeit nicht gecrasht, hätte ich mit Troy unsere Hochzeit abgesagt und wäre zu dir nach Hawaii geflogen. Deshalb so schnell, weil mir der Weg erspart blieb und ich viel früher das tun darf.« Ich stelle mich auf Zehenspitzen und küsse ihn. Sofort vertieft er unseren Kuss, öffnet sich mir. Worte haben hier und jetzt keinen Platz mehr. Wir haben so lange um den heißen Brei herumgeredet, obwohl wir doch lieber das hier tun wollten. Doch das Rascheln meines Kleides lässt mich den Kuss stoppen.

»Wo ist dein Badezimmer? Ich muss mich aus diesem Kleid schälen.«

»Es wird mir ein Vergnügen sein, dir dabei behilflich zu sein«, sagt er mit einem zweideutigen Grinsen, das ein Ziehen in meinem Unterleib auslöst.

Im Badezimmer beginnt er damit, die Schleifen an meinem Rücken zu entwirren. Dabei sieht er mich über den Spiegel hinweg an. Neben dem Waschbecken sind breite Hängeschränke an die Wand montiert, worauf sich Handtücher befinden. Trotz der grotesken Situation, dass er mich aus einem Kleid befreien will, in dem ich jemand anderen heiraten wollte, ist dieser Moment voller Feuer und freudiger Erwartung. Seine Hände streifen meine nackte Haut und erregen mich, auch wenn die Berührung nur sanft ist.

Plötzlich werden seine Bewegungen schneller, und als er endlich eine Schnur aus dem Kleid löst, ist diese Geste ruckartig und unglaublich heiß. Es klingt wie das Klatschen einer Hand auf Haut. Ich lecke mir über die Lippen und sehe im Spiegel, wie sich Jacksons Augen verdunkeln. In Windeseile hat er mir das Kleid von meinem Körper gezerrt und keine

Sekunde zu früh, denn sobald ich in weißer Unterwäsche und weißen Heels vor ihm stehe, fallen wir übereinander her. Er packt meine Oberschenkel und hebt mich an, sodass ich die Beine um seine Mitte schlinge. Ich spüre seine harte Erektion und diese Reibung bringt mich fast um den Verstand.

Seine Lippen pressen sich auf meine, und seine Finger streicheln meine Oberschenkel und schüren das Feuer in mir. Jax löst die Lippen von meinen und verteilt Küsse auf meinem Hals und der Schulter. Er macht Anstalten, mit mir ins Zimmer zu gehen, doch ich halte ihn auf, indem ich den Kopf schüttle. Ich brauche ihn sofort.

»Jetzt«, flüsterte ich, den Kopf in den Nacken gelegt, ehe ich ihm in die Augen sehe.

»Hier? Was immer du wünschst«, sagt er, nach einer kurzen Pause. Er setzt mich kurz ab und entledigt sich seiner Klamotten, bis er nackt vor mir steht. Im Augenwinkel bekomme ich mit, wie er ein Kondom neben dem Waschbecken ablegt, gleich in Reichweite. Es ist nicht das erste Mal, dass ich ihn so sehe, aber mir scheint, als wäre sein Körper im letzten Jahrzehnt noch schöner geworden. Jackson sieht mich aus feurigen Augen an, als er meinen BH öffnet und ihn auf den Boden wirft. Dann geht er plötzlich auf die Knie und lässt mich nicht aus den Augen, als er meinen Slip sanft und quälend langsam nach unten schiebt. Mit seinen Fingern streichelt er meine Oberschenkel, ehe seine Hände zu meinem Po wandern, sein Kopf jedoch senkt sich, und er sieht mich an, als sein Mund sich auf meine Mitte senkt und ich laut aufstöhne.

Der Laut aus meiner Kehle ist mir völlig unbekannt, als würde die Lust mich selbst verändern. Sanft haben Jackson und ich uns unzählige Male geliebt, aber jetzt brauchen wir mehr. Mehr Feuer. Mehr Leidenschaft. Jacksons Zunge stellt herrliche Dinge mit mir an. Er leckt, neckt, beißt mich, widmet sich meiner Lust, wie noch niemand zuvor. Es dauert nicht lange, bis ich mich verkrampfe, meine Finger in seinem Haar vergrabe und heftig komme. Doch das ist kein Grund für Jax aufzuhören, vielmehr verändert er den Winkel und zieht meine Erlösung in die Länge. Als ich das Gefühl habe, dass meine Beine zu Pudding werden, ist er sofort zur Stelle.

»Ich hab dich«, murmelt er zwischen Küssen, die immer leidenschaftlicher werden, und als er mich mit dem Rücken gegen die Wand drückt, keuche ich auf. Einerseits wegen der plötzlichen Kälte der Fliesen und andererseits, weil wir endlich miteinander verschmelzen können. Ich habe noch nicht genug von ihm.

»Kondom, sofort.« Mit einem halben Lächeln reißt er mit den Zähnen die Verpackung auf und streift es über seine Erektion. Ich fackle nicht lange, sondern positioniere ihn so, dass Jackson mit einem Ruck in mich eindringen kann und mir so einen Aufschrei entlockt.

Überwältigt von ihm schließe ich die Augen, nur um sie voller Feuer wieder zu öffnen und festzustellen, dass dieser Mann alles ist, was ich in meinem Leben brauche. »Ich liebe dich«, raunt er mit tiefer Stimme. Diese Worte zu hören, wenn er tief in mir ist, fühlen sich an, als hätten wir eine Grenze überschritten, die uns für immer zusammenschweißt.

»Ich liebe dich auch, Jax«, flüstere ich und klammere mich fester an seine Schulter. Weil es nicht genug ist und ich ihn tiefer in mir brauche. Er gleitet aus mir, nur um erneut in mich zu stoßen und mich an den Rand einer Klippe zu bringen. Wir bewegen uns im Einklang miteinander, und es dauert nicht lange, ehe ich komme, seinen Namen auf den Lippen und sein Herz an meinem. Er folgt mir nach ein paar Stößen und hält mich dann eine Weile einfach nur fest. Schwer keuchend klammern wir uns aneinander, weil wir lange auf diesen Moment gewartet haben und uns nie wieder loslassen werden.

Die Nacht ist bereits über uns hereingebrochen, als wir eng umschlungen und Haut an Haut im Bett liegen. Wir haben uns oft und auf viele Arten geliebt und sind, nachdem wir uns eine Pizza haben liefern lassen, erneut im Bett gelandet. Ich fühle mich unglaublich glücklich und frei. Jax streichelt mit seinen Fingern meinen nackten Rücken, als ich mich etwas aufrichte und mein Kinn auf seiner festen Brust ablege.

»Wann hast du beschlossen, hierherzukommen?«

»Ich war zum ersten Mal, seit du weg warst, im Haus. Das Erste, was ich nach einer Surfsession getan habe, war, mich auf die Schaukel zu setzen, und da habe ich kapiert, dass ich einen Fehler begangen habe. Ich bin sofort zum Flughafen gefahren, und den Rest kennst du ja«, sagt er und küsst meine Nasenspitze. »Und bei dir? Du hast nicht einmal auf meine Nachricht geantwortet.«

»Ich konnte es nicht, wollte jede Erinnerung an dich verdrängen, doch es hat dazu geführt, dass ich in der Garderobe beim Anblick meines Spiegelbildes eine Panikattacke bekam. Ich wusste, dass ich Troy nie heiraten könnte.«

»Und er hat es ohne Weiteres akzeptiert?«

»Na ja, er liebt auch jemand anderen.«

»Ach wirklich? Wen?«

Ich zögere. Troy ist noch nicht öffentlich geoutet. Ich würde mich nicht wohl dabei fühlen, sein Geheimnis auszuplaudern. »Es ist nicht an mir, das zu erzählen. Ich hoffe, dass du das verstehst.« Jackson verzieht keine Miene, haucht mir einen Kuss auf die Stirn und wechselt sofort das Thema. »Hast du dich bei deinen Eltern gemeldet? Es muss mit Sicherheit Chaos herrschen.«

»Oh, du hast recht, ich habe mich seit Stunden nicht gemeldet. Reich mir bitte dein Handy.«

»Klar.« Er steht auf und holt sein Smartphone, das ich in die Hand nehme. Ich schreibe meiner Mom, dass es mir gut geht und sie sich keine Sorgen machen müssen. Aus reiner Neugier, ob die Presse schon begonnen hat, sich das Maul zu zerreißen, gehe ich auf die Homepage einer der Zeitungen. Mein Nachname taucht überall auf, aber in den Schlagzeilen geht es nicht um mich. Geschockt blicke ich auf die Überschrift und schlage mir die Hand vor den Mund.

»Was ist los?«, fragt mich Jackson alarmiert. Ich schlucke schwer, ehe ich ihn ansehe und antworte.

»Ian wurde verhaftet.«

DANKSAGUNG

Dieses Buch wurde während einer der schwierigsten Zeiten meiner Autorinnenkarriere geschrieben. Was voller Freude und Motivation losging, wurde dann von Schmerzen und Unsicherheit überschattet. Meine Hand wollte nicht so wie ich, und viele Untersuchungen haben noch immer keine Klarheit gebracht. Es war wahrlich eine Challenge, dieses Buch zu beenden, da die Coronakrise mir all meine Kraft geraubt hat und ich öfter am Verzweifeln war, als ich es von mir kannte.

Mental Health war etwas, was ich aus Artikeln kannte, und ich hätte nie gedacht, selbst einmal mental an meine Grenzen zu stoßen. Wieder einmal hat mir das Schreiben das Leben gerettet, denn auch wenn ich das Gefühl hatte, nichts zu Papier zu bringen, hat mir die Liebe und Leidenschaft für meine Bücher wieder auf die Beine geholfen. Das, das ihr jetzt in der Hand haltet, ist ein Zeichen dafür, dass ich niemals aufgegeben habe, und dass auch ihr alles schaffen könnt, was ihr euch vornehmt.

Ja, das Leben ist unberechenbar und teilweise hart, aber wenn ihr Menschen an eurer Seite habt, die euch aufbauen, dann könnt ihr aus jedem Tief herauskommen.

Die Menschen, denen ich bei der Entstehung dieses Buches danken will, sind meine beste Freundin Betzy, die jedem Kapitel entgegengefiebert und mich zum Weinen gebracht hat. Natürlich im positiven Sinne. Du bist eine unglaubliche Frau, die mich immer aufbaut und mir selbst aus Hunderten Kilometern Entfernung das Gefühl gibt, dass ich nie allein bin.

Meinen Lektorinnen Katharina und Silvana, die mal wieder große Geduld mit mir hatten und mir trotz des Termindrucks das Gefühl gegeben haben, dass alles möglich ist. Danke von ganzem Herzen.

Ein großes Danke an Kara Atkin. Unsere Schreib-Dates haben mich so motiviert wie schon lange nichts mehr, und ich konnte viel Rückstand aufholen. Außerdem möchte ich dir danken, dass du mich wie Alice in ein wundervolles Wunderland namens K-Drama und K-Pop eingeführt hast. Diese Welt gibt mir so viel, und das ist auch dein Verdienst.

Ein großer Dank gilt meiner Kitty, meiner süßen Katze, die leider zu früh von dieser Welt gehen musste, aber mich immer mit Liebe überhäuft hat. Es war mir eine Ehre, deine Katzenmami zu sein. Danke, dass du mir Gesellschaft beim Schreiben geleistet hast. Wir vermissen dich sehr.

Meiner Familie und vor allem meiner Schwester, die eine Kämpferin und mein ewiges Vorbild ist. Ich liebe dich bis zum Himmel und wieder zurück. Du und ich für immer.

Danke auch an meine Leser:innen, die mir seit Jahren treu zur Seite stehen. Auch den neuen Leser:innen, die nach meinen Büchern greifen, möchte ich danken. Ich hoffe, ich konnte euch gut unterhalten und euch in meine Welt und mein New York entführen.
Bleibt gesund.
x April